U0737402

# 2016
# 民生散文选

古耜　主编

中国言实出版社

**图书在版编目（CIP）数据**

2016民生散文选 / 古耜主编 . -- 北京：中国言实出版社，2016.12

ISBN 978-7-5171-2219-7

Ⅰ . ① 2… Ⅱ . ①古… Ⅲ . ①散文集—中国—当代 Ⅳ . ① I267

中国版本图书馆 CIP 数据核字（2017）第 011308 号

**出 版 人**：王昕朋
**总 监 制**：朱艳华
**责任编辑**：肖 彭
**文字编辑**：张 强
张 朕
**封面设计**：承影之画

**出版发行** 中国言实出版社

地 址：北京市朝阳区北苑路 180 号加利大厦 5 号楼 105 室
邮 编：100101
编辑部：北京市海淀区北太平庄路甲 1 号
邮 编：100088
电 话：64924853（总编室） 64924716（发行部）
网 址：www.zgyscbs.cn
E-mail：zgyscbs@263.net

**经　　销** 新华书店
**印　　刷** 北京温林源印刷有限公司
**版　　次** 2017 年 3 月第 1 版　　2017 年 3 月第 1 次印刷
**规　　格** 710 毫米 ×1000 毫米　1/16　20.5 印张
**字　　数** 311 千字
**定　　价** 52.00 元　ISBN 978-7-5171-2219-7

# 目录

# 出镜 ／南帆

## 一

不知哪个机灵的工程师发明了自拍神器。这个简单的小机械征服了所有的旅行者。海滨，园林庭院，横跨马路的天桥，博物馆大厅，什么地方都有人在自拍。从挎包里取出自拍杆拉长，顶端夹住手机或者照相机，对准自己调节好的笑脸咔嗒一声。这是雅俗共赏的游戏，大人物一样热衷。网络上流传过一张韩国总统朴谨惠使用自拍神器的图片。当初，精明的商人肯定想到了这个小机械拥有巨大的市场，可是，多少人预测到，这个玩意可能产生另一种文化?

很迟我才明白，大多数手机都有自拍的功能，自拍神器无非一种辅助设备。第一次看见手机自拍是在一个嘈杂的餐厅里。邻桌的一位男士左手精心地撩拨头发，脸部持续地配制各种型号的表情，右边的胳膊竭力伸长，巴掌中的手机对准了自己。当时我心里转过的疑问是，这个哥儿们是不是犯了什么毛病?一起进餐的伙伴开导之下我才明白，自拍如同正餐之前的一碟小菜那么平凡。现在好办了，自拍神器终于让我们的胳膊如愿地加出了一截。

我刚刚在网络上看到一张相片：游人如织的海滨沙滩，一个身穿比基尼的女士弯腰将自拍神器从胯下向后伸出，拍摄自己如花似玉的屁股。沙滩上肯定还有些手持照相机的闲人逛荡，但是，这种事最好不要麻烦他们，以免产生不良误会。许多人即兴地拍下自己的各种相片上传网络，网络是一个视觉的公共空间。无数微博在这个空间注册，每一个微博摆出一堆相片或者几段视频犹如小商贩在跳蚤市场铺开一个地摊。多少人光顾无关紧要，重要的是，自拍终于使出镜成了一件轻而易举的事情。

出镜曾经是莫大的荣耀，神奇而隆重。报社的记者举起了昂贵的照相机，镁光灯咔嗒咔嗒响个不停，个人的形象次日出现于报纸版面的某一个角落，赞叹之声绕梁三日；电视台的记者更为伟大，他们肩扛的那一台摄像机如同一个威风凛凛的火箭筒。摄像机可以长距离地锁定一个人，提供各个角度的拍摄，然后电视台负责将这个人形象发射到千家万户的电视机里面。可以从这些复杂的程序之中看出，出镜是多么幸运的奇迹。一个小官员事先得到通知，他在晚间的新闻节目之中拥有五秒钟的镜头。他迫不及待地打电话通知所有想得起来的亲朋好友，号召他们尽早守候在电视机面前等待他驾临屏幕。现在，自拍神器极大地削减了人们的摄像机崇拜。那些影像符号没有多少特权了，我们自己都能生产。昔日那一批神气活现的记者突然有些失落。有了自拍神器，小巧的手机和无线网络片刻之间解决一切。

技术发明又一次不可思议地扭转了我们的生活。照相机或者摄像机让人眼界大开，看看世界吧——一个偌大的世界扑面而来；然而，自拍神器试图让一个偌大的世界侧过脸来，看看我们吧——现在轮到我们当主角了。这时，我们开始端庄地或者诙谐地出镜。

看是主体的向外扩张，眼珠骨碌碌乱转，目光贪婪地扑向整个世界。我想起第一次接触地图的激动。通常只能看见一条街道，一幢楼，一座山峰，然而，地图突然将整个世界神奇地铺开，一个巨大的空间浮出纸面。据说，全景画出现于18世纪末的欧洲，这意味着开阔视野的形成。乘坐热气球飘浮在空中纵览远景，登上教堂的圆顶绘制四周的城市，那时的绘画开始崇拜巨大与无限，一心想把世界尽收眼底。然而，时至如今，这种野心逐渐疲惫了。世界是看不完的，天外有天，谁知道天尽头又在哪里？也许，现在是转身看看自己的时候了。不论世界的直径有多大，出镜就是把自己设为圆心。

我看到的一个最新视频是，几个小学生录制下他们与小伙伴之间的口水战。他们在视频之中表情生动地扮鬼脸、吐口水，说一些挖苦对方的刻薄话，做剪刀型手势，如此等等。这些孩子如此熟悉视觉语言的编辑，一个自拍神器就可以造就一个表演舞台。

## 二

大约是钱钟书用鸡蛋与母鸡的关系比拟作品与作者：即使吃了一个不错的鸡蛋，仍然没有必要认识生蛋的母鸡。作者又没有三头六臂，有什么好看的？可是，对于许多人说来，这个观点肯定过时了。他们的阅读就是想追溯到作者，甚至仅仅感兴趣作者。

那些睿智的见解或者巧妙的语言修辞哪有一张具体的脸生动？当然，容貌的质量是一个不言而喻的前提。美女作者的俊俏妩媚必须足够支持朦胧的浪漫幻想，皱纹纵横的老妪不宜公布相片；男子汉气概是帅哥作者的经典标志，掀起衬衫露得出八块腹肌，抽烟冥思的深刻表情可以暂时省略。总之，这是一个视觉的时代，语言的魅力正在急剧衰减。哲学思辨或者深奥的诗令人生厌，夸夸其谈的知识分子正在丧失他们的影响。视觉的时代是身体重新出场的时候，演员和运动员占据了传媒的绝大部分空间。红地毯和绿茵场成为全世界注目的聚焦点。运动场内矫健的身姿开出了天文数字的价格，女演员的脸蛋、乳房和手指头竞相成为保险公司的投保对象，哪些语言产品可以享受这个级别的待遇？某些教授的电视演讲获得了意外的成功，突然晋升为学术明星。然而，所有的人都明白，形象是充当明星的真正资本。讲坛上的表情、音调以及种种肢体语言远比渊博的知识重要。

现在可以提到“颜值”这个新词了。“明明可以靠脸吃饭，却非要去拼才华”，据说这是网络语言对于一个人的赞美。顾名思义，“颜值”即是指容颜的价值——这种价值可以兑换为各种谋生的资本。现在，的确到了为相貌美学拟定一张价格表的时候了。当然，这种美学算术有点儿复杂。以往这张价格表仅供某些类型的女人参考。既然世界上存有那么多大腹便便的富翁，女人一副天生的好眉眼就不该任意浪费。然而，现在的男色消费终于浮出水面。宁泽涛刚刚在世界游泳锦标赛之中获得自由泳 100 米冠军，人们就在尝试把亚洲第一人的实力与“小鲜肉”的颜值相加，据说得数是 5 年之内可以挣得 5 个亿。一个著名的电视评论员总结出一个计算公式，颜值就是在事业成就的基础上不断地乘以 10。由于广告商的垂青，这些颜值偶像的收入动不动就要扩张 10 倍。之前的李宁、刘翔、林丹无不验证了这个公式。至于那些徒有肌肉而缺少颜值的运动员，他们的厚实巴掌仅仅攥得住金牌带来的有限奖金。

视觉的时代必须拥有另一批文化操盘手。那些哲学家或者诗人及时地转入幕后，导演、摄像、主持人、制片人络绎而至。然而，真正的巨变来源于一个有点儿别致的技术构思：每个人口袋里的手机都附加了拍照的功能。这个技术构思造就了年轻一代的一种特殊习惯——无论遇到的是台风天气的漫天乌云、街头小贩的火爆争吵，还是阳台上一盆仙人掌冒出了新芽，他们所做的第一件事都是掏出手机拍照。如今，生产影像符号的文化团队空前强大。瓦尔特·本雅明当年引用过的一句话终于成为现实："未来社会的文盲不是不会写字的人，而是不懂摄影的人。"

## 三

然而，现在似乎流行另一种舆论：大批热衷于摄影的人正在变为文盲。对于电视台和网络空间的庸俗口味，多数来自印刷文化的老派知识分子纷纷表示不屑。《爸爸去哪儿》这种节目居然可以在电视台热播一时，很难想象印刷文化如此幼稚。没有思想的视觉只能浮光掠影，这种舆论隐含了文字中心主义的观念。一些教授时常回忆一个著名的典故：当年鲁迅在《呐喊》的自序之中解释了弃医为文的原因。他在生物课的幻灯片之中见到了一群麻木的中国"看客"，这些人正在神情漠然地观看同胞遭受斩首。鲁迅的感叹是，如果丧失了灵魂，茁壮的躯体又有多少意义？与其医治肉身的疾病，不如诊疗精神的创伤。因此，鲁迅放弃了医学，立志做一个解剖国民灵魂的作家。有趣的是，那些心细如发的教授竟然从这个众所周知的典故之中挖掘出一个意外的秘密：尽管触动鲁迅的是幻灯片，然而，他从未考虑投身于摄影，或者从事已经开始时髦的电影。这个来自绍兴的知识分子性格倔强。鲁迅愤慨地指控古老的传统是"吃人"文化，同时，他又冥顽不化使用那一支落伍的毛笔。鲁迅习惯的毛笔来自故乡的一家笔庄，价格便宜，别名"金不换"。

另一个文雅的知识分子似乎也不那么喜欢影像符号——阿根廷大名鼎鼎的博尔赫斯。据说他仅仅在 1969 年看过一次电视，因为电视转播的是美国宇航员乘坐阿波罗登月。博尔赫斯家里没有电视，只得临时向佣人借了一台。博尔赫斯的小说充满拉丁美洲式的奇异想象，例如将一套莎士比亚的记忆当成礼品相互赠送，或者图书馆里藏有一本始终翻不到第一页和最后一页的书，如此等等。《盗梦空间》这一类电影出现之前，如此奇异的想象只能托付给语言文字。或许因为家族遗传，博尔赫斯患有眼疾，晚年失明。不知道这个事实是否有助于解释博尔赫斯对于影像符号的厌倦，长时间面对电视屏幕肯定伤眼睛。另外，也许黑暗之中浮现于内心的语言文字远比照相机定格的那些乏味的表象精彩？

相片无非是机器偶然截取的一个世界片断，脱离了时间和空间，没有气味、重量、连续性和历史气息。一张相片的主题往往是分散的，闪烁不定，必须依赖某些文字解说给予凝聚，譬如拟定一个标题。所以，尽管电视台和网络空间正在重新装修这个时代，知识分子仍然顽强地坚信语言文字远为深刻。他们心目中的“文化”是一个书籍的世界。

那么，现在那个讨厌的自拍神器又一次企图动摇知识分子的文字信念吗？

## 四

鲁迅弃医为文的典故曾经赢得了许多的讨论，教授们称之为“幻灯片事件”。教授们拒绝将这个典故视为一则寓言。斤斤计较的考据癖认定，这是一个曾经发生的历史事件。因此，诸如此类的细节必须逐一考订：幻灯片还是相片？实物保存在哪里？什么时间看到的？《呐喊》自序与《藤野先生》的叙述存在多大的出入？线索分歧的讨论之中，一个有趣的问题逐渐显现：看与被看。囚犯，“看客”，观看囚犯与“看客”的鲁迅，与鲁迅共同观看的异国学生——这些人同时还在窥视鲁迅的神态，西方视野之中“被看”的东方——这已经是萨义德的“东方学”与后殖民理论的议题了。不少人倾向于认为，看意味的是主动，权力，制高点，“刀锋一般的眼神”表明了视线令人恐惧的威胁；被看意味的是被动，接受，他人视野之中的客体，动物园笼子里的老虎只能沦为游客眼睛的玩具。

然而，日常生活的看与被看几乎不存在固定的语义。的确，古代的演员因为“被看”而身份低下，“戏子”之称隐含了不言而喻的鄙视；女权主义者认为，广告之中的女性形象时常制作为“被看”的物体，电影的性感镜头投合的是男性意识的视觉欲望；那些民风剽悍的城市，看与被看时常会铿锵地撞出意外的火花——驾车在十字路口等红灯的时候，往相邻汽车的驾驶室里多看一眼就可能引发一场剧烈的斗殴。“你看我干吗？”拒绝“被看”的保卫战就是从这么简单的一句开始。当然，还有至高无上的神。所谓人在做，天在看，神没有必要亲临现场，但是，神会把一切都看在眼里，善有善报，恶有恶报。必要的时候，神会摇身一变，转换为俗世的行政权力。高速公路的入口，银行的柜台背后，火车站的候车大厅，住宅社区的楼道，不同等级的权力部门是众多监控摄像头的强大后盾。根据福柯的描述，边沁设计的全景敞视监狱是行使眼睛霸权的哲学模型，一个硕大的眼球高高在上地凝视监狱每一个角落，所有的囚犯都无处藏身。然而，看与被看同时存在另一套颠倒的评价语汇：鲁迅曾经发狠地说，最高的轻蔑是无言，连眼珠也不肯转过去——换言之，看同时意味了必要的尊重。“重视”一词不是褒义吗？凝聚公众目光的只能是领袖或者名流，普通人多半无法在电视机屏幕里找到自己的席位。

也许，古板地设定看与被看的等级犹如刻舟求剑。每一个现场的主题、空间装置以及特殊设计决定看与被看的相互博弈。街头的杂耍艺人或者寻衅滋事的醉汉只能收获鄙视，大剧院聚光灯核心的领衔主演享有特殊的尊荣。后者的威望借助了舞台垫出来的人生高度。许多人都秘密地藏有一个舞台梦。无法征服金碧辉煌的大剧院，那么，自拍神器至少提供了一个镜头之中的舞台。意外的是，传统性格的敦厚、内敛、含蓄与羞涩荡然无存，那么多人抢着把脸伸到镜头面前。这时，自拍神器正在表达一个强大的欲望：“被看”。

## 五

出镜的是一副肖像，几个日常生活片断，镜头之中的舞台上演的是什么故事？不就是想让自己漂亮一点吗？那些软件工程师早就洞察到我们的虚荣心。一款称之为“美图秀秀”的软件负责修饰自拍的相片。增大眼睛，拉长身高，削去过于肥大的腰肢，智能手机可以自动完成一切。某些名流的文字自传曾经遭到辛辣的嘲讽。夸大其词，文过饰非，滔滔不绝的颂扬试图将自己叙述成一代圣人：要么业绩不凡，要么道德完善，要么不加节制地夸耀不凡的武功或者渊博学识。然而，进入网络空间投放自己的形象，许多人显然遵循相近的修辞策略，放肆地纵容美学篡改容颜的真相。当然，"美图秀秀"完成的目标简单多了——美貌可以急剧地提高性魅力的指数。

网络空间的各种图片之中，性主题是一个巨大的漩涡。各种色情网站寄生于视觉欲望，发达的传播技术甚至制造出一个奇怪的景象：性仅仅是视觉，例如网络空间的裸聊游戏。许多图片环绕于这个漩涡的外围，色情意味稍许模糊——这时的性主题称之为"性感"。搔首弄姿，挑逗的面容和神情，凹凸有致的身材，将脱未脱的服装，这一切无非制造性感气氛的各种元素。视觉对于性感品味丰富，许多图片不懈地开拓各种另类的性情趣。不久之前的网络出现了一组伤残军人的裸照。残缺的肢体与健壮的胸肌或者饱满的乳房形成了某种特殊的性魅力。另一些性感的图片肯定超出了一般的想象：一具插满了输液和导尿管的女性裸体，或者，一个全裸的大胖子如同几坨肉摊在床上。那些保守主义者几乎每天都在发出愤怒的感叹：这个时代的眼睛趣味已经如此乖张了吗？

许多图片令人想到的第一件事就是，谁是拍摄者？这些图片的私密性如此强烈，以至于人们不能不猜测：要么源于自拍，要么出自最为信赖的亲密者。因此，这些图片广泛地流传多半得到了本人的授权——许多时候，本人即是发布者。从那些热衷于个人写真集的无名之辈到想方设法泄漏"艳照"的演艺明星，他们的各种借口无不指向一个相同的目的：如何堂而皇之地在公众面前脱下衣服来。

权力与财富已经严格地规定了这个世界的等级秩序，一个穷小子几乎无法挑战大亨。然而，性具有扰乱这个等级秩序的特殊能量。七尺之躯的若干器官和旺盛的激素分泌可能骤然冲决井井有条的社会屏障。例如，一副诱人的眉眼通常是一张额外的通行证。出入各种社会场合，推开一扇扇紧闭的大门，美貌远比一份平庸的文字介绍有效。由于相貌在异性组合之中占有的巨大权重，一个面目姣好的底层人士可以瞬间跨越权力与财富的众多台阶，跃入另一个社会阶层。一个大跨度的婚姻桥梁可以轻易地引渡一个家庭，甚至引渡诸多族人。历史悠久的男权中心社会，性的拯救是许多女人首选的生存策略。从古代的君王选妃、豪门纳妾到现今的跨国婚姻、扮演权势者情妇，性能量秘密制造的社会阶层流动从来就没有止歇。

相对于权力与财富编织的世界，网络空间扑杀性能量的防线远为薄弱。许多图片之中的小火苗始终在悄悄地蹿动，片刻之间就会燃成炽烈的一片。这似乎不是多么严重的事情。网络无非是信息交换的集散地，屏幕里的剧情仅仅是虚拟事件，操纵信息的躯体从未离开鼠标和键盘。信息的冒险又有什么关系？这时，空前放纵的暴露癖与观淫癖不断地制造视觉的狂欢。一张性感的图片呼啸登场，各种社会评论、哲学观念或者艺术消息纷纷黯然失色，这显然是自拍神器在网络空间掠阵的秘密武器。

## 六

那些激进的思想家开始将这个时代形容为“景观社会”。街道，霓虹灯，橱窗，还有无数的图片和影像符号。我们曾经抱怨无所不在的城市噪音，现在，视觉垃圾已经堆积成山。我们每天的触目所见无非人工景观，大自然的山山水水已经游离出我们的目光范围。当然，我们即是视觉垃圾的生产者。拍照，上传网络空间，这是许多人每日例行的功课。即使是进入医院检查身体，躺上病床之前还要将手机交给同伴——拍下，上传！另一个极端的例子是，一位女性不幸遭遇车祸，浑身是血地躺在马路上。她在第一时间所做的事情是，拿出手机自拍，上传网络。

景观社会的特征是眼界大开。摄像机探入一个双胞胎学校，一下子见到百来对双胞胎；上升到数百米的高空俯拍，镜头之中塞满了寸草不生的断崖绝壁——各种奇观正在制造剧烈的视觉震撼。日常生活之中，无所不在的手机拍摄赋予各种相片前所未有的世俗气息。地铁车厢里争抢座位的斗嘴，当街围殴“小三”，摩托车骑手摇摇晃晃地头顶一张席梦思床垫驰过十字路口，七旬老太太跳钢管舞英姿勃发，如此等等。这些琐细的社会片断没有资格调遣火箭筒一般的摄像机。伟大的摄像机不习惯这些杂碎，犹如伟丈夫不习惯厨房灶台上的活计。有趣的是，这种世俗气息突然敞开了家庭的私密生活。传统的习惯之中，家庭影集通常放在客厅角落的一个小桌子上，只有熟悉的客人有资格翻阅。可是，现在的网络仿佛随时直播家庭的日常景象：菜市场买到了新上市的韭菜，下午在卧室的地毯上练了半小时的瑜伽，晚餐的餐桌上有一盘猪脚，家里的肥猫正舒适地躺在书桌上打呼噜，等等。

多数相片无法出现作者的形象。笨重的照相机、摄像机不能倒转过来拍摄自己。因此，自拍神器的主题也即视觉文化的“自我”隆重出场。可是，网络空间并没有一场狂飙突进的浪漫主义运动，那些争先恐后的“自我”有些乏味，婆婆妈妈。自拍神器无非造就一些小情调，小趣味，嘟起嘴巴卖萌，伸出剪刀型手势，一件款式新颖的时装，脚踝上一个别致的刺青图案，如此等等。对了，这仿佛是一个奇特的例外——网络空间竟然掀开了讳莫如深的性。作者勇敢地挺身而出充当素材，赤裸的躯体无所忌惮地暴露在众目睽睽之下。这些大胆的图片背后，人们可以听到甩开禁忌时的快乐尖叫。可是，甩开了禁忌的性似乎不再有更多的内容。故事总是迅速地跌回习以为常的结局，一张双人床就可以轻易地接纳全部情节。

自拍神器的确把镜头对准了自己。可是，出镜的那一张脸平庸无奇，看不出什么。当我们开始对自己的表现感到失望的时候，这个简单的小机械终于制造出一个复杂的问题：除了短暂的自恋，还能有什么值得搬上镜头的舞台？

（原载《上海文学》2015 年第 12 期）

# 远处的墓碑

/ 彭程

那个地方，蓦然间变得邻近了。近得仿佛就在身边，伸手就可以触摸到。

此刻，掌心中有一丝轻微的寒凉之感，分明是当初手贴在大理石墓碑光滑的碑面上时的那种触觉。但此时的感觉，十分确凿地来自眼前的骨灰盒。因为这个物体，因为抚摸它而产生的感觉，使得长期以来藏匿在意识深处的那个影影绰绰、飘忽不定的东西，一下子变得确切和坚实。灵魂受到一种突兀的叩击，仿佛身体被飞来的石块击中。

我说的是对死亡的感知。

两个多小时前，在八宝山殡仪馆火化室门口，家人亲属一同迎接了岳父的骨灰盒，驱车带回家中，放置在他生前使用的那张书桌上。86 岁的岳父，生命化为另一种形式，寄寓在这个长方体的木质匣子里。青黑的颜色，也和墓碑近似。因为它的存在，在观念中那一道横亘于生死之间的巨大鸿沟，一瞬间化为乌有，仿佛强风掠走一缕云烟。

骨灰盒后面的书架上，摆放着岳父的遗像。不久之后，遗像将被烤制成瓷像，镶嵌在 50 公里外的那一处墓园中、属于他的那一块墓碑上。

仅仅是一夜之间，将来容纳这个匣子的地方，那个仿佛不真实的远处，变得生动真切，如在眼前。

是在前年的岁末，预购了这一处墓地。那时岳父做完肿瘤手术不久，大夫对疗效不乐观的预期，让我们意识到这是一个需要考虑的问题了。

这个地方与十三陵山脉相接，驶出京藏高速公路不远。墓园视野辽阔，坐北朝南，背倚层峦叠嶂，地势由高到低舒缓地延伸。初冬时分，空气寒冽清新，阳光明亮澄澈，勾勒出山体刚性硬朗的线条。而经霜后的松柏和草地的绿色，又平添了一种凝重。整体的气氛肃穆、宁静、高远，合乎心意，所以当时就确定购买了。

岳父查出顽疾是在单位组织的例常的体检中。在那之前，他身体一直颇为健壮，极少生病，每天至少步行一万步。家里人都相信他肯定能够活过90岁。虽然得知病情后，观念中的死亡开始萌生出了明确的形状，但由于他手术后一段时间恢复得不错，加上作为亲人都会顽强地抱持的期望，因此在多数时候，想到那个地方时，潜意识中仍然把它当作一个不甚确切的存在，一个远处。

直到两个月前，仿佛断裂一般，他的病情急遽恶化，一周之内两条腿先后瘫痪。然后是辗转于三家医院的病房间，各种抢救手段轮番使用，除了一步步地增加痛苦之外，没有效果。一周前的那个黎明，在熹微的晨光中，他呼出了最后一口气息。

现在终于明白了，对岳父来说，以发现病情为起点，他到那个地方的距离，是17个月。

最后的数日，在高烧不断引发的意识谵妄中，岳父口齿不清地反复念叨两个字：回家。

此刻，他终于如愿以偿，回到了自己的家，回到这间他度过生命最后几年时光的屋子里，栖身在他生前阅读和写作的那张书桌上。房间里一应陈设，都是他最后离开时的样子。只是骨灰盒前面摆放的一碟数种水果，一缕袅袅飘荡的燃香的青烟和气味，让人意识到已然是生死睽违，物是人非。但情感自有自己的执拗，面对岩石一样坚硬的事实仍然不愿相信，迟迟驱散不尽那一阵阵袭来的恍惚。

这里只是他暂时的寄居之地，是迈向另一段旅途的中转站，一个承前启后的旅舍。那个远处，才是他的长眠之所。

已经确定了下葬的日子，是三月下旬的一天。西北方向的那一座陵园中，那个位于东区竹园中的墓穴，覆盖墓穴的石板将被移开，在家人的目送中，在哭泣和泪水中，在深深的鞠躬中，骨灰盒被缓缓地放入。

那时正值生机盎然的时节，满眼都是从冬眠中醒转过来的大自然蓬勃淋漓的活力：野草青翠鲜嫩，树枝摇曳新绿，迎春、玉兰、连翘等一批开得早的花卉也已经竞相绽放。在这样的背景下举行生命告别的仪式，显然更容易让人体会到生与死互相接续、彼此融渗的意味。

遗像上的岳父，笑容爽朗欢畅。这样的笑容，即将被镌刻在墓碑上，凝固成为一种超越了时光的永恒。

但将来，在漫长的日子中的绝大部分时间里，遗像上的那一双眼睛所望见的，将不会是下葬仪式上亲人们的悲恸和依恋。他看到的将会是另一种风景，缓慢，静默，递嬗往复。那是春天恣肆的新绿，夏天骤至的暴雨，秋天飘坠的落叶，还有冬天寂寞的积雪。在这一处远离尘世喧嚣的山坳中，时光的流逝和表现，充分依从自己的法则。

每年的清明节前后，还会有另外的日子，家人会来这里看望他。可以肯定的是，这样的场景会在此后的多年中反复出现。而悲痛将随着时光推移而逐渐减弱，等到多年后，每次的祭扫，更像是一次家庭的郊游踏青。当鲜花和水果摆到墓碑基座上，家人们肃立鞠躬时，每个人眼前都会闪现出当年他的样子，某一句话，某一个表情或者动作。哀伤不复汹涌和持续，但缅怀会在心中年复一年地叠加。

还有一点不同的是，前来祭奠的亲人们，会渐渐地变老。

某一天会有人不再前来，某一天来的人中也会有新加入的人，那是现在还没有诞生的孩子，他的孙辈的子女，这个家庭的第四代。最让人难堪的，是必将会出现的一幕：这些前来祭奠他的亲人们，在难以确定的年月之后，也将一个接一个，次第消逝，不复存在。那时，如果墓碑还在，遗像犹存，那双眼睛所望见的，将会是一片虚空。

我努力让自己的思绪，止步于这一道虚无的边界。

但这真的需要躲避吗？既然已经越来越多地目睹真切的死亡，既然这样的事实每时每刻都在发生，那么，仔细端详一番那个必然会降临的日子、每个人最终的归宿，不也正是一件值得去做的事情？

如果将生命的过程给予一种形象化的呈现，岂不是可以说，不分你我彼此，每个人的一生，其实都是在向着那个地方，向着某一个墓碑所在之处，移动脚步。那是他的远方，他的终极目的地，他一出生就注定了会抵达的地方。

每个人都走在路上。通常这会是一个缓慢的过程，仿佛电影镜头中，一个人的身影渐行渐远，越来越模糊，最终走到了视野之外。在相当长的时间内，行走者对于自己所奔赴的远方，或者浑然不知，或者只是一种观念上的了解，仿佛一道虚幻飘忽的色彩。随着他拥有的岁月的增多，那个地方也会变得越来越近，越来越清晰，遮掩它的神秘面纱也被一寸寸地抽走。最终，每个人都将与它直面相向，真切地体验到一种贴近感。

行走者的步伐，同样是千姿百态。有的人要走很久，走得踉踉跄跄精疲力竭才能抵达，有的人却到达得爽快麻利，某一条血管破裂，顷刻间绊倒了他的脚步，訇然倒地，来不及说出一言半语。当然，也还有那些因为坍塌、火灾、撞车等飞来横祸猝然离去的，更是以一种尖利的方式，直接被一双冥冥中的手臂投掷到了那个远方。天涯变作咫尺，只在一瞬间。

于是，每一个生命与所对应着的那个远处的墓碑，在这样的想象中，便呈现为两种面貌的距离。一种是空间的，一种是时间的。前者是刚性的，仿佛岩石一样坚硬实在。后者却具有不确定性和伸缩感，仿佛岩石上缭绕着的雾霭，经常变换形状。谁能说得清相互之间的那种纠结和缠绕，那种神秘和诡谲？

所以，那一句话才广为传布：“一个人应该在从墓地回来的路上成为诗人。”

因为诗歌是语言的闪电。它的形象凝练的语句，以一种特异的感性力量，瞬间照亮了生活和存在的天空，使其幽昧中的本质得到显影。引发这道闪电，需要一些特别的机缘和触媒。而因为缩结了生与死这个人生最大的话题，墓地显然是一个诗与思、情感与思想的合适的催化之地。

陵园很大，逝者按照生前的职业身份，埋葬在不同的区域。园中的主要道路旁，一处醒目的位置，是一个知名曲艺艺术家庭的墓地，两代家庭成员的几座雕塑，参差排列又彼此相望，形成了园中园的格局。这种家族墓地想来还会有，只是逝者不那么出名，未被人们注意到。

岳父的在天之灵，不会感觉到孤寂清冷。他的岳母、我们称呼为老奶奶的外婆的骨殖，不久前已经从西山旁的一处墓地迁来，葬进了这个三人规格的墓穴。我至今清晰地记得，20年前，九五高龄的外婆辞世后，遗体移到复兴医院太平间保存，岳父将自己关进外婆居住的那间屋子里，来回地走动，眼角挂满泪痕。共同生活了40多年，他们两人的关系胜似亲生母子。在数十公里、二十来年的时空距离后，他们又将厮守在一起，从此天长地久，再也不会受到任何的阻隔。甚至妻子退休的姐姐姐夫，也在这里为自己提前预订了墓地，为了将来能够长眠在父母身旁。

想象一下那种超越了时间的相伴相守。

那更像是一场变换了地点的聚会。如今在这间屋子里言谈走动，将来移到那里安静相处。两代人之间，距离也就是百十来米的样子。同样的一片星光照耀，同样的一阵雨水浇淋。从这个墓碑上方吹拂过的风，到达那边的墓碑时，摇动树枝的强度是同样的，发出的窸窣声是同样的。这样的想象，会让人感到一种深长的安慰，即便他是一位彻底的唯物论者。

以半百之龄，行走于生命路途的中段，我们的生活还可能有一些变数，还不能确定属于自己的那一块墓碑，最终会安放在哪一个地方，哪一处山陬海隅。但我在此为自己年过八旬的父母预购了墓地，为了应对那个必然会到来的结局。他们退休后搬来京城，接近20年了，已经成为故乡的异乡人，不可能更不情愿将来把他们送回冀东南的家乡。他们将来长眠于这里，方便分散在天南海北的几个兄妹前来祭扫，也可以和多年来默契友好的亲家继续相伴。

没有告知父母这个安排，但相信一旦他们知道了，内心会感到慰藉。

岳父即将入土为安。近和远，此处和彼处，这些曾经对应着他的距离，随着肉体生命的消失，也即将消弭无痕。而家里活着的每个人，仍将面对各自的远方。

最核心的问题，对每个人其实都是一样的：这段距离有多远。

譬如说，我的父母。

这样想时，地理的勘测倏忽间转换成了时间的度量。他们现在住在城里，和我同一个小区，离这一座陵园差不多60公里，开车走高速，也就一个多小时的样子。但他们移居到这里，需要多少年？或者说，时间的距离是多长？

作为人子，当然期盼这是一段漫长的距离。20年，30年，多多益善。属于他们的那一块墓碑，黑色大理石碑面的底端，简约地镂刻了一朵莲花图案。期盼莲花上方的空白处，将来要刻上他们名字的地方，能够年复一年，空旷如斯。期盼不得不搬动覆盖墓穴的石板的那一天，遥遥无期。

然而这不可能。于是，问题就转换成，面对一天天减少、越来越有限的时间，我能做什么。当望着他们的身影不可阻拦地渐渐远去，难道仅仅是叹息？

显然不是。虽然最终的结局无法躲避，我们仍然可以做出自己的抵抗——

用耐心和细致，用呵护和眷注，时时刻刻。这样，就会有一种力量生长出来，虽然肉眼难以看到。这种力量拽紧他们朝着那个方向倾倒的身躯，让倾倒更慢一些，再慢一些。让掌心更多地触摸到他们的体温，让脸颊更多感受到他们嘘出的气息。不要过多地戚戚于他们的眼神日趋昏花，声音日益嘶哑，步履日渐蹒跚——因为，连这一切都将彻底失去。

将这一段望得见的距离，尽可能地抻长，让那远处的墓园，尽可能地，总是在远处。让那黑色的墓碑，只是偶尔在意识中闪现，而迟迟不会面对目光的直接投射。

努力让这一切，接近最大值。

（原载《光明日报》2016 年 4 月 1 日）

# 画里乡村 / 王巨才

初秋的冀南原野，色调粗犷而厚重。茂密的玉米和葵花地如绚烂的织锦，从眼前铺展到遥远的天际线。静静的滏阳河和清彰河舒缓地绕来荡去，明镜般反射着蔚蓝的天幕。水泥路和白杨林区隔的阡陌间，成簇成排的小楼或平房星罗棋布，洁白的墙体与铁红或瓦兰的屋顶形成强烈对比，望去分外鲜艳醒目。不见暧暧墟落，没有袅袅炊烟，这是升级版的乡村，一幅一望无际生气蓬勃宁静祥和的油画。

我们去的村子叫四留固。邯郸许多地名都这么生僻而古老。四，留，固，三个毫不搭界的汉字连在一起，含义就颇令人费解。经请教，说这地方原先是一处皇亲显贵的墓地，明朝永乐年间，有柴、任、谢、郝四户人家从山西来这里种田守墓，从此繁衍生息，各成聚落，当地土话叫坟头为固，遂合称四留固，寒来暑往，已600余年。现有人口600余户、2500多人，在邯郸算是较大的村子。

村庄布局与城里的住宅小区相仿。一条宽阔的街道自南而北，贯通全村。主街两旁，若干小巷纵横延伸，串起一个个民居院落。村支书忙着应付一拨影视记者，由村民李红民陪我走了三户人家。推开朱红色油漆大门，院子的整洁出乎意外，月台上，盆花正开，靠墙处，葡萄满架，舒适惬意的生活气息迎面而来。房间的宽敞漂亮显然是一般市民家庭不能比的，电脑、电视、冰箱等高档家电一应俱全，跑步机、按摩椅等健身器材也不算稀罕。因为做饭、取暖、洗澡早就用上天然气，屋里不再有烟熏火燎的气味；较前多了的，是客厅或窗外月台上的茶秀。村民劳作回来，顺便到村口健康水站提桶过滤水，沏壶清茶解乏或招待来客，已是习以为常的生活享受。

李红民说，四留固30多年前就是富裕村，家家万元户，现在更不成问题，全村跑运输的大货车150多台，家用轿车三四百辆，说小康也不算吹牛。看来是真的。

与别处不同的是，在这个村子里，无论走到什么地方，触目处，都能见到有关传统电影的展示宣传，感受到浓浓的文化的氛围。如是独自初来乍到，你会感到诧异，怀疑是否走错地方，闯到了某影视拍摄基地。

村口牌楼式大门，门柱用电影拷贝铁盒焊接而成，顶部横额装潢如放大的胶片，上写“中国红色电影收藏第一村”一列大字。这新颖的设计便是一道别致的风景，吸引着过往行人的目光。

村里沿街墙面上，《刘胡兰》《地道战》《林海雪原》《英雄儿女》《渡江侦察记》《智取威虎山》等100多种电影海报分别镶嵌在镜框里，如同精心布置的主题画廊，隔几步就能见到一幅。画廊前，常有老师领着学生、家长带着孩子讲述李向阳、郭建光、小冬子、李铁梅的故事。人来人往，川流不息。

村中心的电影广场，是村民健身娱乐的地方，每到周末，会放映不同时期的老电影，本村与外村的村民相约来观看，兴致勃勃，谈笑风生，其乐融融。这老电影只有这里才能看到，影院不会有相应的放映设备。

村东头的“电影人家”，其实是有多个包间、100多座位的综合餐馆，每逢节假日，当地和外地客人络绎不绝，熙熙攘攘，一座难求。

其他各处，按照《沙家浜》《芙蓉镇》等电影故事打造的实景一条街正在紧张施工；包括培训学校、创意定制坊、展销中心在内的服装产业园渐成规模；占地四亩、建筑面积五千平方米的红色电影博物馆已然竣工，只待陈列布展……

村支书杜寿金说，红色电影，是现今中老年人无法淡忘的文化乡愁，也是年轻人应当传承的精神基因。这几年，通过创建美丽乡村，村子环境好了，人心齐了，人气也旺了，大量游客接踵而来，在感受红色文化氛围，接受爱国主义和革命传统熏染的同时，也给村上带来可观的经济收益。

说起四留固的红色电影文化，不能不说到一个人：老魏，魏少先。一位被乡亲们称作红色收藏家的普通村民。

老魏原先是一家化工厂的老板，2004 年一场大病，在北京做了心脏手术。养病期间，他成天躺在沙发上，面对电视里那些打打闹闹粗俗无聊的画面，愈发怀念当年露天看过的令他无比兴奋无比感动的老电影。于是关掉化工厂，开始红色电影的收集和宣传。十多年如一日，他四处奔波，征集不同时期的电影海报 5000 余张，拷贝 7000 多部，放映机 150 多台，歌曲唱片近 6000 张，成为中国红色电影民间收藏第一人。

魏少先 61 岁，身体比较瘦弱。但村支书老杜介绍，他其实是一个“特别倔”的人，认准的事情，非得干到底，撞到南墙不回头。他的藏品，且不说别的，单是电影拷贝，每部少则几千元，多的要花数万元。自从关掉工厂后，基本再没收入来源，为把这项红色收藏坚持下去，他耗尽所有积蓄，卖掉祖传的老屋，还外欠 60 多万元的债务。

自然，他的收藏也是极为丰富和珍贵的。藏品中，有广东生产的新中国第一台 70 毫米电影放映机，有 20 世纪 80 年代的东风牌放映机，有 1948 年东北电影制片厂拍摄的我国第一部军事题材动画片《瓮中捉鳖》，更有不少堪称绝版孤本的“新闻纪录片”如《中国 1949》《开国大典》等。其中的《瓮中捉鳖》，专家估价市值不少于 500 万元，老魏分文不取，连同另外两部堪称文物的拷贝一并捐赠中国电影资料馆。

老魏执着红色文化的事迹先后有《人民日报》、新华社等五十多家媒体做过报道，《焦点访谈》就上过三次。这么多年，他除每周为村民放映外，还应邀到北京、天津、山西、河南等十多个省市的机关、学校、部队、企业举办收藏展览，为十多万观众放映影片 3000 余场次。为此，他当之无愧地被授予河北省劳动模范、全国国防教育先进个人等。各种荣誉证书及与中外文艺领导、名流的合影挂满他家的整面墙壁。

然而，作为一项有良好社会效益需要长期坚持的公益事业，个人的力量毕竟是有限的。正当老魏因资金等原因渐感捉襟见肘时，省上关于创建美丽乡村的部署层层下达，逐级落实。四留固村闻风而动，乘势而上，村“两委”（党支部委员会、村民委员会）经发动村民反复讨论，决定趁全县城乡公共服务和社会保障整体推进的东风，按照“生态环境提升、文明素质提升、富民产业提升”和“建设、经营并重”的思路，依托已有一定影响的红色电影资源，发展乡村文化旅游，把四留固建设成广大市民回味激情岁月的精神家园，休闲消费的理想去处。

同气相求，同声相应，魏少先没想到20多年筚路蓝缕的征集收藏受到如此重视，派上这么大用场，他由此感知到社会价值观念的积极变化，内心无比宽慰与激动。

我问美丽乡村创建从规划到落实用了多长时间？杜寿金说也快，一是有原来新村建设的基础，不必大拆大建，另起炉灶；二是凡经群众充分讨论大伙愿意干的事，推行起来就顺利。但魏少先说也不全是这样，如果没有老杜和两委班子的威望，也不会两三年就有这么大的变化。

前年冬天，优化人居环境的村容改造启动。按规划，全村须平整和硬化街巷道路3400平方米，除县上每平方米15元的政策补助外，村集体尚需投入40万元。招标会上，杜金寿说，村上搞建筑的人多的是，这活儿我们能干。于是男女老少一齐上，突击22天，超额完成任务，平整硬化路面5万平方米。

也不是认识完全一致。两委决议出台后，一些人家对拆除墙外占道的门台和简易棚就有不同想法。针对这部分人的私下议论和观望心理，支部连夜派人上门解释动员。第二天，两委十一位委员率先行动，一大早就开始清理自家门前屋后。随后，所有党员家庭和群众陆续跟了上来。只一天时间，全村的违规搭建和残砖烂瓦全部清除，为道路整修和绿化亮化开了好局。

凡是民主决策的事，符合群众长远利益的事，雷厉风行，说干就干，不作秀，不搞花架子，这是杜寿金和村两委一贯的作风。四留固村懂技术、会经营的人多，不少人常年在外打拼，最牵挂最不放心的是留在村里的老人、小孩。为解除大家的后顾之忧，两委会果断决策，把现有办公楼让出来，再投300万元，创建了全乡唯一的村办幼儿园。与此同时，专供老人居住、就餐、娱乐的幸福互助院如期建成。两委的办公场所，则搬到旁边的几间平房。

威望正是这样炼成的。杜寿金担任村支书已37年，领导班子其他成员也都连选连任多届。37年来四留固从早先办小炼油厂，到建化工厂，再到搞运输业和发展乡村旅游，每次转型都应合着时代潮流和国家政策节拍，也得到村民的竭诚拥护和响应。

有位长期担任领导职务的离休老同志来这里参观考察，临走留言：四留固的“美丽乡村”是名副其实的。它的美丽，不只在村容村貌的清爽整洁，更在村民文明健康的生活方式，积极向上的精神风貌，与时俱进的思想观念。看了这个村子，我更加相信，我们的国家2020年实现全面小康，是可以办到的。

摄像机前，面对记者的提问，老杜的一席谈话语言平实，却让人难忘：村干部算什么官，不就是群众选出来给大家办事的嘛！你挑了这副担子，就得实心实意，日夜谋划，扑下身子带领大伙致富奔小康。老乡们日子过得越红火，越称心，对党和政府越满意，说明你才算没辜负党心民意，尽到了自己应负的责任，应尽的义务。

这让我想起邯郸常见的两条标语：

——要把人民放在心中最高位置，全力为群众排忧解难。

——人民对美好生活的向往，就是我们的奋斗目标。

这标语红底金字，鲜亮夺目，如郑重的承诺，庄严的誓词，凝魂聚气，温暖人心，激励人们以坚定的理想信念，去创造更加幸福美好的生活。

（原载《中国纪检监察报》2016年10月14日）

# 梦回祁连 / 雷达

## 一

哦，民乐，留下我青春身影的地方！仰头可见天神般威严的老君山雪峰，低头可见冰冷刺骨的溶雪水在灌渠里澎湃。一年四季疾风尖啸，从不停歇，风神呜呜地，似在捉拿并拷打一个脱逃的魔鬼。男人和女人们每天绕过村头的涝坝，踏过芨芨草的枯黄，扛着农具，向光滩深处如野马浮动的雾浪走去。我也曾是他们中的一员。在这里留下过我 21 岁的容颜。

老君山是祁连山北麓东段的主峰，矗立在民乐县城南面，云雾在山腰拉起了带子，显现出山的雄姿。夏天，老君山若起大雾，山下的庄稼就要遭殃了，不出一刻，大雨滂沱；冬天，雾幛拉严到山根下，天地骤然变色，大雪纷纷扬扬，雪深三尺。人们说，老君变了脸，杀羊祭神山哪。

传说有一年，老君发慈悲，扮成一个放羊老头儿，身穿皮袄，赶一群石羊滚滚而下，他要给洪水河修座桥。一个智者说，你的羊怎么头比偏牛头还大，一语泄露了天机，老君化作青烟飞走了，而羊们顿时立地不动，化成散落在洪水河谷中的万年不移的巨石。这个传说很有趣；而我所在的村子就叫洪水村。

压在记忆深处的东西，好像永远沉埋了，其实蛰伏着，有一天会冲开重重淤积，清晰地显露自身。比如“四清运动”，简称“社教”，现在基本已无人提及，没人觉得它多有意思，它主要发生在农村和农民中，时间也只在一二年间，似乎是一个小插曲，与后来的“文革”风暴关系不大。当然不是这样。“四清运动”的发起与当时中国政治态势的极左主流密切相关。

但“四清运动”又是复杂的。不能说它没有整顿农村基层的混乱，整治自大跃进以来乡村干部的专横霸道的某种积极意义，但它却又迅速转向了以血统论为基础的阶级斗争扩大化，在思想体系上，它与“文革”思维是一致的。它是一次“文革”前的操练，也是后来声势浩大的知青运动的一次彩排。但让我纠结的似乎并不是这些，而是隔着历史烟尘的各种亲切的面影，是那个久远年代里，人性的淳朴与异常，残酷与美丽。

## 二

1964年秋，开学不久，作为大学四年级学生，在下去搞“四清”前，先有个“三查运动”，即“查阶级，查立场，查斗志”，也称为“交心运动”。每个人都要写认识材料，清理思想，深挖阶级根源。为了让“交心”显得更加真实可信，顺利过关，有人就编造些无关宏旨的“错误”，或乐于把某些流行的错误思想扣到自己头上。也有人尽力丑化自己的剥削阶级父辈，以划清界限。有一位学生干部，以绘声绘色地揭露他的富农父亲的种种丑态而闻名，他有一种农民式的幽默和尖刻，并配上各种细节，给人的感觉特别诚恳。他的示范性演讲很受欢迎，有点像后来的“讲用”。和他同村的同学却说，他父亲不是这样的。

在拐角楼的一间宿舍里，我们这个大组，每天聚在一起进行的就是这样的“交心”。一个一个地过。一天最多过三四个人。家庭出身在那时具有绝顶重要的意义，几乎就是一切。它决定着每个人的位置和价值。根正苗红的少数人成为运动中坚，他们意识到自己的重要，一个个表情凝重，不苟言笑。我的履历表家庭出身一栏填的是“自由职业”，有点似是而非，不好不坏，一度我被作为红外围对待。我们那个大组的负责人是班主任徐清雅先生。她是教西洋文学的，会好几种外语，是位真正的学者。她就是后来全国著名的一位青年理论家的母亲。她和丈夫胡震旦先生一直把我看作他们的得意门生，使我有点飘飘然，并没有感到有多大压力。

我们组有两个重点关照“对象”。一个叫王立人，其父是杨虎城部下，抗战胜利后做过接收大员，逃到台湾后，曾官拜高雄城防司令，大约在蒋介石叫嚣反攻大陆那年，参考消息上冒出过他父亲的名字。这把西北小地方的人吓坏了。他一直是我的好友，和我一样单纯，幼时基本没见过父亲，过着孤儿寡母的清贫生活。另一个叫杨晓春，女，人长得漂亮，属校花一级人物，却是“国军”团长的女儿，虽追求者甚众，但仍被视为问题人物。这两个人的“交心”反复了好几次，一直攻不下来，总认为他们怕痛，挖得不深，不敢“刺刀见红”。

那是一个再平常不过的下午，我不知哪来了一股子勇气，忽然站出来要求发言。我说，我们不应该这样对待他们，我们不能搞唯成分论，搞血统论，我用毛主席给出路方面的话作为武器，自认为发言很有水平。我的思想与“文革”中写《出身论》的遇罗克的思想非常相近。

我刚一说完，徐先生立即宣布休会。她拧着身子出门时的背影有些冷硬。我居然毫无知觉。随后只见一个个骨干被召了出去，气氛顿时变得莫名的闷燥。谁都不和我说话了。不时有人推门伸头看看我在不在。俄顷，宣布重新开会，各就各位，房间里忽然很静，但彼此的呼吸声仿佛噼里啪啦地撞击着，要撞出火星了。终于，第一个骨干发言，他严正指出，我犯了严重的立场错误，屁股坐在剥削阶级一边，说轻了是认识模糊，说重了是代替剥削阶级反攻倒算。第二个骨干是对我比较了解的人，发言的分量比较重，他说，你为剥削阶级的孝子贤孙鸣冤叫屈，你是谁，你又是什么家庭，我看需要好好重新查一查。你和王立人平时形影不离，王自称王奥，你自称雷勃，鲁静宇自称鲁洛，你们三个合起来自称是奥勃洛摩夫，你们晚上不睡早上不起，早饭也不吃。你还说，你心中的女神是玛蒂尔特，她敢把于连的血头颅捧在膝盖上回去安葬。你为反动的贵族小姐大唱赞歌。你平常夹一本《罗亭》出出进进，自称你就是“多余人”。是的，你连“同路人”都不是，你就是一个革命队伍里的“多余人”！该淘汰了！第三个发言者却不是骨干，但脸色更加严重，这位同学不断颤声喊叫着我的名字，并用颤抖的指头几乎点到我的额头说，我们革命群众好比正在楼下游行，你从楼上突然给我们兜头泼下来了一桶冰水，你呀你，你这是直接对抗群众运动呀，这是是可忍，孰不可忍？事后得知，这位同学的家庭出身问题更严重。我当时是半低着头，偶然抬眼，见他气得发抖，嘴角溢出白沫，心想，怎么了，至于吗？

这时有人在外面敲门喊，食堂要锁门了，快下来吃饭吧。于是会议不得不中止。徐先生做了一个简短的总结，她指出，我的发言不是偶然的，是国内外阶级斗争动向的一种表现，思想本质是典型的资产阶级人性论和反动的阶级调和论，是用合二而一来反对一分为二等等。那时正在批判杨献珍和周谷城，她把我跟他们挂上了。她的发言无疑具有深度和高度。她变得不认识我了，她看着我，冷若冰霜。多年后有人告诉我，那次徐先生也是不得已啊，她对你其实很好，她的出身问题更大，组织上正在观察她呢。

我永远记得，那一天黄昏正赶上老天爷“下黄土”，现在叫“沙尘暴”。九月里下午 7 点钟光景，应该还很明亮，但那天是漫天昏黑，不辨人形，呛鼻迷眼，呼吸困难，好像老天也来羞辱我。下楼时连王立人和杨晓春的背影也是冷冷的。在食堂外的小操场上，吃饭者谁都不理我。那天吃的是疙瘩汤、金银卷就炒咸菜。我和着尘沙艰难而无味地吞嚼着。这时班长王忠端着饭盆走了过来，蹲到我面前。他是“老好人”，年龄比我大。先是蹙着眉头不停地唉声叹气了一阵子，然后说，昨天晚上我们刚刚研究过，要发展你为依靠对象，觉得你虽然不太关心政治，有点走白专，但家庭相对简单，人也比较单纯，有啥说啥。你看你，今天闯了多大的乱子啊，捅了多大的娄子啊，唉唉，你的问题还得上报校部呐，能不能被批准参加“四清运动”还是个问题呐。我一句话也说不出，估计模样极难看，但并没有哭。我拖着灌了铅似的双腿走回宿舍，拉开被子蒙头就睡。

## 三

当然，并不存在批准与否的问题，不可能把我一个人留在学校。1964 年国庆一过，我们就奔赴“四清”前线。地点就是老君山下的民乐县。这次运动历时八个月，于第二年，即 1965 年 5 月初返回兰州。说实话，当时的我其实是兴奋莫名的，像一匹撒欢奔跑的马驹子。再也不用坐在闷暗的宿舍里没完没了地开会了。

拂晓时分，火车过了乌鞘岭，白雾渐渐散去，再往前行，过了古浪峡，眼前忽然现出广袤的戈壁滩。久闻大名的河西走廊终于现身于眼前，让我无比激动。那个年月，人的流动概率极低，基本哪儿也没去过。千里河西走廊对我很有诱惑力。从车窗下望，只见天朗气清，红叶欲燃，荒滩上不时出现一座座长方形的古老土堡，越往后走堡子越多，有的堡子四角升起“堞垛”，还有炮眼。但不见人，土堡大部分已倾塌了，不由引人遥想古代。

进入黄羊镇以西地面，土地肥沃，村舍连亘。河西地区收获季节晚，场院上还有人在“碾场”。收割过的田野上有人堆粪肥，有人煨起了粪饼，蓝烟袅袅升起，若隐若现，状如指路的仙人或婀娜的女神。毛驴颇多，当地社员穿光板老羊皮袄，斜跨驴背，得得蹿行，从火车上看下去，是迅速移动的小黑点，别有一番古意。

这时我们发现了古长城的遗骸，一段段残垣断壁，在秋风中独卧于沙丘之上，如伏虎，如怪兽，中间还杂有烽火台墩。这带来了大欢喜，我们一个个狂喊着看啊，看啊，后来火车的另一侧也发现了古城墙，它几乎一路陪伴着我们。懂行的人说，这叫“断壁长城”，属于明长城，其苍凉况味难以形容。这就是 1964 年秋天的河西走廊给我的第一眼印象。

此时我想起了《烽火台抒情》，一首诗，是甘肃师大学生诗人何来写的。1962 年中央人民广播电台曾将此诗与臧克家，贺敬之，郭小川的诗放在一起朗诵过，在甘肃学界轰动一时。其诗有句云：“你鬃子山下奔逐着的长城啊，风尘仆仆万里来，迈过多少战乱的岁月，多少寂寞的年代；你雾霭里明灭的古道，去凉州，通瀚海，几回驿马羽书，多少铁血化尘埃！”这是那个年代惯用的宏大调子，铿锵有力，震荡人心。写的正是河西走廊。

我们在张掖下了火车，住了一晚，第二天换乘解放牌卡车向民乐进发。“四清”工作团有两千人，据说那天正好用了 100 辆卡车，其场面之浩大，用遮天蔽日，排山倒海，地动山摇，都不算过分。我们穿戴着兰州军区以极低的价格配给的棉军帽，旧皮军大衣，军用大头鞋，一个个好不威武。除了没枪，什么都有了。想到几天前还在恭恭敬敬地“检讨”，现在忽然一身戎装，男女同学相视而笑，不觉豪情满怀，忘记自己是老几了。

车队构成了一条长达数里之遥的长蛇阵，中外战争巨片都没见过这样大的阵势。从张掖到民乐，100 多里，主要在戈壁滩上行进，过了东乐镇后折转方向，我们可以不断回首观赏车队曲折逶迤，烟尘滚滚的景象，还有人说他看见了传说中的“海市蜃楼”，激动得不得了。那一天，民乐大地在颤抖，寂寞了亿万斯年的戈壁滩似乎从没这么喧腾过。试想，100 辆卡车，数千之众，突然涌进一个只有七八万人和只有一条小土街的小县城，怎能不构成“雷公打豆腐”之势。老乡们一个个看傻了，有的半天合不拢嘴，有的啧啧叹道，1949 年王震的队伍过民乐，阵势也大，可也没有这么大啊。车辆因为一时疏散不开，我们不得不长久地与路边的群众车上车下默默对视，有些尴尬。这一天的晚上，民乐全县就有五个“四不清”因为极度惊恐而自杀了。我要分配去的那个大队的会计，吊死在老戏台上。

“四清”工作团由三方面人员构成：一方是兰州大学师生，一方是武威地委机关及所属单位干部，一方是武威炮校的军官们。在后来的日子里，我越来越感到武威地委的干部人才济济，有老革命，有智囊人物，有笔杆子，还有农村工作的“老手”——他刚一张口农民们就笑了，真是藏龙卧虎；而武威炮校的军官，大都腰挎手枪，个个精神，他们人虽年轻，资格却老，那时距离解放战争胜利才十四年，他们中许多人都是四野的，一野的，有过参战经历，但你不问他绝对不提。我们大队的刘参谋就带我到河滩打过五四式手枪，他紧抓住我的手，怕我乱动，让我向荒崖连开了三枪，看弹壳冒着青烟蹦出枪身，真来劲，我过了个枪瘾。

## 四

在大队部住了第一夜。清晨，风小了，出门望去，我发现一个穿红袄的小姑娘，颠簸在小毛驴的背上，半弯着腰肢，一起一伏的，甩打着小腿儿，小驴趟过了一条清浅的小河。这画面让我沉醉，感动，刻印在脑海深处无法去除。

当地老乡个个头顶着一种毡帽，表情沉默木讷，这帽子呈铲子形，帽舌伸出老长，它有个费解的名字，叫“牛吃水”，看起来怪怪的，恍然有进了罗刹国似的感觉。后来才明白，此帽样子虽难看，但平日挡风，夏天遮阳挡雨，再毒的太阳也晒不透，再大的雨水都会沿两翼流出，一抖即干，冬天拉下帽檐可防耳冻，故而冬暖夏凉。这里的河西女人外出必蒙面，为的是防风防晒防寒，一个个用头巾缠住头，只露出一双骨碌碌转的黑眸子，你无法探知那后面的表情，除非你跟进家门，看她们卸了装。

然而，让我万分惊愕的是，50 多年后的现在，我曾碰到过一位在京的民乐籍的大学青年教师，聊天中我问他，你们那儿老乡都戴“牛吃水”毡帽吧，他摇头；我问，你们那儿女人外出都是蒙面的吧，他更摇头，他甚至根本不知道“牛吃水”是什么。我的天，这个世界真是变了，地变天也变，从风俗到气候，变得无法辨认了。我不服气，又问，你们那儿把父母叫“娘老子”，把“跑掉了”叫“排掉了”，对吧，这他点头。当我说，你们那儿把不务正业的流浪汉叫“五二鬼”时，他哈哈大笑，连连说对、对、对！

且说，我们住进了老乡家以后，才知道这里有多贫穷。我住进的那家人少，一个瞎眼老汉和他的儿子，两条光棍。儿子叫李希林，人长得挺拔精干，曾在钢厂干过，母亲病逝多年，他对老父亲极孝顺。这个家真是空空如也，推开四面漏风的破门，就是一盘炕，土炕上的被子补丁摞补丁，色泽污暗。为了我的到来，李希林换上了他准备结婚用的一领新炕席。这应该是很大的事。我很久以后才知道。

李希林说，挑选可以住工作队的人家可难了，既要是贫下中农，还得家境过得去。有的人家根本不敢让你们住啊，那些家就在炕上铺一层麦草，睡觉时往草里一钻，清早起来赶忙抖净头上身上的草渣儿。有的人家女人只有一条裤子，她和女儿谁出门谁穿，在家的就窝在炕上，当然，真穷到这个份上的也不多。我听了吸一口凉气，心想，谚语里不是说“金张掖，银武威”吗，怎么穷成了这样？

只有吃了“派饭”，你才能真正体会到老乡们生活的艰辛。这里要对“派饭”这个历史性名词略加解释。那些年头，运动多，临时任务多，上面经常抽调一些干部组成工作组、检查组，到农村指导或检查工作，简称“驻队干部”，“蹲点干部”。驻队时间或十天半月或三月半年不等。这期间“驻队干部”轮流在各农户家吃饭，每顿每人付四两粮票和二毛钱。对农家而言，管“派饭”是一种负担，但又是一种荣耀，一种“政治待遇”，地富反坏是无权管“派饭”的。农民们常年吃糠咽菜喝清汤，每逢给干部“管饭”，却互相攀比，要提升一下档次。工作队严令必须与老乡“三同”，伙食水平保持一致，不得超标，但老乡们还是有做白面拉条子的、蒸小馒头的、炒小炒的，甚至个别还有过包饺子的，最不济的也是油泼蒜泥土豆，外加酸菜花卷儿。当地产优质红皮大蒜，每顿饭都会摆上。

每次吃派饭，都是刘组长带着我。刘组长是法院的，我的顶头上司，他高个儿，面容坚定，语速慢，说话严谨，他对我却好，总叫我尕雷子。我们出门调查，座谈，开会，总在一起。我们坐在老乡的炕桌边，老乡把好吃的端给我们，一个劲儿地劝我们多吃，然后老乡自己躲在外面喝青稞面拌汤或野菜汤。我们的心情是矛盾的，吃惯城里饭的我们，也饿，甚至馋，也需要补充营养，可老乡吃得这么差，让我们吃不下去。老刘总是举着花卷儿或夹起菜来正色道，以后你们吃啥我们吃啥，千万不能给我们单做。主人总是谦恭地堆着笑说，好我的书记嘞，我们十天半月才管一次派饭，哪能让你们喝洋芋拌汤子呢。老乡把工作队的人都叫书记，或者干事，我都享受过书记的尊称。

孩子却不管这一套。我们不止一次地遇到，脏兮兮的小男孩小女孩，流着双管鼻涕，端着自己的汤碗，死死地盯住桌上的饭，盯得我们发毛，无法放开吃。更有一次，一个小男孩嗖地翻上炕，用小脏手迅如闪电一般抓起饺子就吞，主人进来大怒，一个耳光把孩子扇到炕下打旋，孩子号啕大哭，我们一再护住孩子。这顿饭我们哪里还吃得下，只能落荒而逃。在我，真是吃出了一种犯罪感。

这个地方，或因半农半牧，或因边远蛮荒，历来男女关系比较随便，开放，所以工作队有严明纪律，规定与女社员谈话，必须由二个或以上工作队员在场，谈话时必须敞开房门，晚上一律不得找女社员询问。在开头的一段，执行得很坚决，于是在县团的一份内部简报上，出现了这样一条“情况反映”：“由于工作队进村后作风严肃，有的落后妇女就说，工作队的男人没长球”。我们的主要工作本是扎根串连，依靠“根子”们，揭开阶级斗争盖子。但打开局面很难，家族关系盘根错节，后来还发现，我们倚重的某些“勇敢分子”，其实是依靠错了，这更增加了工作的难度。倒是在生活作风问题上打开了缺口，发现各队的村干大都存在“嫖风”问题，听说某公社有个队长和会计互换老婆睡，生的娃名字就叫“换换”，成为笑谈。战果迅速扩大，案子越扯越繁，这使工作队员们很兴奋，因为那个年代男女关系也是严重的问题啊。可是武威地委的同志们太了解相邻地区的土风了，工作团团长、地委书记程雪同志马上就发现大方向有所偏移，他要求各工作组立即停止追查男女关系，重点要放到清政治清经济上来。

那时原则上要求工作队每周与老乡同劳动两个半天。因老刘和其他人都有更重要的事，每次都是我去，渐渐老乡也不拿我当外人了。洪水河边的原野上，最习见的就是芨芨草，长在地边路边，高尺余，黄灿灿的耀眼。木轮牛拉车也是一景，轮子极大，很像俄罗斯列维坦油画里的大车，打场时装麦草用，或用它往地里运肥，颇具田园风味。

红红绿绿的成群妇女，扬起榔头打胡基，我也夹杂其中。我因不得法，榔头把儿攥不紧，腰太硬，据说姿势很滑稽，手上起了几个大泡。正狼狈间，环子这丫头，猛地从后面向我冲来，冲了我一个大跟头，众皆大笑。环子姓郝，是团支部副书记，爱唱歌，一见面就推搡我，说，雷干事，今晚上你总该给我们教新歌了吧。我那时附带负责给青年教歌，半月左右教一次，在土堡里。那年代唱的歌有《勤俭是咱的传家宝》《打靶归来》《社员都是向阳花》《汾河流水哗啦啦》。

环子皮肤微黑，很水灵，一笑就露出雪白的牙齿，两颗又大又亮的眼睛毛茸茸地扑闪着，两颊照例有紫外线强照射后形成的两片红晕，俗称“红二团”，但这反而使她透出一股子野性美。她一会儿咯咯地大笑，一会儿挤眉弄眼，调皮地捉弄人，一会儿又噘着嘴发脾气。她那样子，用现在网络名词就叫卖萌。有一晚教歌，我靠着墙睡着了，她掐醒了我，说为什么不教了？我说困啊。当时我很恼火，为什么对别的工作组你那么恭敬，为什么在我面前这么放肆。

叔本华说，人是这么一种动物，既要吃面包，也要看马戏。说得太对了。你看欧美国家看足球的，看篮球的，看网球的，万头攒动，老头老太太儿童也不例外，时间再宝贵，这乐子是不能缺的。人确是需要娱乐的，哪怕再苦再穷再累；只是，贫困会把娱乐的方式扭曲和变形。一天，秋阳高照，风也柔软，我们在干沟里小歇。我躺在避风处盖着外衣迷盹，忽听咚咚咚一阵急促的跑步声、追喊声，随后就传来了一声高过一声的爆炸般的哗笑。我好奇，走近前一看，原来女社员们，也有男社员，把一个中年男子撂倒，褪下裤子，并把其脑袋不断往裤裆部位按压，说这叫“苏秦背剑”，也叫“弯弓射雕”，然后围着他大笑，笑出了眼泪，有的人喜得直跳脚。据说被示众的苦主一般是不会恼的，往往一笑置之。有人喊，雷干事来了，快跑，一女社员却说，雷干事来就来，怕啥哩。我只能面露尴尬地笑，扭头装没听见。后来，我听到过一个顺口溜，专道甘肃某些地方的贫穷落后，说是："开会靠吼，种地靠牛，点灯靠油，娱乐靠球"，这再一次让我发出苦涩的笑。

那时还有一种难言之隐是，浑身长虱子，奇痒难当，开着会不由人不摇头摆尾，歪肩扭臀，样子难看。女队员也有相似表现。有人说后半夜奇冷，能冻死的，我试过，冻不死，衣缝里虱子虮子仍然结成团。还是李希林有办法，他找来几大包六六粉，倒进大铁盆，再将我的衣裳放进去，反复煎煮。这一招果然灵，虱虮们遁形了，我人也清爽了许多。

有一天，我去大队部，看见环子坐在大门槛上，用木盆洗衣服，手冻得通红。她家就在这长着一排白杨树的大道边，道边有条小溪。我边走边嚼着李希林给我的干沙枣，顺手递给了她一把，她接过枣子，扭过头，再转过来，却眼含着泪，我说你怎么了，她说心里难受，忽然没了平日的嬉笑。午后，我从队部回来，她老远就向我奔来，直撞到我怀里，喘着气说，你又回来了。我感觉到了她温热起伏的胸脯和呼出的气息，虽只一瞬，也顿感有点不对劲，忙推开她。她并不是小丫头，都18岁了，叫别人看见多不好。我忙向大路两头望去，幸好中午没人，只有白杨树在风中拍着手儿喧哗。

## 五

进入十二月，天寒地冻，北风怒号，洪水村的斗争形势渐渐推向了高潮。工作组和贫协的"根子"们天天开会到半夜，终于敲定了斗争对象名单。其中有一人漏网，他叫郝得全，会一点兽医，也会一点人医，在最饥饿的那一年，他伙同他人杀了队上的一头驴，煮熟了卖钱，分得25元，他还伙同饲养员，偷过一袋豆料，那本是牲口的口粮。他还帮人从青海贩过牛。他的"罪行"已构成破坏生产资料罪，因为他的成分是贫农，又与地富反不沾边，只能定为坏分子。他人现在青海俄博的什么地方，给队上缴一点钱，算是批准搞副业的。我万万没想到，郝得全竟然就是环子的父亲。

环子和她的母亲已被通知，不准再参加贫协的"根子会"，环子也不得再参加团支部活动，那还意味着，什么刷标语啦，喊口号啦，会前拉歌比赛啦，都没环子的份了。这对这个活跃分子来说是多么大的打击，甚至意味着

“政治生命”的结束。

有天早晨，下着雪，我伏在被褥卷上写工作日志，那时我和老刘搬进了这间空房，不在老乡家住了。听见门外有隐隐约约的抽泣声，我一惊，忙跳下炕打开门，是环子！她头发蓬乱，满脸泪痕，原先的圆脸似乎拉长了，显出尖下巴颏了，这使我震惊。她哭着说，我大大是好人，那驴是自己死的，不是杀死的，是队长叫杀的，不是我大大要杀的，她反反复复说着这样的话。我无语，也不敢把她让进屋，就这么一个门外一个门里地对峙着，任雪花儿飘舞。这时老刘夹着办公包回来了，他寒着脸，冷冷地看了一眼环子和我，谁都不理。他扭头对环子说，你父亲的问题是上级批准的，你要划清界限，带头积极揭发，不要想着翻案，翻不了案。

环子忽然开口说，刘书记，明天该轮到我家管派饭，我们还管吗。她充满期待。她做饭的拿手好戏是搓青稞面鱼鱼，两手并用，一只手下搓五根，一次搓十根，搓两次就能下一碗；煮熟后拌点油泼蒜泥，甚是好吃，屡获老刘夸奖。老刘还用当地土话拖着长声说，青稞青稞，不吃了饿得慌，吃饱了肚子胀，惹得大家哈哈大笑。这是老刘罕见的一次开玩笑。可是现在，他沉着脸，缓缓地说，派饭嘛，我看，今后你们就不用管了。环子一听急了，忙说，我东西都备下了，现在换人来不及了，老刘说，来得及，你回去吧。这好似最后一击，环子呜呜地大哭起来，抖动着肩膀，斜着身子出了院门。

老刘返身关严了房门，严肃地对我说，尕雷同志，组织考验你的时候到了。经研究，决定由贫协主任郝得福同志带着你，去青海把郝得全弄回来。路上可能比较辛苦，你有决心吗？我当然深深地点了点头，连说有决心，有决心。

那时各大队都在把外流人员召回。我的同学何某，爱写诗，疯疯癫癫的，绰号何瓜子，这家伙入冬前曾到青海祁连县搞过外调，据他吹嘘，他见过穿红袍的藏女，歌喉婉转，直入云霄，骑马飞奔，快如闪电，似乎还对他有意思，情节略似后来听说的王洛宾的故事。我明知有虚假成分，但仍有些向往。两天后，我和贫协主任一起在县城东头的汽车站，上了去青海的班车。那是一种带帆布篷子的道基卡车。我们穿过了著名的青甘之间的咽喉孔道——扁都口峡谷，一路上，过冰大阪，过冰大沟，寒气逼人，冷风割面，茫茫大雪密集到让人喘不过气来，天暗时仿佛世界末日到了。在俄博没找见人，我们忍着冻与饿，立刻返身转乘一种小卡车颠了一整天，在一个所谓的金矿，在一间歪歪斜斜的土屋里，找到了郝得全。

原以为郝得全又杀驴，又贩牛，又偷粮食，一定是个能人，强人，三头六臂式的，谁知是个光头老汉，青白面皮，奇瘦，寡言，慈眉善目。郝得福一见他立刻低声下气，说，二哥啊，我接你来了。不料郝得全说什么也不回去。郝得福苦着脸说，二哥，你哪怕点个卯再回来，不然我交不了差啊。他暗示我站出来说话。郝得全一直不敢正眼瞧我，似有点怕我。我就说，郝得全，这是组织的决定，任何人都得服从，都得参加“四清运动”。他无语了。我们用了三天时间，再次穿过扁都口，吃的苦就不提了，终于回到了民乐，回到了洪水村。民乐与俄博虽分属甘青两省，却是邻县，五十多年后的今天，新疆到兰州的高铁正从扁都口通过。

斗争郝得全的会是老刘亲自抓的，经过精心策划，发言顺序也排好了。那晚汽灯雪亮，会前猛喊了一阵口号，气氛酝酿得很足。县工作团还派了人来。问题却出在“杀驴事件”的一个具体细节上，到底驴是病死的，还是好端端被人杀死的，如果是病死的，那性质就够不上破坏生产罪。老刘是搞法律的，却忽略了这个重要细节，一味听信“勇敢分子”的揭发。会上老刘也急了，厉声喝问，当时驴到底还有没有气？老饲养员被推出作证，他磨了半天，才吞吞吐吐地说，这驴它是自己病死的，可这驴它还有最后一口气。“还有一口气你把它杀了，这是什么问题！”老刘变得有点不讲理了。

贫协主任郝得福对着台下说，继续批斗，继续，谁发言，谁上来，快一点。他眼光扫过去，像机枪扫过，一个个低下了头，扫了两遍，人们低了两回头。郝得福很窘，自我解嘲说，你看你看，乡里人一见省上的大领导，连话都不会说了，其实他们憋了一肚子的话呢。这时一个积极分子站起来质问道，郝得全，六〇年你偷粮食呢，你总不敢说你没偷吧。郝得全沉默着，紧闭双眼和嘴唇，好像发誓一辈子永不张口。天冷极，冷得让人发抖，这时有人说了，二爸，你就瞎好说上两句吧，娃们媳妇子们冻得实在招不住了；二爷，你就说上两句沙，我们扛不住了。良久，郝得全才叹气似的说，哎，你们叫我说啥呢嘛。那年环子她妈眼看着就快断气了，心口都凉了，得亏了这一口救命的粮啊。这时人群里有妇女抽抽搭搭起来。这一来，气氛变得对斗争会不利。我感到，从会场最后面的一个暗角里，不时有一道锐光射来，那是环子在看我，似在求助，我赶快躲开，不与她目光接触。

斗争会没有达到预期效果，很无力地散场了，老刘铁青着脸。幸好另外两个会，斗老队长的和斗老地主的，都开得比较有声势。那次会后，我被抽调去写村史，人也搬到大队部，与老刘分开了。

那个时候，全国有股写村史，家史，厂史的风，各地在寻找当地的刘文彩式人物。工作队决定也要写一本村史。我每天跑到据说是方圆二百里内最大的地主庄园，一个巨大的土堡，去搜集材料，访贫问苦。它叫烧房庄。在那儿我大开了眼界。郝氏庄园围墙高达五丈，内有房屋三百多间，曾经骡马成群，拥有自己的武装，像个小社会，以酿造烧酒和种植鸦片为业，富可敌国。每天出烧酒二百多斤，销往整个河西走廊，远至新疆、中亚各国。据说那种烧酒极火烈，极好喝，比现在的茅台和最高度的衡水大曲都过瘾，可惜配方已失传。大堡子 1915 年曾遭祁连山土匪抢掠，双方血战数日，郝氏败，庄园付之一炬，满门被灭，儿媳遭轮奸后，喝大烟水自杀了。这个庄园的历史，使我对河西走廊的堡子文化有了新的认识。

春节前，接到通知，要求我们春节在武威过，集训半月，一律不得回兰州。去武威的那天，我们坐在大卡车上，倚着行李闲聊，车未开，在等人。忽听说，下面有个大姑娘，低着头，问她找谁她也不说。这引起了车上人的好奇，互相打问，她是谁，送你们谁的？无人回应。我起先没在意，伸头一看，吓了一跳，原来是环子，且隐约觉得她是为我而来的。我知道工作队纪律极严，决不许队员与本地女性有染。这使我心跳如鼓，尽量看别处不看她，只当她不存在。过了一会儿，一看，她仍蹲在车边，我有点慌了。车终于发动起来了，送别的人们在摆手，环子忽然站起来，一跃，就蹬住了汽车的大轱辘，扳住车帮，立了起来，她把两盒新建牌的纸烟拍在了我手上，说，雷干事，这两盒烟你拿上路上抽，我等你回来。她一跳下，车就开了。

等我？等我什么？莫名其妙！我有点恨她了。后来才明白，是我误会了。她说等我，是她有一肚子的委屈要说，她等我，还因为她春节就要投靠远在酒泉金塔县的小姨家，那里距此遥远，在那里她将出嫁给一个玉门的石油工人。这是我们最后一次见面，却是这样的场合。

当时我像个被人现场抓住的小偷，恨不得找个地缝钻进去。车上的人看我的眼光很复杂，有怀疑的，有询问的，有谴责的，有诡谲地笑着的，使我有口莫辩，我不想解释什么，也不可能解释什么，只能涨红了脸，手捏着两盒烟发呆。新建烟每盒一毛一，属于劣质烟，但对一个农民而言，价格不菲了。车渐渐颠簸得厉害起来，黄尘一阵阵卷来，人们才不再看我了。所幸，事后并无组织找我谈话。

## 六

1965年春节在武威度过，住在马步芳军队驻扎过的一座三层木楼上，楼呈回字形。假日那几天无事，有多个晚上，我反复去观看武威歌剧团演出的歌剧《江姐》，为之深深打动，于是立志要成为这个剧团的编剧。恰好地委书记程雪就在我们大队蹲点，看过我编写的村史的一部分，表示满意，我就去找他，他答应我毕业后调我到武威歌剧团当编剧。我激动不已，天天设想着深入生活的一大套计划，并想先写个关于西路军的大型歌剧，想象着演出的盛况，想象着多少人被我的作品感动得热泪盈眶。其实，我只看了两本回忆录，没啥准备，属于心血来潮。我没有意识到，当时的中国，山雨欲来风满楼，“搞创作”一词已近乎痴人说梦。因兰大毕业生是由国家统一分配，武威够不上，我分到了北京。我在北京的工作很不如意，我一直闹着要回甘肃武威当编剧，北京的组织不太理解我。1966年春天，“文革”眼看起来了，我还在申请调回去。有一天终于等到了远在武威的程雪书记捎来的一句口信：“好好在北京工作，不要来武威！”至此，我热忘遂消。现在回想，是程书记有远见，在保护我。我真要跑到武威，下场难以预料。程书记是长辈，他在“文革”中遭遇了怎样的命运，他是否还健在，我一概不知，问人也问不出来，就在我写这篇文章的时候，还是不知道。

春节后回到大队，听了不少传达文件。文件批评了王光美的桃园经验，批评了“四清与四不清的矛盾”这个“错误提法”。当时“四清”有小四清与大四清之别。小四清是清账目，清工分，清仓库，清财务；大四清则是清政治，清经济，清思想，清组织。当时小四清基本停了，不太追究了，而特别强调反修防修，揪出党内走资本主义道路的当权派，警惕中国的赫鲁晓夫式人物。运动渐呈收场之势，各队要求原先的村干部“洗热水澡”，“轻装下楼”（都是当时特有的政治术语），大部分官复原职。这使很多“根子”或冲在前面的人不干了，纷纷到工作组讨说法，说你们走了，我们怎么办。但无果。

在这里，我必须要把我的一个极独特的经历说出来，那就是我在洪水村入了团，又遭遇后来的不被承认。有天，多日不见的老刘找到我说，尕雷，我发现你还不是团员，这要影响你以后的前途，我给你弄了张表，你填填，明天晚上就发展你。我半信半疑地说，我们大学里入团可难可难了，这不可能吧。老刘说，没问题，县工作团是一级独立党委，有权发展党团员，可以火线加入的。我说我一向自由散漫，老刘说不不不，我看你表现得还不错。

第二天晚上，我鼓足勇气，拿着填好的表走进土堡里的会场。我一出现，就受到农村青年团员们的热烈欢迎，我脸都红了。为什么说鼓足勇气呢？我是工作组的，在社员眼中是领导，平时戴着面具指手画脚，人五人六的，可是现在，暴露了我连团员都不是，我得接受青年社员们的审核和表决。我的自尊心受到了很大的挑战。但是我深受感动，他们没有一丝轻看和嘲笑，完全把我看成他们中的一员，甚至因我的参加而骄傲。都说雷干事好，雷干事好，同意，同意，齐刷刷地一致举手通过了。我有一种回到母亲怀抱的感觉，我想流泪，心里说，我有很多很多毛病，你们知道吗，我是不是欺骗了你们？还想，环子若在场她该多高兴。

但是，“入团”以后，我心里总是不那么踏实。果然，一回到学校，政治辅导员就找我，她吊着脸说，你在下面入的团不算数，还得重新讨论。入党入团是她控制的领地，我的迂回入团使她很窝火。我一想到深挖祖孙三代，抽筋剥皮式的“讨论”，想到临分配前同学间的某种微妙的贬损和嫉妒，便不寒而栗。我说我还有很大差距，就先不用讨论了吧。这是她需要拿到的回答。嗤的一声，她把我入团志愿表最后一页，也就是盖着县工作团图章的组织批准的一页，撕去了。1985 年，没有入过团的我加入了中国共产党。

还有一事需要交代。撤离前，环子的母亲把我叫去，从炕桌深处掏出了一个红色的塑料笔记本，说这是环子临走时留给我的，还说环子最相信我了，说我是好人。本子的封面是万里长城，里面有些风景图片，这种塑料本在当时还很稀罕。扉页上的字认真用力，笔画稚拙，写的是：送给亲爱的雷干事，郝玉环敬赠，1965年2月某日。我当即表示，衷心祝福郝环子婚后生活幸福美满，然后赶忙把本子藏进了内衣口袋。走到门外的白杨大道边，我又一次向两头看了看，依然没人，只有呼呼的风声。宽广而粗犷的河西大地啊，你永远护佑着我。

工作组撤离的时候，没有再搞“车海战术”。老乡们厚道，都出来了。我的青年农民朋友李希林、李升、李清林出来了，环子的老父亲郝得全没事了，也出来了。老队长官复原职，也出来了；他在“洗热水澡”“下楼”的检查中，反反复复自称是走资本主义道路的“挡箭牌”——他把“当权派”误说成“挡箭牌”，不知是故意，是方言发音，还是不识字造成的。我心里好笑，你就能把党内的走资派都给“挡”了，你真伟大。人们摇着手告别，显得很平静，没有依依惜别之感，却有种潜在的冷清和漠然。那以后，我们回到兰州，我们填各种政审表，我们面临毕业分配，我们各奔报到的城市，再后来，“文革”爆发了，我们信誓旦旦而又人人自危，谁还会想起民乐呢。民乐像一个梦，突然来了又突然去了，无踪无影。明日隔山岳，世事两茫茫。

梦与现实，哪个更真实，当然是现实，可在某种情景下，真虚难辨，如花似雾，梦反而显得更真实；当曾经发生的事裹上了一层梦幻般的雾，就更加扑朔迷离了。半个世纪前的这段经历，在某一时刻，蓦然浮出，让我心惊，让我沉思，让我苦笑。我怀疑一切是否真的存在过。郝玉环送我的那个红皮笔记本，起先我好像还见过，后来就不知去向了。它没入历史的深海里了。

（原载《作家》2016年第11期）

# 忆昔倾谈鬓尚青——怀念袁阔成先生 / 王充闾

## 初次相遇，心系“大辽河”

惊悉著名评书演员袁阔成先生仙逝，心中怅憾久之。痛惜我国文艺界摧折一位大师级巨擘，也为自己失去一位相知相重的老朋友感到无限哀伤。

20世纪60年代初，一个偶然机会使我幸得和袁阔成先生相识。当时，他在营口市曲艺团，我供职于营口日报社，同在一个城市。可是，由于他整天深入生产第一线和部队基层演出，难得见上一面。这年初秋，我陪同新华社记者前往盘山县一个生产队采访省特等劳动模范、饲养员刘恩田，恰逢他来这里慰问演出，这样，才得机会作了一次深谈。

因为晚上有演出任务，午餐过后，大队便安排袁先生休息。但他是个闲不住的人，得知我属于盘山本地的“土特产”，两年前又曾在这一带下放劳动过，便拉上我谈有关大辽河的逸闻遗事。其时我们都还年轻，他虽然大我6岁，也不过30岁出头，精力十分旺盛，一袭浅黄色中山装，腰杆笔直，面庞方正，双目炯炯有神，透出一股勃勃的英气。

我说，所谓大辽河，指的是辽河千里来龙，在这里接纳了浑河、太子河之后的下游一段。这里有过舳舻相接、客商云集的笙歌岁月，但更多的是烽烟弥漫、炮火连天的“乱八地”，是英日俄等列强的角斗场。有如冀中平原，以此为背景可以写出一部《红旗谱》那样的小说。许是出于职业上的敏感吧，听到这里，他立刻眼睛一亮，拍着床板说：“你讲，你讲！”

我说，远的不讲，从甲午海战和日俄战争开始，此地历尽了人间苦难，兵连祸结，民不聊生。“九一八事变”后，日寇入侵，这里的抗日义勇军，青纱帐起，昼伏夜出，使日本关东军和伪军心惊胆丧。老帅、少帅，张氏父子的故事也在这一带流传。新中国成立后，由于生产力得到解放，加上河瘀黑土地，土沃水肥，人说“插上一根锄杠，也能够长出庄稼来”。但是，每逢雨涝，河水漫溢，顿成水乡泽国。在战胜水灾、发展生产过程中，涌现出许多事迹感人的先进人物。当天要慰问的刘恩田就是其中之一。讲述中，我穿插了一些故事：诸如，为减轻辽河水患，清末举人刘春烺首倡开凿双台河，同营口的英国商会进行顽强斗争；日伪时期，绿林好汉项青山斗勇斗智，枪毙汉奸凌印清；1958年，为发展水稻生产，引辽入双（台河），“三千壮士斩辽河”——作为这场惊天动地的壮举的直接参与者，我们在水寒刺骨的早春，三天三夜不眠不休，同呼啸奔腾的河水搏斗。待到堤坝胜利合龙了，我一爬上堤岸，便喊“渴！渴！”待到乡亲把碗送过来，我却已经就地倒下，呼呼大睡了。

袁先生听得很投入，直到大队书记推门进来，他才缓过神来，说以后找机会继续唠。

## “咱们庄户院，一切简办”

也算是一种缘分吧，这个机会果真来到了。1965年8月底，报社接到市委通知，抽调我到营口市大石桥镇东窑村参加农村社会主义教育运动（通称“四清”），时间从九月到次年三月，中间跨越春节。听说，这里是市委书记陈一光同志的联系点。

入村之后，我惊喜地发现，袁阔成先生也在我们这个工作组。原来，陈书记不仅特别关心袁阔成的政治进步——两个月前，他光荣地成了一位共产党员，而且，对于他的评书艺术极为欣赏，经常鼓励他多说新书，说好新书，为全市文艺队伍树立一个榜样。在工作组全体成员见面会上，组长老李介绍过袁先生之后，又向我交代：在开展“四清”工作中，接受实际锻炼，提高思想政治觉悟（此前，我曾几次提出入党申请）；同时，帮助袁阔成收集、整理一些农村素材，充实、丰富其评书艺术资源。说，这是陈书记的意见。

尽管我也从事文学创作，但离曲艺专业很远，怎么竟被“钦点”，分派这样一项任务呢？会后，袁先生告诉我，那次慰问农业劳模演出之后，又带队去了矿山、海防，陈书记专门听取了他的汇报。他谈了下一步说新书的打算：要投身农业第一线，进一步深入群众，体验生活；同时，抓紧阅读一些新出版的优秀长篇；响应市委号召，发掘本地（例如大辽河）资源，讲好身边故事。这时，他就提到了我们那次交谈，说要找我帮助，提供一些素材、线索与思路。啊！原来如此。

工作组下分六个组，我们这组五个人，袁阔成和我同睡一铺炕，同吃农家“派饭”，一同下地干活。本组承包的是蔬菜小队，妇女、老年劳力居多，有道是：“前面走着老黄忠，后面一群穆桂英。”由于男人多在镁矿、铁路务工，不像其他小队兼营副业，或者烧窑、开矿，因而清理账目、核查经济问题的任务较轻。我们除了参加生产劳动，就是串门入户，访贫问苦，向社员了解村里情况。当时，纪律十分严明，突出强调工作队必须和社员同吃同住同劳动，绝对不许搞特殊化。当时农家饭菜，多是大白菜、小豆腐、高粱米粥；稍微有点差异的，是经领导特批，农家大嫂专门给袁阔成随锅烙上一块玉米面饼，为的是增加一点热量，饭后好给大家说两段评书。怎么称呼呢？社员们习惯叫他“老阔”，不知是谁最先叫出来的。他是市曲艺团团长，“四清”规定一律不叫官衔，而且叫“团长”也觉得隔着一层；叫“老袁”吧，他刚过而立之年，并不老；直呼其名，又显得不太尊重。而“老阔”这个称呼，亲切、得体、老少咸宜，应该说是很妙的。

入村的第三天，午饭轮到了一户铁路工人家庭，房间较为宽敞。撂下了饭碗，收拾过炕桌，就发现窗前、门外挤满了人，有的老头、妇女还上了炕。地面留出空场来，供“老阔”摆架势。房东大嫂依据看到的说书场景，事先摆上个木桌，后面放上一把椅子，倒了一杯茶水，还找出一把折扇，只待说书人“咔嚓”一声打开扇子，便会开讲。可是，“老阔”却全是另一套架势，他亲自动手，把桌椅连同茶杯、扇子挪开，随口说道：“咱们庄户院，一切简办。”其实，即便是在城市剧场，他早已革除了这一套。听说，他在演艺界创造了三个“第一”：第一个让评书走出小茶馆，进入社会大舞台；第一个脱掉传统的长袍大褂，换上中山装；第一个撤掉场桌、折扇、醒木，改坐着说为空手站着说。

这天说的是《肖飞买药》。看过《烈火金刚》的朋友都知道，故事改编自书中第21、22两回：“五一”反扫荡，隐蔽在小李庄的一批八路军伤病员，急需消毒、疗伤药品，可是，要买药就得进城，日本鬼子监守着城中据点，怎么办？上级经过审慎研究，决定派遣县大队侦察员肖飞前往执行任务。一路上，他先后制伏了特务队长何志武和几个小特务，最后又智斗日本宪兵头子川岛一郎，巧夺脚踏车、摩托车，顺利地闯关越卡，终于把我军急需的药品弄到手中。通过“老阔”的精彩表演，肖飞这一勇敢机智的八路军侦察员英雄形象活灵活现。

尔后的六七个月，得超过上百次吧，“老阔”都像这样，在午饭后或晚上，随地打场，即兴演出；有时还到瘫痪、孤寡老人家里去献艺。演出的绝大部分内容都是新书，而《肖飞买药》《江姐上船》《许云峰赴宴》《舌战小炉匠》等最受欢迎，可说是百听不厌。一位见过世面的退休老工人说，故事还在其次，就是爱看“老阔”扮演的英雄形象，一身正气，大义凛然。那天，“老阔”刚刚说完《江姐上船》，老奶奶就合掌念佛，说：江姐、许云峰、杨子荣、肖飞是救苦救难的“四大菩萨”现身的。还有一次，我和“老阔”一道，扛着锄头进菜园子铲菜，发现小记工员正在那里模仿他，说肖飞把烟头摔在狗特务的脸上，“滋啦”一下就烫出一个泡来，狗特务一哆嗦，烟头又顺着脖梗子往下滑，滚到胸脯上，疼得直打激灵。小记工员又学着“老阔”的腔调，问道：“没想到吧，何志武？”对方唔拉了一句，心想：“我想这干啥？碰上你肖飞，这不倒霉吗？”一举手，一投足，做派、声调，活脱脱一个小袁阔成，逗得大家笑个前仰后合。

## 在人物个性上下足功夫

“古有柳敬亭，今有袁阔成”之誉，在我国评书界传播已久。关于柳敬亭，明末清初著名学者黄宗羲在其本传中记载，当日柳敬亭拜莫后光为师，师傅告诉他，说书应能勾画出故事中人物的性格情态。于是，敬亭退而凝神定气，简练揣摩，经过一个月的刻苦磨炼，前来拜见。师傅说：“你说的书，能够使人欢娱喜悦，大笑不止了”；又过了一个月，师傅听过，说：“你说的书，能够令人感慨悲叹，痛哭流涕了”；再回去，又苦练了一个月，师傅赞叹："这回行了，已经达到还没有开口，哀乐之情就先表现出来，使听众不能自已的精妙程度"。这里讲了评书表演的三个层次、三重境界。

如何能够撄攫人心，使人喜，使人悲，使人听了无法控制自己的感情？其间，固然需要生动曲折的故事情节，但历史存在，向来都是依人不依事，人是一切的出发点与落脚点，工夫应该下在人物的塑造上，也就是莫后光所说的，"应能勾画出故事中人物的性格情态"。

我曾反复地琢磨过，村里民众对于袁阔成的一些评书段子，之所以听了还想听，要说是缘于故事情节，那早已谙熟于心了，而且，有的也并非特别曲折、复杂。那么，吸引力究竟何在呢？结合我的切身体验，觉得核心在于他刻画的英雄人物智勇双全，充满了人格魅力。记得金圣叹说过，《水浒传》"只是看不厌，无非为他一百八个人性格都写了出来"，"一样的人，便还他一样说法"，所谓"各有派头，各有光景，各有家数，各有身份"。

熟悉情况的人都知道，袁阔成不仅表演上出神入化，同时还是出色的作者。可以说，每个精彩的书段中，都饱含着他的深邃的思考和独到的匠心。他善于借鉴、吸收长篇小说的成功经验，一改受中国戏曲影响的传统评书主要是交代故事情节的做法，高度重视细节刻画和心理描写，既细致入微，又合情入理。《许云峰赴宴》中，为了刻画这位英雄人物沉着镇定、处变不惊的气质和心态，评书中摹写了正在精心思谋应敌之策的他眼中所见："休息室布置得很别致，地下铺着地毯，周围摆着几张沙发，对面有一架老鹰牌的大座钟，一人多高，钟摆'嘎噔嘎噔'地来回摆动，东西两侧有二米见方的两个水晶鱼缸，里边是清泠泠的水、绿莹莹的草，百十条热带鱼，在里面游来荡去……他坐在一只沙发上，若无其事地抬起左腿搭在右腿上面，伸出双手，扯平了长衫的衣襟儿，轻轻地往膝盖上一搭，双手自然地放在胸前，两只眼睛悠闲自得地看着缸里的游鱼。"与此形成鲜明对照的，是写肖飞登上川岛一郎的跨斗摩托车，"头闸拱，二闸拽，三闸没有四闸快"；咕嘟嘟，离开药房，冲出东门，再一次经过日军岗哨时，鬼子一瞧肖飞来了，心说：你看怎么样，我就知道是自己人嘛，有急事，把自行车扔在家里，骑摩托来了。肖飞到了眼前，鬼子大喊一声："乔子开！"（日语，意为立正）肖飞一听，什么？饺子给？燕窝席也没工夫吃了。二者一静一动，一庄一谐，弛张有致。前者写的是激烈交锋的前奏，“万木无声待雨来”，使听众产生悬念与期待；后者属于闲笔，信手拈来，触处生春，令人忍俊不禁。

一次，我和“老阔”坐着大板车往镁矿职工食堂送菜。路上，我们聊起小说写作有全知视角与限知视角之别，如果是第一人称，当你不在场时，叙述视角就会受到限制。他说，评书的好处，就是全知视角，但在内容方面，有交代故事情节的叙述和描摹故事中人的言行、心理的表述之分。我问：这一叙一表，哪个更难？他说，相对地看，表述的要求更高、更全面。难在人物的声口话语、做派行为与心理活动，都必须充分体现个性化。

我说，你说的评书段子，人物林林总总，八路军将士、知识分子、扛大活的、摆小摊的、大特务、狗腿子、恶霸地主、管账先生……即便同属革命队伍，团政委，大队长，小战士，也是“人之不同，其异如面”。到了你的嘴里，个个特征鲜明，绝不雷同。为了体现个性化，你在表演中像相声大师侯宝林那样，描情拟态，绘声绘色，惟妙惟肖，不仅模仿人的各种动作，令人拍案叫绝；就连开汽车，哪怕是一个挂挡的微小动作也不放过，一听就能分辨出是大型客车、载重货车还是小轿车，简直是“绝了”。

袁先生说的人物、事件，高度形似中又略带夸张，但能掌握分寸。既真实可信，又突显特点，画龙点睛。对于古代经典小说，学习、借鉴中，他有所扬弃、取舍。比如，《水浒》《三国》中都有过度夸张、渲染以至脱离常态的情况，像鲁智深倒拔垂杨柳、武松空拳打虎、周瑜因气致死，等等，袁先生都尽量加以避免。

就时间而言，我只是在20世纪60年代中叶跟他有过一段接触，而对他中老年时段的大量代表性作品涉猎不多；就书目讲，这一阶段他主要是说新书，加上限于当时条件，说的多为小段（当然大都是被称为“极品”的小段），这样，我所亲炙的大部头传统书目就很少了。

## 谦卑自抑处处从严

1948年，袁阔成刚满19岁，在山海关茶社说《雍正剑侠图》。正赶上解放大军入关，他也参加演出接待。当时，军管会一位负责人在同他谈话中，肯定了他的热情、才干，鼓励他再上层楼，并建议他读些新时代的小说，尝试着说新书。这样，他就说起了赵树理的《小二黑结婚》，“开创了评书说现实题材的先河。”1950 年 3 月，评书《小二黑结婚》在中央广播电台播出，此后便一发而不可收，《灵泉洞》《吕梁英雄传》《新儿女英雄传》《红旗谱》《烈火金刚》《敌后武工队》《创业史》《艳阳天》等几十部，相继播出。

1958 年他在营口市曲艺团，以《舌战小炉匠》荣获全国曲艺优秀奖。演出归来，他便走出市区，深入工矿、农村、部队。一天，他在海防前线慰问守岛战士，行走在崎岖不平的石路上，看到小战士吃力地背着表演用的桌椅，汗流浃背，很是心疼；当他走进会场，面对战士们一双双渴望与期待的眼睛，恨不能把自己的全部评书家当和盘托出。可是，眼前却被一台木桌隔离开了，而且，还要安然坐下。于是，毅然决定，撤掉桌椅，自己要站在战士中间，面对面地表演。这样，一下子就消除了同战士的距离，从而取得了从艺以来最佳的演出效果。也正是从此开始，他断然革新了评书几百年传承下来的以坐相示人、高台教化的半身艺术，转而为手眼身法步全部亮开的全身艺术。

除了袁先生高超的演艺，我觉得最值得看重，或者说最能反映先生本质特征的，还是他的高风亮节，艺品艺德。这里，说的是撤掉场面桌的过程，而我心领神会的却是一位青年艺术家与工农兵心贴心的动人心曲。在我们相处的二百多天中，可以说，每天我都感受到他对农民父老兄弟的灼灼爱意、脉脉深情，以及一种天然的亲和力。他宛如鼓足了前进动力的风帆，浑身注满了政治热情与生命活力，决心要倾尽一己之所长，为人民大众说书献艺。由于从心眼里喜欢，庄户院的诸姑伯叔常常不依不饶，说完一段，还得再说，有的还喊起口号：“好不好？”“好！”“再来一个，要不要？”“要！”立刻腾起响震屋瓦的掌声。这时候，他感到最为开心。他特别看重听众的反应，经常和我讨论，如何抓住听众，特别是抓住年轻人的耳朵，让他们听得进、受感染。而对自己，则谦卑自抑，处处从严要求。其时，他在评书界的首席地位已经确立，可说是誉满神州，但他从不以权威自居。当听到有人赞颂时，他总是那句话：“不要瞎吹乱捧啊！吹捧不好。”

他是“艺以化人”“寓教于乐”的忠实维护者，十分反感“听书只图个热闹，只是乐呵乐呵”的说法。我曾听他愤激地指斥（这种情况很少见）：“图个热闹——怎么可以这么讲呢？我们不能忘了艺术的价值。”他一贯主张评书是严肃的艺术，提倡高雅，反对粗俗。他尤其重视艺风、艺德，强调“人有人格，艺有艺格”。我注意到，他每次登场，都很重视仪容。即便是在地里干活，休息时应社员请求临时打场，自然来不及换装，但也总要从衣袋里掏出小梳子，拢一拢头发，迅速进入“端乎其形，肃乎其容”的状态。这里反映出，他对于祖国的传统艺术、人民的文艺事业，秉持一种敬畏的心理。

这种内化于心的追求、志趣，支配着、激励着他刻苦钻研、奋力学习。诚然，他的卓越成就的取得，确同“袁氏三杰”的家学渊源、祖传技艺有直接关系，但根本之点还在于他自身的努力。在农村这段时间，他的体力、精力都处在最佳状态。除了像一般工作队员那样干活、开会、同干部社员谈心，还要拿出很多时间表演，付出几倍于他人的汗水与心血，但他从不抱怨，而且多次谈到直接同农民交朋友的收获；当然，个别时候也说过，读书完全放弃了。过后，在几次会面中，他都谈到开卷受益、读书有得的体会。一次，他说，京戏《打渔杀家》是一出“水浒戏”，萧恩就是阮小五嘛！不过我说《水浒传》里可没有记载。他说，类似情况不少，比如《黄鹤楼》和《单刀赴会》，内容大体相同，都是“三国戏”。二者都取材于元人杂剧，但是，罗贯中只选用了后者，所以，《黄鹤楼》不见于《三国演义》。

说到他的学习借鉴，精钻细研，记得有篇文章里讲，他擅长往传统书段里加事添彩。比如，曹操杀孔融，是由御史大夫郗虑（他和孔融有仇口）告密引起的，这在《三国演义》第40回里有记载，但很简单——郗虑所告发的秘事，无非是孔融背后发泄不满，说曹公坏话，并且和祢衡有交情。过去，袁先生也是这么照着说的，但总觉得没能击中要害；于是，就考虑往里加些内容。加什么呢？加了郗虑对曹操说：“您还记得您在破袁绍的时候，公子曹丕收了袁绍的儿子袁熙的夫人甄氏，孔融曾经给您写过一封信，信上说到了武王伐纣把纣王的宠妃妲己赐给了自己的弟弟周公旦吗？”可别看轻这句话，其中可暗藏机锋。孔融的真实用意，是说，武王把妲己赐给了周公，其实是他自己看上了妲己。但是，由于妲己毁掉了纣王江山，被目为“不祥之物”，如果武王自己纳了妲己，传出去影响不好，所以，便在名义上把妲己赐给了周公，其实是暗地里留给自己。因为只要把妲己收进自己家里，那人家家里什么事，外人就过问不得了。一言以蔽之，孔融是说：现在您破了袁绍，把甄氏赐给了公子曹丕，其实是您自己把甄氏纳了。这可就扎到曹操心窝上了，坚定其除孔的决心。而这种加事添彩，又并非随意而为，大都有根有据。孔融写信一事，见于《后汉书》本传。只是那里并没说是郗虑讲的；袁先生根据情节发展需要，把它放到郗虑身上了。

## 和“老阔”一起“越狱”

不知不觉间，6 个多月就过去了。工作组总结座谈中，我说，最大的收获是接受实际教育，获得政治思想上的进步。1965 年 12 月 18 日，我在这里光荣地加入了中国共产党。期间，听遍了袁先生说的《红岩》《烈火金钢》《林海雪原》《暴风骤雨》《赤胆忠心》《敌后武工队》《野火春风斗古城》等新书中的著名段子，既饱含了精神滋养、艺术享受，更充分接受了革命传统教育，也从他那高尚的情操、品格、艺德中，认知了一位艺术家所应遵循的正确道路。这对于一个志在献身文学的青年，是至为珍贵的偏得。如果说有遗憾，就是“帮助袁阔成收集、整理一些农村素材，充实、丰富其艺术资源”这项使命落空了。主要是我缺乏应有的主动性；而他也实在太紧张、忙累了，几乎所有业余时间都用来说段子，很难找到倾谈机会。其实，即便时间允许，要给一位艺术臻于至境的名家以“帮助”，又谈何容易！当时我曾表示，回去后想法加以弥补，比如，认真写几篇报道，大力彰扬袁阔成同群众打成一片，充满政治热情，说新书，讲艺德，以及刻苦钻研、精益求精的事迹。没有料到的是，回到市里，我就调离了新闻单位，进入市委机关；不久，“文化大革命”就开始了。而批判“三家村”，新闻单位首当其冲。结果，我又被揪回原单位接受批判。这样，那些报道的构思与设想便付之东流了。

与袁阔成再次见面，是在 3 个月之后。那天午前九点钟，机关造反派通知我，返回原“四清”单位接受社员批判。上了东窑大队前来接人的拖拉机，一看，“老阔”竟在上面，还有工作组组长老李，和进驻其他小队的两名队员。人并不齐，许是临时没有找到吧？我冲着“老阔”扑哧一笑，抱拳问道：“袁兄，别来无恙乎？”他眨了眨眼睛，“哼”了一下，再不作声。这时，我才注意到，副驾驶座上挤着一男一女。

到了大队部，拖拉机就“突、突、突”地开走了。村里喧闹得很厉害，大喇叭震天响，像是两派在辩论，鏖战方酣。这对年轻男女，像是小学教员。把我们安置在一间闲屋里，他们说去向造反司令交差。屋里没有桌凳，只有几袋水泥和一堆木屑。我们五人站在那里，也不知“司令”何许人也，只好静静地等待着。已经过午了，也不见人来，门却上了锁。我说：“坐以待毙吧。”“老阔”便问：“往哪儿坐啊？”逗得大家轰然腾笑起来。就这样，又静等了几个小时。眼看天色已晚，肚子饿得“咕咕”直叫。不知是谁说了一句：“咱们干脆跑吧。”原来，后墙上有个方形窗口，上面塞着几片草袋。用手一拉，全部落下。这样，“越狱”行动就开始了。把几袋水泥搬过来垫脚，五人陆续钻出。为了不致被人发现，我们避开大路，穿过收割后的农田，绕到火车站。待到返回市区，已经万家灯火了。

过后，将近三年时间，我在第二纺织厂参加劳动，“老阔”进了市宣传队歌舞连，见面机会不多。粉碎“四人帮”后，一次集会时意外邂逅，当即合影留念，并在当晚作了一次长谈，得偿多年愿望。不久，我便调入省城，而他也进京了。虽然天各一方，晤谈机缘不再，但其潇洒音容，豪迈气度，特别是卓越、超拔的评书艺术，总能从广播、电视里不断地接收到，使我感到十分亲切与欣慰。

（原载《文艺报》2016 年 12 月 4 日）

# 三棵老枣树 / 肖复兴

在我们大院的中院，有三棵老枣树，是前清时候留下来的，至于到底是前清什么时候，谁也说不清了。据说，是先有的这三棵枣树，后有我们的大院。也就是说，我们大院的第一任主人，先看中了这三棵枣树，买下了这块地皮，才建得我们大院。枣树的历史，比我们大院的年头还要长。

枣树，活得年头长久，活到我们这一代，虽然枝干已经斑驳沧桑，但它们并不显得老态龙钟，也没有像老槐树老榆树一样，长得多么粗壮得臃肿，而是瘦筋筋的往高了长，树梢都已经高出房檐许多。关键是，经历了那么多年头，三棵老枣树没有退化，到了秋天，结出的枣还是那么多，红红的小灯笼一样点缀在枝叶之间，非常诱惑我们这一帮半大不小的孩子。而且，它们结出的枣，又脆又甜。是那种马牙枣，细长细长，一头尖，一头圆，比那种两头粗圆粗圆的棒槌枣，要受看，看着也喜兴。大院里老人说，以前这枣还要甜呢。以前怎么甜法，我不知道，只知道现在就足够甜的了。

这三棵老枣树，也有一个特别令人讨厌的地方，就是到了夏天，老闹“吊死鬼儿”。这种“吊死鬼儿”，比槐树掉下来的还要多。是一种毛毛虫，长长的，像蚕，却比蚕细，浑身发绿，软绵绵的蠕动，一根细细的几乎看不见的长丝，从枣树枝上垂吊下来，忽忽悠悠的，能够一直垂吊到地上，让人踩在脚上，也够恶心人的。人们从树下走过，常会不留神碰上这家伙，黏黏的粘在你的身上或头发上，特别的烦人。要是粘在你的脸上，会吓你一大跳，如果是粘在小女孩的脸上，就更得吓得她惊叫起来。

那时候，我们常常抓这样几个“吊死鬼儿”，放在背后，等院里的小姑娘走过来了，悄悄地放在她的身上或脖子里，然后一溜烟儿地跑走，听她们大呼小叫，我们在一旁哈哈大笑。

做这种恶作剧的领头人，是小六子。小六子是我们这样一群大的孩子的头儿，大家都会听从他的指挥。他最喜欢瞄准的小姑娘，是小猫。于是，我们大院夏天的晚上，常常会听到一个小姑娘跟猫被踩着尾巴似的尖叫声。不用说，那一定是小猫的声音，干这勾当的，必得小六子无疑。

小六子比我大一岁，蹲过一年的班，和我成了同班的同学。小猫比小六子小六岁，她是老蒋家的宝贝外孙女。老蒋家就住在中院的三间正房里，小猫进进出出，必须得经过这三棵老枣树的下面。夏天，“吊死鬼儿”出没的时候，便常常成了小猫的噩梦，也成了小六子找乐子的最佳时机。

在我们大院里，老蒋家是个厉害的主儿。在我们小孩子的眼里，厉害，不是指他横，而是指他家是我们大院里最阔的主儿。在我们大院里，除了房东，老蒋家是唯一一户广东人，配得上我们粤东会馆的名分。至于老蒋家为什么能够这么阔，是大院里谁也弄不大清楚的。老蒋本人没有工作，钱是以前挣下来的，据说，老蒋家以前是广东梅州一带的大财主，20世纪30年代，受维新的影响，家里人送他去日本留洋学医，没有完成学业，他娶了这位日本太太，折腾得钱花的差不多了，才回国来，却没脸回梅州见江东父老，留在了北京，住进我们大院，算是我们大院的老住户了。

刚开始，他在我们大院西边不远的墙缝胡同边的董德懋诊所，给董大夫当帮手。他之所以选择了董大夫，是因为董大夫师从北京城四大名医施今墨先生，在我们住的那一带甚至整个前门地区，董大夫很有些名气。要不他是绝对不会愿意去当下手的，好歹他也是从日本留学回来的。老蒋是个自视清高的主儿。新中国成立前夕，他就从董大夫那里辞职不干了。据说是，老蒋家的老爷子过世，几个孩子分家，没有忘记他这一份，光一处围屋就卖出不少的钱，便将这笔为数不少的款子寄到他的手里，有了足够的钱财，他不愿再给董大夫打下手了。本来，他想拿着家里寄来的这笔钱自己开个诊所的，不敢说是和董大夫唱对台戏，起码也得让自己在前门一带有点儿名气。没想到北平一解放，公私合营运动一闹，他也就没有这份心思了，整天就是花草鱼虫，写写画画，焚香拜佛，优哉游哉地度日，活脱脱一个世外桃源里的陶渊明了。

老蒋太太是个家庭妇女，我小时候，看不出她哪一点像日本人。那时候，她有四十来岁，讲一口流利的中国话，干活儿挺麻利地，特别的勤快，蒋先生是从来不上我们大院里的厕所，更不去街上的公共厕所，都是在自家里的马桶里解决问题。每天倒马桶的活儿，都是老蒋太太干。在我们大院里，使用这种南方马桶的，只有蒋家一户。那个圆鼓鼓的马桶是木制的，沉甸甸的，她一个瘦小的个子提着，显得特别的不成比例。老蒋太太从不埋怨，她似乎没有别的爱好，就是喜欢洗澡。天热洗，天凉了也洗，每天跟吃饭不断顿似的，洗澡也不能断。蒋家三间房子，专门辟出一间当作他们的洗澡房，安装了全套的沐浴设备，这在当时我们大院里，可是蝎子拉屎独一份。那时候，我家洗澡，就是一个朱砂色的大瓦盆。我妈洗衣服用它，我们洗澡也用它，坐在里面，生怕不小心屁股一使劲儿，坐碎了瓦盆。哪里见过老蒋家这样花洒新式的水龙头。

老蒋太太和老蒋只有一个宝贝闺女，大学没有考上，到夜大学了两年财会，最后到沙子口的食品厂当出纳。人长得小巧玲珑，面容白净姣好，是那种典型的广东人和日本人的结合，出落得清秀，细腻，就是个头儿矮了一点儿。长到快三十，依然待字闺中，老蒋不急，老蒋太太着急，她自己不到二十就嫁给了老蒋，女儿这么大年纪了，能不让她着急吗？她催促女儿赶紧找对象出嫁，女人一过三十，就江河直下了。介绍了无数个，都没有成功。最后见到一位，是电池厂的工人，女儿终于乐意了，老蒋两口子不乐意，有点儿看不起这个工人。但是，这个高高身挑儿长得有点儿像电影演员冯喆的电池厂的工人，女儿相中了，铁了心。

那时候，她刚看完电影《桃花扇》，冯喆演的侯朝宗，老蒋两口子对她说起了这个电池厂的工人，刚摇头说你应该好好考虑……就被她打断了，挑着眉毛说：他长得特别像冯喆呢！她和老蒋两口子这样的对话，被我们大院好事的街坊们添油加醋地传说着，说到最后，街坊们都会带有嘲笑的口吻再重复一句：特别像冯喆呢！

结婚之后，女儿和女婿住在蒋家。“冯喆”成了倒插门的女婿。他没有什么怨言，自己家没房，不住蒋家住哪儿去？人穷志短，马瘦毛长，谁让自己穷得叮当乱响呢。这是他住进蒋家，和我们大院里一些街坊熟了之后，发的牢骚话。这话，他可不敢当着老蒋两口子说。

第二年，他们生下了小猫，这是小六子给人家起的外号，因为她长得瘦小，像只猫。她的大名叫蒋素僧，随了蒋家的姓。这是蒋家同意这门婚事的唯一要求。外孙女这个有点儿古怪的名字，是老蒋起的，因为他笃信佛教，家里一直供奉着一尊玉做的观世音像。

小六子和我读初一的时候，小猫才上小学一年级。那时候，正是我们大院里那三棵老枣树鼎盛时期，也是我们最无忧无虑疯玩的时期。每年夏天树上吊下来的“吊死鬼儿”越多，到了秋天，树上结的枣就会越多。等候打枣，等候吃枣，成为那时候我们孩子最盼望最跃跃欲试的事情了。不仅是为了能够吃到那甜甜的马牙枣，更可以在打枣的时候尽情地爬上树疯玩。我们会从后院我家南山墙的土堆上爬上房，然后踩着房顶的鱼鳞瓦上，狸猫一样，跳到中院蒋家的房顶，再从房顶猴子似的攀上枣树的树枝子上，使劲儿地摇晃着树枝，或者用竹竿使劲儿地敲打这树梢上那些最红的枣。枣纷纷如红雨落下，那情景真的很壮观。比我们小的小不点儿，爬不上树，就在地上头碰头的捡枣，抢枣，大呼小叫，吵翻了天。在这样打枣的日子里，大人们开恩，都不再管我们，任我们树上树下可劲儿地疯。打枣的那几天，可真的成了我们孩子的节日。

一般，我们大院都会在中秋节之前打枣。这是个约定俗成的日子，为的是让全院的人能在中秋节那一天吃上枣。打枣那几天，是小六子最活跃最趾高气扬的日子，他的孩子王的气概一下张扬起来，吆三喝四的，招呼我们把我们大院的大门关上，为的是不让别的院子的孩子跑进来抢枣吃。大院东西两侧的房顶上，他也会招呼几个大一点儿的孩子分兵把守，不许别的院的孩子从空中入侵。最后，他带着我们把中院那扇木门的门闩也闩上。几道关卡严防死守，剩下的，就是我们自己尽情在树上树下狂欢。粤东会馆打枣，在我们那条老街上，很是有点儿名气。

每天打下来的枣，都会堆在树下，人们路过，可以尝几个，但谁也不会把枣揣兜里拿回家，那会让人很瞧不起。一般，利用两三天下午放学之后的时间，大家就把枣打完了。枣落了一地，叶子也落了一地。我们一帮孩子会把叶子扫走，把堆成小山一样的枣，用洗脸盆装满一盆盆，给各家送去。每家都会分得这样一盆马牙枣，作为各家中秋节桌上的一道水果点缀。这样平均分配的规矩，不知道是从什么时候立下的，一直到现在，我们大院还活着的老人的记忆里，还会有这样每年秋天各家一盆的马牙枣在滚动，在闪动。我们是从我们的大哥哥大姐姐那里学来的这样的规矩。端着洗脸盆给各家送枣，好像怀里抱着什么战利品似的，让我们特别的快活，非常有成就感。如果说盼望枣红、打枣、分枣，是三部曲，那么，端着洗脸盆给各家送枣，就成了每年秋天这个保留节目中的嘹亮而悦耳的尾声。

打完枣后的三棵枣树，好像飞走了蜜蜂的蜂巢和熄灭了蛙叫的池塘，显得有些寂寞。缺少了我们在枝头上的腾挪跳跃和大呼小叫，以及枣纷纷如雨而落的声音，只剩下风儿在吹，缺少了生气和活力。树叶的稀少，树上的枝干显得清爽多了，蓝天在疏落的枝条间闪动，看得格外清楚。除了树梢上残存着零星的红枣之外，其余的都被打落了下来。那几颗稀疏零落的红枣，便是那样的显眼，小星星一样闪烁，常常让我们还想再爬到树上，伸手把它们摘下来。它们可以挂在树梢上，一直到初冬，最后被风吹落，或被鸟叼走。

这三棵老枣树，从春天开满细碎的小白花，到夏天垂落下那样多的“吊死鬼儿”，再到秋天累累缀满一树树的红枣，到初冬留给我们最后的回味，带给我们多少快乐和想念啊。我读高中的时候，在作文中好几次写到我们大院这三棵老枣树，写到冬天疏枝横斜间那稀疏零落的枣最后的消失，带给我当时怅然若失的感觉，和以后难忘的回忆，还有那个年纪里那么一点儿矫揉造作的伤感。

记忆中我们大院里最后一次打枣，是 1967 年的秋天。那之后，我和小六子以及我们一般大小的孩子，都去各地上山下乡而风流云散。比我们再小的一批孩子们，再也没有了如我们打枣一般的乐趣，和我们前一代孩子所立下的每家各分一洗脸盆马牙枣的规矩。再后来，大院里新的一茬孩子长大了，各个娶妻生子，房子不够住，纷纷在自家门前盖起了小房，原来宽敞的院落变得越来越拥挤，打枣的乐趣，远远赶不上生存的苦恼和困惑。这三棵老枣树，不知在什么时候，已经被无情地砍掉了。

1967 年的秋天，应该算是我们和这三棵老枣树最后的告别。

那一年的秋天，小六子居然还领着我们一群已经长大的孩子，爬到树上去打枣。但是，已经没有那么多的孩子和他一样热衷了，好多的孩子还在外面大串联，或者在学校里闹革命，没有回到我们的大院。要不是小六子生拉硬拽，我也没用什么兴趣了。

大院的大门没有再关，东西两侧的房顶上没有人保守。树上的枣，吃凉不管酸，还是结得那样的多，有点儿没心没肺的鲜艳的红着。小六子，我，还有几个和我们俩一样处于逍遥派的孩子，爬上了树去打枣。可能是我们几个人都长大了，分量沉了，压得树枝颤悠悠，好像随时都有可能折断。我们爬到树的一半的时候，都不再往上爬，只有小六子还往树尖上爬，风吹动着树枝子和他的衣襟，都显得有点儿寂寞。

由于人手不够，心气不足，树上的枣还没有完全打光，我们就草草收兵了。但是，给各家分枣的老规矩，不能变。只是，这枣该怎么分？小六子望望我，我望着小六子，大家互相望着，心里都犯了难。

原因是眼前硝烟未散的“文化大革命”。老枣树还是以前的老枣树，我们大院却不是以前的大院了。我们大院被掘地三尺一般，一下子钻出了那样多的牛鬼蛇神。原来都是抬头不见低头见的邻居，现在成了阶级敌人。原来只有在电影里在小说中见过的国民党军官和地主老财或舞女妓女，现在就在身边走来走去。这些人家的枣，还能送去吗？

大家把目光都集中在小六子的身上，他爸爸是火车司机，正经的工人出身，根正苗红。当时，到处在喊工人阶级领导一切，这时候我们大院如何分枣，当然也得听小六子的了。

最后，小六子说，被揪斗出来的人家，就别送枣了。没揪斗出来的，甭管说人家什么，咱们还是一律按老规矩送枣。

我知道，小六子这样说，首先是考虑到我。我爸爸的参加过国民党的历史问题，有人在大院门口贴过大字报，但万幸没有被揪斗，这样就可以也能分到枣了。那时候，分枣不分枣，不在乎馋那几颗枣，而在于革命阵营的区分呀。说老实话，我心里挺感激小六子的。

这样一来，院子里起码有一小半的人家不用送枣了。原来打下的枣就不多，每家仍然可以分得一洗脸盆。咱们晚上送吧！小六子这样说，我也能明白，是怕看见我们端着洗脸盆走马灯似的在大院里一趟趟地走，那些不送的人家会尴尬。其实，晚上，我们端着洗脸盆往各家送枣的时候，被批斗的人家早都自惭形秽的关紧大门，拉严窗帘，根本不做这非分之想。只是，我路过这几家的门前和窗前的时候，心里有一种说不出的滋味。两年前的秋天，打枣分枣的时候，还不是这样的呀。那种欢快的笑声，不知都飞到哪儿去了。

枣树下，只剩下最后一点儿枣了。该送的人家都已经送过了。小六子装了满满的一洗脸盆枣，还要给送去呢？我看小六子端着那一洗脸盆的枣，在犹豫着，在想着什么，快满月的月亮光很亮，跳动在他年轻的脸上，却显得几分迷离。

有的孩子以为小六子想端着这一洗脸盆的枣拿回自己的家，他家孩子多，应该多分点儿，就对小六子说：趁早你就端回你家得了，剩下的枣，我们哥几个分了！

小六子没有说话，端着这一洗脸盆的枣，向院子里的北屋走去。谁都知道，那是老蒋家。

一年前的红八月里，红卫兵闯进我们大院，就是从这三间北屋里，将老蒋和他的太太推出了屋子，又从屋前的廊檐推下高台阶。蒋太太只是打了个趔趄，没有摔倒，老蒋却几乎是从台阶上滚落在地上。那时候，一个大地主的出身，一个日本的女人，立刻升级，演变成为大地主和日本女特务。一连多日的担惊受怕，老蒋一直卧病在床。这样跌倒在院子，老蒋立刻昏迷了过去，红卫兵怎么叫他起来都起不来，便大骂他是装死狗，命令蒋太太把他拽起来。蒋太太矮个子，瘦小枯干，跟片单薄的树叶似的，哪里拽得动老蒋。不由分说，几个红卫兵的皮带已经纷纷抡将上来，老蒋两口子被打得皮开肉绽。不仅老蒋起不来，蒋太太也被打倒在地，起不来了。

这时，一个男红卫兵从屋子里拿出老蒋的那尊玉观世音像，一把摔碎在院子里；一个女红卫兵从屋子里提出来老蒋的那个木马桶，几个箭步走到老蒋的身边，骂了句：让你装死！就把半马桶的屎尿都扣在了老蒋的头上。老蒋当天就死了。蒋太太当晚在洗澡房里，用睡衣的腰带上吊自尽。

第二天的早晨，我和小六子还有一帮孩子，看见人们将蒋太太从屋里抬出来，就像抬一具木偶。她的女儿女婿站在一边，噤若寒蝉。小猫躲在枣树后面，看都不敢看一眼，真的像只受惊的小猫一样，浑身瑟瑟发抖。

小六子端着这盆枣走上高台阶的时候，有个孩子拉住了他的肩膀，悄悄地说了句：给她家送去，合适吗？我也跟了上去，随声说了句：是啊！

小六子回头说了句：她姥爷姥姥是她姥爷姥姥，她是她！她又没有什么问题！说完，走上台阶，敲响了蒋家的屋门。我看见，是小猫开的门。小猫推脱着，小六子坚持着。月亮那么的亮，把他们两人这一切的举动，照得那么的雪亮而凄然。那一刻，不知为什么，我的眼泪流了出来。

在我们的大院里，我和小六子和小猫都曾经是好朋友。但是，在好朋友受灾受难的时候，只有小六子向小猫伸出了温暖的手，而我们都在远远地躲着她。在以后我们彼此分别的日子里，我常常会想起小六子和小猫，1967年秋天那个晚上，小六子端着一洗脸盆枣给小猫送去的情景，便像一幅画一样浮现在我的眼前。

小六子，以后我还见过他几面，小猫，我再也没有见过了。一晃，49年过去了，即使再能见到她，她也是六十多岁的老太太了，是只老猫了。真能相见，彼此也都不认识了。

小六子后来到陕西插队。他自学成才，靠着一本残缺不全的《赤脚医生手册》，先是在村里当赤脚医生，后来调到了镇卫生院，又调到县医院。最后，调回北京，在一家区属的医院当大夫。由于没用大学文凭，他的晋级之路一直受挫，退休后还是个副主任医师。但是，退休后，他没用闲着，到一家私立医院接着给人看病。用小六子的话说，就是再赚点儿酒钱。

小六子爱喝酒。有一次，喝了点儿小酒，小六子有一点儿微醺，他醉眼蒙眬地对我说：你知道我后来怎么在我们村里想起学医的吗？告诉你，是小时候，我去蒋家，老蒋和我聊天。

老蒋和你聊天？我很奇怪，老蒋在我们大院一直是深居简出，怎么会和一个毛孩子聊天？

你还不信，真的是他和我聊天。他说他一辈子最想开个诊所，但到了没有开成。他说，这人的工作，顶数大夫最好，甭管什么时代，什么人，只要是吃五谷杂粮，都会得个病，便都离不开大夫，天下就是饿死了瞎家雀儿，也饿不死大夫！老蒋这话对我印象很深，影响最大。

他为什么对你感慨这个呀？我真的又是奇怪，又是惊讶。

我也不知道，好像他对他的这个女儿没有当成大夫，挺失望的。他希望他家小猫能实现当大夫这个愿望。但小猫对学医兴趣不大，他好像挺悲观，不抱什么希望。

为什么呢？

这我就真的不清楚了。当时，我也没有问。

我们一起在大院的时候，我从来没有发现，也没有听说过，小六子单独去过老蒋家呀，而且，还能够和懂潮汕话也懂日本话，懂医又懂文的老蒋，聊这么多关于医学与人生的话题。

那是什么时候的事情呢？是不是你早就瞄上人家小猫了？我问小六子。小六子光喝酒，不回答。

我曾经向小六子打听过小猫的近况。可惜，他也不知道。他只知道我们都上山下乡之后，她的年龄小，没有去插队，留在北京工作。至于在哪里工作，做什么工作，现在住在哪里，小六子和我一样，也在打听，却始终一片茫然。

（原载《上海文学》2016 年第 8 期）

# 索布日嘎之夜——我听到了谁的歌声 / 鲍尔吉·原野

我的心是一块顽石，在泥泞雾霾中泡过好多年。这样的心常常听不到草叶在微风里细碎的摩擦音。我来牧区，进入蒙古语的言说里面，感觉蒙古语把我的脑子拆了，露出天光，蒙古语的单词、句子和比喻好像是树条，泥巴和梁柁，像盖房子一样重新给我搭建了一个脑子。这个脑子有泥土气息和草香，适合感受马、盐、泉水和歌声，不适合算计，虚伪的功能完全被屏蔽了。我的心仿佛在蒙古语里融化了，剥落掉核桃一样坚硬的外壳，露出粉红色血管密布的心，一跳一跳，回到童年。

我们坐在蒙古包里喝奶茶，外面响起雷声。牧民说：天说话了。其他人附和：天说话呢。是的，蒙古语管打雷叫天说话，也可译为“天作声”。天这个词，牧民常常尊称为“腾格里阿爸”——天爸爸。他们说出这个词自然亲切，像说自己家里的长辈。在牧民心里，一生都接受着天之父的目光，他的目光严厉而又仁慈，无处不在。

在巴林右旗索布日嘎镇，牧民说，他如果需要一块木料，上山选树。砍树的人心里忐忑不安，斧子藏在后腰衣服里。牧民们不砍草原上孤独的树，那是树里的独生子。他到树林里找一棵与他需要的木料相似的树。比如勒勒车的木辐条坏了，就找一棵弯度与辐条接近的树。准备砍树的人下跪、奉酒，摆上奶食糕点，说“山神啊，我是谁谁谁，我的什么东西坏了，需要这棵树，请把这棵树恩赐给我吧，并宽恕我砍树的罪孽。”然后拔出斧子砍树，砍完拖树一溜烟跑下山。对了，砍树前，他还要掰下几根树杈示警，说：我要砍树了，住在树上的神灵起驾吧！

我跟别人讲到这件事，对方笑了，说蒙古牧民挺幼稚，不懂科学。我想人类从远古走到今天，并非依靠科学，科学也不应该是巧取豪夺之学。人幼稚是说此人尚处在童蒙阶段，如果民族仍然幼稚，它该多么天真纯洁，归它走的路还有很远，这该是多大的幸运呢？

蒙古民族对其信赖尊崇的事物赋予拟人化的代称，比如把加工五谷的碾子叫“察干欧布根”——白色的、吉祥的老翁，管拉盐车队的首领叫“噶林阿哈”——火的兄长，管接生婆叫“沃登格”——大地的母亲。在蒙古语里面，一切都是生灵，彼此是具有亲属关系的父亲、母亲、兄弟姐妹，尽管这些生灵的外形是空气、云彩、土壤、水或结为晶体的盐。人只是这个大家庭中间叫作“人”的小兄弟而已。不同的语言里暗含着不同的价值观，顺着每一条语言的路都会走向不同的终点，清洁的生活产生清洁的语言。

在索布日嘎，我看见一个男人拥抱一个女人，身旁一人赞叹；“乃波乃仁恩特贝日乎”。直译为“细细地拥抱。”也可译为“温柔地拥抱。”实际说的是“细致珍惜地抱住她”。我感叹于世界仍有这么体贴人心的语言，如果心与心拥抱，能不细致吗？我感觉人们现在使用语言太草率了，无所敬畏，也无所怜惜，我们失去了好多用心描摹生活的机会和能力。

蒙古牧民称走马为“蛟若”，最好的走马是“蛟若聂蛟若”——走马中的走马。他们形容马走起来“像流水一样，”这一种步态寓意着马和马倌的智慧。水跟火是蒙古牧民心中的圣物，他们至今恪守着成吉思汗规定的戒律：不许往河水里扔脏东西，不许在河水里洗衣服与撒尿。河是母亲，河水就是母亲的身体。牧民们告诉我：每一座火里都住着一位火神，他们虔诚的神情表示这是不可怀疑的，“火神是一位女性神灵。”火婀娜地伸展腰身，让黑暗退隐，黑暗在远处注视女火神怎样为牧人煮好每一餐饭食。火的纹理没有杂质，如缎子一般细腻。它飘扬的样子正如母亲小声哼唱一首长调。直到现在，牧民们用干净的木柴和纸张引火，不许往火里吐唾沫，不许泼水。火最好的燃料是干牛粪。牧民说，小时候，父亲把他拣回的牛粪里的羊粪、狗粪和狼粪拣出来，烧这些粪是对火神的不敬。水啊火啊，山川大地，人们用清洁的、没有伪饰的语言吸纳你的回音，存在心里。大自然当中所有原初的事物都有浑朴的本质，即使我们闭上眼睛，用手摸一摸它们，也感觉得出这些事物亘古以来未变的质感。闭上眼睛摸摸并捻一捻河水，水的柔软活泼与清澈是一回事。摸一摸石头就摸到了时间的皱纹和古代。摸摸马，你想象马正用长睫毛的、黑水晶一般的眼睛看你，它光滑的脊背有汗，说明刚刚跑完。有一句蒙古民歌的歌词尤其让我感动——“马驹在羊水里就记住了自己的故乡。”牧民们喜欢传诵一个故事，说一匹马被卖到了长江以南的地方，它不知怎样翻山渡河回到了内蒙古故乡。牧民们说到这里，交换眼神，唏嘘赞叹，并用眼神征求我的看法。我心里想这不可能，马固然会泅水也能登山，但它路过地方的人是不会放过它的。我还是跟着牧民一起赞叹，一起惊讶。既然我们会相信网络上天天都有的谣传，为什么不相信马也有返乡的美德？为什么不信火里和水里住着清洁的神灵呢？我宁愿把自己脑子里贮存的所谓知识清除掉，它们也许早过时了，让更多的民间传说和神话进入心灵。索布日嘎的猎人说猞猁聪明，它平时不留下任何痕迹。下雪天，所有野兽在大地上留下脚印，猞猁等大动物出来觅食之后，爪子踩在大动物的脚窝里行走。我眼前浮现出八十多岁的猎人苏达纳木手脚并用模仿猞猁跨越大步的情形，这多好啊！多幼稚，我喜欢这些还没有摆脱童年的幼稚的人们！

今年7月22日，农历六月十九，我被邀请参加索布日嘎镇吉布吐村祭拜村庄敖包的仪式。祭敖包何其神圣，村虽小，但越小越纯粹，我被邀请参加祭祀，深感荣幸。晚上，我甚至在镇政府的宿舍里来回踱步，享受这份荣幸。巴林右旗要在天亮之前祭敖包。古人称，约略看清自己的掌纹曰天亮，而天亮前依然伸手不见五指。我们凌晨三点钟起床，三点半出发。开车的司机甚神奇，他在漆黑的夜里瞪大双眼看前方，左右转动方向盘，仿佛他是一只夜视的猫，在夜色稠密的草原上看清一条路。车停了，可能停在山脚下，抬头却辨不清山峰与夜空的分割处。我被扶上一台摩托的后座，抱住驾驶员的腰。摩托突突行进，我听到黑暗中有许多摩托轰鸣前进。摩托驮着我们爬上跃下高低起伏的丘陵，我听到水声，摩托冲过浅浅的河流之后停下来。这时影影绰绰看见许多人，却看不清面孔和衣服。我们登上一座不太高的小山。山虽然不高，但登上去周围却清晰了。一座敖包矗立眼前，上面系着飘动的哈达。全村的男人环立敖包前，他们穿着整齐的蒙古袍，戴帽子，脸膛肃穆坚毅。他们的面色好像比夜色还要黑，只有眼睛和鼻梁反光。驮我的摩托车手竟然穿着陆军作战服，他刚从部队复员。村里的敖包长宣读祭文，祈求敖包神灵庇佑村子人畜平安，风调雨顺。吾等全体俯身跪拜，起身献上自己所带祭品。我献上了酒、袋装牛奶、糕点和奶豆腐。拜过，我取一点奶豆腐带给父母吃，用我爸的话说“山神吃剩下的东西，人吃了最好。”

站在山上转身看，仿佛就在转身的一瞬间。天亮了许多。天和地像轻云和浓云分开了，沉黑的大地伸向远方。我身边的村民笑眯眯地互致问候，这时能看清他们的年龄和老年人的皱纹了。他们变得轻松而欣慰，相信自兹日起，直到来年，吉布吐村风调雨顺，国家康泰平安，那是必须的。下了山，略多的光线让我看到吉布吐村牧民身穿的蒙古袍有多华丽。这些光让我看清他们海蓝色蒙古袍上的银白团花和橙色的腰带，灰色蒙古袍大襟的橘红绲边。他们比演员更漂亮，他们的英武气质和服饰在大自然中更显出恰当。而我想到一个村的男人们穿着华丽的衣着在夜色里穿行，该有多么诚恳，携带着他们自己才知道的美，让敖包神多么欢喜。大地啊，你有多少我所看不到的美，坚定地、默默地发生，它们发生在事物的肌理内部，而不是表演。

我们又坐摩托又过河，碾过晨曦铺就的地毯之前我们还按巴林人的习惯祭拜了清澈可爱的沃森花泉水。大地亮了，曦光下的大地多么可爱。光线以它刹那千里的怀抱告诉人们草原的辽阔，比长调唱的、骏马跑的还辽阔。如瓷器般青白色的天空刚刚醒来，而大地比天空更宁静，灌木和草毛茸茸的等待苏醒。远处的山峦如同画家的初稿，还差六遍敷色。而我们在飞驰，身旁还有人骑马，他们显出比骑摩托的人高大，手挽缰绳也比手把摩托好看。骑手在马背上跃跃然，瞻顾四方。东方正好有太阳倾泻的红光，如洪水决堤（这些光每天早上决堤一次）。这时看出平坦的草原并不平啊，每一处隆起泥土都被红光刷了漆，像千万座雕塑面东沉思。前方是吉布吐村，光线早于我们赶到那里。“吉布”是箭头的意思，也是古代的名字。村里的彩钢瓦像在屋顶铺了一片片红毡。这个村好漂亮，户户有同样的黄栅栏和带“乌力吉江嘎”（吉祥图案）的大门，街路硬化，新栽的小树排列成行。太阳把鲜艳的红光照在吉布吐村里一点都没糟蹋，这里像一处童话外景地。而我自从祭祀敖包后成了村民中的一员，混迹在摩托车和马队里，与晨风冲撞。我们相互微笑，如同赞美这个时刻，领取大地天空赐予吉布吐村民和我本人的这个美好的早晨。

也是在索布日嘎，几天前，镇里的蒙古族职员组织了一场野餐会，地点在这个镇临近西乌珠穆沁旗的景区“荣升十八景。”他们在一棵枝叶繁盛的黑桦树下面等我，地上铺着防雨车衣，摆着食品，他们大多三四十岁，带着家属孩子。他们并不说什么，却用眼光亲切地注视我，仿佛眼光是一块布，轻轻擦去我脸上的尘埃。蒙古族人口少，同胞为他们自己民族能出一个作家而高兴，这是这么多双目光交织的眼睛送给我的信息。我很惭愧，我还没达到让这些纯真的目光褒奖的程度，但又没法解释，只好看周围景物。那一边山峦俊秀，这一边草场宽广。蒙古黄榆沿河边生长，如同河流的卫士，保护着它的清澈。黑桦树下面歌声响起来了——《诺思吉雅》，所有的人都在唱，他们的眼睛看着树，看着山，看着虚空，仿佛那里写着歌词——“海青河水长又长……”一遍唱完，再唱一遍。他们用嗓音不断往歌的火堆里添柴，不让它熄灭。这情形特别像海浪一遍遍冲刷堤岸，洗刷着我的心。他们怎么知道我需要洗礼？“吾欲仁，斯仁近矣。”歌罢，一个小女孩用蒙古语朗诵了一首诗，诗中说“这座山哪管只有牛粪那么大，也值得跪拜，因为这是我们的土地”。她以稚嫩的嗓音念出这么诚恳的诗句，态度却坚定，竟使我老泪纵横。我怕在别人面前流泪，可在这样的旷野里，我能躲到哪里流泪呢？谁让你遇到这样的歌声和这样的诗呢？

高林艾里是一个村的名字，意谓河的村——这真是一个好名字，我参加了一场牧民为我举办的篝火晚会。什么人值得让村里的乡亲为他办篝火晚会？我闻所未闻。听说这是为我办的，我真是惭愧至极。那是在山坡上，村民几乎从山的各个方向走向篝火，他们好奇地看我。一些孩子大胆地与我交谈，他们读过内教版蒙汉文课本收录的我的作品。我觉得更值得一说的是这里的夜色——珐琅色深蓝的夜空下，山坡上卧满牧归的羊，如石羊。篝火烧起来，有一人高，众多火星往更高处蹦跳。村民们用胸膛迎着火歌唱，高音冲向旷野回不来了，低音被火吸走。我走到山坡看篝火和火边的人群，远处有山的暗影，被搅碎的月色在白白的河水里流淌。我忽然问自己，这是哪里？我是谁？我真忘了自己是谁，忽然感到写作跟做一个淳朴的人相比真是微不足道，到牧区来找写作资源更是卑俗至极。人不写作也能活着，而活着值得做的事是清洗自己，我不想当我了，想变成牧民，放牧、接羔、打草，在篝火边和黑桦树下唱歌，变成脸色黝黑、鼻梁和眼睛反光的人。长生天保佑所有诚实和善良的人。

（原载《人民日报》2016 年 11 月 28 日）

# 记住乡愁，不忘本原 / 郭文斌

透过重重叠叠的历史帐幔，我们会发现，不忘本原是中华民族保持生命力的重要秘诀。《论语》有言："君子务本，本立而道生。"而道本身就是生命力。所谓"道生一，一生二，二生三，三生万物"是也。这一点，在《记住乡愁》[①]第二季的许多篇章中，都得到充分证明。

在四川姚坪羌寨村，但凡本原文化，无论是建筑、服饰还是歌舞，都被完整地保存了下来。30 多年来，王嘉俊一直在搜集整理与羌人生活有关的物品。2003 年，他在家里办起了以实物展示羌人日常生活的民俗博物馆。他认为，一个家庭要知道自己的祖先，一个民族要了解自己的历史。对羌族来讲，因为没有文字，这些实物就显得尤其重要。

这样的念古情结，在湖南双凤村则以跳"毛古斯舞"体现出来。从镜头中我们可以看到，那是一种对祖先当初生活状态的符号化描摹，是一部土家族的史诗长剧。在双凤村，还有一个奇怪的传统，那就是盖房要"偷"梁，但"偷"梁也要守规矩：小树不偷，古树不偷，名树不偷。一般选择杉树或者柏树，因为这类树木砍掉主干后，还会从根部长出新枝，十年左右就可成材。就是说，他们"偷"梁不伤本，因此，在这个村子里，有 460 多年的古树还活着。

在四川宝胜村，我们看到，客家人对祖先的崇敬已经成为一种信仰。在任何时候，他们都认为今天拥有的一切都是祖先的恩赐。这种报恩心理，折

---

①《记住乡愁》是由中共中央宣传部等部门联合组织实施，由中央电视台摄制的大型纪录片。该纪录片以弘扬中华优秀传统文化为宗旨，选取百余个传统村落进行摄制，是一部以古村落为载体，以生活化的故事为依托，以乡愁为情感基础，以优秀的传统文化为核心的纪录片。（编者注）

射在文化活动上，就是常演不衰的川剧《清风亭》。此剧讲的是：薛荣妻妾不和，妾生之子被迫抛在荒郊，被以打草鞋为生的老人张元秀夫妻拾得，取名张继保，抚育成人。13 年后，张继保在清风亭被生母周氏带走。张元秀夫妻思儿成疾，每日到清风亭盼子归来。张继保得中状元，路过清风亭小憩。张老夫妻前往相认，但张继保忘恩负义，不肯相认，把老夫妻当成乞丐，只给他们二百钱。老婆婆悲愤已极，把铜钱打在他脸上，相继碰死在亭前。张继保也被暴雷殛死。

海南草塘村人干脆把西沙、中沙、南沙三沙称为祖宗海，每年都要举行大规模的祭海活动，渔民每次出海前也会自发举行祭祀仪式。80 岁的苏承芬老人不惜用一个多月的时间制作一艘帆船模型，以此怀念帆船岁月，同时让后代子孙感念祖德。在他看来，没有祖德，就没有子孙们的今天。他在南海闯荡五十余年，从未发生过迷航，正是凭着祖先流传下来的航海罗盘和手抄《更路簿》。

广西门头村的石牌古训是不忘本原的另一种方式，在村民心里产生的诫勉和约束力，一定意义上大过法律法规，所谓“石牌大过天”。想想看，一块石牌立在村口，村民进进出出都要看着它，久而久之就会刻在心底。“种木护村，做善积福，毁木霸地，作恶遭祸，天地有眼，会有报应。”当这样的句子一旦成为人们的集体无意识，那将是一种怎样的自觉力量。成年礼上，老师会问学生：我们的传统，我们的古训，你依不依。学生回答：我们的传统，我们的古训，我们要永远遵从。通过这种一问一答的形式，让年轻人牢记古训，就像发誓一样。这些誓言，作为一种敬畏力，将一直伴随着他们成长。在节目中，我们看到，门头村人不但熟记这些古训，还把它生活化。比如瑶医采药时遵从的“积留”原则。不挖采幼苗，能取杆的草药，绝不取根，绝不采光挖尽。采完药，瑶医还要在采摘地撒上一小把白米，酬谢山林恩赐，祈愿药到病除。救治好病人后，瑶医还要进山答谢，以“挖一种二”的方式对大自然进行补偿。正是这种“积留”的观念，让大瑶山的中草药取之不尽，用之不竭，成为广西最大的药用植物园，也让大瑶山 4 万多公顷的成片森林，成为广西最大的水源林。心态决定生态，敬畏涵养生机。最能体现这种生机的，就是长寿。在金秀瑶族自治县全县 15 万人口中，百岁以上的老人有 14 位，90 岁以上的有 300 多人，80 岁以上的有 2000 多人，成为中国有名的长寿之乡。

在贵州占里村，流传着这样一句话："山林是主人是客。"意即山林是永恒的主人，人们只是匆匆的过客。正是因了这句话，这里的森林覆盖率达到了 70%。每年农历二月初一，占里村的人们都要吹芦笙、唱大歌，盛装绕寨、祭石盟誓："第一条，每家只生一男一女，不准任何人多生；第二条，村外的风水树、大树、古树、不准任何人砍伐……"占里人知道，他们今天的生活不仅得益于祖先的庇佑，更得益于千百年来与自然和谐共生的寨规约束。

《华严经》中讲："不忘初心，方得始终。"如果说以上村落的故事让我们从时间线看到了不忘本原的价值，那么台湾宝藏岩村则让我们从空间界面感受到本原的重要。该村居民来自大陆的十几个省，他们长时间远离故土，比邻而居，形成了一种独特的传统：每隔两个月就要举办一次"一家一菜"活动，每户人家都要做一道最擅长的家乡菜，拼凑成一桌宴席，让村人共享。看上去是"一家一菜"，骨子里却是一菜一根。宝藏人把对生命本原的追思，暗藏在杯盘里。除此之外，宝藏人还有另一种安妥心灵的方式，那就是寺庙。许多群体性活动，都借寺庙完成。逢年过节，宝藏人都会聚集在庙里，一起做饭，一起祭祀，一起庆祝，俨然一个大家庭。因为远离故土，没有祠堂家庙，宝藏岩寺就成了村民们安放祖先灵位的地方。"在两岸对峙的日子里，通讯完全隔绝，看不到回家希望的白玉生在台湾又娶妻生子。20 世纪 80 年代末，台湾当局终于同意老兵回乡探亲，白玉生立刻提出了申请。"这段再朴素不过的解说词所传达出的生命况味，真是让人心痛。

在新疆天山山脉中部，有一片广袤的巴音布鲁克草原，草原上有一个流动的村庄，名叫赛罕托海村，汉语意为"美丽的山谷"。这里是东归的土尔扈特后裔的聚居地。他们常常将一句老话挂在嘴边："牛羊离不开草原，江河离不开源泉，土尔扈特人离不开东方的故土。"这一句简单的话语，却蕴含了一段充满血泪的东归壮举。为了铭记这段悲壮的历史，也为了缅怀和祭奠先祖，土尔扈特人用"重走东归路"的方式，将先祖们不远万里回归故土的壮举，以及他们曾经付出的巨大牺牲，世世代代牢记于心。300 多年前，土尔扈特先祖离开故土，向西游牧到伏尔加河下游，并在那里建立起游牧民族的封建汗廷。到了18世纪中叶，沙俄征召土尔扈特人加入军队，卷入连年战争，同时，还强迫他们放弃佛教信仰，改信东正教，引起族人的强烈反抗。为了摆脱沙俄压迫，当时的首领渥巴锡汗决定发动武装起义。1771年1月，渥巴锡放火烧掉自己的木制宫殿，带领族人义无反顾地踏上重返故土的征程，向着东方前进。经过8个月的艰难跋涉，土尔扈特部终于到达家园，而出发时的17万人仅余不足7万。土尔扈特族的东归之举得到清朝政府的高度重视和关注，乾隆皇帝在承德接见了渥巴锡汗，把一块最为丰美的草原赐予他们作为繁衍生息之地。受祖先的英雄壮举感染，大学毕业后，桑巴特没有留在大都市，而是回到了家乡工作，主动参与到东归实景剧的编排之中，为此，他多次走访村里老人，四处搜集资料，短短3个月时间，就正式向游客演出了。“草原再大，却没有放私心的地方”，当一个人没有私心时，自然会返本归原。

江西西湖李家村的故事，作为电视节目播出时，片名就是《不忘本原》。“水有源，木有本，人有祖，其来久已，而流长则派别，不溯其流则失其源，祖盛则人众，不序其谱则昧其祖。”这是《李氏宗谱》明代修谱小引中的一段话。正如村民李国英所说：“家谱是一个宝，它有特异功能，它有凝聚人心的功能，为什么呢？不管你来自哪里，只要我们是供一本家谱，供一个源流，我们就是一家人，万里关山都割不断，一见就如故。”当人们从家谱中得知，他的祖先是唐太宗李世民的三子李恪的后裔，老子李耳、名将李广、唐高宗李渊都是他们的先祖时，那该是一种怎样的自豪。该村人甚至把历史上杰出的李氏族人的事迹和为人处世的格言镌刻在村庄各家各户的门楣上，以激励后代。在中国历史上，无论是立于朝堂之上的高官、征战沙场的将军，还是富甲一方的商贾，年老之后都要告老还乡、解甲归田，在古人看来，这是人生“归根复命”的重要环节。在西湖李家村，这样古老的传统仍在延续。南昌市原市长李豆罗卸任后，立即回到故乡，给自己起了个雅号“青岚农夫”，过上了日出而作，日落而息的日子。在他看来，自己原本就是农民出身，退休后回来当农民，算是遵从“不忘本原”的祖训了。“不论你飞多高，不论你走多远，不论你职务多高，不论你赚钱多少，起根发苗在这里，落叶归根还在这里，这就是本原，操存本原，不忘本原。”在李豆罗的倡议下，西湖李家村口牌楼上镌刻了“操存本原”四个大字。这是陇西李氏族谱中记载的祖训之一。这四个字源于孔子所说“操则存，舍则亡，出入无时，莫知其乡，唯心至谓也”。孔子把本原看作事物的根脉和做人的基本道德准则，告诫人们要恪守本原，否则行为无常，不知家在何处，更会心无着落。李森永的先祖600多年前迁往台湾，在当地延续了20多代，抗日战争中，李氏宗谱不慎遗失。半个多世纪来，李森永的父亲常常思乡念祖，临终时嘱托他，一定要找到故乡，续接上族谱。为了完成父亲的夙愿，最近几年，李森永把自己的公司交给了儿子管理，和妻子不断往返大陆寻根问祖。

行文至此，不由得想起《道德经》中的一段话：“万物并作，吾以观复。夫物芸芸，各归其根。归根曰静，静曰复命。复命曰常，知常曰明。不知常，妄作，凶。知常容，容乃公，公乃全，全乃天，天乃道，道乃久，没身不殆。”

（原载《光明日报》2016年9月9日）

# 在朋友家过年 / 李美皆

今年春节是在朋友家过的，这也是我平生第一次在别人家过年。是不是最后一次我不知道，因为，通过这次实践，我已经获得了一种过年新思维。

年前到朋友家就和她十八岁的女儿踏着积雪去逛街，因为对她的家还要有一个短暂的适应过程。商店是女人最好的精神家园，无论到一个多么陌生的地方，只要一逛街，立马就能找到宾至如归的感觉。用的是自己的信用卡，每一分都是自己的钱，所以刷得理直气壮，毫不商量，心里有侠女一般的痛快。逛完街回家就上网，跟朋友的女儿一起找电影看。网络是全世界最共通的东西，在网络里我们都是世界公民，只要一上网，就会感觉四海之内哪都一样，就会找到在所有地方所有生活中都一样熟悉、一样如鱼得水的感觉。

我的朋友是在大学里教政治的，但从来没有跟我谈过什么政治，她做人最大的政治就是包容，我几乎没见过比她更为包容的女性了，这也是我到她家过年的理由。她比我年长不了几岁，女儿却比我儿子大好多，是我看着长大的，小时候开玩笑叫我干妈，然后我俩一起恶作剧地管她妈妈叫“咱姐姐”，现在已经成了我的好朋友，这叫“多年母女成姐妹”。跟一个18岁的女孩一起逛街上网真是好，她对于时尚和网络的掌握都比我前瞻和丰富，仿佛进入了一片属于她的水域，她可以游刃有余地带我游。我老是说，要是我有一个这么大的女儿就好了。女孩对我的欣赏也胜过对她妈妈。朋友说，那你们俩做母女吧。我就笑，叶公好龙啊，真要到一起，还不打死了，争风吃醋，还要抢夺漂亮衣服，恐怕谁也不会让谁的。更重要的是，谁来做饭吃？

谁来做饭吃？我和女孩给出同一答案：请人做。可是，大过年的，没人给你请。于是，我们又模糊而坚定地认为：总会有办法的，叫外卖或者到亲戚朋友家去吃，再不行买净菜自己做，也很简单。然后我们又进一步美好地反问：还怕没有人请我们吃饭？这一说，我们好像就看见自己总是打扮停当包拎在手上一副马上要出门吃饭的样子了。我们俩简直就是一部《欲望都市》。朋友的亲戚正好从加拿大带回一套COVET送她，她根本不可能用的，我和女孩每次看电影前便在耳后或脉搏处喷一点，让浓郁的COVET的香气伴随我们在电影里畅游，我们喜欢这种很臭美的自我感觉。COVET据说是《欲望都市》的女主角创立的品牌，翻译为“欲望拜金女”，听听，多么赤裸裸。其实是修辞夸大了我的放肆和叛逆，我对《欲望都市》并不了解多少，谈不上喜欢，更不具备人家的精神骨髓，生活中的我也根本达不到人家的放恣飞扬。我已经烦透了那种总是把做饭问题摆在第一位的生活思维，做饭好像成了我们生活中的宪法似的，我就不信所有的生活首先都会在做饭问题上绊倒，只有对生活最没有力量感的笨蛋才会那样认为。女孩给了我芬芳有力的精神鼓舞，哪怕是靠不住的，我也乐意接受。

三个女人，心态的格局有点像张艾嘉的《20 30 40》。朋友的女儿在家里是大小姐，我就顺势成了二小姐，美美地享受着我的好脾气的朋友的爱心，“直把杭州作汴州”了。我和女孩之间的默契度超过我和朋友、她和妈妈之间，但我们俩若成母女，可能就是一场灾难。我们俩在房间里开着空调兴味十足地看电影，我的朋友就在厨房里忙活着弄吃的，不停地过来请我们点菜，却常常得不到积极的回应，于是再自己回到厨房琢磨去。我们在房间里的幸福，其实都是由厨房里忙活着的那个人来托底的。而我这样的妈妈，却做不了这样的生活托盘，偶一为之尚可，长期坚持没门。

朋友把自己老家（南方）、女儿父亲老家（北方）以及目前所在城市（更南方）三地过年的规矩集结到一起，创造了自家过年的规矩。年夜饭我们吃了：生菜——生财；水芹——因为中空并多关节，寓意路路通；豌豆苗——本地发音叫“安豆头”，谐音“安到头”；白菜豆腐——保平安；粉丝——钱串子；肉圆——大团圆；蛋饺——金元宝；红辣椒——状元红，朋友的女儿今年高考；煮全鸡——大吉大利。本来还要有鲇鱼，寓意年年有余，朋友没买到，便用带鱼来“瓜菜代”了，自己解释曰：代代有余。主食为鸭肉丁煮饭，鸭含着财押在箱底不动的意思，所以这饭不能吃完。后来我的朋友又特意打电话告诉我，前鱼（余）后鸭（押），是不能吃完的，尤其鸭头鸭脚（压头压脚），必须保留到初一，她是图省事，把鸭肉和同样不能吃完的米饭煮到一起了。原来她的规矩部分为山寨版，怕谬误流传，所以赶快向我纠正。我说，你自创一个门派，充当鼻祖母，不也很好吗？新年钟声敲响的时候，朋友又去煮来水饺，这是女儿爸爸老家的规矩。我是北方人，第一次知道南方人年夜也可以吃米饭的，并不一定要吃饺子。

我也是第一次吃到如此地道如此寓意深刻的年夜饭，每一筷子都有讲究，都有文化。饭菜过于丰盛的结果就是初一我们吃了一天剩菜剩饭。初二早上，朋友煮的是面条，刚吃完，她的女儿从网上看到：初一饺子初二面。我大喊：又吃了一顿正确的饭！那两天，规矩成了我的思维定式，几乎喝一口水都要问一下有什么规矩，我成了一个活得非常讲究的人。

也好，规矩越多，越像过年的，我对于年的文化印象好像从来没有这么鲜明过。也许年就是由这些规矩制造出来的，所有的形式都给了我们一种关于年的暗示，给了我们一种不同于寻常日子的滋味。我知道以我为家庭主妇的年为什么没有年味了，因为我几乎什么规矩都不懂，什么讲究都没有。这些规矩和讲究就是文化，决定了我们过的是春节而不是圣诞。不按规矩就等于没有文化，以后我还是少提移风易俗之类的话吧。后辈人越来越不重视本土传统，中国年的意味也就被消解了，从电视上看到，唐人街上反倒每年都有人在舞龙舞狮。我唯物得很彻底，因而也很无趣，老说年怎么过怎么好，其实是怎么也没怎么。明年起，我将敬天畏神，供奉列祖列宗，吃正确的年夜饭，做一个会过年的人。

朋友找了一个倒上开水就变颜色唱歌的杯子给我喝水，我和她女儿争相喜爱，可这杯子很不识趣，后来居然倒不倒开水都不停地唱，没办法，只好把它关在零下六度的窗外。我独自睡在朋友女儿房间的榻榻米上，盖着崭新的羊毛被，睡得很安泰。夜里突然被音乐声惊醒，顿了顿才反应过来那个杯子又在窗外唱歌了。蒙着耳朵继续睡，梦里都是魔鬼在拉小提琴。早上在榻榻米上拉开窗帘，天哪，整扇窗户大开。我等于半露天睡了一夜，零下 6 度且就睡在窗根哪，跟边防战士差不多了，我真自豪。赶紧向朋友报告：我以亲身试验证明了你的羊毛被不是次品。后来朋友执意要把这床羊毛被送给我，我幸福地笑纳了，因为它给我一种庇护神的感觉。

这个年，我在朋友家过得特别放松，最重要的原因就是这里没有我要看的书，没有与我谈文学文章文坛的人。我的儿子已经怕了文学，一向乐于出去吃饭的他，有一次居然一听吃饭就恐惧地大叫："我不去，你们老谈什么文学文学的，我受不了啦！"我一直以为自己是个不谈文学的人呢，没承想已经让儿子患上了文学恐惧症。都说文学式微，可要找一个不被文学沾染的地方，还挺难的。这反证了文学的存在，可让文坛聊以自慰了。

只有脱出平日的环境氛围，才能彻头彻尾放松。在朋友家过年期间，我看了所有一直想看而又找不到的电影，是朋友的女儿帮我在网上找的。我们躲在温暖的小房间里，让一堆零食包围，过着幸福并"堕落"的宅女生活。我第一次发现小房间的好处，一种特殊的温馨，尤其在寒冷的冬天里。为了让自己幸福和"堕落"得更充分，我们还叫了外卖。外卖是宅生活的标志性符号，我们可不想错过。我们原本只是想吃冰淇淋，几乎当冰淇淋这个词一从嘴里蹦出，我们的舌尖便跃跃欲试地要触碰到它了。立马打电话，可冰淇淋不能外送，我们便选了蛋挞等甜品。20分钟后，一个高大帅气的小伙子穿着长筒雪地靴把冒着热气的甜品送上门了，像派发礼物的圣诞公公。虽然不是冰淇淋，我们一样吃得开开心心，窗外的雪助长了我们温暖的快乐。我发现，我是如此乐意鼓动自己"堕落"，那些极其小资的"非常罪、非常美"，"像罪一样的醉"等等语词对我极具诱惑力，使我非常渴望体验一把。可我并不是一个活得多么拘谨压抑的人呀，可能女人血管里多少都流动着一点酒一样的东西吧。其实，如此卖力地学习小资，恰恰说明我并非小资。"堕落"也没有那么容易，"我"总是把自己管束太严。

我买了一直想买的某一类型的裤子，同一品牌一下买了三条。可能因为平日里找不到如此纯粹的逛街心情，而一旦在外，就意味着生活脱出日常轨道，可以心无旁骛地扑到平日不能从容去做的事情上去了。王安忆说，物欲可以抵抗虚无主义。说得太对了，这句话改变了我对她一向的看法。

接下来，我们三个一起去歌房飙歌。说实话，这是我第一次真正自主地进歌房，以前要么不是在歌房，要么是被簇拥去的。我一直想去唱一次歌，已经把那些想唱的歌记在手机里了，可又一直觉得那是非常特别的一件事情，不能随便发生的，于是一直等到现在。我边唱边想，难道独自一人不可以去歌房唱歌吗？我为什么要一直等到现在？以后，我将独自一个人去唱歌。我以前有一个误区，就是老选自己喜欢听的唱，结果不一定唱好。后来悟到，大家一起唱歌，只能选你有把握唱好的，是不是喜欢听在其次。要是自己唱歌，当然可以什么都唱唱看了。

我还陪我的朋友去烧了香。每次许愿时，我总是不知该怎么想，通常我是想保佑谁就让谁的脸在我脑海浮现，可过后又会遗憾地发现漏掉了谁。这次我就想，其实最终，我就是希望自己一年有个好心情，那么，与我心情有关的人一个个从脑子里过吧。好心情需要条件，所以，要为与自己生活密切相关的人祈福。他们不幸福，我也不会幸福的。

虽然乐不思蜀，当家人从老家返回时，我还是回家了。路上给我的朋友及女儿发短信：谢谢你们的陪伴，我们在一起度过了一个幸福的新年。年纪越大，越觉得女朋友比男朋友重要，特别是这种终生的朋友，我为有你们而庆幸。

曾经看过一篇小文，叫《女朋友》：

一个女子结婚的时候，她的妈妈对她说："不要忘记你的女朋友们，当你渐渐变老的时候，她们会变得越来越重要。无论你多爱你的丈夫，无论你多爱你将来的孩子，你将依旧需要你的女朋友们。记得经常跟她们出门，和她们结伴干点什么，记得女朋友们不但是你的朋友，还是你的家人。"

她听从了母亲的话。随着岁月流逝，她慢慢地领悟到女朋友们其实是她生命的中流砥柱。爱褪色了，婚姻失败了，心碎了，职业生涯停滞了，孩子长大了，父母去世了。男人们不再打来电话，但女朋友们永远在身边，当需要帮助的时候，只有她们会毫无保留甚至毫无原则地支持她。

当你不得不独自在寂寞的山谷里行走，你的女朋友们会在山谷的边上，鼓舞你，为你祈祷，拉你一把，并在终点向你伸开双臂。如果没有她们，你的世界会完全不同。

眼睛突然湿了，也许在我弥留之际，还会想起这个新年。我究竟也不知道，朋友的女儿是不是真想要一个我这样的妈妈。其实选妈妈跟选恋人一样，也是要在功利和唯美之间徘徊的。但我知道我要这样的朋友，永远。

（原载作家散文集《爱你备受摧残的容颜》）

# 如果爱有轮回，我在浦市等你 / 彭学明

亲爱的，我现在在浦市。湖南湘西的浦市。湘西泸溪的浦市。我现在正捏着一支画笔。可是，我一进浦市，我的画笔就傻了，傻傻的，不知道怎么落笔。浦市实在太美，我的画笔画不出浦市的颜色，任何画笔的颜色都会在这里失色。我的画笔画不出浦市的意境，任何画出的意境，都会缺少浦市的诗意和神韵。浦市本身就是一幅巨大的画，任何灵巧的画笔，都会在这里变得笨拙，成为哑巴。

浦市的画是粗线条的。画的轮廓，就是三块。古巷。民居。河流。三块轮廓，三块腹肌，每一块腹肌还有小的腹肌。关键是，细细一看，还有胸肌、三角肌，有棱角分明、无比性感的人鱼线。至于哪是胸肌，哪是三角肌，哪是腹肌，哪是人鱼线，我也说不清。你就想吧，想哪就是哪，想哪是哪就是。因为浦市是一个天生的美人胚子，不管是美女还是美男，正面，背面，上面，下面，都不是一个美字了得。每一块肌腱、每一根线条、每一寸肌肤，都好看得不要不要的，是一整条弯来直去、直去弯来的风景线。

古巷有三条纵的。长。好几里。一条是河巷。一条是正巷。一条是后巷。可浦市人不叫巷，叫街。河街。正街。后街。浦市人见过大世面，知道街巷是怎么回事，你上海一泡尿远的胡同都叫街，我这几里长的巷子还不叫街？你北京一根烟袋一样小的巷子都叫烟袋斜街，我这小河一样大的巷还不叫河街？当然叫街。不但这几里长的巷子叫街，那几十条连着长街的短巷子也叫街。天后宫街、十字街、中正街、下正街、犁头咀街、太平街、烟坊街、万寿宫街、寨尾头街，连珠炮似的，叫得你眼花缭乱。这三条纵的长街，是浦市最重要的几根筋脉。有弯，有直，有曲，有伸，把几十条短街前后周围连在一起。就像三把梭子连着几十根锦线，吱呀、织呀，织呀、吱呀，云一

根、霞一根、虹一根，山一笔、水一笔、屋一笔，风一梭、雨一梭、光一梭，一块硕大的锦缎就织成了。街道上生长的各种色调的民居，民居上横斜出的各种色调的物件，物件上高挑出的各种颜色的配饰，都成了一团团的彩墨，在宣纸上洇润、浸染。不说别的，就说墙，黑的、褐的、白的、灰的、灰白的、灰黑的、褐红的，多种颜色。一道道光把墙壁釉得铮亮铮亮的。一道道雨把墙壁洗得沟沟壑壑的。一阵阵风把墙壁吹得冷凝沧桑的。还有一缕缕菜香和炊烟，把墙壁熏得温温暖暖、古道热肠。

走进去，每一条小街都宁静得似乎只有时光了。时光静静的模样，时光呼吸的模样，我们都仿佛看得见、听得到。你看，时光就那么凝结成了一条又窄又薄的街道，以一地石板的形态肃穆，以一线天光的表情灿烂。高高的天光总是笑眯眯的、眯成了一条缝，漏到石板上，把石板踱得闪闪发亮。雨洗后的石板，更是清亮清亮的，照得见清晰的影子。一街的高楼，一街的矮屋，一街的吊在房梁或屋檐的红灯笼、红辣椒以及各个门面五颜六色的旗幡，都倒映在雨洗后的石板街上，仿若一街落英缤纷的桃红、梨白、草绿和橘黄。微风一吹，那影子在水光中掀起涟漪，丝丝洇散，摇曳飘舞，仿若时光细微的呼吸。

在李家书院，聪明的李家人，在屋顶开一个升子样的天窗，时光就变成了一个大大的升子，装满光亮，如瀑倾泻，跌落庭院，照亮整个院落，照亮琅琅书声。有风的时候，风跌落进来。有雨的时候，雨跌落进来。有云的时候，云跌落进来。有月的时候，月跌落进来。有星子的时候，星子跌落进来。云雀、画眉，还有喜鹊、燕子，也常常好奇地跌落进来。你一定会说，雨跌落进来，那不全完了？才不呢！聪明的李家人，在院子里留有一个四四方方的天井，天井与天窗相对，专门迎接和安置天外来客。这样的书院，李家不是唯一，一个小小的浦市，居然有十多座书院，一个书院就是一城书香，一城书香就是一世文明。

那个吉家大院，是山西一个姓吉的商贾在明代来到浦市做桐油生意时建的豪宅，历经沧桑，却容颜依旧。姓吉的看上了这里的风水，就割舍不下，建了豪宅，坐地经营。那高大结实而又厚重的石头墙，昭示着吉家的富贵殷实和大智慧，门闩上那个看不见的、一按就可以关门打狗的小机关，又尽显了吉家的谨小慎微和小精明。房梁、门窗和门脸上的雕梁画栋，笔笔精致，刀刀细腻，幅幅唯美，全是凝固的明朝时光和吉家辉煌。

如果说李家书院的时光是书卷的，那吉家大户的时光就是豪华的，而青莲世第的时光，则是最安详的。青莲世第，是另一个李姓人家的宅第。青莲，象征着主人高雅的品质和追求。世第，象征着家族久远的历史和意愿。一座世世代代居住的宅第，仿若一朵清纯高洁的青莲，绽放在后街的小巷深处，清新，脱俗，安逸，净世，凝结着人世最美的时光。后街本是低调的，低调得都是小门小户。所以，再气宇轩昂的青莲世第，看上去都格外低调朴实，毫不起眼。如果不是当地人引路，你很可能就擦肩而过了。如果擦肩而过，你擦掉的就是你人生最该享受的一种时光，你过掉的就是你人生中很难再会遇到的安详。安逸脱俗的时光。清新净世的安详。说它安逸脱俗、清新净世，是因为一进去，你仿若就是红尘之外、世外桃源了。那种庭院深深的清冷，那种庭院深深的安宁，那种庭院深深的冇静，让人一下子仿若隔世。红尘的喧嚣、世俗的浮躁、人间的欲望，一下子就被这深深的时光锁在门外，拦在身后，六根清净，与世无争。坐在这里边喝茶边谈文学，文学才是文学。坐在这里边喝茶边听音乐，音乐才是音乐。坐在这里边喝茶边聊世界，世界才是世界。坐在这里边喝茶边想人生，人生才是人生。总之，这里，谈什么，什么都纯粹。想什么，什么都才像那么回事。这么一个安逸、脱俗所在，你不安逸、宁静也安逸、宁静了。这么一个清新、净世所在，你不清新、净世也清新、净世了。这么一个高雅、脱俗所在，你不高雅、脱俗也高雅、脱俗了。就像一朵莲花，出了污泥品自高。

爱热闹的，可以去万寿宫。高大、宽敞、几进几出的万寿宫，是当年红极一时的江西庙，是江西客商的会馆，一座最大的会馆。这里，有一个很大的戏台，每天都有浦市的目连戏和辰河高腔在上演。一个世上最美的旦角水袖莲花摇唱着出来，一个世上最俊的生角风火铁骑飞奔着追来。唱爱恨生死，演忠奸良善。大精大彩得连整个会馆都站起来大声喝彩。这目连戏和辰河高腔，是浦市土生土长的，但却是两京十三省会馆南来北往的文化融汇的，也就是说是整个华夏的文化精髓哺育的，是戏剧的活化石、文化的恐龙蛋。明朝时，华夏版图被划为两京十三省，而两京十三省都在浦市设有会馆，也就是说全华夏都在浦市设有会馆。自明清时期至民国年间，在这不到两平方公里的古镇里，除了两京十三省的会馆，还有二十多座货运码头、三条商贸古街、六座古戏楼、四十五条巷弄、五十多家窨子屋、七十二座寺庙、九十多个作坊。您说，当年的浦市是多么的昌盛繁荣！

这样的昌盛繁荣是从河街边这条宽广的河流来的。这条河叫沅水。是浦市和泸溪的母亲河。宽阔浩荡的母亲河给浦市孕育了丰富的铁和朱砂，赐予了浦市丰盛的木材和桐油。铁黑砂红，木沉油亮，都是那个年代不可缺少的贵重品。所以，浦市的二十五个码头，每天都是商贾往来、舟楫蚁拥，五里长街，每天都是歌舞升平、万家灯火。铁从河上运过，一河的铁兄铁弟在河面拱手相逢。砂从河上运过，一河的砂姐砂妹在河面笑逐颜开。木材和桐油在河上运过，一河的船工号子和水手野性赤裸的身影。沅水带走了浦市的物质财富，却创造了浦市的商业繁荣和文化汇聚。不说别的，就说浦市的踏虎凿花，就是华夏文化汇聚的典范。踏虎是浦市隔壁合水乡的一个村落，因为浦市的凿花起源于这个村落，所以叫踏虎凿花。这浦市的踏虎凿花，就是融汇了陕西山西的剪纸、浙江福建的木雕、贵州云南的蜡染以及本地的扎染等文化文明。聪明的浦市人，把图样先剪在纸上、再钉在板上，然后一刀一刀地刻、一刀一刀地凿、一刀一刀地雕，再把雕版涂上各色，印在布上。要花，花就开了。要鸟，鸟就飞了。要鱼，鱼就跳了。要果，果就熟了。要神，神就来了。如果要个美人，美人就闭月羞花地有了。所有的梦想，都可以美美地绽放、美美地开花。

虽然浦市昔日的繁荣昌盛消失湮没了，浦市的历史却厚重博大了。那些曾经的繁荣昌盛，都变成了历史留了下来，历史又变成了风景留了下来，风景又变成了财富留了下来。街，巷，楼，墙，瓦，檐，河，船，戏，人，都一页页地翻过去，一页页地翻过来，成为浦市亘古不变的美、万古长青的景。一个地方的历史，就是一个地方的大地，越久越深厚，越久越肥沃。一个地方的历史，就是一个地方的天空，越久越广阔，越久越高远。没有了历史，就没有了根。

那些历史的风景里走出来的浦市人，就像是从《诗经》里走出来的好诗句，有风、有雅、有颂，有韵、有味、有情。男人像唐诗一样飘逸，女人像宋词一样温婉，老人小孩，都像汉书一样回味无穷。厚重的历史赋予了他们厚重的人文，厚重的人文又锻造了他们厚重的品行。曾经商旅云集的南来北往，造就了他们的宽广包容、热情好客和质朴善良。曾经繁荣昌盛的辉煌，使他们拥有的不仅是自豪、自尊，还有底气、豪气和乐观、淡定。他们如此安逸、知足，是因为他们知道自己脚下这片土地有足够的吸引力、向心力和爆发力。浦市认定了自己。世界认定了自己。未来认定了自己。浦市，一定会再现清明上河图，一定会凤凰涅槃，新生的繁荣、新生的美。我曾经错过了丽江和香格里拉，又错过了凤凰和乾州古城，还错过了喀纳斯和云水谣，我再不能错过浦市，再不能错过你。

如果情有花期，我在浦市等你。

如果爱有轮回，我在浦市等你。

如果三生有幸，我在浦市等你。

（原载《人民日报》2016 年 12 月 7 日）

# 在车上

/ 郑小琼

## 一

打工者的年味是从一张小小的车票开始。

离过年还有两个月时间，计划回家的人便在盘算着如何找到车票回家。坐火车，还是汽车，怎样才能找到回家的车票，成为车间工友们最热闹的话题。10年前，我在车间，那时手机还不能上网，只能拨打电话订票，电话一次又一次拨通，显示总是无票。后来可以网上订票，再后来手机网上抢票，订票越来越方便与简单，春运的票总归紧张，特别是从广东北上的车票，更是一票难求。票虽难买，家总得回，何况回家计划早就安排好。除传统的回家相聚，年轻人有更多理由得回家。趁过年长假，有人回老家把结婚喜酒办了，假期长，不用请太多假，且亲朋好友都在，人多热闹；打算带在外面谈的对象回家，给父母亲戚过眼；另外，回家相亲也很重要。

腊月二十五，我从广州坐火车，跟一朋友去湖南。她25岁，家里催她过年回去相亲。临时用抢票软件抢票，未抢到朋友所在城市的车票。朋友家离长沙数百公里，在长沙下车，转乘汽车。下午4点出发，半夜抵达。

朋友18岁外出，7年间，先后在深圳、东莞、广州四家工厂做事。谈过一次恋爱，男生去了长三角打工，终没结果。她一直单着，这个年龄，在老家，女孩们已结婚生子。她不想回家，每回过年，在相亲中虚耗，她无法接受相亲结婚生子到终身的现实。相亲，她排斥，又无奈，但不得不遵从，父母的唠叨，难逃。QQ签名：“择一城终老，遇一人白首”。她盼望一份爱情，却内向，老实，一次无终，再待新情感，极为戒备，不敢向前越一步。她属那种好管理的员工，做事麻利，少与工友交流。我们认识数年，每次她跟我说起各种想法，很快又否定，害怕失败，害怕受伤，对爱情充满憧憬。她说起上次过年回家相亲的经过，她告诉我，每逢过年，村庄外出打工的年轻人都会返村，一些没有对象的会去相亲，多少有成功的，马上她又细数着外出打工嫁到外乡的女孩，或者娶了外乡姑娘的男孩。村里需要媒人介绍的不多，选择的机会少，她有些失落。瘦弱的身躯饱含乡村的羞涩与忧伤，出来 7 年，她小心得像只蜗牛，从阴凉的工厂探出柔软而湿漉的触角感受着外面世界，稍遇小小不顺，触角倏突缩了回去，躲进蜗牛般狭小的壳中。在粗糙的工厂世界，她还有小小的无所适从，她慌乱、紧张，想眺望壳外世界。我理解她，看到十多年前的自己。广州火车站，我们碰头，去湖南，她拖着沉重行李，装满各种年货，整整两大行李箱。上了火车，她待在座位上，默不作声。

## 二

过年回家的火车，车厢的气氛充满“年”味的兴奋。平日的火车上，彼此间少有交流，过年的车厢里，年味的喜悦冲淡了往日的戒备，过年成了共同话题。它是中国人心灵深处最柔软的记忆，北方人回忆着童年的饺子、大雪、炮仗，南方人回忆着各种手工糍粑、年糕。没多久，车厢便熟络起来了。坐我们对面的中年人，在株洲下车。他 1988 年到广州，现已安家那里，他一人回株洲探望八旬老父，老父亲和兄弟一起生活，父亲生病了，他请假回来陪伴父亲。他说，不知还能陪父亲过几次年。他说起童年往事，过年时节大雪纷纷，如今各在一方的伙伴、同学。人到中年，忆起往事，不免伤感，但他正值人生最盛时，总会有骄傲之事，冲淡了些许中年的伤感。他的言论中没有暮年的沧桑，还有一颗中年的壮心。在车上，他谈得最多的是车票与几十年火车的变化。20 多年前南下广东的火车，车速慢，老式车窗，漏风，风直往车厢钻，冷，车内人多。车窗可推开，他第一次上火车，先把行李从车窗塞进去，人再随行李从车窗扒入。车少人多，座位票难买，他买的站票。车厢的过道都挤不下人了，他只好把纸铺在座位底下，再躺进去，蜷缩在下面，气味难闻，脚臭、汗臭等异味交杂混合，又有人呕吐了。他说到现在，多了一些感慨。

中年人的经历让我颇感兴趣，便与他交流起来。他说以前的火车一路晚点，又慢，那次他从株洲到广州花了30多个小时。他本打算从广州坐车去深圳，当晚没有坐上去深圳的车，流浪在陌生的广州街头，他举目无亲，钱不多，又不敢投宿小旅馆，在公园露宿了一晚。在公园里，他遇到几个与他命运相同的人，从他们口中得知去深圳需要办理边防证等。当年的他，不知道边防证是什么。公园同伴说，没有边防证，被抓住，会送收容所，运气好会送回老家。他不想回老家，便留在广州了。20多年了，在这里安家了。他谈论他的同学，说起父亲的病，也讲了女儿与妻子及这些年的经历，广州与株洲的房价。他对高房价不满，对社会现实不平，感伤却不迷茫。他是坚定要回株洲过年的，离除夕还有一周，他的妻子与小孩除夕那天从广州赶到株洲团聚。他担忧起重病的父亲，叹了口气，“可能是最后一次陪老父亲过年了。”年味对他有另外一种含义，他想多尽人子之责，跟老父亲一起过人生不多的传统年节。过年，在老人心中是一种重要仪式。在老家，三十晚上一家人团聚守岁吃团圆饭，正月初一拜祭祖先，敬天地阎王，谢灶神司命……他的老父亲极为重视这些仪式。年近半百的他，对传统的仪式不如老父亲那般虔诚。说话间，我强烈地感受到老父亲带给他的影响，一点点不断地浸濡着他的内心，一代影响着一代，延续着中国的传统。

## 三

斜对面是一对年轻恋人，他们从东莞坐火车到广州东站，换地铁到广州站，在广州站上车去湖北，小伙子湖北人，女孩贵州人。奔波的疲惫掩饰不住他们的年轻与稚嫩，女孩十九，男孩二十一。她幸福地靠在他身上，男孩半捏半握着女孩的手，女孩眼里溢满兴奋，男孩兴奋中余有隐忧。在东莞一家工厂，他们相恋，在流水线上他们装配电子元件。我在工厂多年，熟悉流水线生活。断续的交流，他们小心翼翼，不愿与陌生人说话，漫长的夜行火车，常常忍不住接嘴。男孩17岁到东莞，在厚街、虎门、东坑、桥头的工厂打过工，进过皮具厂、电子厂、五金厂、玩具厂，女孩一直待在东坑的电子厂。在东坑的电子厂，他们相遇相爱。女孩已怀孕三个月，他们商量后决定，先去男孩家里，见见其家人。年后，再坐火车回贵州见女孩家长。他们原本想早点回家，交了辞工书，拉线上的组长一直拖，腊月二十三才离厂。先没订到火车票，计划坐汽车回湖北，女孩晕车，又怀孕了，反应大，他们又等了一天，早上用手机软件抢到这趟车的车票，他们觉得好幸运。在车上，大多时，他们沉默不搭话。两人共用一部手机听歌，我问他们听什么歌，他说了声“为爱走天涯”，腼腆地笑了笑。窗外是寂静的黑夜，迷蒙的冷的旷野，车厢里，一对私订终身的恋人，女孩紧紧依偎着男孩，听那首“天已黑，夜很冷 / 孤单的我勇敢前行 / 似乎你就在我身边 / 给我你温柔的热情”。看着他们，我想起中国 20 世纪二三十年代青年人挣脱旧藩篱的情形，恍然想起电影中的一些情节，为了爱情，为了梦想，走天涯。

火车穿越一个又一个喧嚣都市，进入一座又一座幽暗隧道和深不可测的夜幕，一座座城市在夜幕中跳跃，如同闪烁的街灯，转眼消失不见，不留一点记忆。小恋人没有一点睡意，女孩盯着窗外，单纯的眼神有茫然，也有坚定，不知她在想什么。也许，她的身体有一辆爱情火车，湖北襄阳谷城也许是终点站。她选择去这个陌生地方。也许她曾听他说过很多这个地方的故事，因为爱，她有勇气跟随他去一个从来没有去过的地方，她有过挣扎，还是决定跟他一起前行。我想起诗人曾卓的诗句“没有我不肯坐的火车 / 也不管它往哪儿开”，唯一给她勇气的是那个与她同样怀着爱情的他，她握住他的手，紧紧地。

我见过很多像他们这样的年轻人，十几岁离开家乡，到陌生城市打工。在单调的流水线上，像一只只无脚鸟辗转在一个个工业区的工厂，不停漂泊、迁徙，不知明天将在哪个工厂哪个工位。他们对未来有自己的梦，想过更美好的生活，现实往往不遂人意。如同对面的男孩，一年或半年换一家工厂，换一个行业，换一种工位，不知自己要什么，也不知自己能做什么，只能在工业区的工厂转来转去，漂泊，直至老去。只有爱情，让他们偶然在某个工厂待得更久，有了相爱的人，他们似乎找到留在某个工厂不再漂泊的理由。我看了看身边的工友，两年前，她也有一份这样的感情，也如同对面的女孩去过一趟广西，终究没有勇气跟随恋人到广西大山生活，她放弃了那份爱情，后来广西男孩去了苏州。我不知贵州女孩去了襄阳谷城后，会不会坚持这份爱情。他们听着音乐，一边低声唱，“一个人，一盏灯 / 香烟燃尽夜色渐浓 / 眼前闪现你的倩影 / 想你心情无法形容。”唱累了，他们停下来，在计划哪天从谷城去贵州，商量着火车的线路、车票。

## 四

车窗外，夜色中的湘南，将近岁末，天黑夜冷。坐在隔座的河南夫妻紧紧盯着行李，他们在驻马店下车，是驻马店确山人。这对“70后”夫妻一直在白云区一家鞋厂打工，丈夫是拉模工，纯粹体力活。数年前，我在鞋厂做过短暂的流水线工人，拉模工属塑胶成型车间，车间弥漫着塑胶味，闷热，夏天的车间气温高过50℃，拉模工不停地重复地拉动几十公斤重的模板。长年从事高强度重体力劳动，男人身体健壮。女人是鞋厂品检，鞋厂白夜班交替，长期昼夜混乱，如同所有流水线工人的脸一样，疲倦，暗黄，抽去了同龄人的活力。我熟悉这样的脸孔，能一下子分辨出哪张是长白班工人的脸，哪张是昼夜颠倒的工人的脸，哪些是工厂非流水线工人的脸。他们90年代出来打工，先在深圳，后来到东莞，在东莞换了数个工厂后，进了现在这家鞋厂，在这家鞋厂工作了15年。这家鞋厂先在东莞大朗，后又搬到番禺，现搬到了白云区，他们跟随这个工厂搬来搬去，一直没有离开这家工厂。他们两个小孩，大的17岁，小的8岁，在确山老家，跟爷爷奶奶生活，他们只有过年才能与小孩相聚。他们行李多，给父母的，给小孩的，往年都是坐汽车回家，长途汽车趁过年回家人多，票价比平常贵一倍多。没有办法，得咬紧牙，买票，回家，今年他们预订到了火车票。我想与他们多交流几句，他们像所有出来很久的工人一样，过度的老江湖对我的问题有些戒备，男人有时想多说几句，女人偷偷地用胳膊碰了碰男人，男人便止住了。他们不愿过多谈论工厂，只是抱怨火车票难买，今年买到票是运气好，我听着，不再作声，但愿买到火车票会成为他们今年最美好的回忆。

这些年，很多身在异乡的人，“年”的味道不再是年夜饭、年货、饺子、蒸馍……而是一张小小的车票，如同家里的长辈们一进入腊月便准备年货，在异乡的人还没有到腊月，便计划着回家的车票。一张张小小的车票，有一个在车轮上奔跑的中国。

（原载《文艺报》2016年2月3日）

# 我在他乡，看着月亮 / 林虹

我从地铁 2 号线的娄山关站出来时，感觉自己像只土拨鼠，每每这时，我总会深呼吸一会儿，才看看这灯火辉煌的娄山关路。百盛，巴黎春天，汇金百货，虹桥都会……车水马龙，喧哗不已。上海的夜色总是让我迷失，那么热闹的场景，我依然是孤独的，在这个生活了一年的城市，我从来不会遇到熟悉的人。我常常和那些上海人擦肩而过，我仅仅是一个过客。可谁不是过客呢？

地铁口的附近，会有乞讨的、白发苍苍的两位老人，坐在地上，前面一个杯子，叮，扔下的硬币，换来他们的一声谢谢。而我有时会蹲下，轻轻放下一些纸币，不看他们的神情。在上海的地铁口，有太多这样的乞讨了，有时，看得心酸。在静安寺地铁口，一个发白、胡子花白的老人在拉着沙哑的二胡，二胡咿呀，满是苍凉。经常经过，听着不是滋味。有时，他会沙哑地唱着《东方红》：东方红，太阳升……那些每天都去挤地铁的人，行色匆匆，奔赴自己的目的地，偶有人扔下一些硬币，也是为数不多。

有次在地铁上，听到杯子晃动硬币的声音，转头去看，是一个女人带着孩子在乞讨，每到一个乘客面前，就晃动杯子。很多乘客闭着眼睛，有的面无表情，有的疲惫不堪。能有座位坐着已很不错了。有的手拉安全环，靠着柱子睡着了。这是比较好的，如果在上下班高峰期，被挤得动弹不得。我身边的两个女孩，在聊天。“有手有脚的，不去干活，我自己都做得累死，凭什么要给她钱？”“就是啊，我们加班到现在，饭还没吃，还来问我讨钱？”是的，我能理解她们，生活不易，工作不易，人生亦不易。像我每天奔波在地铁 2 号线或者 825 路公交车上，地铁不用等车，但很挤，得走很远的路。公交近，但要等车，且会堵车，而且在路面爬行的速度，就像蜗牛，哪一样都闹心。可是，也有遇到自食其力不去乞讨的人，比如在去上海戏剧学院的镇宁路上，会经常看见一个侏儒小伙子，他背着个脏兮兮的包，在路边挂着一串藤编的小工艺品，一个5元，我有次买了一个“吉祥如意”，问他是哪里人。他答，从河南来，住在路边建行避风的背角，自己到市场去批发这些小物件来卖，够生活费。几个买菜回来的老太太也过来看他卖的吉祥物，说，有志气，懂得自己赚钱，我们每人买一个吧。是的，他虽然残疾，但选择有尊严地活着，也因此获得尊重。

每天都遇到在地铁口乞讨的人，也不能每次都给，毕竟，自己也还是个要交房租的人。在上海，寸土寸金，房租贵得要命。我在静安区延安西路的上海戏剧学院进修一年，却跑到长宁区的万航渡路来租房，静安区的房价已是十多万一平方米，像我这种从小地方来的听着不可思议，可确实是这样。在娄山关路上，会看见一些售楼的美女、帅哥站在路边，给你发售楼的宣传单，或者摆一块牌，告知房源房价，我随意看一眼，在繁华的路段，150平方米的，卖到1500万元，在我住的附近小区，140平方米也卖到980万元。真是晕得不行，在魔都，生活的成本很高啊。

我沿着娄山关路慢慢地走回宿舍。这条路是饮食街，各式各样的美食应有尽有，很有烟火的气息。而我喜欢走这条街，也因为这些烟火味。看见有卖炒粉的，惊喜，来上海这么久，第一次看见炒粉，问老板娘，怎么以前不见有的？老板娘懒懒地答，要到晚上20:45以后，这个摊位才属于她，原来是三户人家分时段共用一个摊位。这个摊位很小，容得下一人炒菜，装菜的桌子还得摆在门口，这个摊位是面馆的老板隔出来的，租给他们，每月6000元。人多，要排队，我等在一个女人后面，她头发胡乱扎在脑后，满脸疲惫，懒懒地靠着墙，在和老板娘聊天。

“你白天还上班吗？”

“上啊。”

“哦，那晚上做到几点？”

“两三点。”

“那不是很累？”

“累啊，有什么办法？”

“我以为自己是很拼命的了，没想到还有比我更拼命的。”

“不这么做，怎么办？天天吵架，除了睡觉时不吵。”老板娘看了眼在里屋炒菜的丈夫，满脸不满，显然，他们刚吵过架。她丈夫沉默寡言，戴着口罩，穿着沾着油迹的白色厨师服，默默地转动手中的锅，因为空间小，炉火热得他满头汗。一份年糕炒好了，老板娘问坐在路边的小伙子，小伙子说不是他的。老板娘一脸茫然，不知是谁点的，可能是她记错了。她丈夫把年糕的盘一放：“你自己掏钱！”排在我前面的女人问：“到我了吗？”她点了两个菜。我问她，为什么不自己煮？她答：“我做两份工，回来都累死了，两个孩子等着吃。”“噢，很辛苦啊。”“有什么办法？房子那么贵，孩子要读书。”“回老家，可能会没那么辛苦的。”“老家，哦，算了吧，上海比老家好。”

也是，上海是繁华的大都市，如果我年轻，我也会选择留下的。

回到女生宿舍，这是一所形象视觉造型艺术学校的宿舍，有部分对外出租，因为房租合适，我和同学就住在这儿。有时在会客厅看见艺术学校的女生，在给头模做发型，一遍一遍地练习，直到满意为止。我刚来的时候，半夜起来，看见一个披头散发的头模靠在墙上，吓得我心怦怦跳。也经常看见在镜子前两个女生彼此练习化妆，要考证，不容易过关，都在拼命练习。为此，经常看见贴着面膜的女生，因为练妆很伤皮肤，所以得敷面膜。有时在转角处突然一个敷着白色或深色面膜的女生出现，吓我一跳。这些女孩子来自全国各地，慕名毛戈平开办的学校，怀揣着梦想，来上海学习。

推开宿舍的门，橘瓣还在电脑上噼噼啪啪地码字，一袭长发，戴着副厚厚的近视眼镜。“Hello.”我打招呼。“回来了？”她没转身，继续噼噼啪啪地码字。双休日，她没出去，她在手提电脑前贴张纸条，是励志纸条，是她的写作计划，每天要完成多少。她有时半夜起来码字，有时四五点起来。只要听到键盘响，就知道她又开始写了，真是个拼命三郎。橘瓣写的是一个长篇小说，在晋江文学网上连载，我上去看过，文笔很好，叙事有她的个人风格，写的是她们90后的爱情故事。为了写这部以上海为背景的小说，她去了甜爱路、淮海路、多伦路、朱家角、海洋馆……寻找灵感。有时她写着写着，往床上一躺：“好累啊，不想写了！”躺了一会儿，又呼地爬起来，“不行，还得写。”说着戴上口罩，这是她不让自己说话安心写作的招数。有时她突然开心地叫，哇，今天的小说连载被推荐了！有时呵呵地笑，问她笑什么。答，哇，这个帅哥好帅。我们就笑她花痴病又犯了。有时她回来，好开心，哇，我今天在学校看到好多帅哥！那是，上海戏剧学院，很多帅哥美女的。最近又有各国的留学生、交换生，更是眼花。我也是一枚中年花痴，只要说到帅哥，就两眼放光，比如小哇（钟汉良），比如最近热播的《太阳的后裔》里的宋仲基，所以，大家会笑成一团。

有时我睡眼朦胧，看见橘瓣还在噼噼啪啪地敲着键盘，叫她早点睡了。她说，不行，我必须得写完这章，我想毕业后留在上海，我必须在毕业前拿出这个长篇小说！可是，留在上海何其难！她期待能进入王丽萍的工作室。这个写出《媳妇的美好时代》的王丽萍老师到我们学校讲座，课中，出了一道题，让同学们说一个故事。题目的意思大致是：一个男出租车司机跟一个女人上了楼。让同学说出后面会发生什么。这是个难得的机会，橘瓣说了她的构想：这个女人是司机的前女友，她是个毒贩，而司机是卧底的警察，他们去的楼是毒窝……还没讲完，王老师很欣赏，留下了橘瓣和另外一位研究生的电话号码，说等她的工作室开工后，看是否有合适的工作机会。这是橘瓣留在上海很好的一个机会，所以，她自己首先得努力。

晓晓打着电话进来，说着家乡话。她的眼睛有点肿，她说这是化妆皮肤过敏的原因。她在一所艺术学校学习化妆。她很勤奋，回来拿着绘画本画眉毛，剪眼贴什么的。她歌唱得好，去参加过比赛。我们建议她去参加星光大道，她笑，我纯粹是自娱自乐。她喜欢躺在床上用手机的“唱吧”录歌，越剧，粤语，通俗的……我们有时会点歌，她就唱，很开心。可是她的人生，却正面临着困境。那天我们宿舍的四个女生一起去吃火锅，席间她接到一个电话，挂电话后说，我不知道是不是该高兴，终于解脱了。我们问她怎么了。她说离婚了。终于离了，我们都替她庆幸。因为之前听她说过，她丈夫赌钱，借了高利贷，债主追上门，在家里坐着不走。她之所以来学化妆，就是想开家店赚钱。她来之前，借了钱，帮她丈夫还了几十万。前段时间她回家，债主又拿出了三十多万的借条。她说，都不知道他在外面借了多少钱，提了很多次离婚，他都不同意，孩子十多岁了，也不管。她的父母好好哄她丈夫，说为避免债主追债，是假离婚，他才同意。我们都唏嘘不已，替她愤愤不平。她其实长得很美，一脸富贵相。她说，他刚打电话来，叫她借一万元，他正在和朋友在外吃饭，没钱付账。我们惊叹，吃餐饭要那么多钱吗？她说，还有其他项目啊。我们就沉默了。她很低落，说她的父亲退休了还去打一份工，帮她渡过难关。我不由地感叹："结婚就是第二次投胎啊！古语说得没错，男怕进错行，女怕嫁错郎。"橘瓣和欣欣还没男朋友，她们也深以为是。

晓晓把包放下，又走出去打电话。那天她问我，法院来传单了，可以不去吗？我问她怎么回事，她说债主告到法院了，这是婚内的债务，她还是得帮还的。我说，那应该要去吧，不去，会不会说你藐视法院呢？她就不语了，躺在我的上铺，陷入沉默。我记得她说过她的梦想，想在小城开家美容院，化妆，美发，要做到最好的。我们叫她再找一个男人结婚，她说，先把儿子带好，把自己的事业做起来再考虑。她依旧面带微笑去上课，回来就唱歌，她说，不好也要坚强地活着！

"我回来了。"欣欣推开宿舍的门，一脸疲倦。爬到她的床上就躺下了。"空你其哇，乔桑（你好，张小姐）。"我跟她打招呼。这是她教我的日语。她在江苏的一所大学学日语，大四了在上海的一家日企实习。"老板要加班，累死我了。"她躺在床上说。她教了我很多日语，都没记住，只记住了日常的几句：偶哈哟（早上好），空巴哇（晚上好），啊里嘎都（谢谢）。每次记不住的时候，我就翻开笔记本，在那里，她用中文和日文写下了读音。欣欣每天牛仔裤、球鞋，因为公车难等，地铁不到，唯有跑步去上班。我们叫她实习期满了就留在这家公司工作。她说，不想留在上海，生活成本太高了，房子那么贵，什么时候才买得起一个卫生间？我们就笑她，那你就嫁到日本去。她说，我才不想去。读高中时，我成绩很好的，没想到高考考砸了，读了这个专业。貌似她不是很喜欢这个专业。她说，我父母是农民工，帮别人装修房子，很辛苦的，他们就我一个女儿，我不想离他们太远。说的也是，很有孝心的一个女孩。有次听她和她父亲打电话："爸，你能不能借我 3000 元？我快毕业了，读书时借学校的 5000 元贷款还没还清，不还清，学校不让毕业，等我领了工资，就还你啊。"我问她情况，说是开学时借了贷款，实习的工资很低，所以先问父亲借了。我问她实习结束有什么打算，她说想回去考村官。很难得啊，很多人向往上海这样的大都市，甚至出国。可是欣欣却想回家考村官。我说，那你的专业似乎用不上了。“现实就是如此啊，根据自己的情况吧。”她淡淡地说。

双休日时，欣欣就睡觉，我们叫她：“出去走走啊，说不定会遇到对眼的人。”她很低落：“唉，我都没心情去想这些。”她说，其实好想谈恋爱的，可是没遇到有感觉的人啊。我说：“那你在大学时没谈过恋爱吗？”

“没哦。”

“哦，很遗憾啊，那么美好的时光。”

“是啊，辜负了。”

“你应该像赵默笙那样，遇见自己喜欢的就去追。”

“哎哟，林姐，那是电视哦。现实中哪有何以琛这样完美的男人？”

“说的是，又帅又有才又有钱又深情，七年来对赵默笙一往情深，只爱她一人，对别的女人看都不看一眼，对她如此好，这世间，有这么完美的爱情吗？”

“可是，还是向往啊！”

我们俩只要一说到电视剧《何以笙箫默》就滔滔不绝。可是，女孩过了谈婚论嫁的年龄就很难找了哦，我也提醒她。想起上半年另一个室友，她是护士，因为要上夜班，她经常一个人在夜深人静的时候去上班，终于有一天，她辞职了，来上海学化妆。她快三十了，还没男朋友，不过，她很乐观，没有恨嫁的情绪。有次她笑呵呵地说，我差点就结婚了。结婚的对象对她很好，经常在她楼下，看着她的灯熄灭了才开车回去。可是这个深情的男人有天提出了分手，说他得了重病，不想拖累她。任她怎么挽留，他都义无反顾地离开了。还是想念啊，可是，又能怎样？她感叹着。

爱情，很美好啊，可是，也很折磨人。我已过了那样的年纪，正忙着考职称英语，每天从学校回来，就躺在床上，记英语单词。这个年纪，记了后面的忘前面的，快晕掉了。我一有空就拿出手机练在网上买来的试题，还是茫然啊。可是，还是得考啊。副高的职称没拿到，终究是不甘的。而这不甘是，其他都能过关了，就是差英语没考过，郁闷至极。我有个老乡，报了四次副高，都不过，但是她不放弃，第二年又来。今年听说不用考职称英语了，我欣喜若狂，打电话到职改办，答复，还没正式下文啊。所以，还得考。中年了，还得和这些90后的女生一起到上海戏剧学院进修编剧，还得半夜时记英语单词。可是，塔莎奶奶说得对啊，想做的事任何时候开始都不迟，所以她八十七岁出版全新的绘本，八十九岁出版《塔莎奶奶的美好生活》。

有时我抱着书睡着了，醒来，看见橘瓣的双手在飞快敲打着键盘。我不得不起来，打开电脑，对自己歌舞剧的人物小传进行第四次修改。橘瓣是专攻电视剧、电影方面的，她希望有一天自己的作品能像《芈月传》那样，IP得到改编。这样的机会很少，可是，不去试试，又怎么知道会不会成功呢？就如潘老师在电影导演课上给我们看《百元之恋》，那个很low（水平低）的女主角，在经历生活的各种不堪之后，依然心怀梦想，在拳击赛上一比高低。虽然她的梦想没有实现，可是，在那个实现梦想的过程中，她得到了成长，这是比她获得冠军还要有意义的。是的，就如我，这个关于绣娘的歌舞剧，从构思到下笔，反复几稿，我已经很疲惫了，很想放弃，但还是坚持下来了。写作课的郭老师说，这次又进了一步。是的，坚持，最初定下的目标，不管它完成的是什么效果，至少努力去做了。每一个到上海的人，都有自己的梦想。我们虽蜗居于此，但我们心里有光！

哇，他们也还在加班啊。橘瓣打开窗帘，我伸头去看，是啊，对面是一栋写字楼，里面有十多家公司，每天晚上都看见他们的办公室还亮着灯。很辛苦啊，我感叹着。窗外，看得见苏州河沿岸的灯光，我们就住在苏州河旁，最初来的时候，很惊喜，跑着去看苏州河，因为很多年前看过娄烨的电影《苏州河》，里面的苏州河很脏。那些晃动的镜头让我对苏州河印象极深，现在的苏州河比原来好多了。我有时到桥上漫步，河对岸是旧房子，住户不愿搬迁，挂着大幅标语，抗议搬迁，但终究是开始挖地基了。

这栋写字楼就在河边，但极少见那些白领散步，见得最多的是中午，他们到附近的饭馆吃饭，然后又匆匆回写字楼。宿舍的后面，也是创业园，经常看到办公室的灯亮着。上铺的晓晓在戴着耳机看《欢乐颂》，讲述的是5个女孩在上海的打拼生活，她会播报最新的剧情。欣欣依旧躺在床上看日语片，跟着剧情重复台词，这是她的一种学习方式。她们也看着窗外感叹，在上海生活不容易啊，这个点了，还这么拼。哇，月亮！很久没看到月亮了！是的，在上海，经常是小雨，人都快发霉了。哇，好香，楼下的饭馆又在炒龙虾了。不知家乡会有月亮吗？把窗帘拉开吧，边看着月亮边敲打键盘的感觉会怎样呢？城里的月光把梦照亮……我们不禁哼起许美静的歌。在哼唱中，我们回到各自的状态，唯有月光安静地照着，苏州河的水缓缓地流淌着。

（原载《红豆》2016 年第 10、11 期合刊）

# 被夜色裹紧的村庄 / 李登建

一年前我来过齐王，那时这个村正与拆迁大队对抗。一边志在必得，一定要扫除障碍；一边寸土不弃，誓死保卫自己的家园。双方互不相让，有几次拆迁大队的车辆冲向村子，想“抓”两个带头闹事的人，可根本进不了村，村民们上至七十多岁的白发老者，下至十来岁的孩子，手持铁锨、镢头、棍子、钢叉，列成方阵，横在路口……

这场胆大妄为的“抗迁事件”，竟再次为齐王村赢得“声誉”：“齐王人就是有种！”“齐王村老辈里就没熊过，人家心多齐！”齐王村是个独姓村庄，一个树墩上发的芽，上溯三百年都是一家人，“打虎亲兄弟，上阵父子兵”嘛！另外，与周边村子相比，齐王村小，如果不同心协力，会在村庄之间的“摩擦”中受欺负。久而久之，齐王形成了心齐的村风，这种村风可壮人的胆量。加上“法不责众”的观念好像深埋在这个村的土层下面，这又源源不断地为他们胀大的胆里充气。历史上，齐王村有过不少壮举，也有一些野蛮行为。比如，打日本鬼子那会儿，齐王是有名的“堡垒村”，男女老少上阵杀敌，全村没出一个汉奸。解放战争后期，共产党攻打县城，国民党依仗坚固的城墙，机枪架在高处，把解放军“封”在围子沟里。县城边上的齐王人急了眼，各家各户献木箱，几百只箱子装满土摞起来，耸立起一道巍巍长城，帮解放军一举端掉了敌人的老窝。而改革开放之初，他们也曾抱成一团，顽固地抵制联产承包责任制和分田到户政策的落实……

“抗迁事件”越闹越大，惊动了省里，省委省政府做出批示：拆迁要尊重村民的意愿，条件不成熟不可强行，齐王村得以保留下来。邻村在自责中更倍加羡慕齐王，因为他们都离开祖辈居住的宅院，搬进了悬在半空中的楼阁。物业费头三年免交，一入冬房间就通了暖气，“康乐中心”棋盘、牌桌、乒乓球案子一应俱全，可有了玩的场所的他们却没心情玩——心里不踏实，睡觉都感到那楼在晃悠。还有咋想咋觉别扭的：老邻居见不着面了，叔叔大爷家相隔很远，连村名也没有了，用不了多少年，没有人还记得出生在哪座老屋，是从哪条小胡同走出来的……

老实说，我也是一个“坚定”的田园守望者，我承认我的观念跟不上形势，我总以为，农村城镇化的宏伟蓝图固然好，但得一步步地来，不能搞造城运动。像我们鲁北这般发展水平的地区，现阶段农民主要还是从地里刨食，要是他们丢掉土地，“裸身”进城，去当什么市民，去住远离了庄稼地的楼房，就等于断了“根”；他们就不是去“享福”，而是没有活路了。为什么相当数量的新社区居民并未产生改天换地的喜悦，恐怕原因就在这里。所以齐王乡亲们取得胜利，我也颇为振奋。

爱人学校放了暑假，她提出回老家一趟，去齐王看看二姑，并且要住一晚上。在长辈中，岳母常跟我们住在一起，老家就剩二姑这一个亲人了。我乐得陪同。这肯定是一个充满诗意的夜晚，袅袅炊烟在树梢缠绕，夜幕徐徐地垂落，牛羊鸡鸭鸣叫、孩子吵闹的“华彩”奏过，村子静谧、安详，月光流淌、荡漾的声音细碎、轻柔。人们吃罢饭，三三两两到场院乘凉，汉子们脱下汗衫，搭在肩头，你一句我一句地说着年景；老奶奶款款地摇着蒲扇，漏风的嘴颠三倒四地讲穆桂英的故事，小孙子不时就某个细节追根问底，好奇地眨着眼睛的还有只只飞来的萤虫……哎呀，你这怀旧症可真够重的，想到哪里去了，那是哪年哪月啊，村庄早已不同于从前，低矮的草屋换成了高大的瓦房，街道铺了沥青或者干脆抹水泥，天刚擦黑路灯就被星星点亮，银粉似的灯光洒在角角落落，投在墙壁上的树影像苍鹰阔大的翅膀，李苦禅的水墨画一样好看。但无论夜晚多么明亮，村子还是古朴、温馨的，泥土气息仍然那么浓浓地弥漫着，哪一家偶尔响起的狗叫仍然像男中音歌唱那么动听……

但是，来到齐王，我才发现我过于浪漫、幼稚——哪里还有那个红瓦白墙、绿荫匝地的齐王村，眼前裸露着一片砖石瓦砾的废墟，破碎、尖利的阳光在上面闪烁，刺得人眼睛生疼。那断壁的“茬口”多么鲜呀，看出这是新房屋被硬硬地推倒的，可以想见一身蛮力的推土机是怎样地在这里横冲直撞。而水泥制件在铲刀下的拆裂声，又给这钢铁巨兽的胴体注入了兴奋剂，它们“杀”红了眼，如入无人之境……

怎么会变成这个样子？中间发生了什么变故？面对这破败景象，我愕然，我要寻个究竟。这时，一辆小推车从公路对面过来了，推车人是一位老者，车上装着两只塑料水桶。他还住在这里，是去公路东边的一个村庄推水回来。随着他手指的方向，我才看见废墟中“埋”着一座没被推倒的宅院。不，这样的宅院还有十三座，它们零星地分散在四处，以至于不是老人指点，我都没注意到它们。

老人看上去有六十岁左右的年纪，泥疙瘩脸，笨嘴笨舌（土腔土调），但却很健谈，或许是一肚子的冤屈没处泄，知道我们是来看二姑，而二姑恰好也是这没搬走的十三家中的一家——他们属同一阵营——没等我问，就向我倾倒苦水：“这一年，俺村可真是见鬼了……”

以心齐闻名的齐王村，在拆迁动员阶段，众人一心，一致对外，使得对方束手无策。可是后来村里却出现了分化。全村四百多户人家，一批一批地陆续搬进社区安置房。

第一批是书记、村长、会计及其近亲。对这批人的率先搬走大体有两种说法，一种说当领导的觉悟高，带头执行上级的决定；另一种则是，村里几十年没有本明白账，公家的钱就装在他们自己的口袋里，或者说他们的口袋就是公家的保险柜，捞足了，不愁今后交不起物业费；他们的兄弟叔侄，都在拆迁补偿中多揣了金元宝，还不欢欢喜喜去住新楼吗？第二批百分之九十是年轻人，这是个“大头”，人数不少。如果说“一等人”（村人称村干部“一等人”）的搬走，除了激起一股愤怒的情绪，并未影响村里的秩序的话，他们的“倒戈”却使齐王村乱了套，甚至一个家庭内四分五裂。老子习惯住平房，进出方便，儿子却喜欢新楼的干净、亮堂，咱也过过城里人的日子！老子很固执：你们经事少，咱老百姓丢啥也不能丢了地呀；儿子不耐烦：脑瓜咋就像老榆木疙瘩？啥时代了，有钱啥买不来？老子要打儿子，可是儿子胳膊铁棍一样撼不动；现如今都是老子依从儿子了，老子还在怄气，儿子已开始往楼房里搬家具……

这一批搬走，村子伤了元气，街道显出空荡、冷清，而拆迁大队蹲在村头的推土机、铲车，趁机迅速扑向腾空的房屋。墙倒顶塌，天颤地摇，鸡飞狗跳。六神无主的人们奔向老族长家，可昔日咳嗽一声村子就平静下来的老族长也无能为力，他再威严、再光火的叫喊都被轻易地覆盖，人们已经听不见。倔强的老人也绝望了，一个月色凄迷的夜晚，他备了丰盛的供品来到祠堂，跪在先人画像前："列祖列宗，我没有把齐王村带好，齐王村算是完了……"然后吊死在门外那棵一千多岁的老槐树上。

要在以往，老族长"驾崩"，齐王村钟表会停摆，然而一切都今非昔比，他的死并没有挡住大家上楼的脚步，"五七"还没有过，坟上的花圈还没褪掉颜色，子孙们又搬走一批。这一批系经人"策反"搬走的——有人悄悄而公开地游说，唾沫星儿迸上天，最有鼓动性、最撩人心的其实是贴近地皮的一句话：搬得早先挑房，再不搬好楼层都被挑没了！傻瓜才还犹豫、观望呢，赶紧搬呀！而这个"说客"据后来人们认定，是拆迁大队收买的"汉奸"，拆迁大队私下对他承诺：你带走十户奖励你两万元；带走五十户奖励一套楼房——这是块多么馋人的肥肉！

像旱季杏花河里的水时断时续、稀稀拉拉地搬走的这一批，则很蹊跷：不知受谁的指派，三五愣头青在大街上、胡同里，拉着长笛，呜呜地开快车。慌忙躲闪，卷起的尘土还是扑你一脸。血性旺的汉子就呵斥他们。双方争吵。撸胳膊攥拳，推推挡挡。好，罪名有了：妨碍公务。带走，关在一个大屋里。也不打也不骂，只"观赏"你从早到晚做一项"游戏"——剥蒜皮（这座房子对面的酱菜厂张着一张喜食"光腚蒜"的大口）。一天不放你，两天不放你，手指甲磨光了仍不放。而你一答应签搬迁协议，"专车"马上送你回来。在老百姓心中，被"抓进去"可不是好名声，爹娘连惊带吓犯了病，妻、儿哭哭啼啼。人在屋檐下，不得不低头，只好签字画押……

最后剩下了十三户。这十三户个个是死心眼、死硬到底、撞到南墙上不回头的主儿。有的多年盯着村里的账，村里的账目至今没给村民一个交代，搬进社区，原来的村就不存在了，这个账目不掰扯清楚，不搬！有的质问：我的宅基地大小、房屋新旧程度和村长侄子家一模一样，为啥他的拆迁补偿费是三十五万，才给我二十八万，不公平，不搬！有的去省国土资源局上访，知道了拆迁大队急着"撵"他们搬迁是因为齐王村的地实际已经被开发商“圈”走，齐王村实际已经没有地了（暗箱操作不露痕迹，村人还都蒙在鼓里呢），没了地又没有工作，拆迁费够吃多久？而开发商有几个不偷工减料，恨不能拿秫秸当钢筋用？盖的楼房顶多二十年的寿命，等楼不能住了咋办？这个“头”不能认，认了这个“头”，将来死了都没葬身的地方！还有的“邪种”“精神病患者”则是为了争口气，这不过是由一句话引起来的——省里的批示下到县里，县里责成开发区处理，开发区一个头头来到齐王村，摇晃着两张纸：你们看见这是什么了吗？你们那么能，窜到省城，可批示还不是落到我手里？孙悟空能跳出如来佛的手心，咹——这话刺激了他们，偏不听你这土皇帝的，看看你土皇帝的手到底能不能遮住天！当然其中也有刁蛮之徒，狮子大开口，漫天要价，不满足我，不搬……

绝大多数搬出村子，拆迁大队名正言顺、堂而皇之地“掐”了他们的电、水。这一带是退海之地，地下水苦咸，虽然家家自己打了小压井，但抽上来的水只能洗衣、洗菜，吃水得到二里路以外的油棉厂去推。才两天，油棉厂保安就“奉命”阻止他们进厂推水。他们又跑远路请亲友帮忙，“推一趟水半上午，耽误多少工夫？这是赶尽杀绝啊……”

天近正午，太阳毒得很，老人额头冒了一层油。他喘口气，还要说下去，我打断了他。他的话虽未必都真实可信，没有夸张、水分，但我也听出了个大概。我问过二姑家在哪里——格局的改变，我不能找准二姑的家了——劝他回家休息。

二姑家前后左右的宅院扒得乱七八糟。房屋站着时身体伸向空中，疏疏朗朗，一旦散瘫下来，满地狼藉。路边、土坯堆上的野蒿已有半人高，其疯长之势，腾起一股步步迫近、围而剿之的凶焰。进得家门亦叫我感慨，二姑一向爱整洁，过去院子都是打扫得一尘不染，各样家什摆放井井有条，然而眼下，条筐、扫把、塑料瓶子、破酒盒子随地扔，自行车歪在一边。“哪还有心收拾？这日子是没法过了！”二姑迎出屋门。西墙根倒是对称排着两个大铁笼子，里面各锁着一只大狼狗，都竖起了警觉的耳朵。可惜这一般是村支书家才有的“宠物”，“虎踞”于二姑这个平民百姓的贫寒之家显得很不协调，何况二姑夫还是个摔不破的药罐子。“要这个干什么？比人吃东西都多！”妻子嗔怪道。“它们可是大功臣……俺这十三家家家都养。”不想，二姑却挺看重它们。我明白，他们养狗是对付拆迁大队的，拆迁大队不是隔三岔五来做有关传谣、串联、破坏拆迁的“调查”吗？遇到紧急情况，把它们放出来，它们真就能上前替你解围。而狼狗犯了法，又不会被抓去剥蒜。退一步讲，有狗在，有狗的吼叫，对于孤单无助的弱者，或许就是最有力的声援。

刚过去一年，二姑很见衰老，再不是手执狼牙棒（自制的）、精神抖擞地站在与拆迁大队对峙的行列里的那个人，背驼得厉害，头发白如霜雪，两眼无光，话也极少，只是一声连一声地叹息。二姑父说，二姑的这种状况是从老族长的死变得明显的。二姑特别敬重老族长，老族长是她的亲叔公，公公去世早，是叔公带领全家度过灾荒年月；晚年作为族里的长者，又以仁爱之心凝聚着族人，上上下下和和睦睦。但齐王村这位最后的德高望重的长辈却死了，她感情上哪能经受得住！我想，长辈去世的悲痛把二姑罩在了一团阴影里，但她精神崩溃恐怕还有别的更深层的原因。

说话间，表弟小旺收工回家。他挓挲着两只沾满泥土的手，夸耀在别人丢弃的院子里垦荒，垦出了两块地，种了绿豆、玉米。这个表弟身上还有太多传统农民的东西，不会做生意，前几年也曾到城里租了个铺面，卖不锈钢餐具，没挣到钱；改开小饭馆，不到半年又开不下去；学着哥哥搞电焊吧，也因揽不到活宣告关门。“咱不是做买卖的料，还是得老老实实种咱的地。”“夜走麦城”的经历，让他脸羞得通红。个头矮小、长着一张娃娃脸、性情又很单纯的缘故，我一直把他当小孩子看待，没想到他敢于坚定地“抗迁”，看来他已经长大了（这里面肯定也有二姑他们当“后台”的因素）。我有意避开他们还能坚持多久的话题不谈——谈这个话题对他们来说是残忍的——而提出看看他的“发电机”。他领我到了外面。屋顶上铁架支着两块深灰色的板子，“这就是太阳板……”他告诉我，他们十三家家家买了这种太阳板，通过太阳板产生太阳能，再通过逆变器转化为电，可供照明和看电视。“晴天还行，怕阴雨天，阴雨天电供不上，冰箱就淌水，好歹俺冰箱里也没啥东西存。”表弟咧了咧嘴。

吃过晚饭，趁妻子他们拉家常，我一个人到“街”上转悠。我不奢望找回旧时乡村的那种亲切感觉了，是想感受感受这个变成一堆废墟的村庄，日后为它写一篇墓志铭。但路却不时被建筑垃圾堵住，我不得不放弃串遍“全村”的念头，驻足在一块完好倒地的墙体平面上。四周空旷，散住的十三户人家灯光多是微弱的，彼此间距又大，恍惚中，残垣断壁高高低低，像一个大坟场，隐约晃动着鬼影。我急忙往回返，仍未碰见一个人，大门都紧闭——再不像过去家家大门敞着，院子里的灯光哗哗地涌到街上——不一会儿，也许要节约用电，有的人家早早地熄了灯，村子里更黑。南面就是县城，东面是开发区，灯的海，灯的山。咫尺之间，这里却是暗夜的深渊。“一个缺少灯光的村庄。”这句话在我心里盘来旋去。

我有一个朋友是省报的“名记”，他曾深入采访一家“钉子户”，在“钉子户”家住了三天。正值深冬，那户人家被断水、断电、断暖，冷得像冰窖，暗得像地狱。朋友第一天还觉“新鲜”，第二天咬着牙硬撑，第三天夜里没到天亮就“逃跑”了。他用了“可怕”二字概括这次的体验，“更可怕的是凝滞在这户人家那冷和暗的气氛，缺少生活的快乐的那种‘冷’和‘暗’”。我也曾接触过一个经过“八年抗战”终于得到合理赔偿的“钉子户”，他咬牙切齿地发誓:“今生再不当‘钉子户’！‘钉子户’太不好当了，能揉搓死你，争取到的赔偿金与精神上的损失远远不成正比。”此刻，夜色刚刚把我裹紧，我就“深刻”地理解了这两个人的话。假如让我在这里住十天、一个月？不寒而栗。然而，这十三户人家，我的乡亲，却选择了这种生活，一天天、一月月地忍受煎熬，度日如年，也不知道它的尽头在哪里？！

小旺还在客厅里等着我，他慷慨地打开了大灯（平时只用25瓦的小灯泡）。慢慢喝着茶，我继续向他了解关于搬迁的事，他几乎是又从头到尾地给我讲了一遍抗迁事件的全过程，讲他们在村头列出的与拆迁大队对峙的长阵有二百多米，讲去省城上访租了两辆大巴车。他滔滔不绝、眉飞色舞地讲，可是当说到他们十三户时，却嘟嘟囔囔：“当然，俺也有办法……一户交一万块钱，这一是外出上访要用钱，二是也可防备再有人溜号。”

“你们十三户不是都铁了心了吗？”

“这也很难说……人心隔肚皮……”

“对呀，这一万块钱还真不是一把锁，如果谁给他‘报销’这个钱，或者给他一万五、两万，不是就能把他买过去吗？”我最近关注各地拆迁的报道，学到“暗补”一词，暗补可能就包括这种情况。

“这就是人不如狗的地方，人的头脑太活络，说不准哪会儿就变。”他一副无可奈何的样子。

“一提这事我脑瓜儿就要炸裂。”小旺皱着眉，说这是叫他、叫他们十三户最头疼的问题。一方面这十三户常偷偷聚在一块，凑凑情况，商量对策，互相鼓劲；另一方面，他们又你猜疑我，我猜疑你，谁也不相信谁，谁都在琢磨别人背地里得了好处，会当“叛徒”。他走到竖在山墙上的一架梯子旁，指着上面的“睁眼子”说：“这就是个瞭望孔，从孔里可以观察东面两家的动静，我不干活时就爬上去往外看……院子里墙上抽掉了两块砖，那个瞭望孔可盯南面……他们也是这样，不对外声张罢了。”

我倒吸了一口凉气。

“前天夜里我做了一个噩梦，梦见别人全搬走了，剩下我一人孤零零地待在这儿。我吓醒了，醒来眼里还满是泪。”小旺两手捂住颜面，好像怕泪水再流出来。

我有点不知所措，唯有点头表示同情。

小旺点燃一支烟，吐出一道长长的烟缕，他是为缓和气氛，但接下来的谈话却依然很沉重。他说拆迁大队把这里拆除、挖槽的工程包给了齐王人，你不搬，承包人不能开工，就对你生怨起恨，原先很好的街坊关系都弄僵了。又说舆论方面的压力，过去人们都称赞他们坚持正义，好样的，可渐渐地，老觉得有人背后指着脊梁骨骂“钉子户”“刺儿头”“刁民”……小旺的脸色越来越阴沉，我还从没见过这个天真无邪、无忧无虑的“孩子”有这种脸色——我注意到今天从见面起他就没真正快活地笑过——他曾嘲谑自己是头猪托生的，头一着枕头就打呼噜，这半年却常常整宿整宿睡不着觉了。“以前我不抽烟……可离不开它了，一天三盒都不够……”他大吸一口——他哪里是在吸，是吞！

我好像不认识面前这个“孩子”，我说不清他是怎么“成熟”起来，性格又是怎么被扭曲了的。

第二天早晨我破例起得很早，打算到野外呼吸呼吸新鲜空气，多年不见牛乳似的露水濡染的原野了。可是出门却看见一家门口停着两辆车体上有“拆迁大队”字样的卡车，一些穿迷彩服的青年在往车上搬东西，好像是在搬家。

隔不多远，站着一伙旁观的人，表弟小旺也在里面，他们在议论什么。我凑过去，果然证实了我的判断。但令我吃惊的是，这一家的主人就是昨天我在街上遇到的那个推水的老汉，他当时对“汉奸”“叛徒”可是一副痛恨至极的表情啊！

“这家为什么突然搬走？”

“……”表弟他们都不回答我的问话。

（此文为作者《齐王之殇》的第一部分，题目为作者所加；原载《天涯》2016 年第 4 期）

# 艾斯肯 / 张鸿

面对着陪伴了艾斯肯30年的木帐篷、60年的捕鹰杈、70年的牛皮公文包，我在平静的老人的脸上寻找密密麻麻的生活痕迹和历史故事。

能够发现艾斯肯的存在，首先要感谢生活在也拉曼的金斯金。那时我在阿尔泰山脚下的这个哈萨克族的小村子体验生活，住在他家有好些天了。夜里，炉火正旺（十月份以后，也拉曼的牧民就把炉火移进了屋子，火炉里燃烧着牛粪块，暖暖的，滚着一壶开水），我总觉着这大山脚下的小山村里也许藏着许多我不知晓的秘密，除了牛羊的生长，大山的沉默。看着我不停地发呆，聪明的金斯金半天不出一言，只等着我习惯性地向他发问。

“也拉曼有什么好故事？”我问。

“什么好故事？很多。你是想听关于牛羊的，还是想听关于草原的？”金斯金问。

“关于故事的故事，也就是关于人的故事，越老越好，你知道的，最古老的故事，哪怕就是一个也行啊。”我说。

“比这个村子还老吗？”金斯金问。

“当然。”我答。

听了我的话，金斯金对着炉火也开始发呆，手里握着烟卷，烟灰从空中飘下来，落在炉火前，我感觉，金斯金正在穿越，在沉默里回到了他出生的那一天，然后，是他在炉火前长大，会说话，听到各种各样有关村庄的故事，他要从这些故事里搜索出我最想要的那一个。金斯金重新点燃一根烟，想了想，说：“明天我带你去庄子前面的那个人家去，他们家嘛有一个老人，是村子里最老的老人，我认识的，你去看看有没有你想要的故事嘛。”

太阳出来后，金斯金来敲我的房门，我喝完女主人准备好的奶茶，坐上了金斯金的摩托车。我真实地体会到了凛冽的滋味，风几乎要把耳朵吹走，面部强烈地皱着的褶皱里，风把细沙打进去，又抽走，生疼，皮肤上起了一层层的鸡皮疙瘩。摩托车在积着厚厚的雪的泥地上踉踉跄跄地行走，高大挺拔的金斯金几乎是用脚支撑在地面让车往前挪，我在车后座前仰后合地配合着。就这么一步一挪地走了近 20 分钟，金斯金的摩托车停在了半山坡上一个十分破旧的土院子前，土院子外面，用几根长长的铁丝围了起来，对着马路的一扇旧得失去了颜色的木门被一把大大的铁锁锁住了。

随着一阵狗叫声，一个年轻的哈萨克族妇女从屋子里走出来了。

“谁嘛？”她扯着嗓子问。

“来看你们的人。”金斯金回答道。

妇女笑吟吟地过来给我们打开院门，看到我，她用流利的汉语说：“哎哟，这是谁嘛？该不是政府派来的人吧？自从十几年前政府派人来送过两袋大米外，政府就再也没有来看过我们嘛。政府都把我们忘记了嘛。”她的幽默感，一下子就把我们逗乐了。

进到帐篷里，抬头一看，真是吃惊不小，原来这个帐篷是木帐篷，这种纯木搭建的帐篷，别说是布尔津县，就是整个阿勒泰地区也是罕见的，由于生活习性与汉文化的不断相融，现在，这种用纯木搭建的木帐篷几乎是没有了，我们看到的这个木帐篷，至少也有 30 年的历史。

在金斯金说明来意后，年轻的哈萨克族妇女快步走到门口，用哈萨克族语大声叫喊着：“阿塔——阿塔——”，不一会儿，一个老人进来了。这一次，又把我惊得张不开嘴。大皮帽下，白发，白胡，白眉，老人无牙，瘦，长马靴，弓着腰，走路慢而迟疑，一双典型的哈萨克族男人的眼睛沉陷在眼眶里，笑的时候如果不用力就像是阳光刺着眼睛了一样有点睁不开的困惑。年轻的哈萨克族妇女冲着老人的耳朵用哈语大声叫道：“阿塔，他们是来看你的。”说完，又笑着回头对我们解释道：“阿塔的眼睛不行了，看不清楚，只能感觉光；耳朵也不行了，听不见，要大声叫，他才能听到我说话。我们的阿塔，他老了，老得不行了，已经 91 岁了。”

91 岁的艾斯肯老人当年是“新疆王”盛世才的部下。熟悉中国历史的人都知道，当年盛世才在新疆的所作所为，自然让他去台后留下的部下都没有好的生活状态。当年，艾斯肯与大批的军人一道在盛世才随蒋介石去了台湾之后，就被共产党接管的当地政府“退役”了，他退役时军衔为上尉。多少年来，艾斯肯就过着我无法用语言言尽的苦难生活，熬了这么多年，仍然坚韧。看着老人那深邃的却几乎看不见物的眼睛，我这位曾经的新时代的军人，流下了眼泪。我问那位妇女一个很苍白无力的问题，老人这么多年生活得好吗？他听了她的翻译后激动了起来，说了一大段话。那女子笑着对老人说：“阿塔，慢点说，我记不住了。”原来，这么多年来支撑他挺过来的是一个信念：他是一个爱国的军人，他也参加了抗日战争，他不是反动派。因为身份的特殊，他一直没有任何的待遇和福利，直到九十年代末期，他才获得了由中华人民共和国国防部、中国人民解放军新疆阿勒泰军分区司令部专门为他补发的退役证书，自发了退役证后，老人才开始享受参加过抗日战争的军人补助费，一个月领国家津贴189元，直到2005年之后，每年开始向上浮动一些，现在，老人每月可以领到退役军人津贴300多元了。

在老人去取他的宝贝的时候，年轻的哈萨克族妇女介绍说，老人名叫艾斯肯，是她的公公，她叫古丽巴合提·拉孜汗，是艾斯肯老人的儿媳妇，老人一共有八个子女，其中四个儿子、四个女儿，古丽巴合提·拉孜汗嫁给了老人最小的儿子别尔克波力·阿斯布后，老人就一直跟着他的小儿子生活了。我们看到的这个木帐篷，是艾斯肯老人60岁的时候搭建的，所有的木头都是老人从山背后的林子里亲自砍好背回来的。当时的年月，老人的儿子们要娶媳妇，没有住的地方，老人就搭建了这个木帐篷，用来给儿子们娶媳妇，儿子们成家了，过好了后嘛都分出去住了，到了小儿子娶媳妇的时候，艾斯肯老人家里有了新修的上房了，这样，艾斯肯老人就独自住在这个木帐篷里。小儿子现在在县城里打工，本来媳妇也要去的，但为了照顾老人和孩子，她就留在家里了。

和艾斯肯老人一起生活在这个木帐篷里的，还有安安静静地待在角落里的一个上了小锁的一个皮制公文包，里边放着跟随他几十年的永远无法抹去的那些珍贵记忆与珍藏品：1998年的退役补发证一本，中国人民抗日战争胜利60周年纪念章一枚，新疆退役军人特殊津贴证书一本，1949年出版的阿勒泰地区哈文版《少数民族抗日战争回忆录》书籍一本，四十年代部队军用水壶一个，这个真皮包是七十年前部队统一发放的行军专用背包。我能明白，它们对于老人来说有多珍贵。它们，被老人颤抖着的双手从牛皮背包里掏出来，摆在我们面前，每拿出一样，老人就努力用语言描述着当时的情形。那本哈文书籍里，记录着当年毛主席为纪念参加中国人民抗日战争的少数民族军人们亲自提出的感谢词，那些少数民族军人的名字中，就包含着如今 91 岁的哈萨克族退役上尉艾斯肯的名字。据艾斯肯老人的回忆，1920 年出生在阿勒泰地区的艾斯肯老人，由于家境贫寒，16 岁时就参加了革命成了一名骑兵，于 1945 年跟随地方部队与苏联红军一起，共同参加了中国的抗日战争。

艾斯肯老人回忆说，那时候的骑兵就是没日没夜地跑，主要是负责前期的侦查工作，了解作战的地形地貌，为后防部队打响战斗作好地理环境的定点和定位，这样一来，军用水壶和牛皮包是离不开的，水壶里装着活命用的水，牛皮包里装着救命用的枪、子弹和干粮。说这些话时，艾斯肯老人热泪盈眶地抖动着双手一遍遍地抚摸他的牛皮包。我还看到了一小叠人民币，我说：还有钱。老人的儿媳笑了，说那是政府发给老人家的所有的补贴，他一分也不用就藏在包里。“是他的他就留着，我们不要。”她转身对着老人说了几句什么，老人笑了起来，阳光下，老人的笑容灿烂。

这时，儿媳古丽巴合提 · 拉孜汗会迅速地将放在桌子上的那把小铜锁套在牛皮包的锁扣上将包锁起来，然后，将钥匙交回给艾斯肯老人自己来保管。“他不放心别人，他也不放心我们，这个包，他平时从来不打开，只有来了人，要看看他的军功章时，他才舍得把包打开。这是他活了一辈子的命。”儿媳古丽巴合提 · 拉孜汗半是抱屈半是认真地拍拍牛皮包说。

“老人现在身体怎么样？”我问她。

“好呢，好得很，他没有什么病，就是牙不好，耳朵不灵，吃饭还可以嘛。”她说。

“那老人还干活吗？”我又问。

“干，闲不住，院子里有些小活，羊圈里嘛也有些小活，他都帮忙干的，有时候嘛，也帮我们看看孩子，怕孩子乱跑嘛。”她回答道。

话说到这里，艾斯肯老人忽然抬起穿着长马靴的双腿，费了点劲地爬上炕（他不让人扶），从墙上取下一个油光发亮的驯鹰杈，老人似乎已经忘记了他还穿着长马靴，直接站在坑头上，用手举着驯鹰杈继续回忆起来，一直说着说着。原来，部队解散时，政府将艾斯肯安置到了布尔津县，直到结婚后，他才搬到了远离县城的也拉曼村。那时候，家里孩子多，吃不饱，老人便想到了自己当兵时练习过射击，用驯鹰的办法到户外狩猎动物，这样，孩子们就可以增加一点肉食。说到这里，老人的眼睛里，流下了两串亮晶晶的泪水，这是一位老兵的泪水，令人唏嘘感叹又倍加尊敬，我陪着他流泪，恍若他是我的父亲。

临走时，艾斯肯老人握住我的手，一直不让走，说我来看他，带了这么多好吃的还给他钱，陪着他说了半天的话，还没有尝尝他亲手晾的熏马肉，一定要吃了熏马肉再走。他拉着我弯腰走进木帐篷，让我看高处两条绳索上挂满的风干的或者熏制的牛羊马肉和血肠，老人咧着嘴笑。虽然天还蒙蒙亮着，但也接近晚上十二点了，金斯金握住艾斯肯老人的手说：“明年她还来的，你嘛，等着。”老人这才松了手，蠕动着嘴角算是答应让我们离开。

出了院门口，金斯金的摩托车发动了，我又跑回到院子里拉住古丽巴合提·拉孜汗的手也拉着老人的手，向她交代：“照顾好你的阿塔，明年我会争取再来看老人的。”走出大门口，我向着往我这个方向“看”的老人敬了一个军礼！古丽巴合提·拉孜汗也像一个军人一样回礼，笑着说：“我会像照顾自己的眼睛一样照顾他老人家的。放心。”

我这个军礼，是我这个曾经的军人向老军人艾斯肯表达的敬意，而这是老人最应获得的肯定也是他乐意接受的。而长期生活在老人身边的古丽的这一个不标准的军礼，是生活给予艾斯肯老人最好的敬礼！

这是一个远在阿勒泰山脚下的名叫“也拉曼”的小山村的一位老军人的故事，所有乘车去喀纳斯旅游的人都可以看到这一个路牌，它在前往喀纳斯方向的大路的左手边。

人在，故事在，泪水在，荣誉在，就让这一切的存在述说也拉曼的岁月吧。

（原载《散文》2016 年第 6 期）

# 寿宴上的“遗嘱”

/ 赵晏彪

我跟母亲并不亲。用老百姓的话来解释，孩子与父母不亲就是缺少屎尿情！所谓屎尿情，就是人们常说的一把屎一把尿地把你拉扯大的意思。我是祖父祖母带大的，母亲于我只有生之恩而无养育之情，这并非是母亲不喜欢我，因为我出生在一个满族家庭，满族人有重视长子长孙的传统。母亲自生下我后，她老人家似乎就完成了自己的使命，我的吃喝拉撒睡，都是由祖父祖母一手负责的，无论是生病还是打预防针，就是上小学都是祖母领着我去的学校。

母亲不爱说话，也从来不争什么，性格内向。母亲在单位是负责妇联工作的，平日里工作很忙，早出晚归的。听祖母说，母亲在单位年年是先进，母亲数次试图想接管教育我的权力，可在我的养育问题上，母亲几乎说不上话，祖母总是一锤定音。

自从我降临人世便住在祖母家，跟母亲不住在一处。在我们这个满族家庭里，祖父祖母是绝对的权威，所以母亲少有发言权，偶尔说上几句关心我的话，大多时总是默默地关注着我的生活、学习和身体健康。

儿时的我几乎是忽略了母亲的存在，直到高中毕业去农村插队后，在看了母亲写给我的第一张字条后，我才知道尽管我不是母亲带大的，但我们毕竟是母子，心是相连的，这种血缘关系是非常神奇的，那张字条一下子拉近了我和母亲的距离。几十年过去了，随着年龄的增长，自己也为人父母了，回忆往事，在我人生比较重要的时刻，母亲都会悄悄地站在我的身旁。特别是在今年母亲过八十大寿时，她老人家的那番遗嘱，让我感到震颤！

——引子

“阿玛，今天是我额娘生日。蛋糕已预订，您不用买了。”

看到手机上伯仁的留言，心中甚喜。儿已长大，懂得孝顺了。伯仁从小是他母亲带大的，当年妻子一手抱着他一手炒菜做饭，至今儿子还常常感叹母亲伟大。伯仁四岁开始学弹钢琴，五岁学朗诵表演，年复一年，无冬无夏，都是他母亲像母鸡护着小鸡似的，风雨无阻往来于家与课堂之间，伯仁对他母亲的感情很深，也特别依赖，现在又特别孝顺，这是我高兴所在。欣喜之余，忽然心底涌出一股莫名的愁绪，因为我和舍弟从未给母亲过一次生日。尽管这是“遗留问题”，也另有隐情，但伯仁的短信还是让我感到了不安，甚至觉得自己的不孝。

母亲的生日其实非常好记，每年端午节后的第三天。然而，从我记事时起，母亲竟没有为自己操办过一次生日。每逢端午节，我和舍弟都喊着要给母亲过生日，可母亲每次都非常严肃地告诉我们：“国有国法，家有家规，等我到了奶奶那个年岁再过吧。”其实，儿时想给母亲过生日的想法很简单，20世纪60年代末70年代初，恰逢物质缺乏，无论是大人还是孩子，都缺吃少穿的，所以我和舍弟无非是为了讨些好吃的，凑个热闹。但母亲态度是坚决的，渐渐地我和舍弟也就不再坚持了。

今年母亲八十大寿，按照京城的传统，八十大寿是要大办的。于是我和舍弟商量，母亲自从进入赵家，从来没有为自己做过寿，今年一定要为老人家办次寿宴。母亲听后淡淡地说：“只要我身体好好的，不给你们添麻烦，比过个生日都快乐。”

这就是我的母亲。

记得祖父祖母健在时，母亲作为长儿媳总是想着两位老人家的生日，惦记着为父亲过生日。在祖父和祖母相继过世后，又开始想着给我和舍弟过生日，当我和舍弟都有了孩子以后，母亲又操持着为两个孙子过百日、过周岁。几十年过去了，老人走了，新人来了，从平房住到了楼房，我们也从青年变成了中年人，从儿子变成了父亲。一切都在变，唯独没有变的，是母亲依然不为自己做寿。

“妈，今年您八十大寿，咱们要好好庆祝庆祝。”在大年三十的饭桌上，我抛出了这个话题。

舍弟立即声援：“是呀。八十大寿一定要过，您再不过该有重孙子了，到时您又该为重孙子忙乎啦。”

“我过不过的不要紧，我是盼着给重孙子办满月呢……”

母亲还是没有正面回答。舍弟朝我看了看说，“哥，您瞧，妈不言声，这事还得您做主。”

气氛有些僵住了，我急忙接过话茬儿说：“这事就这么定了，今年给你奶奶过八十大寿，你们说咱们到哪撮一顿？”我拿孩子们说事，伯仁儿和伯阳侄儿异口同声：“吃海鲜。我们严重期待给奶奶过八十大寿。”

母亲还是没有说什么，只是微笑着。舍弟选择了一家海味餐馆，除了点些母亲爱吃的鱼和虾，刻意安排厨师做了八个寿桃。母亲今天很高兴，出门前打扮了一番。母亲年轻时很漂亮，现在虽已是八旬老人，但从皮肤和神态上看不出已是耄耋之年。母亲眼睛有些花了，但看书读报不受影响，头发有一些花白，但仍然是年轻时的那一头长发。我多次劝说母亲把长发剪了，尤其是在炎热的夏天，可母亲说，每次梳头的时候总会想起你姥姥，小时候最喜欢你姥姥给我梳头了。每当说及此事母亲眼里都充满着幸福，而我似懂非懂，觉得母亲高兴就行。

母亲是个对自己没有什么要求的人，对吃喝从来不挑不拣，家里的剩饭都是她老人家吃，其他的母亲总是吃得很少，然后笑眯眯地看着我们吃。母亲每天早晨有散步的习惯，说以前上班时每天要走几十分钟的路才能够到车站，走了几十年习惯了。散步回来上午看一些杂书，下午读两份报，一份是《北京晚报》，一份是《北京广播电视报》，晚上看电视，所以任何国家大事百姓小情，老人家都知道得一清二楚。在大家说了一些祝贺的话后，母亲突然对我和舍弟说：“今天我特别高兴，马上就要四世同堂了，这也是修来的福分。你奶奶（就是你们的老祖，母亲朝着两个孙子说）曾经跟我说，她父亲去世得突然，一句话都没有留下，她妹妹将家产变卖后，出国了，连一个念想（物件）都没有给留下，每每提起老祖都非常伤心。所以我跟你爸商量了，趁着我们身体还行，脑子也清楚的时候，把家产的事说说。”

母亲话一出，大家都怔住了。这是母亲的寿宴呀，怎么突然说起分家产的事了？

“妈，咱们家哪有什么家产呀，再者说了，您和我爸身体都那么棒，今天又是给您过生日，您真想分家产，改天再说吧。”舍弟拦住母亲。我急忙端起酒杯打岔地说：“来，祝奶奶生日快乐。”我还是拿孩子们说事。

母亲今天真的很高兴，不管谁提议喝酒，她老人家是来者不拒，高高兴兴地喝一口。放下酒杯，母亲又旧话重提：“今天咱们一家子人都齐了，也都挺高兴的，你们就听我把话说完。”见母亲认真起来了，我们也就不再说了。

母亲朝着舍弟说，“勇彪，你哥的房子小，连个像样的书房都没有。现在的房价一天一个价，再不买就更买不起了。我跟你爸商量了，咱们家有两套房子，花家地的房子远一点，现在没人住，干脆把它卖了，再加点钱换个大点的，差多少钱让你哥自己想办法，不行贷点款，现在住的那套房千万别卖，留给伯仁结婚用。”母亲最后两句话是向我和妻子说的。父亲一旁插话道：“花家地那边的房价现在每平方米是三万元，和平里一带的房价是每平方米四万元左右，要想换大一点的房子还是要添不少钱的。”

母亲说道：“房价永远是过去的便宜，潮流永远赶不上。现在是四万元一平方米，明年就是五万元一平方米。李嘉诚在电视里说过这样的话，我看特别有道理，他说买房子的关键词是：地段、地段还是地段。我为什么说把花家地的房子卖掉，就是那里交通不便，又是东四环以外，与三环内的和平里没有办法比，价格上永远差一截，在北京三环以内的房子永远不会降价，要买就买保值的房子。我们现在住的这套房子等我和你爸都不在了就留给勇彪，如果有小一点房子你也再买一套，给伯阳留着结婚用，我们和你哥到时候支持你点。我们存了点钱，将来你们哥俩平分。”

“妈，您现在说这些多不吉利，瞧您这身体多棒呀，哪儿跟哪儿就百年啦……”妻子听不过去了，“钱不能分，您看病不需要花钱呀？再者说了，您和我爸想吃什么就吃什么，不用考虑他们哥俩，伯仁和伯阳也都工作了，只要您和我爸身体好好的，比什么都强。”妻的话说到了大家心里，我连忙接过话茬：“妈，我和勇彪自小就没红过脸，将来也不会。我是老大，我爸没跟我老爹争过任何事，我也不会跟勇彪争的。建平总说，要给您买一个有阳光的房子。您和我爸这一辈子住得都不宽裕，也着不着太阳。我们哥俩的事我们自己解决，您就别操心了。”

母亲和父亲都笑了，我知道老人家现在说这个是担心有一天他们不在了，我们兄弟二人会像电视里经常报道的那样，一家人为钱为房子伤了亲情，甚至对簿公堂。自幼父母对我们管教甚严，他们也每每身体力行，拥有如此的胸怀和品德的父母，岂能生出不仁不孝子孙？

分家产的事刚刚不提了，母亲又抛出了另外一个话题：“一吃好吃的，我就想起你爷爷奶奶，要是他们还活着，看着两个重孙子都工作了，一定特别高兴。”

“可不是嘛，奶奶走的那年，伯阳和伯仁才两三岁。来，大家举杯，敬奶奶生日快乐。”我本想将主题拉回到生日上来，可母亲却有一定之规。放下酒杯说：“今年去墓地看你爷爷奶奶，心情特别不好。墓地里乱糟糟的，那些人在墓碑前踩来踏去的，一点也不尊敬死者。根本没有肃穆的感觉，我看见有人刚刚放上鲜花和供品，一转脸的工夫就被拿走了，然后出去就卖，太缺德了。你奶奶跟我说过，活着不孝死了孝是瞎胡闹。你爷爷奶奶要是知道现在这个样子，也不会同意埋在那里。”

“是呀，妈回来后喊身上痛。光堵车就堵了好几个小时，八十岁的人啦，能受得了吗。妈，您明年甭去了，让我哥和勇彪去就行了。”弟妹说着给母亲的酒杯里又斟满了酒。

“我跟你爸商量了，等到我们百年之后，坚决不进墓地。你们都忙，也没有时间去墓地扫墓，我们也不想给你们哥俩添麻烦，年年还得想着给我们上坟扫墓，走这个形式干吗呀。咱们家的祖坟就在三里屯，过去你们小时候还有人年年进贡收麦子钱呢，后来祖坟被挖了，记得当年给了你奶奶几个青花罐子，里边有很多铜钱，其他的东西什么也没有给。你爷爷说，当年他爷爷去世后下葬他是看见的，棺材里不但放了许多东西，身上有官服还有一些珠宝。中国人就喜欢挖别人的祖坟，英国人也喜欢干这事。有一次电视台里播放英国博物馆，说古埃及法老的木乃伊都被英国人抢劫去了。当年法老的想法很好，死后能够仍然享受生前的待遇，这一点跟中国的皇帝想的一样，死后也想要尊严，可是谁想到会让人家把木乃伊抢到了英国，死了一千年还要让人们评头论足，指手画脚。再者说了，活着的时候就挤在一起，死了还挤在一块，还不如为国家省点土地资源，让国家盖些廉价房，让活着的人能够住得宽裕些。”

“奶奶，您别忧国忧民的，您不会是想海葬吧？”伯仁玩笑着问。

“还真让我这大孙子猜着了，不是海葬，是湖葬。”母亲说完咯咯地笑了。

“湖葬？什么湖呀？”

“天池。”

“天池？哪个天池呀？”舍弟问。

“是你们老祖宗的发源地长白山天池呀。”母亲的话让全家人都怔住了。

“那天电视节目播放一位游泳爱好者横渡长白山天池，天池太漂亮了，一尘不染的。水山都很神奇，难怪出了努尔哈赤这样的伟人。活着的时候没有机会去，死后把我的骨灰撒在天池里，这是我一个心愿。”母亲的话，让我眼里含满泪水，心脏感到一阵的痛楚。

“人活着不能光想着自己，妈不想给社会添麻烦，死后也不愿意给你们增加负担。我知道你们孝顺，家里放张全家福，想我们了就看看照片。活着的时候咱们一家人快快乐乐的，死了就安安静静地从地球上消失。现在买一块墓地要好几万，道德败坏的玩意，挣起死人钱了。我们反不了腐败，我们能做的就是把我的骨灰撒在长白山的天池里，那样你们也可以顺便去祭祭祖，把这钱花在看看祖国山山水水多好，也让我百年后可以天天看着长白山的青山绿水。现在的北京，人多车多房多空气不好，我这样做既环保又有意义。

我是你们满族的媳妇，长白山是满族发源地，我嫁到你们家也就是满族一分子了。听说有的国家把中国的端午节抢注了，现在又对长白山垂涎三尺，你们满族人要保护好祖先的发源地呀，长白山是你们满族人的，更是中华民族的，活着的时候我没那个能力，死后当个守护者吧。”

母亲的话说到这儿戛然而止，慈祥地笑了，脸上充满了幸福感。她老人家在笑，而我的心里却在流血。今天是母亲的寿宴，是她老人家生平第一次过寿，可母亲却说出了她的遗嘱。为了不给我们添麻烦，让我们记住祖先的发源地，保护好祖国的长白山，她老人家宁愿选择湖葬！

中国人常谈孝顺二字，何谓孝顺？孝，为尽心奉养父母；顺，则是顺从父母的意志。在一个人的生日寿宴上，不言万寿无疆，长命百岁，却毫无忌讳地谈起自己的遗嘱，我是做不到的，连想也不敢想。能有如此坦荡胸怀的，莫过于母亲。

望着母亲与孩子们说笑的情景，我想起了高尔基的一句话：世界上的一切光荣和骄傲，都来自母亲！母亲身高不足一米六，在我面前却是高大的；母亲只读过高小，她老人家的人生如一本翻不完的大书；母亲只是个普通平凡的党员干部，但她的德行却似一座看不尽的远山；母亲只是个普普通通的母亲，她的善良若一池探不到底的湖水！

青春易逝去，生命总会终结，而母亲内心的希冀比它们都长久。

母亲的寿宴散了，她老人家的“遗嘱”却久荡心谷。

（原载《黄河文学》2016 年 2/3 期）

# 与母亲的一次长谈

/ 吴佳骏

## 一

很长一段时间以来，我的脑海里总会时不时地跳出一个场景——一个身穿黄色碎花布衣裳的女人，牵着我的手，走在深秋的田野上。那片田野很是荒凉，庄稼该收割的都收割了。剩下的，只有风和时间，还在虚无中奔跑。宛若一个孤独的孩子，在疼痛和忧伤中奋力成长。秋阳从天空中斜射下来，使冰凉的大地多了一丝暖意。我们没有目的地走着，不知要到哪里去。是去一条河边挑水，还是去一个山坡牵羊。又或者仅仅是走走而已，从秋季走向冬季，从春天走向夏天。那个女人有着一张成熟且略显沧桑的面孔，尽管她还那么年轻。我们都不说话，默默前行。我的脚印叠在她的脚印上，像一个影子跟着它的主人。也不知到底走了多久，我们似乎都有些累了，天色也渐渐暗了下来。不远处的山坳里，升起了袅袅腾腾的炊烟。几只外出觅食的倦鸟，正披着晚霞归巢。我们走了整整一个下午，仿佛又回到了起点。田野依旧空旷，道路依旧漫长。那一刻，我才猛然发现，原来我们的走动其实是静止的。这一切，不过是我的记忆或幻觉，印象或梦境。

但所有的梦境，都是现实的投影。就像再明亮的星辰都来自夜晚，再洁白的雪花都来自天空；再高大的树木都来自大地，再漂亮的花朵都来自季节……

我说不好是不是人年龄越大，梦就越多。总之，我自从过了而立之年，几乎夜夜做梦。而且，所梦见的事情，全都跟童年有关。土墙院落，柴堆或鸡圈，夏夜的蛙鸣，涨水的河渠，屋内的煤油灯或打鸟的弹弓……然而，这一切都会围绕着一个女人展开——也就是前面我提到的那个穿着黄色碎花布衣裳的女人。倘若她不出现，我的梦境就没法收尾。即使勉强收尾，整个做梦的过程，也会缺乏必要的精彩和细节。

如此说来，这个女人对我而言，实在是太重要了。她不但熟知我生命历程里每一时刻所发生的事，还洞悉我内心深处那些或隐或现的生存纹路。她与我拥有着相同的经验和心境，她是我血脉的源头和上游。只有她在我身边，我的存在才是真实和可靠的。否则，我就只是这个世界上的一个弃儿；或一只既找不到回家的路，又看不清未来方向的迷途羔羊。

这个女人，我亲切地称呼她为“母亲”。

可直到最近，我才从她与我儿子的谈话中偷听到，在我梦见她的时候，她其实也梦到了我。我们以彼此走进彼此梦境的方式，完成了现实中的母子连心。那是在孟冬时节，窗外下起了入冬以来的第一场雪。雪花飘飘洒洒，把街道两边的树木压得弯腰驼背。电线上也结了冰，平时站在上面东张西望的鸟雀，全都销声匿迹，躲避寒冷去了，只剩下一地的洁白和干净。

母亲坐在客厅里织毛衣，边织边跟我三岁的儿子讲他父亲小时候的事情。我儿子很乖，很听话。他知道奶奶在讲他父亲，故听得专心致志。小小年纪，他就懂得窥探他人生来路的蛛丝马迹。单就这一点来说，我儿子比我强多了。我直到自己都做父亲了，才懂得去回顾和探寻自己父母的命运。母亲跟她孙子说，她昨晚梦见自己的儿子了。那时，她儿子年龄跟他一般大，好像是夜间，天下雨，雨水把她和儿子都淋湿了。她死死地搂住儿子，像搂住自己的年轮。我儿子好奇，一边听一边确认似地发问：奶奶，你的儿子就是我爸爸吗？母亲说：是啊，你爸爸，你跟他小时候一模一样。我儿子于是不再言语，仿佛陷入了沉思。客厅里电烤炉发出的红光，照在这对婆孙俩的脸上，温馨而祥和。

我坐在隔壁的书房里，正准备写一篇跟雪和冬天有关的文章。突然听到他们的谈话，心里五味杂陈，脑子里乱麻一团。手放在键盘上，却敲不出一个字来。我点燃一支烟，靠在藤椅上，静静地聆听母亲跟我儿子的谈话。瞬间，我仿佛又进入了梦境。往事纷至沓来，那么清晰，那么逼真。于是乎，借助他们的谈话，我决定将写冬天和雪的文章放在一边，先跟母亲来一次长谈，把我们母子俩今生的缘分捋一捋。

说出，也是一种孝道。

## 二

母亲，你跟你孙子提到的那座房屋，以及那些夜间的雨，我是记忆清晰的。它们宛如你留在我肚腹上的那块胎记一样，任凭时光如何淘洗，岁月怎样漫漶，都让人难以忘怀。在我所走过的三十几年的生命轨迹里，凡是与你有关的事，我都用心收藏着，就像你收藏在老家柜子里的那几件我幼时穿过的衣裤。自从我们成为母子那天起，这种收藏就已经被上帝注册，并专门颁发了“亲情收藏证书”。只是后来，我们自行把这一收藏范围扩大了。不但收藏看得见的实物，还收藏那些摸不着的东西。比如，你曾收藏过我的笑声，我曾收藏过你的眼泪；你曾收藏过我的成长，我曾收藏过你的衰老……

我知道，你跟你孙子讲的，其实并不是梦境，而的的确确是曾经的现实。那些夜雨虽然流走了，但被夜雨冲刷过的房屋还在。在它那已经风化的石头墙壁上，至今还能辨认出我当年用镰刀刻在上面的一个“戴”字。戴是你的姓氏，我已经忘了当初为何要将你的姓刻在石头上。是为了提醒我的来路？还是为了铭记爱？自我有记忆始，我的脑子里就满是你的身影。尤其是夜间，我躺在床上，睁大眼睛看你坐在煤油灯下，不是纳鞋垫，就是织毛衣。灯光把你的影子投在墙壁上，像一幅移动的剪纸。你怕我受凉，干一会儿活儿，就扭头瞅瞅我，给我拉拉被子。只有我温暖了，你才不会冷。而你手里的针线所缝补的，除了鞋垫和破衣烂衫，还有我们这个贫寒之家的生活，以及你那颗伤痕累累的心。

我一直在想，是不是天下所有的母亲，都是为受罪而活的。在我的记忆中，你的脸上很少有过笑容。你的笑，都被生活的苦水给淹没了。每天早晨，你都是咱们村子里第一个迎接日出的人。在太阳的照耀下，你劈柴挑水，锄地种菜，背着背篓送我去上学。入夜，你又是村子里最后一个跟星星和月亮道别的人。当其他人都已进入梦乡，唯有你还在铡猪草或洗衣服。你不愿意把更多的时间浪费在睡眠中。那样，你即使躺在床上，也会心神不宁。

我不知道你是否对当初嫁给父亲感到过后悔，但我敢肯定，你自从生下我后，就认命了。你必须要把儿子抚养成人，而且，还要亲眼看到儿子结婚生子。这是任何一个做母亲的人的心愿和责任。否则，她就不配做一个母亲，或至少不是一个合格的母亲。对于孩子来说，母亲永远是自己的福祉和天堂；可对于母亲来说，儿子却永远是她的困境和宿命。

曾听姑姑说，我小时候特别爱哭。一哭就没完没了，仿佛不哭个够，天就不会黑，夜就不会亮。每次哭，只有你能制止我。而制止的方法，便是把我搂在怀抱里不停地走动。有一天后半夜，我突然哭得撕心裂肺。恰巧那晚天降大雨，雨水稀里哗啦砸在地面，院坝里的积水能淹没脚背。你见我越哭越凶，又无处可走。只好撑把伞，把我抱在怀中，穿着雨靴在院坝里转圈。直转到黎明时分，我才安静了下来，而你的全身都湿透了。天明之时，你好不容易打了个盹，又发现我在咳嗽。一摸，我周身滚烫。你被吓傻了，父亲又不在家。你连早饭都没来得及吃，便叫上叔婆陪你背我去镇上看病。我们家离镇上有十几里路，且天下雨，山路泥泞。因心慌，你摔了两次跤，而两次我都在你背上安然无恙。后来据叔婆回忆，我那天可把你折腾惨了。她见你累得汗流浃背，主动提出由她来背一会儿我。可我偏不干，非要你一个人背。无论叔婆怎样哄骗，我就是不下你的背。那天，一去一回，我都像一块石头压在你背上，可你从未喊一声累和痛，母亲。

现在想来，一个人无论年幼年长，当他遇到困难时，唯一能让他感到安全可靠的人，或许就是母亲了。有的人事业很成功，有钱有权，可一旦遭遇困局或磨难，仍不忘回家向母亲倾诉一番，或干脆倒在母亲怀里大哭一场。唯有如此，才能稍稍让他们紊乱的心绪获得片刻宁静。也唯有母亲的怀抱，才能融化天底下最为坚硬的东西。但遗憾的是，在这个世界上，恰恰是最让我们深感安全的人，我们却反而伤害她们最深。有时，我经常目睹身边的朋友在外面对别人家的老人尊敬有加，回到家里却对自己的父母凶神恶煞。每当见到这种情况，我都会提醒自己，必须要对你好一点，母亲。如果没有你，我的生命就等于零。我一直觉得，你伛偻的脊背，一定是被我当年给压弯的。我从出生那天起，就在消耗你的生命。你的每一根白发都是对我成长的焦虑，你的每一道皱纹都是对我生存的担忧。

## 三

在我的梦中，还会时常出现一片麦田。五月的热风贴着地皮游走，人蹲在田里，像守候在一屉正在加热的蒸笼上面。但那蒸笼里蒸的，却并不是馒头，而是有关馒头的梦想。我看见母亲戴着草帽，手握生锈的镰刀，汗流浃背地努力将一茬茬麦子割倒。四野出奇地安静，只有蚂蚱弹跳的声音和麦秸倒地的声音。天空上流云飘过，几只鸟雀在麦田上空盘旋，用饥饿的眼睛俯视着麦粒和母亲苍凉的背影。太阳越来越明亮，将麦田照得一地金黄。金黄的后面，是母亲的沉默，以及沉默背后的沉重。

梦醒后，我一直在琢磨，这个梦境到底在暗示我什么呢？母亲。在我的印象中，你一生的命运都被圈定在咱们家的那几块田地里。春来播种，秋来收藏。你在上面栽种过红薯、玉米、大豆和高粱，也播种过希望和曙光，可每到秋季，你收获的为何却总是泪水和失望，忧伤和孤独。那些年，我明明看到你将饱满的麦粒和稻谷用箩筐挑回家中，而家里的粮仓却又总是空空荡荡。

这一切，都是你为了还债所致。债务是爷爷欠下的。他因修建房屋，向乡信用社贷了款。后来爷爷病重，信用社的人见势不妙，担心追不回贷款，便隔三岔五上门追债。虽然当时我们已与爷爷分家，但你和父亲不愿袖手旁观，毕竟血浓于水，于是主动承担起了还债任务。

从此以后，你成了一只蜗牛，背着重重的硬壳度日。衣服破了，补补再接着穿；鞋子坏了，就打赤脚走路。一日三餐，除了单独给我煮一碗米饭，你和父亲都是就着咸菜啃红薯。你每年辛辛苦苦养的那几头猪，从来都是刚到出槽时间，就卖给屠户了。有时若遇到一个好心的屠户，见我们可怜，他会送给我们一块肉。你把那块肉挂在灶房顶上，舍不得吃。我每天放学回家帮忙烧火煮晚饭时，眼睛总是习惯性地盯着那块肉看。你大概识破了我的心思，隔一段时间，会慷慨地切下几片肉炒在青菜里，以满足我的食欲。而你和父亲却只夹青菜吃，好似对那几片肉丝毫不感兴趣。可当我懂事后，我才责怪自己曾经是多么的自私。人有所为，有所不为；饭菜有该吃的，也有不该吃的。这其中的度和分寸，足以检验一个人。但在这个世界上，唯有父母对子女的爱，是永远不需要检验的。一旦检验，必成一种伤害。

或许强势的人天生对弱势的人有种蔑视感。他们在实施蔑视和羞辱的过程中，会获得强大的优越性和自信心。仿佛他们是大象，而你不过是只蚂蚁。具体到你身上，母亲，信用社的人无疑就是大象，而你则实实在在就是那只蚂蚁。他们每回来催债，都凶神恶煞，气宇轩昂。在面对强权时，农民素来都是卑贱的。别说开口解释和申辩，你只要头稍微抬高一点，都会被视为不尊和反抗。而且，他们催债的手段花样迭出——用竹竿掀掉房顶上的瓦，强行牵猪牵羊，将粮仓砸开抢夺粮食……

有一次，催债的人搞突然袭击，你怕他们牵走圈里那只小山羊，那是你专门留着等卖后给我交学费的，便匆忙叫我牵着羊去屋前的岩洞里躲藏。那只羊很温顺，它跟着我一路小跑进了岩洞。那是个下午，天阴着，雾蒙蒙的。我紧紧搂着羊，躺在岩洞的草堆里，屏气敛声。我的心扑通扑通地跳得厉害，两只手不停地抚摸羊身。我生怕羊会叫，引来灾祸。我不知道跟羊在岩洞里躲了多久，我们仿佛是一对相依为命的兄弟，我们一出生就过着穴居的生活。我们怕看见光，怕看见日出，怕看见这个白花花的世界。躲着躲着，我竟然睡着了。可当我醒来，发现羊却不见了。我惊慌失措，欲哭无泪。我壮着胆子跑出岩洞，却不幸看到那只可爱的山羊早已被催债人套上了绳索。我猜它一定是在我睡着时，肚子饿了，跑出去找草吃才被人逮住的。我远远地站在田坎上，看着流泪的你和流泪的山羊，爱莫能助。催债的人将羊牵走时，羊挣扎着不肯挪步。母亲，我看到你跟着羊追出去很远。我知道，羊是你的另一个孩子。我把你的孩子弄丢了。至今，我都还能回忆起羊回头看你时的眼神。它离别时的那一声声哀号，就像一根根针刺进我的心里。我知道，那是一个被人拐走的孩了，在呼唤那令它魂牵梦萦的母亲。

信用社的人每造访我们家一次，我们家就会多一次千疮百孔。你的心也会碎一次，而我也会被吓得浑身发抖。我听到屋外的喧杂和哭声正在淹没我童年的欢乐，我看到我们的家正在沦陷，我感到一种暴力正在侵犯弱小者的生存。

但卑微者的生命力往往又是最顽强的。就像一株小草，无论经受怎样的岩缝挤压，它依然会向着阳光生长，去迎接属于自己的春天；就像一粒种子，无论经受怎样的贫瘠和黑暗，它总归是要冲破泥层，生根发芽并开花结果的。在经历过反复的屈辱和磨难后，母亲，你终于替爷爷还清了债务。我又看见你站立起来了。站立起来的你，虽然仍是那么瘦弱，那么疲惫，但你到底还是熬过了人生路上的严冬。

## 四

窗外的雪花仍在继续飘飞，有那么几片，还飘到了母亲的头发上。我知道，母亲的心里一直住着一片雪，经年不化。儿子一边听奶奶讲往事，一边看动画片。小孩子总是难于长久地将精力集中在一件事情上。不过，我儿子生性敏锐，别看他表面上恍兮惚兮，耳朵却绝对没有遗漏掉他奶奶讲述的任何一个节点。我听见母亲讲到一条狗，儿子立马问：奶奶，什么狗？母亲欲言又止。想必，那一定是触碰到了你内心最为柔软的东西。那么，还是让我来代替你讲吧，母亲。

那是一条小黄狗，是你从外面捡回来的。你那天上坡挖土豆，在路边的草丛里见到这只被人遗弃的狗，便将之放在筐里带了回来。自此，这条狗成了我们家的新成员。在你的精心饲养下，狗很快长大了。长大了的狗对你特别亲，你上坡干活，它就蹲在田边晒天阳。你去赶集，它去送你；你赶集回来，它又跑来迎接你。从某种意义上说，我不在你身边的日子，多亏了那条狗陪你打发落寞的时光。我生肖属狗，难怪你总是说，看到小黄狗，就像看到了我。这条狗已经在我们家生活十多年了，我相信它跟我一样是懂你的。

除了我们，懂你的人，应该还有你先后领养过的两个妹妹。第一个妹妹只比我小两岁；第二个妹妹现在才只有16岁。当你将第一个妹妹背回家里那年，你刚刚还清爷爷欠下的债务。村里人都骂你傻，搬起石头砸自己的脚。嘲笑你只能倒霉、贫穷一辈子。可你不管这些，你做事从来只遵从自己的良心。就像你替爷爷还债时，村里人嘲笑你傻那样。但实际是，在别人的嘲笑声中，你依然偿还了债务。记得你曾告诫过我，做人就得清清白白，堂堂正正。

妹妹的到来，的确曾几度使我们家陷入困境。这其中的辛酸，只有你清楚。当然，我和妹妹也清楚。故妹妹曾多次给我说起，她最对不住的人是你。如果不是你，她可能早就不在人世了。妹妹是懂得感恩的妹妹，而你是天下最慈悲的母亲。你曾无数次对我说，一定要对妹妹好，领养的妹妹也是亲妹妹。从小到大，只要你给我买一件衣服，也必然会给妹妹买一件衣服。即使买一个烧饼，也必然会分成两半。

也许正是妹妹体会到了你的无私之爱，想早点报答你，才在她刚满 17 岁后不久的一天夜里，偷偷地跑去闯社会了。妹妹走后，你悲痛欲绝，埋怨自己没照看好妹妹。那以后的日子，你仿佛掉进了深渊。有好几次，你被噩梦惊醒，大喊妹妹的名字。你说你梦见妹妹在外面遭人欺负，哭着喊娘。但是她找不到回家的路。你曾四处托人打听妹妹的去向，可人海茫茫，何处去寻找呢？好在多年后，你终于接到妹妹写来的一封信，知道她在外面平安无事，心里悬着的石头才算落地。

现如今，每年春节，妹妹都会千里迢迢赶回来看望你。给你买吃的，买穿的，陪你聊天谈心事，可把曾经嘲笑过你的那些村里人羡慕得不行。他们都夸你好人有好报。可只有你对别人的评价不置可否。你已经习惯了沉默。他们讥讽你时，你沉默；他们褒奖你时，你也沉默。沉默是你对这个世界最好的发言。

第二个妹妹只在我们家待了四年。她两岁时来，六岁时离开。可这短短的四年时间，却使你们之间的感情胜过四十年。她一直喊你“妈妈”，那一声甜甜的叫喊，能把钢铁融化。我这个小妹天生体质羸弱，经常生病。不知多少次，你为她在镇医院与县医院之间奔波。又不知多少回，你把她搂在怀里，从黎明搂到黄昏，从秋天搂到春天。

及至到了小妹该上幼儿园的年龄，受条件所限，你只能供她在乡村学校上学。学校坐落在村子下面的河岸边，与我们家隔着几公里山路。每天早晨，都是你亲自背着小妹去上学；下午，又匆忙赶去学校背她回家。无论农忙农闲，寒冬酷暑，从未间断。你说，既然小妹跟咱们家有缘，就得把她当人看，不能做对不起小妹的事。你的行为不但感动了学校的老师，也感动了全村的男女老少。方圆几个村子的人，都知道你和小妹的故事。他们用口碑给你挂了一面旗帜。旗帜上写着四个字：“舐犊情深”。

小妹离开我们家时，母亲，我看见你的天空塌了。你曾经受住了苦难对你的折磨，也曾抵抗住了命运对你的摧残，但为何却承受不住一次亲情的离别呢？那天清晨，你早早地起床，为小妹做了一顿丰盛的早餐。饭后，又像往常一样替小妹梳妆打扮。梳妆时，眼泪忍不住落在小妹的脸上。机灵的小妹似乎觉察到事情不妙，竟扑通一声跪在你面前，哭着央求道：“妈妈，你为什么不要我了啊，求求你不要赶我走，打死我都不走……”那一刻，母亲，你的情感防线彻底崩溃了。你们母女俩紧紧抱在一起，哭得昏天黑地。

但哭过之后，你到底还是清醒了。你毕竟是帮人家养孩子。小妹的亲生母亲随时可以将她领走。梳妆完毕，你问小妹：“幺女儿，你还想去哪里玩儿？妈妈陪你。”可小妹说：“我哪里都不去，我就待在妈妈怀里。”你一听，眼泪又来了。那天上午，你什么农活儿都没干，就那样搂着小妹，坐在时间和情感的深处，把自己坐成了一尊雕塑。

小妹走后，你迅速苍老了许多，母亲。你总是在以你的生命替他人的幸福投放赌注。我和两个妹妹，以及你捡回的那条小黄狗，都是你生命赌注的受益者。

我们所亏欠你的，是一笔永远都无法偿还的债。

## 五

母亲，我今生能成为你的儿子，不知道是哪辈子修来的福分。我一定要好好珍惜这一福分，像你珍惜我那样珍惜你。等到将来某一天，你老得连路都走不动了，我也会像你当年背着我那样来背你。我也许没有能力背着你去环游世界，但至少可以背着你去草坪晒晒太阳，去河边看看游鱼，去公园赏赏荷花，去老家听听雨打青瓦的声音……要是冬天，我还会给你生一盆火，放在脚边取暖。然后，我会像小时候那样，依偎在你身旁，听你再给我讲讲你没有给你孙子讲出来的那部分命运。那部分命运，我会用自己余下的所有时光来聆听，母亲。

（原载《芙蓉》2016 年第 6 期）

# 萨丽娃姐姐的春天 / 艾平

萨丽娃姐姐的春天在呼伦贝尔大草原。

始于上一个秋季，那碧绿的季节渐渐干枯到雪天一色，种子水滴入海一般与泥土同在。冰雪将茫茫草原覆盖，仿佛一片亿万年的大水晶，解析了太阳的光谱，遍地熠熠生辉。这就是草原的春天，明亮，寒冷，空旷，漫长。呼伦贝尔草原不知“清明时节雨纷纷”“烟花三月下扬州”为何物，沉寂于十月、十一月，延至次年的五月，直到六月才肯葳蕤。

呼伦贝尔在北纬 53 度到北纬 47 度之间，几近冻土带，一年只有不足一百天的无霜期，春、夏、秋三个季节便挤在这一百天里奔跑，每一种植物都是百米冲刺的运动员，奔跑着发芽，奔跑着开花，奔跑着打籽，奔跑着完成生命基因的使命。你若细看草原上的那些芍药、萱草、百合、野玫瑰，就会发现它们都比内地的同类开得弱小、开得简单；那些毛发一样附在原野上的草类，更是生得低矮硕壮，因为它们没有时间拔高，必须快快成熟。或许是夏日为了争取一次尽情的盛开，或许是秋天为了留下一次矢志不渝的延续，把春天挤到了无霜期的边缘。乍暖还寒，草色遥看近却无，呼伦贝尔的春天在残雪中闪出，酷似如去意已决的爱人，莞尔一笑，转瞬即逝。一夜南风，醒来时百草猛然长高了半尺，草原焕然碧透千里，如深深的海洋，波动在阳光下，泛起绸缎般的华丽。花朵们忙了一夜，终于捯饬一新，佩戴着天上的彩霞和地上的雨露，跟着绿浪摇曳曼舞。好比是沉睡百年只等着一天，游牧纪元的季节盛宴开启，旅游时代的草原 logo 出台，人们醉如花丛，欢喜得忘乎所以，于是轻漫地比照远方的场景，直把这草原夏日叫作草原的春天。他们不曾体验，因此不懂——草原孕育春天的历程就是春天，草原的春天是一场望眼欲穿的期盼，而最终让你看到的却永远是结尾的那一瞬。

萨丽娃姐姐和大地一起记忆着春天。

草原的春天是牧业丰收的季节，也是妇女们含辛茹苦的季节。萨丽娃看见老祖母蹒跚在纷扬的春雪中，靴子艰难地从冰泥里拔出来，又踩下去，湿漉漉的蒙古袍大襟冻成硬邦邦的冰片，在冷风中咔咔作响；她看见太阳的手指伸过来，轻轻地梳拢老祖母的银发，落在那只暗红的珊瑚耳环上，老祖母汗水淋漓的脸颊，布满了岁月的光芒。小羊羔总是走在大野芳菲之前，一个接一个降生在冰碴密布的草地上，然后它们站起来，像洁白的云朵一样缭绕着老祖母"咩……咩……"嚷着饥饿。

百代千年，游牧人家在春季里寻找朝阳的地方接羔，一辈辈把长生天的教诲变成了不可更改的习惯，留在了老祖母的银发上。长生天不是传说之中的老天爷，是万物生存的法则，是必须敬畏的大自然。四月接羔，羊羔吃着母乳等待青草，青草和它们的乳牙一起长出来，它们开始奔跑，从此变成了原野的孩子，栉风沐雨，爬冰卧雪，必经几次生死磨难，方能生存。地老天荒，冬去春来，生命就这样周而复始，生生不息。

老祖母的腰是在春天累弯的，老祖母的劝奶歌是在春天里传给萨丽娃姐姐的。

"陶爱格……陶爱格……你的孩子在哭泣，你这当母亲的给它吃奶吧……"老祖母的劝奶歌升起来，回响环绕，哀婉之中，苍穹附以和声，母体般的温暖笼罩草原，万物生灵的母性开始苏醒。母羊含泪站起身来，羊羔纷纷跪乳。饱食的羊羔肆意喧闹嬉戏，洁白的云朵在阳光里打滚儿，然后撒开四蹄奔跑，进入季节的深处。

每年十月之后，老祖母把种公羊放进母羊群，母羊怀胎八个月，到次年四月或者五月分娩，完成一个春天的轮回。那前一年接下的羊羔，由于仅仅吃过一个夏天的青草，骨头还未坚硬，脂肪仍然豆腐般多汁，头上卷曲的绒毛里才露出细小的犄角。老祖母仍然叫它们羔子，风雪夜里把它们放进蒙古包庇护，为了它们暖和，半夜起来给炉子加牛粪。萨丽娃姐姐依偎在老祖母的怀里说，好像羔子是你的亲孙女。

后来不知道是谁耐不住漫长的等待，决意改写草原的春天。他们八月放种公羊进群，二月接羔，不游牧，给羊羔喂合成饲料，圈养到落雪之前。明知羊羔还没有长成一只真正的羊，还是一车一车地卖出去。只因为电视广告里出现了“羔羊肉”这个词儿，有人想出了这个成本低廉的鬼主意。

后来因为老师说，因为父母说，因为身边的每一个人都在说，上大学、上大学，到城里去、到城里去……要是谁家的孩子留在家里的马鞍上，没有人会夸奖你。萨丽娃姐姐戴着老祖母的红珊瑚耳环离开了家。因为城里的暖气和热水，因为城里的漂亮和时尚，萨丽娃姐姐毕业后曾在发廊里做小工，那气味古怪的染发精，每一天都染红她的眼睛；因为30元的肯德基100元的BB霜，萨丽娃姐姐又转到旅游景点用母语卖唱祖宗留下的歌。

城里的楼房虽然很舒适，可那是租来的，不是家；城里的生活今天欢笑复明天，可不知道自己的未来在哪里。萨丽娃姐姐思念阿妈的奶茶、阿爸的手把肉，好想好想骑上骏马变成草原的风，好想好想放开嗓子变成蒙古包前奔流的河。

萨丽娃姐姐总觉得老祖母的红珊瑚耳环会说话，一天天在她耳边说个不停，只是那些古老的话，就像飞来飞去的鸟，有点听不懂，想留也留不下。

萨丽娃姐姐终于回到了日夜思念的故乡。

枕着幽幽的草香，她看见了逝去已久的老祖母，听清了老祖母在她耳边说的话——河冰不开，天鹅不来；骏马绕不过暴风雪，大雁甩不掉自己的影子……冬长夏短，谁也逆不过长生天的规矩……

萨丽娃姐姐站在草原的春天里，伸出一双手，这手是洁白细致的；萨丽娃姐姐轻轻托出一只小羊羔，把母羊脱落的子宫慢慢送回腹腔内，这双手浸染上羊水和血液，开始在寒风中皴裂，慢慢地，长生天的怀抱里回来了一个顺其自然劳作的人；当这双手终于被牛奶和油脂润透，不再畏惧风霜雨雪的时候，萨丽娃姐姐的牧场已经远近闻名，她出售的羊，是实实在在吃过三次夏牧草、长了六个牙的肥腴的羊。萨丽娃姐姐有了自己的广告词——养最有品质的羊。

人们没有看见萨丽娃姐姐一车又有一车地出售羊，却看见她家的牧场上盖起了铝合金的接羔棚圈，看到她家蒙古包后面停放着现代化的打草机，看到她家草场的高坡上安装着一排排太阳能蓄电池。萨丽娃姐姐的故事像珍珠那般滚动在草原上，人们传说着她那些有品质的羊卖出了好价钱。

当家家户户都像萨丽娃姐姐那样牧养有品质的羊，萨丽娃姐姐长长地出了一口气，她终于把草原的春天从二月找了回来。

春天依然晚晚地来，快快地走，却把希望和富足留在了呼伦贝尔草原上。萨丽娃姐姐唱的劝奶歌是老祖母在春天里传下来的，草原人那如云的羊群和飞驰的骏马是春天赐予的。是的，萨丽娃姐姐懂得这一点，在这个古老而崭新的时代里成为聪明智慧的人。

萨丽娃姐姐的春天在呼伦贝尔草原上。

（原载《文汇报》2016 年 4月 1 日）

# 尘埃里的花朵 / 江少宾

## 一

第一次听说林花病重的消息，我迟迟不愿意相信。她才二十三岁，和我的侄女一起上小学，一起上初中，在合肥上了一家电脑学校之后，便独自外出谋生。电脑学校的门槛其实非常低，许多乡下女孩眼巴巴地跑了来，以为掌握了一门技术，借此安身立命。到了毕业的时候她们才茫然地发现，那点“三脚猫”的功夫根本不值一提，那封轻飘飘的《就业推荐信》，其实没有任何作用。毕业之后的林花带着那封自欺欺人的《就业推荐信》跑了两个月的人才市场，市场里到处都是机会，但林花却没有胜任的资本。林花一次又一次碰壁，头破血流之后才慢慢地醒悟了过来，所谓的“就业”，不过就是找一只自己能端稳的“泥饭碗”，而不是找一份体面而合适的工作。在残酷的现实面前，这个从小村牌楼走出来的花季少女，将自尊一寸一寸地逼进尘埃里。她先后做过保姆、营业员、超市导购、酒店里的前台迎宾，最后才在亲戚的引荐下，进了南京的一家缝纫厂。缝纫厂，顾名思义，可她能做什么呢？在家里，她是最小的女儿，受宠惯了，甚至没有拿过缝衣针。

在小村牌楼，许多少女都和林花一样走了这条路，她们几乎没有栽过一棵秧，就冲出了父辈们留守的小村。在对小村长久地疏离里，许多出走的少女我都没有见过面，劈面碰上的女子都觉着面熟，正待仔细分辨，身后忽然追上来一个胖小子……字正腔圆的孩子欢天喜地，吵着要去看牛，水牯牛，像奥特曼一样长着两根长长的大弯角。我有些好奇，哪里还有水牯牛呢？任劳任怨的水牯牛，已经从田野里消失了。母亲非常茫然，却又不想失信于孩子，她左右为难，见到我这个生人，忽然就有了借口。看见没？水牯牛，都被这个叔叔买走了。她在自己的谎言里笑了，我却笑不出来，更年轻的一代牌楼人，居然连水牯牛都见不到了！

更年轻的一代牌楼人，都已经离开了牌楼，不少人甚至举家迁到了外地。病中的林花是唯一的例外。去年六月，林花开始急剧消瘦，双腿无缘无故地浮肿，更明显的表现是，小便量持续减少，食欲不振。缝纫厂附近有一家小诊所，但坐诊的医生几乎没有检查，就开了两盒肾炎方面的口服药。既然两盒口服药就可以对付，年轻的林花也就没有放在心上，她既没有回诊所复查，也没有去正规的医院再看看。那时候的林花已经升到了流水线上的一个初级管理岗位，虽然依旧需要“三班倒”，但每个月可以休息四天，每个月还有两百块钱的岗位补贴。林花珍惜这样的机遇，如果能够再升一级，她就是正儿八经的“干部”了，既不再需要“三班倒”，工资也会拿得更高。这是无数打工者梦寐以求的一级，这一级意味着脱胎换骨，这一级意味着从蓝领到白领。拼命表现、努力工作、从来没有请过一天假的林花哪里会想到，就在自己的青春终于有了一线亮色的时候，命运竟和自己开了一个天大的玩笑！拖到去年年底，林花终于撑不下去了，到南京一检查，哪是什么肾炎啊，是尿毒症！

尿毒症，林花其实并不陌生。二〇一一年元旦，在和尿毒症斗争了三年多之后，我的母亲在锥心蚀骨的疼痛中离开了人世。久病成良医的牌楼人于是第一次知道，世上竟还有这么一种奇怪的病症——浑身浮肿，小便排不出来，一吃就吐，闻到油晕味就犯恶心……对付尿毒症只有两条路，一条是终生透析，一条是换肾，但两条路都不平坦，两条路都有可能通向死胡同。拿到诊断单的那一刻，林花的世界瞬间塌了下来，周遭都是黑色的，一眼望不到尽头的黑。她不得不按照医生的安排，先住院，再透析，将来准备换肾。林花谋生的那家缝纫厂，长期病假是不被允许的，和“林花们”对应的，只是流水线上一个个固定的工种。一个萝卜对应着一个坑。林花既没有保险，也没有合同，在那座密不透风的大车间里，林花只是一根不允许生锈的螺丝钉。一群永不生锈的螺丝钉，病魔，是她们共同的最危险的敌人。无奈的林花只好主动辞职，带着凶险的疾病和未卜的命运，重新回到生她养她的小村。实际上，也只有小村还能接纳林花，她像母亲一样逆来顺受，毫无怨言地接纳着每一个曾经背叛过她的儿女，她荒凉的胸膛，依旧能够温暖那些受伤的灵魂。那时候，林花的父亲还在张家港打工，这个腰身过早佝偻的中年汉子，无法接受这猝然的命运。在小女儿的叹息声里，他整夜整夜地失眠，头发落了一千根。他原本没有什么烟瘾，但现在，他一天要抽两包烟，三块五一包，“红三环”，十年前流行过一阵子，但现如今，就连留守在家的老人也很少再抽了。然而他嘴里的烟雾一直在升腾，他递给我，我不好拒绝，劣质的烟草味像一把火，瞬间冲上我的喉咙。我强忍住咳嗽，悄悄站起身，在后院一个不被人注意的角落里，掐灭了“吱吱”作响的烟头。回到小村的那天中午，他们刚刚从安庆赶回来，为了给林花做透析，老两口每周得带着女儿跑两次安庆。“老两口”其实刚到五十岁，在我的小村，五十岁还没有资格享福，五十岁的牌楼人还是年轻的后生。但林花的父母确实已经很老了，那么苍凉的老态，我无法形容。

我看到了病中的林花，久违的林花，记忆里的林花，还是一个扎着羊角辫的胖乎乎的小姑娘。二十三岁的林花居然还没有谈过恋爱，侄女说，她的接触面太窄了，没有条件谈恋爱，她也害怕谈恋爱，害怕拥抱和接吻，更害怕腆着十个月的大肚子，粗壮的腰围，几乎无法见人。现在，她终于不必再害怕了，病中的林花，已经失去了恋爱的机会和可能，她委顿的青春，覆盖着死亡的阴影。靠在小村和暖的春光里，林花的病容令人心疼，她太瘦削了，衣服套在身上，整个地大了一号，看不出轮廓，也看不出腰身。她原本是爱美的，和侄女一样爱美，和侄女一样喜欢“美图秀秀”，在自己的个人空间里，羞涩着收获小小的赞美，满足着小小的虚荣。我没有看过她的“美图”，但每周两次的透析，已经撕裂了她的人生，她的青春和老屋一样黯淡，她的笑容和小村一样荒凉。我陪着她的父亲说话，却不知道该怎么安慰她，对于她来说，我其实只是邻居家的一个陌生人。事实上，对于她来说，一切都已经陌生化了，她主动将自己低到尘埃里，不轻易开口，也不愿意见人。即便是面对自己的“发小”，她也不愿意再敞开自己的心扉，她对我侄女说，你好忙吧？谢谢你来看一个等死的人……她才二十三岁，但她已经清楚地看见了自己的余生——“等死”——没人能平静地接受这残酷的命运。但她看上去是平静的，站在门外，胶着双手，眼眉低垂，说这句话的时候，脸上甚至浮起一丝笑容。暮春三月，草长莺飞，但她的笑容令我浑身发冷。屋后就是巢山，清明祭扫的鞭炮声起起落落，山腰上聚拢着一团一团湖蓝色的烟雾。这人间的烟火景象我暌违已久，置身其间，我仿佛走进了另一个世界。

## 二

为了给女儿治病，林花的父母都回到了小村。但两个月治下来，父母就扛不住了，他们终于信了医生的话，透析是个无底洞，如果继续治疗，只有尽快换肾。林花的父亲在安庆、合肥和南京三地来回奔走，几十家医院都没有合适的肾源，几十家医院的费用都很惊人。最少的也要八十万元，在合肥，八十万元只能买一套几十平方米的房子，但在小村牌楼，八十万元，是一个摸不到边的天文数字。但老两口并没有就此放弃，他们决定捐出自己的肾。腰身提前佝偻的父亲显然已经不合适了，母亲于是主动承接了过来，她甚至没有和林花商量，就带着女儿去了南京。这一次检查，让老两口的心再次凉了下来，林花的病情依旧在恶化，毒素已经攻陷了她的双肾。而母亲的身体条件也并不允许，在长久的乡下劳作里，这个五十岁的农村妇女，已经染上了一大堆基础病。那你得抓紧看啊，我说，不能拖……林花的母亲几乎跳了起来，那有什么看头哦！没名堂的，医院就是搞你的钱，知道啵？我苦笑着，心里有些吃惊。记忆里，这个比我大十岁的农村妇女，开朗而爱笑，爱唱黄梅戏，还做得一手好女红——村里新生儿的虎头鞋，基本上都是她做的，讲究一些的老人还会请她做一双新布鞋，留着给自己将来“上路”。我不知道她有没有读过书，想来是读过一些的，大女儿出嫁的时候，她给女儿绣过一幅“观音送子”，右下角还绣着女儿和女婿的名字。

我尴尬地看着林花的父亲，然而此刻他竟一言不发。我瞬间醒悟了过来，我离开小村已经二十年了，但牌楼还是那个牌楼，有一些传统已经消失了，但另一些传统却留了下来，她已经渗透进牌楼人的骨血里，成为一个鲜明的标记。基础病有什么呢？在牌楼人的生存法则里，基础病根本就不值一提，也不能提，谁要是不小心说漏了嘴，背后会被人骂死的。“现世报，搞什么鬼名堂哦，偷懒呢！”——这个评价严重了，一个庄稼人怎么可以偷懒呢？不务正业了，和游手好闲是一个意思！身体是“小道”，名声是

“大道”，没人背得起这个骂名，于是都沉默了。沉默的小村，扛着一身难以启齿的病。

扛着扛着，终于有人扛不住了。在我的记忆里，牌楼最早的逝者应该是朱本生，三十几岁，一个虎背熊腰的庄稼人，在睡梦中猝死；其次是三娘，起夜，黑灯瞎火的，一个踉跄，从此不省人事；再往后是五叔，小村牌楼第一个糖尿病人，扛到尿血的地步终于扛不住了，那个端午节的前夜，六十岁的五叔在输液中去了安详的天国……接踵而至的是一批癌症患者，贤文，食道癌，卒于六十四岁；治国，胃癌，卒于七十四岁。还有一些逝者，甚至不知道自己确切的病因。尚健在的癌症患者有东成大哥，春明大婶，还有四位患者，我已经不知道该如何称呼他们。

二〇一一年，东成大哥忽然病倒了，到安庆一检查，居然同时患上了食道癌、胃癌和肠癌，好在都只是早期，手术也异常顺利。谁能想到呢？东成大哥病愈才两年，老妻又病倒了。到合肥一检查，医生直摇头，治疗已经没有意义。上山祭扫的时候，路过东成大哥家的后屋，我看见死里逃生的东成大哥坐在稻场上，端着海碗。人高马大的小媳妇靠在门框上，端着海碗。我没有看见东成的老妻，据说她下半身已经毫无知觉，只能趴在床上，屋子里弥漫着朽木的气息和浓烈的尿骚味。两个媳妇轮流给她擦洗身体，都戴着口罩，一走出婆婆的房门，就跑到远处一阵狂吐。奇怪的是，东成大哥居然毫无反应，他从来没有戴过口罩，也没有吐。没有人知道她患的是什么病，但她就要死了，这一点，大家都非常确定（今年六月，东成的老妻终于恋恋不舍地走了）。我默然地听着，胸口堵着揪心的疼痛——我苦难深重的小村其实也已经病了，但没人知道她患的是什么病。其实她已经病入膏肓，这一点，我可以确定。

在小村健在的患者当中，林花并不是最不幸的人，但她是最年轻的一个，这或许是她最大的不幸。偏偏她又读过几年书，见过外面的世界，这也使得她并不甘心于认命。认命，是牌楼人的另一个生存法则——医生看不好要死的病。黄泉路上无老少，哪里的黄土都埋人。林花的母亲痛心疾首地絮叨着，我前世作了什么孽哦，小丫头怎么就得了这号的病！关键的是“这号的病”还可以医，正在医着，而等着他们的，是绝望的空空的无底洞。为了给女儿换肾，林花的母亲给远在长春打工的儿子打过几次电话，电话那头的儿子一直没有好声气，“换肾，换肾，你一天到晚就知道换肾！”母亲无可奈何，赔着小心，“不换肾怎搞呢？你忍心看着你妹妹等死啊？”儿子沉默着，电话很快就挂了。说到这里的时候，林花的母亲忽然面有愧色，仿佛是自己做错了事情。我诧异地看向林花的父亲，林花的父亲苦笑着，忽然重重地叹息了一声，怪也不能怪哦，在外面也吃苦，他还想再养一个……我久久无法接话，巢山上的鞭炮声冲天而起，灌木丛中的硝烟，漫过层层叠叠的马尾松。“他”是谁？我已经忘记了他的姓名。前年春节我偶然见过他一面（如果还能算见面的话）——七八个年轻人聚在院子里“推牌九”，他们挥舞着百元大钞，嘴里叼着香烟。有几个年轻人我已经对不上号了，但还能认得出他，我外出求学的时候，他已经是一名初中生，面部轮廓酷似他的父亲。我好奇地看着这群衣锦还乡的年轻人，他们几乎都穿着光鲜的皮草，赌资下得很大，一百元起步，赢的眉开眼笑，输的也能谈笑风生。没有人和我打招呼，也没有人给我让座，他们沉浸在自己的牌局里，一面比手气，一面比实力。“妈的个臭X”，他最后一个亮出自己的底牌，忽然爆出了粗口。我吃惊地看着他，两道浓密的八字须，其中有一些胡须，竟已是白色的。

时光荏苒，又一代牌楼人成长了起来。像稻田里那些营养不良的稼禾，有心播种，无力施肥，终于到了收获的季节，倒伏的稼禾却又任其自生自灭。留守的牌楼人已经不再在意具体的收成了，儿女们都在外打工，有的连孩子都接走了，一年到头，多多少少的，总会补贴老人一些零用钱。还能指望什么呢？没什么可指望的了。披麻戴孝的身后事，儿女们总归是要做的，这是牌楼人的道德底线，没有人敢轻易逾越。

林花的父亲最终打破了沉默，他前言不搭后语地絮叨了半天，最后我总算明白了他的意思，他希望我所在的媒体能帮林花募集一些费用，不换肾怎么办呢？他看着别处，她这么年轻，不忍心哎……我点了点头，忽然想起了新型农村合作医疗，不是可以报销一部分吗？报是能报，他显然有些失望，但报不了多少，架不住搞啊！接着他又给我算了一笔账，翻来覆去的，又怕我不相信，于是让林花出面作证。自始至终，林花一直靠在门框上，神态安详，面容平静，仿佛在说一件别人的事情。这个病中的少女大约已经习惯了父母的絮叨，在对未来的无助和绝望里，她的父母亲，已经变成了“祥林嫂”。

临别的时候，老两口轮流捉着我的手，“小老爷，林花的事，还要麻烦你哎！”我别无选择，只好一个劲地点头。但到单位上班之后，我却迟迟没有落实，我也不知道该怎么落实。这些年，我所在的媒体几乎每天都能接到类似的求助，确实有一些患者在我们的报道之后得到了好心人的资助，但更多的报道则石沉大海，无声无息，热心的观众们没有一丝反映。观众和我们其实都已经麻木了，像大街上的那些乞讨者，没人能够确定，这一次遇到的，是不是一个真正需要帮助的人？即便他真的需要帮助，我们也不得不这样想：在庞大的乡土中国，还有无数个需要资助的人，面对这个庞大的群体，我们究竟该如何支配有限的爱心？实际上，类似的求助我们已经不允许报道了，除非“特别典型”。然而，同样都是患者，又有多少“特别典型”的呢？每一个患者，其实都特别典型，他们的世界已经坍塌了。每一个坍塌的患者背后，都有一个随之坍塌的家庭。

但这些话，我无法说给老两口，即便是说了，他们也不会相信。在他们看来，我是个作家，又主编着省台一档很有影响力的民生新闻栏目，这样的“小事”，我应该一句话就能决定。然而，这真的不是小事——虽然对于单独的生命个体来说，他们都是唯一的，是百分之百，但在庞大的乡土中国，有无数的“林花”正等着救命。仅以器官移植为例，我国每年的器官衰竭病例约在三十万左右，但最终获得器官移植机会的，还不到一万人。许多患者砸锅卖铁，终于筹够了足够的资金，但供与需之间的巨大差距，注定会有一大批患者，将在漫长的等待中走完余生。

## 三

清明前后，小村忽然多了些微妙的生气，所有的树都绿了，水洗过一样，树枝哗哗哗的，摇晃着绿色的阳光的瀑布。仲谋家的房子已经空了，大门上的链条铁锁爬满了绿锈（像一条死蛇），门槛石上的灰尘，少说也有一尺厚。我已经很久没有见过仲谋，也已经很久没有见过儿时的其他小伙伴。属于小村的岁月已经老了。在小村里行走，我感觉自己也已经老了。每一个角落都生满葳蕤的杂草，每一棵树都成了野树，没有狗吠，也没有鸡叫或猫叫……荒凉的小村像临终前的母亲，她最后一刻的安宁，时常将我从睡梦中唤醒。

回合肥的路上，我莫名地涌起一丝悲伤。我刚刚离开，却又开始了怀念——我想起了那些骤然消失的脸，曾经那么金黄的连片的油菜花，曾经那么清澈那么丰腴的江家大塘……在岁月深处，曾经的牌楼小村已经消失了，如今的牌楼小村正沦陷在自己的疼痛里。我深切地知道，和我的小村一样，大地上有无数座疼痛的村庄，我痛着她们的痛，却心有余而力不足！成家立业之后，我基本上一年只回一两次小村，除了在田间村头拍一些照片，我几乎不打扰任何人。其实我是不敢打扰，面对那些挣扎的乡亲，我不忍拒绝他们的请求，而我的“言而无信”，也一度使年迈的老父亲背负着不堪的骂名。和年轻的一代牌楼人一样，我也是一个背叛故乡的游子，故乡，我们都回不去了。卧在疾驰的汽车里，我在手机里写了一首《空空荡荡》——

出门的人再也无法回来
就像一张张突然消失的熟悉的脸
还有谁，愿意看守一座荒凉的村庄
日出而作，日落而息
就像那只失踪的年迈的水牯？
……

是的，每一次回到故乡，我满怀期待的心，总会变得空空荡荡。

（原载《广西文学》2016 年第 2 期）

# 童年之夏 / 钱红莉

2016年的夏天，我所在的城市连续二十二天的高温，六十多年来少有的酷暑。怎么个热法？走在烈日下，即便撑着防晒伞，但都感觉脸被烤焦似的，热浪一股股扑来，室外至少五十度——如果谁在一公里外放一堆钱，我都不会出门去拣的。灼热的气浪让人心慌气短，略微夹杂着头晕，上午八点就得打开空调。一般早晨六点出门买菜。午餐一定要做的，三菜一汤搞下来，汗水披沥直下。

城市钢筋水泥的房屋繁密，绿化少，所有的道路均被水泥、沥青覆盖，导致无法散热，加重了热岛效应，格外酷热。

乡下会好些吧——风从沃野田畈来，裹挟着河流草木的清凉气息，不比城里的熏风那么欺人。

记忆里二十世纪八十年代末的乡下盛夏，一直是幽凉的，不存在电扇，更无从空调，只有自然的风，一年年地，把我们从小暑吹到大暑，不觉得怎样的鏊热难挡，记忆里都存着蜜的甜。

童年里，唯一痛苦的事。是午后，被达人差遣着去稻床上翻稻。用双脚在十几平方的稻堆里犁，一圈一圈又一圈，何时是个头。稻谷子两头尖尖，戳在一双光脚上，痛且痒，无奈烈日当头，到底忍住，加快犁稻的步子，把一床稻犁完，得十几分钟呢。这是至今不能忘的事。

盛夏，我们小孩连鞋子也省了，走到哪里都是赤脚，正午的泥地也烫，双脚乍踩上去，烫得一凛，慢慢地，多走几步，知觉麻木掉，也不觉得有多不适，赤足本身的感觉就是一种清爽利索，没有了廉价的硬底凉鞋的羁绊，是永世的轻松跳脱。

做小孩子的，总是精力旺盛，午后没有睡意，喜欢满村晃荡，东家串西家的，无非找小伙伴来耍。女孩子热衷于在树荫下玩石子。五颗青石子磨得光滑溜圆，铺在地上，手里留一颗，抛起的一瞬，飞快地抓起地上一颗，迅速伸手接住正在空中坠落的一颗，依次悉数把地上的四颗捡完，一共五颗团在手心，一齐轻抛空中，转而以手背接住，再抛空中，以手心朝下，一把抓住五颗石子——这叫称重，抓住几颗石子就代表几斤。如果成功了，接着玩第二步，依旧留一颗石子在手，其余四颗轻撒地上，手里的石子抛向空中的间隙，要立刻用手连抓地上两棵石子后，再一把接住空中的那一颗……循环往复。这样子的斯文游戏，男孩子不屑，他们通常爬树，黏知了，或者三五个合伙，去找一条窄河，在上下游分别用泥巴拦一截，天然形成一个面积不大的小水潭，奋力用脸盆往外舀水，一两小时过去，水潭慢慢收底，会收获一些鱼虾，搬起石头，缝隙里还有一种鱼，叫痴不啰的，浑身麻褐色，头大尾小，蝌蚪一样的滑溜溜。男孩子脊背晒得黑亮黑亮，双手捧点鱼虾回去，也不知可挨妈妈一顿打。大人眼里，烈日下做这些，当真不值当的，可是，对于初生的牛犊们，浑身使不完的劲头，你能叫他们做什么来驱逐体内过多的荷尔蒙呢？在烈日下做这些傻事，多年的日后，逐一成了美丽的回忆，琥珀一样的被养在光阴深处，愈旧，愈显出尊贵。

童年盛夏的记忆，最销魂的，一定发生在午后三四点钟———村的小孩凫水于门前一条小河。无数的黑脑袋，鸭子一样浮沉于河面，远远地看，河面上盛开着无数的黑莲花。这些黑莲花无惧于二十世纪八十年代的兜头烈日，他们一律荷衣游水，尤其女孩子们，也不知被水呛过多少回，双眼通红，痴心不改。水有浮力，微微地托住她们发育不良的身体——那样子轻微失重的体验，异常奇异，肉身在水的无处不在的抚摸中，倏忽变得轻盈，仿佛蝴蝶一样可以随时飞起来。可惜，终归不能奋飞，水下似乎有很多只手，正在形成一种相反的力度，试图拖拽住我们前行的双腿，犹如一种反作用力向后拉扯着我们，使我们的行动并非比岸上轻快，慢慢地，向前迈动的双腿确乎灌了铅，有了滞重感，算了，还是去浅水区吧，双臂后撑，一屁股坐在水底沙石上，两只脚飘在河面上捣水，浪花飞溅，迷了双眼。胆大的男孩子早已游至对岸，或者一个猛子扎向河底，摸到一只巨大的河蚌，向同伴炫耀……阳光如烈焰，炙烤着平畴远畈，似乎要吞下所有的生灵。而这一切，均与我们无涉。一村孩子啊，一整个下午的盛典几乎在一条小河里完成。每一双小手在河水里泡得泛白起皱，嘴唇发紫，渐渐乌青，没有一丝力气了，太阳不知不觉间也斜了。入暮途穷时分，我们不甘愿地从河里爬起来，夕阳的昏黄余晖把我们的影子拉长，一路湿答答地往家走，母亲们见到的第一句总是责骂：小水灵鬼，还知道家来吃饭啊！迅速褪去湿衣，换上一身干净的带有固本牌肥皂特殊香味的短衣，坐在院里的竹榻前喝稀饭。玩水真累啊，累得快要瘫倒，说话的力气都没了，只顾低头喝粥，间或吃几片咸鸭蛋。

睡一夜，第二日午后，像是领取了神示，照样下河。

等到立秋，大人就不让我们下河了。节气这东西也怪。立秋以后，倘若继续泡在河里，晚上势必发烧。烧过几次，我们也怕了，久而久之，也长了记性，学乖了，便真的不再下河。

后来，看电影《菊次男的夏天》，影片里小男孩摘一片芋艿巨大的绿叶子顶在头上……所有的童年夏日，便一齐回来了。那真是一个永恒的镜头，足以令童年不朽。

我们那里不盛产芋艿，只长莲荷、芡实。在内河放牛的时候，把牛抛在圩埂，我们偷偷下到莲荷深处，寻找莲蓬。荷叶杆上生有繁密的芒刺，我们的胳膊以及小腿被削得伤痕累累，不免时时被汗水所渍，万分的刺痛感，也都忍了，就为贪食那几粒莲蓬，入嘴，先是微甜，慢慢地，嚼到莲心，涩涩的清苦，舌上始终有滑腻感，生津之际，时有微风。

谁一生中没有跟一条河流发生过深刻而难忘的关系？

小河上有一座石桥。每年，我都远远地欣赏着村里的男孩子爬到桥墩上，纵身一跃的风姿，一边担心一边艳羡，要是一头砸向河底的石头上，命都保不住了吧。盛夏是枯水季，桥墩距河面如此之遥，河水清浅，常常，流着流着，便断了，我们挑水，要去很远的地方。

那时，我们村尚未通电，天气也仿佛不是那么溽热负人。从昼到夜，树下凉风轻拂。尤其，夏夜，值得铭记。

银河乍现，千万亿颗宝石在泛白光。每家都备有四五只竹榻（大约一米高的样子，小腿粗细的竹桩作了四只脚，四根长短不一的横梁间的平面编着竹篾），用得年深日久了，幽幽地泛着褐黄色光晕。黄昏的时候，我们打水，把竹榻一遍遍抹洗干净，入夜，抬至空旷之地，一张张排排好。大人睡宽竹榻，小孩睡窄竹榻，孩子多的人家，也可两三人同挤一张宽竹榻。把小身体洗干净荷衣躺上去，一背的沁凉，那种凉是高级凉，一直凉到骨头缝的连接处。大人在上风口燃一堆老艾，把蚊子熏走，我们迷迷瞪瞪入了梦。总是在后半夜，被大人抱回家。有时，实在不愿回屋睡，到了凌晨时分，有些寒意了，我妈妈就拿装稻子的厚麻袋把我盖起来，囫囵一觉天亮。也有偶尔睡不着的时候，躺在竹榻上看广大无边的星空。星星太多了，大且密，患有密集恐惧症的人，肯定受不了二十世纪八十年代的星空。我看得眼睛都酸了，心也乏了，一歪头，睡过去。

三十多年前的乡下，仿佛一无所有，却又如此富有——单说那漫天繁星，如今忆及，依然栩栩如生地镶嵌在天上，亮得惊心动魄的，简直密不透风，碎钻一般，何等的壮丽！在我们的幼年，一直苦于无从读书去昧的记忆，但，单单夏夜天上挂着的那一张壮阔的星空美学图，何尝不是另一种天然启蒙？当孩子尚在襁褓中时，我便试图以丰厚多汁的唐诗喂养他——当我第一次念骆宾王的五言，他笑得打迭，甚至被自己的口水呛到，如今，他总算慢慢懂得了古诗的音律之美。一次，给他念另一首古诗时，他竟脱口而出：这首诗不好。问：为什么不好？他答：因为它一点都不押韵。所谓不押韵，也就是缺少了音律之美。这得益于自小的熏陶而拥有的鉴赏力。他现在年幼，尚不能洞晓一首诗背后的深意，但知道了以音律去审美一首诗，至于诗背后的含意，那是要他用一生的时间去体悟的。可惜，那时身处乡下的我们，迟到八九岁时才能读到生命里第一首唐诗，晚是晚了，但，我们同样有优势，那就是一出生，便与自然同在，与日月星辰山川大地共处。贫瘠的年月没有高科技，没有平板电脑，没有魔兽僵尸，触目处，唯有河流田畈，春有百花秋有月，夏有凉风冬有雪……这何尝不是另一种熏陶呢？

总是有风，自遥远的天边吹来，漫天星斗遥遥地照着山河大地——夏夜，无边，广袤，又宁静——哪怕在星空下睡一夜，犹如历经了生生世世，其中所饱含的想象力应有尽有。我们玩耍了一天，早已累了，话也不愿讲一句，可睡意，偏又浅显，就躺在竹榻上看星星。那是幼年初次对于宇宙的探索。天上真是富有，不仅有星光，还有神话传说。在安庆地区，黄梅戏《牛郎织女》的故事妇孺皆知。这个神话相当有创意，遥远的银河系，竟也被纳入其中，农历七月七，凡界所有的喜鹊都要飞去银河搭桥，有情人终于得以一见。这个神话里有槐荫树，有老水牛，都是与我们的日常休戚与共的。

在月夜下不睡的，还有大人们。他们要赶在割稻前，把捆稻把子的草要子打好。这是技术活。站在一堆隔年的稻草堆前，用两只手，搓，抻，展，慢慢地，一根草要子做成了，非常结实，可以捆起五六十斤重的稻把子。

割稻都选在大晴天，镰刀呼呼如风声，稻棵子被瞬间撂倒，扇形铺展在稻桩上晾晒……到了傍晚，我们小孩子总是被差遣着去田里抱稻，一铺一铺地稻把子被太阳晒枯，稻穗金黄，抱在胸前沉甸甸，大人在田埂上展开一根草要子，我们将稻铺子一捆一捆抱过去，差不多的时候，捆结实了，大人用苗担挑去稻床。苗担不同于扁担，它两头镶嵌有修长的刀尖，用力戳向粗壮的稻把子，扑叱有声，一直捅到稻把子深处，对面可见刀尖子为止。一担稻把子不轻，足有一百二三十斤。

我喜欢坐在树荫下，看村里的壮劳力挑稻把子经过。他们挑担子行走时，富于节律感，且摇且颠的，稻穗齐齐垂在下方，正好被我仰头看见，那些稻穗子好像在偷偷摸摸地笑，像是被谁讲的一个故事咯吱笑了的。挑稻把子的人，也是赤脚，宽大的脚蹼走在白练似的土路上，发出“扑啉、扑啉”的回声，如梦似幻。

赤日炎炎里，早稻割完，就要把田犁一遍，放水进去，再耘一耘，所谓犁田打耙。紧接着，该插晚稻秧了。我彼时年幼，不怎么参与农活，最多也就是放放牛，抓抓田草，间或割几棵稻而已，不能真正体会双枪农忙时人的疲累苦辛。我的一个同事，截然不同。某日，当我们说起早年的乡下旧事，他恨恨地发誓，一辈子再也不想回到乡下，那样的日子太累太苦了。

曾经，我们上亿的父辈、祖辈们，就是这么过来的。他们也有他们的生存哲学，无非——知苦，就苦，不知苦，就不苦。

三十年前的稻田，也累，一茬一茬的割稻栽秧，没有喘息的时机。如今，好了，中国所有的乡下也没什么人了，他们都去城里务工了。比如我们那里的乡下，大多只种一季单季晚稻，其余的时候，田都荒在那里。国外农业专家也曾说，地不能太累，要适当地养养。让杂草疯长，荒着也是一种休养生息。

记忆里，每年的大暑之际，天都旱，菜园里的豆角、茄子、辣椒、冬瓜差不多被晒死了，傍晚浇灌也不管用的。我们吃什么菜呢？

唯有苋菜，愈热愈疯长；其次，就是去地里扯山芋梗，或者下河拽点菱角菜，大多野生的青菱，小而杂乱，难以挑拣，也只偶尔拉点回来打个牙祭。倒是老家的苋菜（青叶苋），可长至一尺五的高度，掐苋菜尖尖爆炒之，粗壮的苋菜杆也不浪费，撕皮后掐三四寸长的段，用盐渍一夜，第二天早晨入锅爆炒，唯一端得出手的一盘早饭粥的菜，入嘴，太咸，咸得发齁。也不碍事的，干农活出汗多的乡下人，体内缺的正是盐分，这早餐佐粥的一盘腌苋菜杆正好补回来了。我这样写着的时候，条件反射地都想喝水——这一盘盘腌苋菜杆，它让我的童年太咸，隔了三十多年，依然挥发不去。

假如家里的腌菜坛里尚存头年秋末腌的萝卜的话，差不多早已烂成一坨糊了。不要倒掉，挖一碗出来，隔饭蒸一蒸，异常下饭。这烂萝卜，用我妈妈的语言讲，大凉的东西。饭上抹一小坨，滋味无限。我没机会吃，只看过我家隔壁邻居的奶奶吃的，她的两排牙全掉了，最适合吃烂糊萝卜，她那筷子尖挑一小坨萝卜糊，往豁牙的瘪嘴里一抹，抿抿咕咕，吞下去。萝卜烂成泥依然橙黄一片，原本平凡的老咸菜，独自闷在坛子里年深日久地修行，再掏出来，哪个讲不是凤凰涅了磐？

味蕾是带着记忆的，当下，我几乎日日都要炒一盘山芋梗，以宽慰我的胃肠。孩子也颇喜这平凡一物，让我更有动力坚持天天炒一盘。日日四菜一汤，挥汗如雨，即便苦累，但，谁又能苦得过乡下人？那年月，我们吃水，要从很远的地方挑，一担，一担，挑满水缸。还要把所有的稻把子从田畈挑回稻床，脱粒，挑开稻草，当风扬起灰，山似的稻子堆在那里，大人用当着风一下一下扬向空中，稻子留下来，瘪谷子被风吹走。除掉交公粮的部分，勉强够一家七八口的嘴。那些粗壮结实的栎树扁担，一年总要挑断好几根，尤其重担在身换肩时，稍有不慎，便把腰闪了。

——曾经烈日下，抬首挑担低头流汗的男人们，如今，他们都老了，时代的大潮把他们的儿女席卷一空，徒剩他们，孤寡一般坐在村口远望。他们的双腿，因长久过度承重而青筋暴突——沉重的体力活让他们过早地衰老，不比城里人，一生中都细皮嫩肉，早上舞太极剑，夜里跳广场舞，热衷于把养生提升至事业的高度。

我移居城里二十多年，渐渐地，也沾染上娇气的毛病，明明家里没米没油了，却要畏于烈日的淫威而延宕不去超市，宁愿躺在空调房里唰手机，陷入无边的空虚寂寞冷，实在对不起这斑斓的盛夏。

日新月异中，科技让人轻盈舒服，免去了皮肉之苦，但，科技也让人蜕化变质——日子不能太好了，一旦过头了，必然走向反面，让精神陷入空虚之境。

全球气温年年攀升，两极的冰川正在快速消融，最讽刺的是，世界上几个大国，年年深陷在减少温室气体排放的协议磋商中……热爱科技的人们正一步步走向美好的反面，臭氧层破坏严重，厄尔尼诺现象一年暴虐似一年，不可控的飓风洪水，持续高温干旱，日益逼近地球的每一个角落——如果注定无法挽回，我们每个人无以幸免。

那些“从前慢”的年月，一切都是手工的时代，耕牛遍布田畈的时代，科技没有过早地介入我们的生活，甚至，于每一个夏夜，都可以望见天上碎钻似的群星以及遥远的银河。

（原载《嘉兴日报》2016 年 9 月 2 日）

# 我在羊狮慕给你写信（二题）/安然

## 我们的伙伴

曙光初透，木屋外的杉林中，有沉闷单调的声音依稀传来。“哆哆哆，哆哆哆”（注），如此往复，毫无节奏美感，却因发自广袤森林而自带神秘。

怯怯的，木木的，有焦虑，有渴盼，更有无以言诉的寂寞。

初听此声，是来大峡谷后的第四天。午后，春阳晴好，我在青山白云间读书，西边山谷里一下一下，“哆哆哆，哆哆哆”地响。

可笑的是，我想当然地以为，那是啄木鸟在上工。不身处大峡谷，不置身于依照一个神秘法则而存在的大自然，不直面宇宙万物日月星辰，我们永远不会知道，自己有多么自大无知。

这些天，行走于大峡谷的四面八方，“哆哆哆”无处不在，一会在谷底，一会在山坡上，一会在山脊处，过一会，它竟然就在木屋居所的窗外。它漫山遍野地响着，提醒着山林访客，不要忽略了这个见不着面的共生者。

据山中知情者说，这是大峡谷里的成年野山羊发情了。春雾迷蒙的森林里，它们焦急地寻觅着配偶以尽传种天职。

我想象着，其中有那么一只，它终日孤独地在森林里转悠，餐风饮露不觉辛苦。造物主并没有赐给它动听的嗓音。有什么要紧呢，它迟缓凝重的爱情信号，在其同类听来，一定是世间最美妙的情歌吧。它的求爱之歌，本也不是唱与人来听。

至尊的大自然本身，自有无边大爱，她没有分别心，万物从其怀抱中各领其爱，小草大树，飞禽走兽，貌美的相丑的，身壮的体弱的，高大的细微的，共受恩宠又各守其位。一只野山羊想谈恋爱了，必有另外一只来呼应其生命。爱是一件多么值得期待的好事。

这个大早，一只野山羊又叫醒我来。

空山静谧，光起舞了，云起床了，花朵绿树全醒了，迷离晨光中，莺莺鸟语里，我漫步在曲折蜿蜒的山道上，怡然中有凌于生死之上的巨大安宁。就像野山羊一样，当下只要专注地行走于爱的路上，就大可不必把惶恐和忧愁交付于那遥遥的暮途。

独步黎明之山林，“白鹇——”“小松鼠——”，我默喊着它们的名字，像迷失在野山的独行者，急急不安要寻找同伴，又怕惊动了山林中的它类。

野山羊，白鹇，小松鼠，这些动物于人，如今已成为林中的神秘之物。每一个幸遇者，都会忍不住津津有味拿来炫耀。有意思的是，每个讲述者眼里都含着兴奋之光，是中了彩的意外之喜。

“这里有很多呀。每天早晚六点多都有。那白寒（山民称‘白鹇’为‘白寒’，意为高山寒林生长的鸡），现在是小崽，到了冬天，每只能有六七斤。我目测过一只，七八斤不在话下。松鼠就更不用说了，多了去，都在树梢上。”

小陈在山上待了三年，面相寡言朴拙，说起动物，话就多了，表情生动。

老王说：“我那天遇到一只，竟然拍到了，奇怪这只它不怕我，一动不动让我拍。”

真是诱人，好想自己手里也捏着几张彩票：嘶啦一下，是白鹇；再嘶啦一下，是松鼠。再嘶啦，野山羊就在身边吃草才好呀。

就在峡谷东段，总有一群猴子朝鸣暮泣，声如婴啼，像一群找不到妈妈的伤心娃娃。我每回听到，就无端地忧虑着不知猴群里发生了什么事。据说除了专职研究者，猴的悲调喜调，常人听起来都是哀腔。从猴啼中听出欢乐快意的，大概只有诗人李白了，“两岸猿声啼不住”（古诗文中“猿”通“猴”），诗人这天是有多少开心事，连着三峡的猿猴也陪着他轻舟过那万重山！

有一个关于大峡谷短尾猴会酿酒的传说。有著名摄影家欧阳先生（我也认识），生前因倾慕故园风景，曾在峡谷里跟山民交朋友，听故事。山民跟踪过猴子，奇的是在猴洞门口闻到酒香。山民告，那是猴儿们乖巧学了人，把野猕猴桃摘了做酒喝。

今天，斯人已逝，传说还在流转，无以对证。但是峡谷中的访客，是乐于听到这样的传说吧？更何况，故事并不久远，它发生在我们依然可触摸的刚刚逝去的昨天。

初时，人类远离山林，永别了林中伙伴，逐水而居，造城而栖。到如今，少数人短暂地回头进山，去寻觅血脉基因中久违的记忆，无奈间怅然发现，那些相伴过我们远祖的动物伙伴们，早已消匿于时间的长河里，不知所往。

当我日日徘徊于大峡谷，眺向千山万壑，奢望于其间遇见会酿酒的猴子，美丽的“白寒”，活泼的小松鼠，以及终日发出觅爱之音的野山羊，我知道，这几乎是一个梦，但又不全然是梦。

1809年，瑞士最后一只野山羊灭绝了。瑞士人急于让这个活了一万八千年的物种复活。在合法地求助于意大利被拒后，1906年，几个动物学家从意大利偷猎者手里走私买回了两雌一雄三只野山羊。2006年6月22日，瑞士举行了“庆祝野山羊回归瑞士百年庆典”。

这一年，瑞士国土上有了一万四千只野山羊。

今天同样地，受益于国家公权的庇佑，大峡谷中上百种动物受到保护。这预示着，到达这里的访客，正行走于一个可触摸的梦沿：遇见了它们，是现实；遇不见，便是梦。

晨风不起，森林里流动着令人愉悦的气息，我在透亮的晨光中且行且思，耳畔是百鸟的合唱，眼际是呼啦啦飞起又落下的鸟仔。

蓦然，我心有所牵。目随心往，一个抬首，看见右侧的山岭上，一只美丽的，不大不小的白鹇正在疏林中觅食。它背对着我，张开长长的白尾走了几步，又侧身和我打了个照面，三两分钟后，消失在了林中。

白鹇有多美？到唐代去，问问养过两只的大诗人李白就知道了。这个君子，愣是从一位隐士手中以诗为礼，彬彬夺爱。李白的白鹇，与我眼见的，可是同一只？

朋友太一先生在大峡谷中，拍到过一只振翅起飞的白鹇，除去一点黑冠，全身洁白如雪，双翅奋张，尾羽极长，身形修长清秀，能在一米以上，在秋天的缤纷山林中，背对着镜头，朝前方飞去。其形态优雅至极，美丽至极，观者莫不颜容大惊："林中真的有仙子乎？！"

答案是肯定的，那飞翔的美好姿态，的确就是和仙女无有二异。

其实，去岁清秋，我已经在羊狮慕遇过三回白鹇了。这是第四回。奇怪的是，别人常遇一家一家的，唯独我，四次所遇皆是独行白鹇。难道，是因为我总是独步于峡谷的缘故么？

白鹇在我眼前又一次消失不见，又一声"哆哆哆，哆哆哆"却在林间深处传来。

我不敢生起见到野山羊的奢望，想着这神秘的叫声在夏天到来后不会再有，竟有几丝怏怏。唯有祝愿来年春天，这并不动听的爱情之声会比这个春天响起更多。有爱就有繁衍，有繁衍就有生长，有生长，就有希望。

有一群神秘的野山羊，在大峡谷的千山万壑里安全地活着，与我一道同领着造物主的庇佑，我的见与不见，不重要的。

听得见生命在爱的祈求声中成长，也该心满意足。

你来吧，来与我一道，祝福这些我们共生久远的林中伙伴们。

## 往听黄鹂声

三场春雪过后，羊狮慕的春天来了。

新芽吐翠，飞鸟歌唱，繁花绽放。在晴好的日子，整个山谷喜气洋洋，一切都在阳光下欢腾鼓舞，处处流露出青春和纯洁。这其中，最为动人的是春山鸟语。

四月到五月，正是适宜万物恋爱的时节。鸟儿们礼赞朝阳，歌唱爱情，感恩山林。其优美的鸣啭，欢快的啁啾，响铃般的欢唱，拉锯式的音调，甚至于是低沉喑哑的发声，在长达四公里的峡谷中此起彼伏。

如同山外城廓的第一声鸟鸣，峡谷的头声鸟鸣同样是在黎明 5：02 分左右唱起，这个分毫不差的时间令我好不生奇。我总是黎明即起，独行春山，放轻脚步，匀平呼吸，撩开雾岚和山径上的蜘蛛丝，在山花岩石和树林之外，代表人类成为清晨百鸟音乐会中的唯一聆听者，愉悦地感受着宇宙间的快乐欢欣和青春朝气。

有时候，我止住步履，安坐于某级山阶，静定身心，不打妄想，放空自己，任四合而来的燕语莺歌把我带入一个新世界……听到入情处，我也幻化为一只黄鹂，纵情演唱。

此情此景，任是尘世里怎样的荣耀也对我了无诱惑。

细思来，人间再怎样动人的诗篇，又如何比得大自然这最天真、原始的节律？传南朝人戴墉爱听莺歌，在春天总是“携双柑斗酒”出游。问何往？答，“往听黄鹂声”。如此兴味十足的快意人生，如今只能是在故纸堆里凭吊向往了。

正如举世心仪繁花一般，普天之下，没有人舍得抗拒一只鸟儿的歌唱。少数人因为醉心鸟语，以笼圈鸟，只是，那些失去山林的鸟儿，又如何可能献出元气淋漓地自由歌唱？

这个春天，我领受着命运恩宠，每个清早，都甘愿牺牲睡眠，在高山之巅“坐听黄鹂声”，这份闲情雅致，比之古人戴墉，及否？

初时，我只能和着峡谷中股股山泉，在百鸟的欢乐奏鸣曲中迷醉。耳根在山外闹市麻木太久，乍闻天籁四合，竟如村姑无意得道骤升仙班一样无措，那些饱胀的喜悦和深沉的幸福，我不知将它们如何安放，每每总是颤动心灵迷路不归。

“从前我只有耳朵，现在我能听见”。原来，人除了器官之耳，还有一双内心之耳。唯有天地之间最原始最动人的节律，才能唤醒它。“听见”的真实含义，在于用内心之耳，去捕听大自然最惊人最动人最富元气的和声。

而这显然是不够的。

一个诗人在自家屋后的断崖边发现了白檵木花，他不认识它。“我曾折取它的一枝，四处打听它的名字”。我也做过同样的事。在山外，我曾花费两年时间弄清城市公园湖上一种候鸟的大名。为不认识的动植物寻找命名，意义在于，我们是要借助于认识自然，更好地认识自我。

有十来天，在全情享受“大自然音乐会”时，我始终无以分辨鸟类的鸣唱，我很惭愧于自己的蒙昧和无知。

在大峡谷，我最早认识的是雨燕。它们比家燕体形小，飞起来有些慌忙，叫声也嘈杂，啁啁吱吱迷糊一片。它们讨不来我的喜，却令我无端同情。现在我知道了，这是因为它们在空中紧张捕食昆虫的缘故。可怜的雨燕，为着吃饭必须不停飞翔，累。

乌鸦，从小就认识，不提罢。在天子峰东侧的山坡上，有一只乌鸦禁不住众鸟诱惑，在每一回的清晨合奏曲中，都忍不住发出一两声低哑而羞涩的叫声。像一个五音不全的粗蛮汉子，厕身于高雅音乐会，受到美的感染，也要试试嗓子。

我还认识斑鸠。但我离它顾自远行太久，早把它忘了干净。况且，大峡谷里斑鸠着实罕见。

孰料，立夏翌日黄昏，我在凌云台上守候日落时，清楚听到西边山腰上，遥遥传来“咕咕咕—咕咕咕—”的啼叫。几声啼叫，把我送回童年的田野。这丢失已久的鸟鸣，猝不及防，在我内心激荡起亲切而忧伤的涟漪……

回到大自然就是这样美妙，无时无刻，会发生一些超出期待的好事情。

那天以后，我再也没听到斑鸠叫了。这唯一一次的重逢，就像不经意撩起一个旧梦，留下的，也只能是个美丽的梦影。

我决意要弄清楚大峡谷住着些什么鸟，否则就是我的错。神奇的是，一俟全身心去触摸大自然，新的故事就已经开始了。

现在，我终于可以说出所知的一些：

美丽的白鹇，优雅的竹鸡；会唱歌的画眉、红嘴相思鸟、黄鹂（多么希望云雀和夜莺也驻于此地呀）；还有栗耳凤鹛，灰眶雀鹛，小燕尾，黑眉柳莺，丽星鹩鹛，等等。后面这串鸟儿一个不识，就像我在公寓楼中不识对面邻居。没关系，在这个崇山峻岭，多了一些有名有姓的芳邻，总是踏实些。

第二十天黎明，在每天听鸟鸣的固定地段，破天荒地，我听懂了两只鸟儿在“斗歌”。

这是一件有趣又新奇的事情。我像婴儿初入人世，对世界重新睁眼打量，果然获得小小奖赏。整整一天，我都喜滋滋于自己的精进。

先是山径左侧，有一只红嘴相思鸟发起歌唱。其鸣声响亮，婉转动听，起承转合把握得恰好。很快，右侧就有一只黄鹂应和。奇怪的是，鹂声虽然如翠玉清脆透亮，鸣啭却不及传说中的“圆润优美，富有韵律。”或许是一只黄鹂新秀，舞台经验不够？最大的可能，这是一只雌黄鹂。鸟界法则如此，因着求爱之名，雄性才有权获得天赐的美貌和歌喉。

有趣的是，几个回合之后，和歌变成了斗歌。相思鸟不知是否怪罪于黄鹂搅了自己的独唱，它的音调一声更比一声高亢，尾音又自然滑下像个大问号。听起来，每一声都似抛出一个考题。强大的气场压得黄鹂很被动。它没有知难而退，节律和音准一如初时，又推又挡，坚忍地应答一个又一个提问。相思鸟更恼了，它失却风度，烦躁起来，不等黄鹂答完，就又开考。而黄鹂，却始终礼貌，一声也没有打断它。

黄鹂的大度，或许是源于对自己族类歌唱禀赋的自信吧。

经此一出，我对黄鹂的好感油然而生。同时，我也很感激相思鸟的歌唱。我理解它的恼怒，本意是在枝头上用歌声寻觅爱情，不情不愿地却被逗乐一场。

早饭时间到，我辞别它们，任由其在初夏的晨光中继续游戏。一路出峡谷，一路有鸟儿鸣啭。真是好，无论走到哪里，有飞鸟在，人类就总能找到一支快乐和慰藉的歌。

夜深了，窗外山雨淅沥，我掏出手机，枕着清早的鸟语录音酣然入眠。

那么你呢？遥寄给你的这段鸟语打开听了没？

（原载《井冈山报》2016 年 6 月 12 日）

# 近在咫尺的异乡 / 王月鹏

## 一

在路的拐弯处，一个村庄闪现出来。村碑倒在路边，再往里走，迎面巨石上刻有“身居山沟，放眼世界”八个红字，旁边摆放一个偌大的地球仪造型。许是因为风吹日晒，木质的地球仪有些腐朽，凑近了细看，球体上除了蓝色海洋隐约可辨，其他地方都已残缺不全。站在伤痕斑驳的地球仪前，想起刚才遇见的那块倒在路边的村碑，我长叹一声。

村中央有一条沟，是曾经的河道。生活垃圾在河道里绵延起伏，异味浮动，与袅袅炊烟融到一起，一种说不出的气息笼罩了这个村庄。当年村庄沿河而建，以河道为界，分成东西两半。问河边晒太阳的人，这条河叫什么名字，皆答不知。被河水冲刷过的石头，沿河砌成一道墙，房子就建在墙的后面。河道里长起一棵树，树干已枯，倚仗着半截枯枝，村人顺势搭起草垛，覆上一层塑料布，再压几截枯枝，刮风下雨也就无所谓了。雨后的河道积了些水，它们已经没有力气继续流动，被河道里的垃圾分割成若干的坑坑洼洼，三五只鸭子在戏水，几分有趣，几分无聊。河两岸是疯长的树。两个农妇站在河边石阶上洗拖把，似乎并不嫌弃眼前的脏水。鸭子在浅水里发出不满的咕咕声，与农妇隔岸的家常话交织在一起，这个村庄的角落里，于是有了一种奇异的声音，它们并不与所谓世界对话，只对身边的微小物事发言，没有什么激愤，也无所谓妥协。

河道日渐被村人用垃圾填满了。他们并不在意明天的河水将从哪里流过，就像村庄的明天无法预料和把握。那些更有力量关心村庄的人，大多去了城里。留下来的人，守护着村庄，心如止水。我沿着河道走，觉得内心也被形形色色的垃圾填满，不知该怎样才能把自己掏空，怎样才能不厌弃自己。人群向城市蜂拥而去。我从城里来，带着一身疲惫和困惑。二十年前，我也从故乡逃离，向着梦想中的城市一步步走去，把最美好的青春岁月消耗在钢筋混凝土的丛林；我也曾渴望在万家灯火中有一个属于自己的小小窗口。总算实现了，我一次次站在窗前，视线被高楼遮挡，看不到更远的地方，脑海中一次次浮现的，是乡村的晨昏，那些炊烟，那些鸡鸣，还有那些枯荣的野草……我再一次想到逃离，想到漫漫长路中的找寻。并不知道失落了什么，我只知道我要逃离，要继续找寻下去。

停下车，在村庄里走。街巷并不规则，铺了崭新的水泥路面，新农村建设的触须已经延到这个深山。走在平坦的水泥街道，我的心里满是坑坑洼洼。

一个老人在门前砍柴。他满脸漠然，不停地举起砍刀，把另一只手中的枯枝剁成一截截长短均匀的柴禾，齐整地码在身后。我站在一侧看了很久。老人并不在意，抬手，落手，动作迟缓，像是一架停不下来的老迈机器。他身后的柴禾，渐渐堆起一座小山的样子。聊了几句，才知道老人已经85岁了。眼前的这些枯枝，是他一个人从山上扛下来的。他说老了，山路不好，没法推车子，只能用肩膀扛了。冬天正在渐渐逼近。老人机械一样的砍柴动作，有着对于即将到来的这个冬天的态度，他把这些没有生命的枯枝扛回家，整个冬天就有指望了。再冷，日子总要过下去的。没有抱怨，他不断举起那把砍刀，把杂乱的枯枝打理齐整，像积攒下了一灼灼等待燃烧的火苗。老人见我拍照，以为遇到了记者，开始絮絮叨叨地讲述。他是一个老兵。他用沙哑的声音向我讲起那些亲历的战事，满脸真诚。我不知道我是否有资格理解这份真诚。我问他当年打仗时怕过吗？他说怎么能不怕？直到现在也怕，村里有个人和他是一起上战场的，那个人死了，他侥幸没死，想起来就怕。我后悔没有给这个老人录音。他的话是素朴的，没有形容词，不慷慨也不消极，姿态已经低到泥土里，他说出了内心的恐惧，说出了一个人对战争的真实看法。半个多世纪前的那些硝烟，让他几乎夜夜噩梦，成为生命中一个永远解不开的结，死结。远远地走来一个老人，她佝偻的腰几乎与地面保持平行的姿态，肩上扛着一大捆枯枝，一步步向前挪动。我被惊呆了。等我回过神来，她已蹒跚走远。我追向前，用相机抓拍几个镜头。她停住脚步，满脸怅然，我尴尬地笑一笑，不知该对眼前的这个老人说点什么；她也使劲地笑一笑，表情僵硬，不知是该继续往前走，还是该停下来。或许，我随意的几个抓拍镜头，在她心目中会成为一个不可思议的“事件”。她扛着那堆枯枝，就像扛着寒冷艰难的日子，以蜗牛爬行的速度向着自己的家走去。目光再次回到砍柴老人的身上，我能够想象到他是怎样扛着枯枝从山上一步步地挪移回来的。一个亲历战争的人，正在攒着力气过冬。他说：“要不还得买煤。守着山，有柴烧。”屋檐下悬挂一串串冰凌，在孩童的仰望中融化，滴滴答答地落了下来。窗玻璃上冰结的窗花纵横交错，有丘壑，有河流，梦幻一般，在阳光中渐渐变得模糊。

整个村子共有百余户人家，这条街上仅住了三户。从一个老人举向天空的手，可以触摸整个大地的脉搏。

村头挺起一个高大的信号塔，旁边是一棵不知名字的古树，树顶有个喜鹊窝。这棵不知名字的树，还有树顶的喜鹊窝，曾让村人无数次地仰望，在仰望中体味到了安宁和幸福。如今这个标高已被信号塔取代，它矗立村头，冰冷地俯视整个村庄。村庄被揽在山的怀里。山并不高大，也不连绵，仅仅是若干石块堆垒在一起的样子。某个冬日下午，我走进又走出这个小小的村庄，忍不住一次又一次回望，那个高大的信号塔像是一个冷漠异物，不容置辩地介入了村庄的心脏。

## 二

我在村里四处走动，不经意间看到了卖羊的一幕。他们已经讲好价格，除了讨价还价之外，我几乎目睹了一只羊被绑走的全过程。

两个人围住一头羊，拍拍羊的头，摸摸羊的身体，羊还没有反应过来是怎么回事，就被撂倒在地。那个长着络腮胡子的人，看起来粗枝大叶，手脚倒是利落，他单膝跪压在羊头上，三下五除二就把四肢捆结实了。羊的主人帮他把羊抬起，塞进面包车的后备厢。慌乱的瞬间里，我看到羊的双眸，惊恐，无助，像是在苦苦哀求。络腮胡子拍拍手上的泥土，满意地上车，扬长而去。羊的主人向着车去的方向跟了几步，停住，嘴唇翕动几下，没有说什么。

我问他，这只羊喂养了多长时间？

“104斤，1斤16块钱。”他答，警觉地用手捂一捂口袋，歪头瞅我一眼，再瞅一眼，一瘸一拐地走开了。

我站在原地，眼前浮起童年时看到的杀羊场面。一只羊羔被不停地抛向空中，然后跌落下来，凄惨的声音响彻整个集市。羊羔一次又一次被抛起，跌落，直到摔得奄奄一息，屠夫才开始动刀杀羊，据说这种杀法可以让羊血充分融入肉里，鲜嫩，且增加肉的分量。那个杀羊的人，还有围观的人，在羊羔的惨叫声中，有叹息，也有狂笑。

想到另一个场景。那天本来是去寻找石碾的，抵达传说中的村庄，却在河边邂逅牧羊人。午后的村头河边，因为牧羊人和他的羊群的介入，构成一幅很好的图画：跛脚的老汉腋下夹着马扎，一手扬鞭，远远地吆喝，追赶一只离群的小羊，小羊跑跑停停，偶尔回头朝老汉咩咩地叫，像在故意逗他……

跛脚老汉同意了我们拍照，他用鞭子在河边划定一个大致的范围，自言自语地警告羊们不许离开半步。结果羊群好像故意不给他面子，同时向四周一哄而散，老汉气得直跺脚，鞭子在空中甩得脆响。那些淘气的羊，可能是看到主人真的生气了，不约而同地磨蹭回来，在他刚才划定的范围里徘徊，神态温顺，让人欢喜。

我们迅速抓拍了几个镜头。他有些意犹未尽，赶着羊群渐行渐远。一群鸭子在漂满绿色浮萍的池塘里戏水，排着队，秩序井然。我想数一数共有多少只鸭子，数了好几遍也没有数清，它们像在躲避镜头，排着队缓缓向西岸游去。我跑到西岸，抛下一粒石子，那些鸭子又排着队向原地折了回去，一些说不出的情趣跃然水面。我知道此刻拍下的照片将会呈现一种怎样的静美，而这样静美的村头图景其实并不能代表我们尚未进入的这个村庄。那天我见到了童年记忆中的石碾。碾盘空空荡荡，碾子被丢弃在附近的荒草里，它们隔着一段不远也不近的距离，无言相望。这一切，我无法确认是真实的记忆，还是触景生情的想象。那个悠闲的牧羊场景，与那只羊被绑走时的惊恐无助的双眸交织在一起，我的内心变得纠结，情绪灰暗。那个沉重的石碾，并不比生活本身更为沉重，它压在我的心头，让所有回忆和想象都变得虚无。那张纯美的牧羊照，因为一只羊的被绑架，埋下了关于血腥的伏笔。记忆往往是靠不住的，它藏在内心深处，仍然难逃被外力篡改的命运。当我想要沉浸到美好的记忆时，现实以残酷的方式唤醒了我。

## 三

门是虚掩的，推门即入。这是一栋老宅，满院鸡粪，需要踮着脚尖才能走路。鸡在悠闲漫步，这个院落是它们的自由王国。门前，是青石板台阶。门后堆满杂乱的柴禾。泥墙布满裂纹。厢房低矮，需时时记着小心，低头才能出入。临街窗口是用编织袋遮掩的，上面标有“稀土多元螯合复混肥”的红色字样，“修金”牌，“科学配方，服务三农”八个字赫然醒目，现代科技并没有放过这个古老院落。窗棂。脸盆。猪槽。阳光下的鸡。横在墙头的一截枯枝。为鸡窝遮风挡雨的残破石棉瓦……这是一个被岁月遗忘的角落。逆光下，有一种静美，恍惚可见人类童年的影子。

童年的记忆，已经盛不下成长的日子。此刻，不知是我找到了童年，还是童年找到了我？

一只鸟从院落的上空飞过。

悬挂在门后的篓子有些单调，拍照前我特意往里面放了几把草，镜头之外，是杂乱的草垛。农人赖以生活的干草，像一些散乱岁月堆积在那里，已经多年无人问津。我们是寻访者，也是打扰者。我们打破了这里的安静，原本落定的尘埃开始在阳光下起舞。走在尘埃里，我的心里有些歉意。青石板台阶的缝隙里长了几簇青草，偶尔破损的地方，是用混凝土填补的，像是台阶的一个又一个补丁。一个男人从对面摇着轮椅过来，他看上去并不老，脸上也没有被病痛折磨的痕迹。他坐在轮椅上，安静地看我们拍照。

我与他攀谈起来，自然是从轮椅开始说起。

他的瘫痪，是因为采石时砸断了脊椎骨，那是1984年。他说：“正好从改革开放那年开始的。”我的眼前一阵恍惚。看不出，这是一个在轮椅上坐了整整三十年的人。三十年来，他眼中的世界究竟发生了什么改变？

他淡淡地笑，并不作答。

离开时，我才发觉村庄周围几乎被采石头的挖空了，到处都是窟窿，宛若大地的伤口，生活垃圾顺势被填了进去，蚊蝇乱飞。那个坐在轮椅上的人，曾经的采石者，他与如今的矿工是不同的。三十年前，他采石是为了盖新房，没有任何商业目的，像那个年代的所有乡下人一样，自己动手采石只是为了节省每一分可以省下的钱。他有的是力气。他的力气撬动了巨石，巨石落在他的身上。

他是这栋老宅的主人，过去是，现在也是。那个盖新房的梦，成为一个永远的噩梦。三十年漫漫长夜，他是怎样独自面对那个梦的？坐在轮椅上的这个人，他是如何面对这个加速度的时代？

我从他的淡定表情里看到一份清醒，看到他对这个世界的理解与和解。人群中，这样的清醒难得一见。

他坦然接受属于自己的命运。

我挥手与他告别。他淡淡地笑，双手转动轮椅，向着身后的家“走”去。

回城的路上，野菊花开得正灿。沿路有几家大型水泥厂，金黄色的小花落满尘垢。

## 四

我将永远记住那个绕村而行的夏日午后。

阳光炙热，像是暴雨来临的前奏。所有房屋都一如既往地站立着，村庄上空弥漫着一种解释不清的气息。我看到农宅前的石榴树，石榴树下的老母鸡，街头巷尾的垃圾和污水，还有某工业园集体婚礼的红色横幅，用作了垃圾堆旁边的一株樱桃树苗的围挡。村庄与工业园之间有块空地被农民开垦利用起来，种植了零星的庄稼。被开垦的那方土地比路面高出许多，稀疏的庄稼就像一些无助的人默立在高处，对即将发生的事情茫然无措。大约半个月前，我曾走到那里，与正在浇水施肥的一个老农闲聊了很久。他反复地问：“早签还是晚签？”我说早晚都得签，这是必然的事情。“可是十年前征地时早签字的人都吃了大亏。”他说，然后低头给庄稼浇水，并不期待我的解释。他埋头侍弄庄稼，脸上不再焦虑，有了一种让人难以置信的镇定和从容，好像根本不在意村里将要发生的事……当我再次走向村后那块被开垦的土地，唯有几株高且瘦的庄稼在高处默立着。阳光炙热，一场暴雨即将降临。

在一个等待拆迁的村庄，“种子”还有用吗？

农民把最饱满最诚实的粮食拣选出来，留作来年的种子，不管收成如何，把种子预留下来，在一粒粒种子上寄予梦想，这是过日子的底线。如今不同了。一粒种子，本来可以结出更多的粮食，喂养更多的人，结果却被删除了成长的可能，用以满足少数人的胃。食用种子的人是可耻的。当一个人的温饱建立在让更多人饥饿的基础上，当越来越多的人失去了质疑和抗争的勇气，更多和更大的问题将会不断衍生。

梦想也是应该有根的。失却扎根的土地，该如何面对一粒种子？

说梦的人倘若醒着，他的言说如何令人相信？倘若没有醒来，又怎能让人不相信它是梦呓？

蒲公英从窗口飞进来，落到我的桌面上。它把我的书桌当成了值得落定的土地。

我想念我的故乡，那里没有什么工业项目，也没有水泥路面，有的只是季节的更替，年复一年的劳作。每次回乡，村人喜欢听我讲述外面的拆迁故事，对拆迁补偿有着毫不掩饰的“向往”，他们早已受够了面朝黄土背朝天的日子，寄望于拆迁对命运的改变。他们对新生活充满向往，却不清楚新生活究竟是一种怎样的生活。劳动，唯有劳动是最真实和可靠的。土地是贫瘠的，也是最包容的，它不舍得抛弃任何一个热爱劳动的人，不管他有怎样的性格或缺陷，只要他还热爱劳动，土地就会收留他，眷顾他，让生活得以继续。

在村里遇见那些到城里打工的人，简单的交谈，就可看出他们已被城市格式化了的思维和情感。他们已经与自己的乡村格格不入，他们和他们的亲人满意于这样的一份格格不入。在城里，在他们赖以生存的生产流水线上，冰冷的程序，不可逾越的距离，把人的血肉之躯变成所谓现代化设备的一个零件，按照既定轨道和规则运行。交流的被阻遏，表达的被限定，以及来自机器设备的操控和奴役，是他们自甘陷入的命运吗？至于亲手生产出了什么样的“产品”，似乎从来就不是他们所关心和在意的。

对存在进行不断的去蔽和发现，不仅需要洞察的眼睛，更需要一颗勇敢的心。

这个工业新城在不断扩张自己的领地。一个农妇在拆迁工作组签约，她握笔的手不停地在抖，在抖。村里大多数人都已签字。她成了钉子户。她其实没有提任何额外的补偿要求，她只是舍不得她的老房子……终于，签了字，她把手中的笔掰成两截，瘫在地上号啕大哭，在场的人无不为之动容。

当我见证了一个个村庄的消逝，就像亲历了自己的一次次死亡。我不知道，所谓的新生将会是什么样子，它们如何在四季轮回中找到属于自己的位置。乡归何处？村庄的凋敝，茫然，像一个风中的老人，有人出于本能上前扶住他，却不知道该搀扶着他走向何方。

村庄变成了一片废墟。一个人正端着相机，认真拍摄那些倒塌的房屋，脸上有着难以掩饰的成就感。他曾全身心地投入这场浩大的拆迁运动中，打了一场“漂亮仗”。当村里最后一栋房子被推倒，他如释重负，开始从村子的不同角度拍照，为这份工作业绩留念。我时常想，当他老了，当他叶落归根的时候，独自面对这些照片，他还会骄傲和自豪吗？

## 五

村人大多在地里种植了苹果和葡萄，很少有人愿意再侍弄庄稼。父亲年龄大了，想栽葡萄，力不从心，又不想让田地荒着，就种了麦子。父亲的麦田成为乡野里唯一的一块麦田，麦子一天天长起来，日渐稀少的麻雀不知从哪里冒了出来，它们在麦田上空翻飞，不时地落下来啄食麦穗。在我很小的时候，麻雀随处可见，村人也不介意麻雀吃点庄稼。现在不同了，整个村子几乎没有种麦子的，父亲的麦田自然就成了麻雀的乐园。父亲在麦田里拉了彩绸，彩绸在风中不停地拂动，并且发出声响，驱逐麻雀。麻雀很快就习以为常了，不再有丝毫怕意。父亲想不出更好的招数，只好整日在麦田里走动，不停地做出驱赶的手势。在我心里，“守望麦田”一直是个不及物的浪漫词语，当我看到在麦田里守望的父亲，眼泪忍不住流下来。站在空旷的乡野，看着父亲佝偻着腰在麦田里走动，我想到了很多。我远远地看着我的父亲，就像父亲在看着他的麦田，这样一份守望有着最素朴的生命本色。

以前一直有“在别处”的情结，年岁渐长，如今我更多想到的是“此在”的生命，觉得一张书桌就可以安放整个世界，我将一直守望在这里，坚信这份守望的意义，坚信生命的根须终将延伸到那个叫作故乡的地方。异乡很近，故乡很远，我这是在哪里？当我走出书房，穿过钢筋水泥的建筑丛林，走向并不遥远的城市边缘，才恍然发觉所有的异乡其实都有着故乡的容颜。我日夜惦念的故乡其实就在眼皮底下，她是万千村庄中的一个村庄，这个村庄之外的所有村庄都被我叫作异乡。异乡之所以是异乡，正是因为我一直以旁观者的眼光看待她，没有把她的苦难、贫穷和惶惑真正放在心上。

我愿意将每个村庄都错认成故乡，并且一错再错。我想对每一个村庄诉说，那种所谓体面的生活，从来就不曾安放一颗不甘平庸的心，精神倘若失去了“根”，必然会被汹涌的现实物欲裹挟而去。这个远离故乡独自漂泊的人，从来就不甘随风而去。

感谢那些岁月。是那些岁月中的艰辛，磨难，甚至尴尬和不堪，成就了你，内化成为生命中的一部分，像细密的年轮构成了一棵树的枝干。隔着一段时光，你依然不知道该怎样表达它们，你怕自己的书写不够真实有力，辜负了那段永不再来的时光。像打量一棵树那样打量那些日子，一定是很久以后的事情了。

坐在书房里没有想明白的道理，在行走途中渐渐变得清晰和简单。海边的礁石全被炸掉了，他们在腾空的地方修建人造景观，破坏时的快感和再造后的成就感在同一个人的身上发生。按照个人好恶来改造自然生态，已是一种普遍的疾病。审美眼光绝不仅仅是一个艺术问题，也是一个很严峻的现实问题。太多的人沦为技术主义者，感受不到这个世界的更多的痛，或者根本就无意于感知这个世界的痛。他们眼里只有鲜花和掌声。

注视一棵树，从一棵树的年轮中发现成长的秘密。它们来自缓慢的力量。最值得信赖和托付的成长，理应是缓慢的。

在这个迅疾变化的年代，你保留了什么不变的东西？除去形容词和大词，你在如何表达？若干年后，你的不可替代的品质在哪里？所谓风光和热闹的背后，还有什么是值得回味的？……

这是一些不该停止的追问。

太多人保持了本不该有的沉默。

在胶东腹地行走的日子，那些村庄的疼痛让我渐渐从麻木中苏醒。我想成为一个心灵温润、懂得感动的人。走了这么远的路，我才明白当初应该怎样出发。可是我已走出了好远，我所能做到的，仅仅是走好接下来的每一步，一步一回首，回望来时的方向。我知道脚下的这片土地早已伤痕累累；我也知道，我和大地上的所有奔波者和梦想者一样，最终的出路都是回归地面，像一株庄稼那样扎根，遵从季节的规律去成长，以成长的方式向大地和天空致意。

对天空的真正理解，是因为深切懂得了大地。

（原载《北京文学》2016 年 8 期）

# 你的世界是一把漏雨的伞 / 朝颜

孩子原本永不知道如何哭泣。

——泰戈尔

## 一、这本不应该成为你的悲伤

那个叫家伟的男孩啪地扔下手中的铁环，离开赛道，猛地蹲在地上，抱住头开始嘤嘤啜泣。赛事仍在进行，男孩像一头孤独的小兽，逐渐放大的哭声被众人的欢笑迅速淹没。冬日的阳光温暖慷慨，均匀地涂抹到每一个人身上。而家伟，他的世界却下着雨。

我的心被虫蚁噬咬，有一种难言的疼痛。我希望我能说服旁边那个眉头紧皱的老人——男孩的爷爷，他或许可以上前安慰他，答应陪他加入这个游戏。我知道，这时候，唯有他才可以为男孩的创口撒上一剂迅速止痛的药，但是他面无表情地对我摆了摆手。

“那么孩子的父母呢？”

“去外面打工了。”老人淡漠地说。

果然，家伟如我所料，是个留守孩。

此刻，我的女儿正与她爸爸参加亲子接力滚铁环，与另一个亲子组合进行 PK。女儿的脸蛋由于兴奋而红得发亮，她的笑声像清脆的金属声叮叮当当地滚过来，又滚过去。父女俩玩得都不算好，不停地掉，又不停地捡，似大小两匹胡冲乱撞的马。输赢本就无足重轻，重要的是，孩子多么快乐。就在刚才，男孩本来要与女儿同一组参赛的，可这是一个亲子环节，爷爷不肯参与，男孩只有无奈弃赛。事实上，除了放弃，他又能如何，尽管他其实心有不甘。

我还记得，在最初的自我介绍时，男孩说他今年九岁，名叫家伟。微黑的皮肤，结实的胳膊腿儿，一看就知道是个天生的运动好手。果然，才几个回合他就将滚铁环这个生疏的游戏玩到得心应手。别的小孩怎么也玩不转的铁环，在他手里，偏偏像只听话的小狗，被他牵着鼻子乖乖地跑。在前几轮的比赛中，男孩屡战屡胜，每一个人都以为他将成为最后的胜利者。

但是谁知道呢，等待他的却是一场无可挽回的滑铁卢。“亲子”，这一个原本多么温情的词语，却于瞬间打败了他。

我想起教书生涯中经历的若干个家长会。我所期待的那些年轻父母大多缺席，取而代之的是满屋子吭吭咳嗽的老人。而且，总有那么几个座位，是空着的。这种空，如同宽阔的马路上突然出现的疮疤，醒目而悲凉。我不忍责备，因为孩子没有更多的理由可以辩解，他们唯有红着脸流泪，像无声的细雨，从天空流进心里。

我忘不了家伟的眼神。其时，他站在起点处，摆好了比赛的姿势，手里紧紧地握着铁钩和铁环。然后，他回过头去，望着爷爷，目光中迅速滚过期望、乞求、烦躁、哀求、失落等各种丰富的内容，最后终至于绝望。我原以为他会去拉，去求，去叫唤。如果是我女儿，她一定会这样做的，她可以撒娇，耍赖，佯装放声大哭，让大人乖乖就范。但是他没有，他只是沉默，也许他早已懂得一切都将无济于事。九岁，这个原本还可以在大人怀里打滚的年纪，他却拥有了不应该由他担负起的成熟。

世界如此祥和，熙熙攘攘的人群，前后挪动的脚步，不时爆发的掌声，遗憾的啧啧声，汇成一股欢乐的洪流，使冬天有了一种膨胀的暖意。而已经出局的家伟，他所发出的无助的哀鸣，连一段剧情的花絮都算不上。

只是我仍旧要猜测，把脸埋在膝盖上痛哭流涕的时候，他是否会想起远在天边的父母。他需要的并不是很多，但那两张熟悉而陌生的面孔却像无处捉摸的影子一样缥缈。他应该也喜欢做梦，只是他的梦时常会像屋顶的瓦楞一般碎裂。

然后，他的世界就要漏雨了。

## 二、孤单是你无法躲过的痛

留守孩这个词语，是从哪一年开始铺天盖地地涌进我的生活？似乎早已无从查考。但它一经进入，便像钉子一般锲进心里，再也没有被拔除。

那时候我在坚硬的黑板，弥漫的粉尘中间，中规中矩地当着一名老师。我关心教室里的学生胜过于关心自己的衣食住行，常常有一种错觉，以为自己是举着火把的普罗米修斯，有着照亮众生的本事，包括照亮他们的天空以及心灵。我恨不得把自己满脑子的东西像掏腰包那样，一下子全取出来，塞进学生的脑子里。自然，理想主义者最容易在现实里碰壁。

那个冬天来得似乎有点迫不及待，还没等大家有所适应，北风就呼啦啦地窜过玻璃缝隙钻进教室。那种时候，孩子们多半畏畏缩缩，任凭我唾沫横飞，也懒得回应我三分热度。无论如何，我嗅到了空气里的异常，但我又无法准确地说出这异常来自于哪里。直到我踱至教室的后排，望见楚楚身后的一摊殷红。我随着讲课的节奏顺势挥出的手，像拉到满弦突然奋拉下去的弓，突兀地停在半空中，不知应该继续往前射出，还是应该就此打住。

如今想来，楚楚的冷其实早该被我发现。冷静、冷淡、冷漠、冷若冰霜……所有和冷有关的词语放在她身上，都并不为过。可惜我不懂她，我尚没有成为母亲。况且我虽出身贫寒，却自小获得父母的温暖和陪伴，根本无暇去体会一个孩子所经历的世间诸般冷。我只当那是一种文静、乖巧、懂事。她与世无争，从不惹是生非，在八十几个学生的大班当中，能做到这样，就足够让我心满意足了。

但是楚楚的成绩不好，甚至很不好。在很长一段时间里，我只知道她的作业从来没有家长签名。做不完，不会做，更是常有的事。有一次我在过道里截住她："楚楚，带我去你家看看。""我没有家。"她细如蚊蝇的声音，却透出一股砭入肌肤的冷。多少年来，她一直用冷包裹着自己，对抗着世界。那种冷是由内而外的，在她的心里，装着怨毒，装着荆棘，装着冰块。那是她怀揣多年的武器，一不小心就要使将出来。

后来我想，楚楚有理由这么说话。自打出生起，她就开始辗转于亲戚家，老师家，各种寄宿学校，留守孩托管中心。待得最久的地方，不超过两年。她从不敢挑剔饮食和居住，个子像拔节的竹子那样噌噌地往上长，只是，她的心依然是空的，里面住的是永远也填不满的饥饿。

是的，楚楚对温暖的需要，远远超过了对知识的需要。当我的目光从那一摊殷红中往上移，终于看到她除了冷之外的另一种表情，苍白，冰冷，僵硬之下，还藏着局促不安，惊慌失措。我知道，她在犹豫，但是她一定不会主动向任何人求助。

事实上，我所能帮助她的多么有限。仅仅是以一个过来人的身份，替她掩饰，教会她最简单的应对方法，给她以一些言语上的抚慰和鼓励。哗然而至的青春，有太多的空白需要填补。一枚果子的成熟，尚需要阳光、雨露、水分、养料……而楚楚，她的养分在哪里？

在那个收留着几十个留守孩的托管中心里，我见到了一个身形健硕的阿姨。一大篓的青菜倾倒在地上，她手脚麻利地收拾着。她说起负责孩子们饮食起居的就是她一个人，我强行咽住了冲出口边的那些话。很显然，对牛弹琴毫无意义。

当殷红的鲜血第一次自身体里崩漏而下，还有多少个楚楚，在极度的冰冷和恐惧中度过。她们甚至早已经忘了，在远方，还有一个人，叫作母亲。母亲，曾经是多少温暖多么足以抗拒世间冰冷的词语。

在一个夜宵摊前，我看见几个少男少女聚在一处。服务员端来了食物，一个女孩站起来发火："这不是我们点的。"然后，她恶狠狠地补上一句："要是我点的，会死爸爸！"是什么样的怨毒，会让一个女孩以至亲的生命起誓？是否长久的疏离，早就让她相信那个叫爸爸的人，可以永远缺席？

一群人浩浩荡荡地奔赴他乡，一群人孤孤单单地留在没有父母的家乡。

## 三、你何曾愿意踏上命运的歧端

阳台上的三角梅，伸长了脖子，四处散布开放的消息。阳光在它们热烈的酡红之外，披上了金色的光泽，显得暖意融融，安详恬静。此刻，冬天的寒凉几乎被消减得无影无踪。如果不是因为那件事，我险些要感叹生活多么美好了。

昨天，父亲回了一趟麦菜岭，带给我一个极不好的消息：宝儿被抓了！

我在脑海里使劲地拼凑着宝儿的模样，那个微斜着眼睛，整天笑眯眯地把脸上两坨肉鼓成两个鸭蛋，在村子边扔着石头玩的男孩子，什么时候就长成十九岁的大人了？怎么又成了看守所的嫌犯了？我想得脑袋生疼，始终无法把两个人叠合在一起。过去的时光像一团被猫爪搅乱的毛线，怎么也理不出一个头绪来。

如果把目光重新望向麦菜岭，我还记得宝儿的出生曾经被整个家族赋予了不一般的意味。作为大伯的长孙，宝儿这个名字是有来由的。因为他是这一代中第一个出生的男丁，胖乎乎圆滚滚的身子又是那么惹人垂爱。满月的那天，筵席摆在村里最大的一块空坪上。觥筹交错，人影攒动，祝福的话语言犹在耳："宝儿长大了考大学，当大官哦。"

人们可以想到多少光明的美好的前途，即便平庸的碌碌的也无关紧要。但唯一不能想到的是，十九年以后，宝儿会和罪犯这样的词汇联系在一起。受人教唆，去偷盗一辆摩托。这，是宝儿这样的孩子会干的事么？而事实上，哪一双探进他人口袋的手不是曾经洁净美好？

往事隐隐约约，它们零零星星地进入我的回忆。

宝儿出生，他的父亲还在远方的一个煤矿里。我能想象他听到消息时，曾于满脸的煤黑中龇开白森森的牙。

宝儿一岁，他的母亲便卷起行李前往那个煤窑成为做饭浆洗的工人。从此，陪伴宝儿长大的人，只有已经神神道道的爷爷和目不识丁的奶奶。

宝儿四岁，爷爷神智已经不正常，用厚厚的被子将宝儿死死地捂住，上面还压着重重的东西。宝儿险些丧命，幸好被奶奶及时发现。人们质问爷爷，他说："这样才可以见到师傅。"

宝儿六岁，醉酒的叔叔骑摩托车载他去玩，在高速行驶中摔下地去，重度脑震荡，命捡回来了，但头盖骨永远留下一个窟窿。

宝儿七岁，开始上学，他的学习能力被所有老师诟病，渐渐不再对他抱任何希望。

……

轻风摇曳着阳台上盆栽的叶子，我长吸了一口冷气，宝儿这些年，都经历了些什么？我们今天站在道德的制高点上对人和事进行评判，某人应该怎样，不应该怎样。可是在他滑向命运的这一端时，谁曾经向他伸出过一只手？

记得在那些年的教书时光中，我曾不止一次地对留守孩子的家长说："回来吧，实在不行，就是回来一个也好。"真的，我有一千个理由替孩子们央求那一份缺失的父母之爱。但是，他们也有一万个理由告诉我，他们已经没有回来的权力了。这样的谈话如同拉锯，最后只在断处留下阴哑而沉重的叹息。

我一日一日地陷入焦虑，看着那些即将进入青春期的孩子，动辄出走，沉迷网络，以暴躁和冷血对抗世界，甚至早恋，偷盗，吸毒。而我们，除了没完没了地填写那些无用的留守孩登记表、观察记录、家访记录，亦步亦趋地遵循所谓的留守孩关爱机制，或者为了评职称赶时髦写一篇又一篇关于留守孩的论文，我们如何填补他们心房上的那块缺漏？

终有一天，他们中的一部分成为社会上的问题青年，成为填充看守所的某一个数字。可是，当生命绽放最初的新芽时，他们何曾想过自己要跌入泥淖，将命运之手交给邪恶与污秽？

在城郊的看守所中，我见到了已经长得人高马大的宝儿。我只说了一句："宝儿，你怎么到这种地方来了？"他便开始泪如雨下，无助，委屈，哭得像个孩子。是的，宝儿其实就是个孩子。这么多年，谁曾经领着他成长过呢？

## 四、你的天空会完好无缺吗

天空零星地飘着细雨，洁白的木梓花在路旁恣意开放，甜香得仿佛要溢出蜜来。几个散学归来的孩子用伞柄钩着伞柄，奔跑着，嬉闹着，咯咯地笑着。这样的乡村冬景，覆盖着一层温馨美好的外衣，很容易击中我内心柔软的部分。

现在，我置身于瑞金最偏远乡镇的一个村子里，是一名群众路线工作常驻队员。两年了，我挨家挨户走遍了村子的每一个角落，却每每被一间间屋子的寥落和冷清刺痛双目。老人、孩子、一些嘎嘎叫唤的家禽，是村中的主角。而年轻人，则像珍稀的候鸟，唯有在年关将近时才会飞回来，暂时填满屋子的空寂。很快的，他们又将起飞，降落在不属于他们的城市里。自然，刚刚被焐热的怀抱，也随之飞走了。

我寄居的这个家庭，毫无悬念的，亦是只剩了老人和孩子。寡居的阿姨六十多岁，领着一大群孙子孙女和外孙子女。阿姨的声音热情高亢嘹亮，训孩子，斥鸡鸭，有着似乎强势的热闹。直到那一天，她被已经高出她半个头的孙女丽丽用板凳砸中，我才发现，瘦弱的阿姨其实是那样的外强中干。

事情的起因多么简单，丽丽偷钱，又不服阿姨的训斥，于是随手抄起板凳，扔向了那个亲手抱她喂她养她长大的奶奶。然后，她若无其事地背起书包上学了。她的弟弟回来说，丽丽从学校旁边的小店里出来，左手提着辣片，右手攥着冰棒。

早在这件事发生之前，我早已领教过丽丽的身手敏捷。我们在餐桌上吃饭，她悄悄地端着碗潜进我的卧室，拉开我的钱包。她很聪明，不会一次全部拿光，不细心是不容易察觉的。但次数多了，便总有露馅的时候。有很多次，她将我箱子里的零食吃光，笔掏走，蜂蜜只留下小半瓶。但是她见到我时，依然面不改色心不跳地喊一句阿姨。

我断断续续地听到奶奶和丽丽母亲在电话里的对话。

“她要钱用，你就给她嘛。”

“给了，她还是要偷啊。”

“那你就多给一点嘛。”

……

我知道，丽丽的母亲在外面开着一片店，收入不错。她一定以为，钱是可以弥补一切的法宝。但她不知道，饥饿和欲壑是一个无底的深洞，一经形成，便是用再多的钱也填不饱了的。

日子依旧在看似平静中向前滑行。后来，丽丽的母亲回来，又一次以弥补的方式，给了她一个智能手机。以手机为起点，状况一点一点地发生着。先是为了蹭 Wi-Fi，丽丽在打雷天偷偷将我的电脑接上电，导致电脑主机、路由器和猫统统罢工。然后是丽丽所持手机的话费以天文数字向上攀升，终于连她母亲也忍无可忍。

后来，丽丽读大学的堂哥打开她的手机，发现她正与一位素未谋面的大叔进行着一场热火朝天的“网恋”，话费之谜终得破解。令人啼笑皆非的是，仗义的丽丽，居然主动为远方那个大叔充话费。

面对一场又一场的审问和劝说，丽丽甚至连眼泪都懒得掉下一滴。她沉默，麻木地坚守着自己的阵地。我猜她一定想，她有什么错，除了那个虚拟的男人，谁曾给过她那样多的甜言蜜语，谁曾给过她那么多言语上的关怀呵护。这些年她得到的，除了钱，还是钱。

作为驻村干部，我们曾在村委会煞有介事地成立了一个留守孩辅导中心，希望能以一己之力，在学业上，心灵上，多少给予孩子们一些东西。这种帮扶形式被写进总结，写进宣传资料里，看上去很像那么一回事。然而事实上，真的收效甚微。

每年暑假来临的时候，一辆又一辆的大班车开进镇里，又一群留守孩将被带到父母所在的工厂、工地上。他们以一群候鸟的身份，飞抵那个陌生的地方。迎接他们的，会是一个水草丰美的湖泽吗？当更多的零食、玩具以弥补的姿态堆砌在他们的面前，是否那一片曾经塌陷的天空，会像女娲补过的那样，完好无缺？

（原载《民族文学》2016 年第 4 期）

# 微雕笔记 / 方英文

## 爬桌子

在一个大家庭里，八岁前的我倍受宠爱。贫困年代，受宠并不表现于物质，而是大人们都喜欢我。除了母亲，自小到大，没有任何人打过我。如此安静自在的幼年，根本原因是祖父祖母营造的。祖父是位远近闻名的中医，祖母是个虔诚的佛徒。我这厢呢，也是物以稀为贵，平常的家里，房前屋后晃来荡去的，就我一个小孩。我长大后，每次与父辈们相聚，他们总要提起我的儿时，三个字评价：话少，乖。同时必定提起一个，我经常表现的，我事后努力回想依然模糊的一个经典动作：我总是双手拽着祖母的后襟，她走哪我拽哪，不厌其烦地追问：奶啊奶啊，啥时爬桌子？

为何盼望爬桌子呢？因为爬桌子意味着吃好的，而只有到了过年才会爬桌子、才会吃好的。大方桌安静地摆放在堂屋正墙的毛主席像下，桌面堆满了杂物。一年四季的饭食，几乎永远是苞谷糁糊汤。很少吃一顿稠稠的糊汤，里面总是搭配着洋芋红薯南瓜野菜。吃饭也就一样菜，一碗酸菜或是腌菜，永远卧在灶台上。吃饭没菜，何须用大方桌！

祖父平时在镇上的卫生院上班，周末回来住一晚。只要祖父在家，必定有人来请看病。来者大体不空手，两封挂面一包点心啥的。祖父把其脉问其诊，开处方的时候，祖母就给生火做饭。如果来者空手，又不在吃饭的点儿上，那人走时，祖母会说：吃了饭再走啊。声音和语气，不过是一个礼节；那人当然也客气一声，识趣告别了。有时来者虽然带了礼物，又恰在吃饭点上，那人还是不吃饭，要急着去抓药，回家治病人。祖母过意不去，一定不让人家空手离去。你来时若带的点心，走时就让你带把挂面。可见收礼之多数，结局照样是得之于求医，用之于患者。留给我们舒服一下肠胃的东西，实在少得可怜。

留客人吃的饭，自然一概是细粮。面条而已。全家人喉咙里的爪子虽然拼命往外伸，但是脸上的表情却也能够镇定自若。充其量背过身去，张张嘴巴皱皱鼻，贪婪几口从厨房里氤氲出来的细粮的香气罢了。招待客人的饭，通常只够舀三碗，只供祖父陪客人吃。吃的地方，在祖父祖母的卧室里，与床头咫尺之隔，一张条桌贴墙而放。桌上一碟辣子，祖父与客人各坐一头，吃面。刚吃几口，祖母就将第三碗面条端上桌子，对客人说："吃了自己倒啊，千万不要作礼！"作礼，就是客气、谦让的意思。祖母刚转身，祖父就吃完了——我吃饭向来风卷残云，祖传也——筷子一放，对客人说："你消停吃饱啊！"说罢，起身离去，找出钉子锤子，在堂屋里叮叮梆梆的，修理脱铆断榫的椅凳。那客人，面对着桌上的那碗热腾腾香喷喷的面条，很是为难。不吃吧，肚里的地方还很宽展；吃呢，人家主人都"吃饱了"、离开了，你咋好意思继续赖着吃呢！于是嘴一抹，深情一瞥那碗面条，起身离开了。祖母看见，必定要抱怨客人不直爽，实在太客气。

——若那客人生性率真，或者感觉粗糙，硬是在主人离席无人陪吃的情况下，孤胆英雄当机立断，端起面条扣进自家碗里，土匪般汲溜大嚼起来，那么祖母准会及时出现在他面前，大加夸赞道："好啊好啊，这才像自家人哦！一定要吃饱哦！"说罢，小脚如鼓点般进了厨房，声音很大地往锅里倒水，以锅铲击之撩之涮之，目的是通过声音传告客人：锅里干干净净没饭喽！

只有过年的时候，大年三十早起，此时才把大方桌挪出来，收拾桌面清洗揩拭。桌面下的雕花格档，要一遍又一遍地浸润揩拭，因为一整年不曾用过它，那里面的尘垢厚且牢矣。大方桌置于堂屋中间，两张条桌拼接两头，如此才够围坐年夜饭。祖父老弟兄四个，分住于几十里外，所以三十晚上，他们各家都要派人来陪祖父团年的。

正是这个时候，我才懂得一点儿长幼尊卑、"礼仪之邦"。我的年龄最小，自然坐在下席的最边角。几十年后，我才明白自己当时的座位，成语叫作"叨陪末座"。虽然没有地位，胳膊又短，但是不失权威啊——想吃啥，一指那盘子，立马有人给我夹来。

那年头，“旧的礼教”惨遭批判与诋毁。而在吃年夜饭时，却又一概复辟了。安排各人的座位，是严格按照等级（辈分）长幼的。上席不用说，祖父祖母坐。不过祖母因为是主厨，所以大家都围坐好了，只待她端出最后一道喝酒的凉菜，她也入席就座了，这才听祖父简单致辞几句，于是举杯。祖母呢，端起酒盅挨挨嘴唇便放下，立即去了厨房，准备热菜。

如果人多拥挤，孙子辈中最小的一位，原本最没地位的那个小不点儿，此时忽然被提拔，可以荣幸地夹坐于上席祖父祖母之间。但这小不点儿不能坐椅子，而是只配坐在一个独木凳子上。

同样坐上席，却有大边小边之分。那么哪边为大哪边为小呢？简言之，左为大右为小。那么哪边是左哪边是右呢？我一直搞不清，因为在你面对上席时，和你在上席位置总览全席时，左与右刚好相反。直到十多岁的某一天，才弄清这个学问。那天我去镇上，祖父正在看报纸。那张报纸登着天安门城楼上，毛主席检阅游行队伍的照片。毛主席一边站着周恩来、一边站着林彪，两人手中都晃悠着《毛主席语录》。祖父说你仔细看吧，什么叫左大右小？因为林彪是副统帅，位置高于周恩来，所以林彪就站在毛主席的左膀边；周恩来虽然曾经是林彪的老师，过去也一直领导着林彪，但是现在变化了，只能站在毛主席的右胳膊边了。

——哦，原来左大右小是这么回事！以此类推，年夜饭的上席坐者，第二号人物必须挨着一号人物的左胳膊就座。所以祖母，总是坐在祖父左侧。如果年夜饭上席就座三个同辈人，不用说，最年长者坐中间——他的左边是次年长者、右边是又次年长者。报纸上经常刊登的领导开会的主席台照片，也与年夜饭一样的坐法。区别只在领导开会不是按年龄或者辈分，而是按照官阶大小。所以负责摆放会议桌牌的人，政治上历来成熟与细心。稍不留神摆乱了桌牌，其前途或可就此断送。

随着年岁与物质的同步增长，也就经常地，用不着等到过年就可以随时“爬桌子”、吃酒席了。只是不能确切回想起，具体从哪天开始结束了“叨陪末座”的历史。每次座席，我的后面总有一个两个“末坐”。时光流逝，“末坐”越来越多，发觉自己鬼子进村般，日渐接近“权力顶峰”了。这时候的想法反倒与儿时背道而驰，实在不想坐上席！自然地，也就经常推辞饭局了。

上周末，几个朋友约饭局，杜撰托词不想去。可能因为托词艺术性不够吧，友们不信，轮番来电话。问有什么要事吗？如果那酒席上，一只虾刚咬进嘴里，那人说出请我办个事，无权无势的我，岂不是虾卡喉咙上不能上下不能下，出命案哩！朋友电话里笑道："此事确实很大，但是非你莫属！对你而言，不需费半点脑子，现场就 OK 了！"

朋友来车，拉我直达饭店包间。一瞧，气派，奢华，大圆桌围坐了二十来个食客。男女混搭，只有三五个面孔陌生，唯独上座闲置恭候。全体起立，鼓掌："欢迎方老上座，给大家搞笑！"我有点哭笑不得，把我老汉当成弄臣优伶了不是！所以怎么谦让也不就范。可是大家都站着，赞美加调侃，什么你德高望重啦谦和风趣啦深受爱戴啦为中国文化贡献卓越啦……无论他们怎么吹捧，我坚决不坐上席。实在没有办法，我就说出不坐上席的理由：

"坐上席最先奔赴火葬场。"

此言一出，惊哑全体，场面顿时凝固了，饭局没法揭幕了。瞬间一思量：大家好心好意请你来吃酒席，你却如此丧门星！所以我当即挽狂澜于既倒：

"哈哈，玩笑开过喽！今天就我最年长，除了我，谁有资格坐上席呀！"

我一脱外衣，座山雕般昂坐主席了。

夜晚被送回家里，半句话都懒得讲了。坐上席太累啊。你坐上席，你就是本次饭局的最高首长，意义等同临时皇帝或者看守内阁总理：你必须谦和亲民，一视同仁所有的在席者。对于陌生的面孔，他或她递上名片自报家门时，你要及时起身、双手接过，并在瞬间里记牢对方的名字、随后碰杯时保证准确叫出。大家都在热烈地纵论腐败、畅谈时局、辨析谣言，却总有一个两个爷们姐们一声不吭，分明形成一片化外之地、弱势群体、被遗忘角落，那么你有着不可推卸的责任，你必须迅速巧妙地将话题引到不吱声者身上，从而使在场者人人均享说话的快意，以使每一个食客都有机会秀出自家的思想与才艺。因为你被坐于上席主席，那么每上一道菜都是你先下箸品尝，新瓶初开的前三杯酒都由你来提议开饮，所有的夸奖一向首先奉献给你……而你，其实是个大草包，无非因为脸厚、能活、齿长而坐了上席、而大肆受敬享颂，所以你要务必满怀歉疚、心生罪感啊。一点儿代价都不愿付出与回报的被尊重，自私自利不说，实为寡廉鲜耻也！

还是爬桌子，叨陪末座的好。

## 永远

近年来，中国的大部分地区，经常是雾霾天气。冬天也不怎么下雪。或少数地方偶尔下点雪。一开始很不习惯，后来也就麻木了，你爱下不下。老天爷的事，人有什么办法呢。

冬天的多半时间雾霾着，所以只想着天能晴朗就好。至于下不下雪，已近于奢望了。若是某天早起一开窗户，天无纤云、气色悦目，过不了一个时辰，你一刷微信，尽是光明温暖的图片。散步环城公园，见一对小夫妻，丈夫套着妻子的胳膊，妻子挺着自豪的肚子，边走边用手在肚子上画着太极圆圈。看样子孕儿至少七个月了吧。遥想当年，自个妻子怀孕时的情景，感慨流光实在太快！

我放慢脚步，让那小夫妻走前面。尾随偷听，不失一乐。

小两口商量着，先由哪方母亲担当保姆的事。接着说当务之急是胎教。"不能让孩子输在起跑线上啊！"——我真想上前告诉他们，这是目下的中国，我最讨厌的一句话。好在他们的话题，迅速转换到胎教的具体内容上。选择胎教第一课，两人各持已见。一说大江东去？一说太壮阔了，不宜胎儿；一说窗含西岭千秋雪？一说句子太长，娃娃难记；一说先天下之忧而忧，一说干吗呀，不要搞政治啦！最后妻子说：床前明月光？丈夫马上赞同：就这个，好！

李白的《静夜思》，可谓妇孺皆知："床前明月光，疑是地上霜。举头望明月，低头思故乡。"

于是我瞎想了，一直瞎想到深夜。如果全民公投"中华第一诗"，结果没法预料。但我估计这首《静夜思》，一定位居前茅。很可能前三名。没准第一名！如此推断的理由是，中国哲学无论内质还是形式，都很阴柔。而月亮月色，正是阴柔的最经典的意象符号。与太阳一词对称，月亮便叫太阴。

李白的四句诗简朴如画，意思一目了然：月色是最美的，乡愁是永远的。人一脱离子宫，就开始漂泊。为了生活，必须四处奔波。怀念童年，思念故乡成为一条暗河，日夜流淌在血液里梦境里。偶尔回归，即便回归时香车美人光宗耀祖，但是展现在眼前的故乡故园，却一概物是人非了，你怎不怅然而愁怀！

一个人，就算你从幼年到老年，未曾离开故乡半步，那你依然难脱乡愁：父母不在了，儿时的玩伴远走高飞了，透明的空气没有了，清澈的溪流干涸了，你能不眷恋往昔吗！就是说你固然没有远走，那也不过是犹如废弃的车站，车站没有挪动，但是列车远去了，一去不复返了，留给车站的只有冷清与寂寥。

月光是最美的，乡愁是永远的。所以李白，才是全人类的。

## 悲剧小说家

鲁迅在我这个年纪业已去世。因此我觉得占了大便宜，于是彻底把自己解而放之了。我将手机设为静音，意味着我只看短信、拒绝噪音。反正斯德哥尔摩不会给我来电。白宫也不会。即使他们真的犯神经给我打电话，我也享有不接听的权利。

我只看短信，马桶上或公交车里看短信。饭局啊研讨会啊之类，能去就回复去；不能去就请假，说明不能去（多半不想去）的原因。更多的短信来自未名号码，尤其来自□□ 88、□□ 68。除了少数重大新闻外，其余全是票据广告、星闻性事之类垃圾信息，压根不点开，横竖删掉完事。可是前天听会时——开会时坐后排玩手机，是当下的一大风景——没留神，点开一条短信，读之当即绝倒：

邮件提醒资讯篇：去年以来，黑龙江一在押犯，用微信与监狱附近的女性聊天，后与七人保持情人关系。其中某女被骗八万；某民警妻子入狱探视并发生关系。

我立即截屏，发布于微信且加按语道：什么叫长篇小说？请将这个，其中的细节，各色人等的心理活动，增补、呈现出来，就是长篇小说。与托尔斯泰写《复活》的素材相比，这个似乎更容易生发成长篇小说。

暂且抛开伦理道德吧，这个狱犯的手段，实在配称一个罕见的、才华横溢的英雄人物。如同 007。可惜未被情报机构发现，否则被赏识被重用，派其肩负“大国博弈”中的特工，没准建立不朽功勋。

微信刚一发布，一位江西作家朋友首先留言：羡慕嫉妒恨，我每天用微信，还不坐牢，居然一个女的都勾引不到！

一位诗人点评：牛人。

书法家：伟人。

纪委干部：更像神话。

女记者：简直不敢相信，好想知道他长啥样！

我立即回复女记者：看看看，如此非常之男犯，必定引起女人，尤其美女的好奇！因为就我所知，女人天性更浪漫，尤其迷“才”——不然，狱犯何以获得七个女人的芳心！

一位公安局长（业余作家）留言：方老所言极是！有些事确实发生了，但确实推理不下去。需要采访当事人。

我答：此事涉及心理学、病理学、人类学、民俗学、遗传学，还应参照中外犯罪史料，以及人性在特定场合（情景）下的，连自身事后也不能准确解释的言与行。

总之，凡是有趣之留言，我一概尽力回答。“互动”具有很强的激活功能，让人颇长见识。我回答的总体要旨，是关于长篇小说这一重量级的文学文体。

小说的黄金岁月在明清两代。四大名著之后的小说，统计学上固然无以计数，但究竟哪部小说可以改写小说史，成为中国“七大名著”“九大名著”？光阴未到，所以难讲。也似乎没有必要“畅想未来”。前人又不是没有“畅想”过，如今看来多半笑话。我们要面对的，依然存在的事实是：在目下的人类文坛上，小说，尤其长篇小说，依然雄坐头把交椅，依然是注释作家的核心词。写小说的人，只有写小说的人，人们在介绍他时，才说他是个作家。如果他只是写作，却没有写过小说，或者写过小说却无甚影响，那么介绍他时，一定会在作家二字之前，加词限定，如：散文作家，报告文学作家，儿童文学作家，报纸专栏作家，杂文作家，小品文作家……类似官员简历中的“研究生在读”，总给人以杂牌军的印象。这其间的原因是什么呢？

原因可能不少，但我猜最主要的原因是：小说太难写了！否则，都去当吴承恩曹雪芹了。

我喜欢把吴承恩置于曹雪芹之前，是我偏爱《西游记》。因为《西游记》以无可置疑的品质，正能量于中国人，且充满理想主义色彩。

写小说之难，即以上引狱犯为例，他凭什么在大牢里，仅以微信就搞到七个情人？还哄得民警的妻子进来探视且睡了她！如果引用这个案例，发一通诸如天下之大无奇不有啦，监狱管理如此混乱啦之类的议论感慨，也就写篇杂文而已。但是写成小说呢？难写，需要增补的东西太多。极其难写且不说，关键是在如今，在传播手段与速度已成神话的当下——

首先，如此绝佳的小说素材，不可能为某个小说家独占而不泄密。素材被各种传媒以闪电般的速度，眨眼间“风靡全球”了，被肤浅一笑地瞬间消费掉了。就算你穷尽想象而敷衍成小说，那么读者一看简介，说：噢，根据黑龙江狱犯案例写的啦！多半不买了。

如今恰值反腐，一个一个的贪官次第落马，他们的故事无不令人拍案惊奇。有哪部小说，可以抗衡薄熙来的案发与受审所产生的轰动效应？现实生活的惊人传奇借助于传媒的飞速销售，于是小说家，昔日光华炫目的小说家，命定了成为时代的悲剧人物。小说家心理之失落，一如正在台上教育群众、话未讲完即被带走的贪官的心理失落。

窃以为小说家挣扎苟活的唯一办法是：回避与出奇。再好的素材，只要被大众消费过，你最好舍弃为上。选好了你熟悉的素材，再以别裁的结构、绝妙的语言、新颖的人物写出来。且不妨刻意地，偏偏写成任何影视唯有高山仰止、却永远无法改编的小说作品来，那才叫一个好。

小说的意义在于唯有小说才能够全方位打开隐秘的人性世界。如此，才是小说的活路，小说家的尊严与高贵。

（原载《红岩》2016 年第 3 期）

# 好汉邢爷 / 徐可

不见邢爷已经三年多了，我十分想念他。

邢爷，我的一个老哥。前些年，我在香港某报工作时，他由另一家新闻机构调来我社，担任我分管的中国新闻部主任。他年龄比我大几岁，便倚老卖老，以大欺小，虽有上下级之名，而无上下级之实，我也拿他没奈何。他相貌高古，却没心没肺，从不为此自卑，成天傻呵呵乐呵呵的。加之幽默诙谐，心地善良，急公好义，人缘巨好，人送一个雅号称“邢爷”。每次他去我的办公室，总要在门外大喊一声：“报告！”声音洪亮，中气十足。我知道他是开玩笑，便也沉声应道：“进来！”我们这些外派赴港人员，上班“白加黑”“五加一”（天天白班连着夜班上，每周工作六天），吃饭饱一顿饥一顿，工作压力山大，生活单调乏味，天天累得跟狗似的，只能苦中作乐，经常利用傍晚短暂的休息时间和一帮同事朋友去吃露天大排档。几杯啤酒下肚，邢爷用手掌一抹油晃晃的嘴巴，就开始拿我开涮了：“我去他办公室，给他喊‘报告’，他竟然回我‘进来’！你们看他的谱多大！”我反唇相讥：“你这么大年纪，我不让你进来，难道让你在门外候着不成？”大家都哈哈大笑。邢爷也腼腆地笑了。他就是这么个活宝，老顽童。

2012 年，邢爷请假回南宁探亲。一日忽然乐呵呵地给我打电话，说是老婆查出结肠癌，中晚期，要做进一步检查，向我请假。我听了心里一沉，又暗自嘀咕：这老邢怎么回事啊，老婆生病了，他还这么开心，什么意思？我问：怎么样？没事吧？邢爷说：嗨，死不了！听他这语气，竟像没事人一样，我也不好多问，就嘱他在家多陪陪嫂夫人，不要急着回港。

过了些日子，他却回来了。我问，嫂夫人的病怎么样了？邢爷说：不是她，是我！嗨！老邢口音重，可能他说的是“我老邢”或者“我老汉”，我听成“我老婆”了。误会消除了，但是问题依然没有解决。邢爷说，过一段时间回去做个切除手术就行了，没事。看他轻描淡写的，倒像只是一个小手术而已。

过了些时候，他回去做手术了。我惦记着他，经常打电话询问情况。得知手术非常成功，我很欣慰。那时我对晚期结肠癌的严重性也不了解，以为真的没事了。

手术后休息了一段较长的时间，邢爷又回香港上班了。我看他骤然消瘦了很多，但精神还不错，还是那么没心没肺地傻乐，只是多年的烟酒戒了。我想，邢爷闯过这一关，看样子是没事了。

可是没过多久，他还是顶不住了，又请假回南宁治疗去了。没想到病情发展得很严重，他已经无法上班了，最后只好辞了香港那边的工作，在家专心治疗。我想找机会去看看他，可是竟不得空。过了些时候，我也申请调回北京工作，从此三年多竟是再也没见过面。

不过我从微信上经常能知道他的消息。换了别人，得了这样的重症，早就心灰意懒，意志消沉了。可邢爷不，他还是成天乐呵呵的，得空就玩微信，有时一天能发好几条。他对国际国内大事都很关心，反倒是对自己的病情不怎么放在心上。有时他发“慷慨就义”的照片，我还是像过去一样跟他开玩笑，从来没有想过要忌讳什么。实际上，他是用自己的乐观、顽强与命运之神展开了一次次殊死搏斗，闯过了一道又一道鬼门关，遭受了一次次死去活来的折磨。

三年多前，邢爷第一次发现肿瘤，已经是晚期了。我相信他内心肯定也有过惊慌失措、恐惧痛苦，可他表现出来的却是若无其事、谈笑风生，就好像只是一次小小感冒一样。他一边冷静地安排后事，一边以乐观的心态配合治疗。为了不让亲人担心，他总是笑眯眯地一如往常。化疗的痛苦，非常人所能忍受，大家都担心他受不了，可他却每天在微信上向大家展示他良好的食欲和精神状况。还得意地使劲地扯自己的头发说：“你们看，薅都薅不下来呢！”他在病床上还写诗作文。邢爷身体好的时候曾经嗜酒如命，烟不离手。确诊肿瘤后，在夫人的规劝下，他先后戒了烟酒。在病床上，他写了一篇《酗酒者说》，回顾了自己的饮酒生涯中的种种趣事，最后不无痛心地说：

“看看现在，何必当初呢！其实，我本有很多机会改邪归正，回头是岸的，但冥顽不化的本性害了自己。我觉得，每个人都应该学会自省和自我调整，在大错铸成之前。”可以说，这是痛定思痛之后对世人的规劝。文章亦庄亦谐，既令人捧腹，又催人泪下。

化疗结束后，邢爷就每天早晚两次去爬山，风雨无阻。做了 30 年记者，如今才有时间放缓脚步，静静地欣赏南宁的青山绿水。三年下来，邢爷竟然满面红光，步履矫健，谁也看不出他是个晚期癌症病人。朋友们都由衷地为他高兴。

可是 2015 年，邢爷再次跌入深渊。

邢爷是这样总结他的 2015 的：“6 月初肿瘤攻入大脑，生死之战再度打响，开颅手术历时 3 小时完成。继而于当月下旬施行六轮生不如死的化疗。但是，癌细胞斩不尽杀不绝，10 月卷土重来，我那奇形怪状却骄傲的头颅又装上了金属固定架，施行伽马刀手术，如同残酷的凌迟。割肉并没有就此打住；12 月初，继三年多来，剖腹腔开脑腔之后，最后的处女地胸腔也被打开了，切除转移至肺叶的肿瘤病灶！ 2015，我就是这样艰难地走过来了。感恩我的亲朋故旧与同事，大家给了我温暖和力量！”

这样的文字，读着就让人揪心，可邢爷竟是风轻云淡，波澜不惊。我在朋友圈里看着邢爷那装上金属固定架的头颅，更显奇形怪状，可是我一点也笑不出来，更是不知道用什么语言来安慰他才好。虽然没有亲历，但是可以想象得出那种生不如死的痛苦折磨。可邢爷，还是高昂着他那骄傲的头颅。

做开颅手术那次，进手术室之前，邢爷写好了遗嘱，让朋友们作为见证人签字。他还拜托朋友多多陪伴和开导他太太，不要太悲伤，还交代家人要继续服侍好已经植物人状态几年的母亲。末了，他拉着他太太一个朋友的手说：如果我走了，以后麻烦你多照顾我太太啊！朋友甩开他的手：“我没空，你出来自己照顾！”一转身已是泪水涟涟。

自从他生病以后，他的亲人、他的同事、他的朋友，给了他太多的爱。他的太太，一位优秀的医生，一位贤惠的妻子，背地里不知道流了多少泪，可是在他面前永远都是微笑着，给他打气，为他寻求更好的治疗方案。她每天陪他上山，紧紧地挽着他的手，给他传递爱和力量；她常常为他调整饮食，希望那“爱的盛宴”，能为夫君打出生命的通道。他的女儿，毅然延迟了继续深造的机会，回家做起了父亲的“小棉袄”，给了邢爷很多安慰和精神滋润。他的朋友们更是如潮水般一拨拨涌来，看望的，捐钱的，送鸡汤、土货、灵芝石斛的，还有心愿卡从香港、北京等地频频飞来，上面密密麻麻的都是签名，都是暖心暖肺的祝福，连医生都感到惊讶。这些都让邢爷深深感动，他常常说：活到这个境界，痛并快乐着，我无憾了！

今年元旦之后，邢爷的病情再度恶化。这次，他的脑子里又冒出4个转移瘤，一个压迫外展神经，使他的左眼视力模糊，还有一个因为水肿压迫，使他从卧位转座位都天旋地转。恰在此时，又传来他母亲病逝的消息。双重打击，使邢爷的情绪低落到了极点。1月11日他第五次走进了手术室。一个在国外留学的小伙微信问安，他有点儿悲观地说：我是一艘千疮百孔的破船，不知什么时候就会沉没。小伙回他：大海航行靠舵手，破船也能走很久！他的精神为之一振：是啊，我们都是自己命运之舟的舵手，只要身体不启动“熔断机制”，我就要努力走得更远！

我一直想去南宁看望邢爷，可是因为工作的关系，至今都未得成行。我甚至都想好了给他的一首打油诗，打算到时候念给他听，逗他开心：

千里飞南宁，
为看邢浩峰。
自称泰山顶，
巍然一青松。
原来不过是，
山脚一根葱。
葱虽不起眼，
佐料大作用。
今冬且酣眠，
明春笑东风。

我似乎听到了邢爷没心没肺的“嘿嘿”傻笑声。

对，邢爷大名浩峰，广西新闻界一名普通老兵，一只打不死的“小强”。

（原载 2016 年 2 月 29 日《人民日报》“大地”副刊）

附记：本文主人公生前期待早日读到“京味邢爷”，然而当文章发表之时，他已处于昏迷状态，他的夫人在他耳边给他读了这篇文章。三天后邢爷与世长辞，享年六十岁。

# 老谢向右，小谢向左 / 谢宗玉

“好读书，不求甚解”应该是学语文的一种境界。这种“不求甚解”大约就是不追求一种明晰的答案，汉字的丰富性、含蓄性，以及其汤汤水水的特质，正是不需要你给出一个明晰标准的答案来。

平时读书松松垮垮的儿子，这回以班上最好成绩杀入长郡，让我们始料未及。出成绩那晚，全家人集体尖叫，如虎啸猿啼，把整幢楼都震住了。

小谢其他学科尚可，可语文差得离谱。父母的汉语素养，他是半点没遗传。要知道，我与妻子当年都是中文系毕业，我藏形于文学界20年，妻子虽然不写，但文学书籍一直是她的枕边书，再加上书房近万册图书，谁能相信，我家孩子会学不好语文呢？

因为少年时我特别怵英语，所以从小学一年级起，我们就把心思放在了小谢的英语上，以期笨鸟先飞早入林。而语文，除了扔给他一屋子文艺书外，就再不管了。阳光雨水充足，天时地利人和，我们坐等收成。

小学入学，老师做了一个测试，结论是小谢数学优秀，语文较弱，我们把它当作一个笑话听。小学就读了一所普通学校，因为成绩不排名，我们也就没在意。这样懵懵懂懂度过6年。虽然发现小谢作文写得不怎么样，但他读书的状态还是蛮令人欣赏的，课外书读了不少。

初中就读于长郡双语，重点中学。每次考试都排名，一排之下，问题就出来了。全校1600人，小谢的语文居然排到1000名之后了。这时，我们才如梦初醒，不得不承认小谢的语文有问题。不过同时我也发现一个秘密：事实上，初中大多数男生的语文都有问题。我平均了他们班上几次考试的语文成绩，发现男生都要比女生少近10分！能过A线的男生也只有女生的一半，这真是恐怖。很显然，这成绩跟身体发育有关。女生发育早，觉醒早，情商高，对情感和文字的理解能力强。而多数男生，在初中仍处在一种懵懂的状态。

比如小谢，我也给他背唐诗宋词，但诗词里那些“妙处难与君说”的感觉，他是半点也体会不到。当年我背这些的时候，不但有感觉，甚至潸然泪下，满脸作寻愁觅恨之状。不过，初中时，我同样比不过那些语文学得好的女生。给我情感启蒙的，应该是琼瑶的《翦翦风》。连带着，我也喜欢上了借我这书的女生。按现在的话说，那是一个女神级的人物，很多时候，她的作文都让老师蜡刻油印，传遍全校，甚至传到隔江而望的另一所中学去了。可若干年过去，我成了作家，以文字谋生。而当初把文章写得摇曳生姿的她，却做了一名财会人员，专门与数字打交道。正因这个事例，我依然不担心小谢的语文，以为总有一天，他一觉醒来，就能“念天地之悠悠，独怆然而涕下”。

然而时间不等人，初中三年很快过去了。小谢的语文仍在 C 与 D 之间徘徊。我家的廖同学急得咆哮，我也挺泄气的，白眼呸小谢，说：“不要让别人知道你爸是作家，知道了，你脸上无光，我脸上也无光。”小谢子一脸无趣。

初三上学期期末考试，小谢子的语文仍然给我们捧上了一个馒头似的大 D，而且还是上过补习班之后。黔驴技穷的廖同学几乎是涕泪俱下：“你再不管儿子，我们离了算！”

其实我也不是不管儿子。整个初中，我的注意力都放在儿子早恋的问题上了。我早早给他写了一本谈性爱的书，名曰《与子书》。我不想儿子像我当年一样，被汹涌而来的早恋弄得神经兮兮。可早恋这东西并不遗传，小谢子长到十五六岁，没有一丝要早恋的迹象。我只好把《与子书》销给别的家庭，居然还不错。

现在中考马上就要来了，我不得不与小谢绑在一起，进行语文攻坚战。要想上四大名校，各学科成绩必须是 6A。事实证明，我的干预成效显著，初三下学期以来，小谢子的语文成绩就一直在上升，最后几次考试几乎稳定在 A 线上。还是在中学的时候，我就觉得自己适合做一名中学语文老师。现在看来依然适合，可惜造化弄人。

但当初接手小谢的语文时，我并不自信。当年高考，我的语文虽然是县里第一，但语文为什么学得好，我自己并不知道原因。老实说，我半点方法都没有，我甚至“不务正业”，经常在语文课上看课外书。语文老师也从来不管，那些书很多都是从他家里借来的。我想，这大概是我语文学得好的最大原因吧？

前不久，我看了一个高中老师写的文章，说是他在他们学校搞了一个实验，两个班，一个班的语文采取放养式，语文课上任由学生看课外书，然后写写心得感想什么的就可以了。另一个班，则采取老办法，字词句，段落中心，面面俱到地进行剖析，末了再进行题海战术。结果高考成绩却让人非常吃惊，那个“放养”的班比那个“圈养”的班，平均成绩高出了十多分！

但放养显然不适合小谢，这么多年来，我不一直是放养吗？现在临阵磨枪，我只能因材施教。还好，等我把小谢的语文试题梳理一遍后，才发现在固定的题型下，不要情商，不要实力，不要荷尔蒙推动，中考要想得个高分，也不是什么难事。小谢子看了这么多书，好就好在理解力还行。

综合小谢子的弱项，我给他编了一套“中考语文答题秘籍”，之所以要叫“秘籍”，是想哄得小谢子不再胆怯语文，以为得了秘籍，就会有“九阳神功”护体。而其实我只是对症下药，给他开了一服难喝的药剂。我发现，现有的中考题型，无论它多活，但如果题目做多了，就能找到一种类似八股文的规律，最后基本上都可以“依葫芦画瓢”。比如诗歌欣赏，只要知道是山水诗、边塞诗、田园诗、怀古诗什么的，不要看诗的内容，就知道该诗歌抒写了什么主旨，体现作者什么样的情怀与思想。

甚至包括作文，也绕不开八股文的规律。找到了这个规律，押题也不算一回事。今年的中考，我就押中题了。规律很简单，只要你事先写好或背好六大类作文素材，然后一生二，二生三，三生无数，万变不离其宗。

哪六大？其一，学生以学业为主，所以遨游书海，是永恒的话题。其二，青年人多以昂扬向上的精神和刻苦拼搏的毅力来展示自己。其三，人是群居的动物，团结合作，友爱互助，也常是出题的主旨。其四，我们是从哪里成长起来的？家园情、校园情，自然也少不了。其五，孝道一直是中华民族的根本，所以爱父母、爱师长，也得关注。其六，我们只有一个地球，珍惜地球，爱护生命，环保题材的作文，包括描写大自然的山山水水，也常是出题老师考虑范畴。用好了这六类素材，中考作文大抵就可以拿下了。

可说来容易做来难，无论我怎么训练，不懂变通的小谢都学不会“三生无数”这一招。为了让他明白其中的奥秘，中考前一周，我不得不拿同一个事例，把他们学校近期考试的作文题目全部用上了，一口气写了十多篇作文。不同的题目，内容相同，但加个开头，加个结尾，中间稍作改动，主旨就各不相同了。我的这种作文法，估计作家同行看了，会气得吐血。但我有什么办法啊？都逼到了这个份儿上，我还管得了那么多。

懵懂的小谢看了看，想了想，终于咧嘴笑了。“难怪我们班有个学霸，每次作文都写得那么相同又不同。”是的，几乎所有的中、高考满分作文，都是事先做了充分准备，特别是那些敢以文言文写中、高考作文的同学，更是事先“演练”了无数遍。都说《滕王阁序》是王勃提笔挥就的，其实哪能呢？王勃在去南昌的路上，腹稿或草稿已不知打了多少遍。天才或许有，但我还没有碰到。“吟安一个字，拈断数根须”，才是写文章的真实状态。当然了，这种八股作文法与文学并无多大关系，但至少可以应付考试。

“哇，你儿子怎么考得这么好啊？6A！指标生！理综满分！你太虚伪了，居然在《文艺报》上说自己的教育很失败。”

我苦笑着摇头。我的教育当然不是成功的。因为我清楚地知道，小谢子的成绩是上来了，但能力并没提高。至少，汉字的魅力与妙处，我仍无法跟他分享。

不过话又说回来，小谢的语文其实也并没有想象中的差，至少不应该差到D级。情感类的文章有时他理解不了，但逻辑类的文章他还是挺明白。只是考得如此琐碎，把他对语文的兴趣消磨殆尽了。

“暴发户”小谢子昙花一现之后，整个暑假，又回归到他无边的懵懂之中去了，我与廖同学也暂时归隐湖山，毕竟离高考还远着呢。

但语文该如何学，我还有话要说。

本应该以欣赏和写作为主的语文学习，现在完全被音、字、词、句、段等鸡零狗碎的分析，冲得七零八落，不成系统。我记得我们读书时，每周还有两节课的写作训练，现在一个学期写不了几篇作文，只有无穷无尽的古文和现代文阅读训练。居然还有正儿八经的标准答案。

这种考试，意义何在？不是“一千个读者就有一千个哈姆雷特”吗？有时文章的点滴妙处非得有相同经历和心灵共振的人才能体会，“此中有真意，欲辩已忘言”，说的就是这种状态。那些个妙处，连大诗人陶潜都只能意会不可言传，我们又何必一定要有明确的标准答案呢？所以“好读书，不求甚解”应该是学语文的一种境界。这种“不求甚解”大约就是不追求一种明晰的答案，汉字的丰富性、含蓄性，以及其汤汤水水的特质，正是不需要你给出一个明晰标准的答案来。

有这么一个笑话，说是多年前一个转业军人被分到一个学校，校长问他做什么好，他说：“我文化底子薄，数理化都不能教，我就教语文吧。”在他眼里，似乎只要认识一些汉字，读得通一篇文章，就可以教语文了。

可依我看，语文是半点马虎不得的，特别是现在，语文老师最好都是作家，最不济也得是个文学爱好者。要不然，语文这东西还真的教不好。就算教出了高分，其实仍然是失败的。很多分数的巨人，是能力的矮子，毕业后参加工作，连一个通知、一份总结都写不好，那十几年语文算学好了吗？而写不好一份简单的材料，已是现在年轻人的普遍现象。

尤其是师范院校的语文老师，那是“老师的老师”，每年有成百上千的毕业生，从这里走向三湘四水，成为引领孩子们进入汉语言大门的小学教师。师爷如果僵化了，那些徒子徒孙们会成什么样子呢？还有一点，我认为，语文课本应该要有教育、文学、社会学、美学、哲学等方面的专家都参与进来，慎之又慎，优中选优，才好。

（原载《文艺报》2016 年 3 月 4 日）

# 农民钱崇辉 / 习习

## 一

端阳刚过，雨后初霁。登上菩萨山，放眼远望，群山逶迤，羊肠山路蜿蜿蜒蜒连接着村社和农户。菩萨庙前，彩旗扑啦啦翻飞。

端阳，对柏杨村村民来说，更重要的是供奉菩萨，在这个重要的节令上，农作物正在地里拔节生长，洋芋、小麦、玉米、燕麦、大豆、豌豆、胡麻、油菜籽、党参、黄芪……地里的青苗是村民一年的指望。家家献上供奉，祈求高瞻远瞩的菩萨保佑村子风调雨顺、五谷丰登。端阳时给菩萨的这次贡献叫起降，"大慈大悲的菩萨娘娘，我们给你供上好吃的好喝的，你可要上心保佑我们呀，不要下暴雨不要砸冰雹不要刮大风"；秋天，谷物归仓，土地歇下了，菩萨也该缓口气了，大家再次为菩萨献上供奉，"大慈大悲的菩萨娘娘，你受累了，现在你吃着喝着，好好缓一下"，这一次的祭祀叫歇降。钱崇辉认真地给我解释，他望着远处，喜悦地说："端阳遇雨丰收呢，你看，端阳前后，雨一直没断过。"

起降、歇降，是柏杨村及周遭村落传统的祭祀，显示出村民于土地的深切依赖。村民世代靠天吃饭，这样的祭祀非常安慰人心。钱崇辉说；"我家祖祖辈辈生活在柏杨沟，我们熟悉这里的沟沟坎坎。现在，很多人撂下地走了，不过菩萨娘娘还是眷顾我们这些种庄稼的苦心人，这几年柏杨村的雨水糊涂儿好，地里的洋芋长得那个欢呀，去年我家地里的洋芋都长到尕羊头那么大了。"

今年，我在田间地头几乎看不见一个年轻人操持农事了，越往山上走，杂草丛生的荒地越多。和各处的农村一样，农民与土地越来越疏离。长在庄稼地上的故乡，于很多农村人而言，已不是一个生活原点。很多年轻村民，匆匆结束了几年基础文化学习后，就开始盲目地裹挟于外出流打工潮中。对农民、故乡、土地和未来的生活，他们很少有过思考。处于这样一场农业大变革中，对这些身份难以定论的年轻人来说，没有历史和经验供他们参照，大家都处于奔波和漂流中。

“故乡”，对很多农民、特别是那些老年农民——感受过传统意义的“故乡”的人，变成了一个五味杂陈充满怀旧色彩的词语。

所以，在兰州永登县民乐乡柏杨村，当我看到钱崇辉这样的农民，尽己所能整合收集租种闲置的土地，让乡村依然农田青绿豆麦飘香时，我觉得，在城镇化工业化进程的今天，钱崇辉其实在顽强积极地推动着土地流转，对此，尽管这位尚未读完小学的质朴憨厚的农民懵然无觉。

乡关何处？这个时下令很多人感喟的反诘，看上去与钱崇辉无关。

## 二

钱崇辉现在有洋芋地 110 亩，胡麻地 10 亩，燕麦 15 亩，小麦 10 亩，还种了些小菜籽。之外，还养了 2 头猪、3 头骡子、2 头牛。洋芋是挣钱的，别的是自家吃的。猪杀了过年，骡子帮人在地里干活，牛买的是中外杂交的西蒙塔尔肉牛仔，这种牛长肉快，养大了能卖个好价。

几年前，留下老婆在家务农带孩子，钱崇辉一个人出外做贩卖驴骡的营生。他说，我就是闲不住，就是想过上个好光阴。后来，村里人纷纷出外打工，很多土地撂荒，驴骡的需求量越来越少，钱崇辉回来了。

农民们成批外出，钱崇辉打的是和别人不一样的主意。

他说：“土地的价格很贱，一年的租金才 50 块，可只要往地里务劳上些东西，地的价格可就不是这个了。现在政府什么税都不收，种地真是个干挣钱的美事儿。不过，要下苦、下茬地跌办。”（下茬：使劲儿的。跌办：做事。）

三年间，钱崇辉的地越来越多。2012 年，钱崇辉种了 10 亩洋芋，2013 年 25 亩，2014 年 50 亩，今年增加到了 110 亩。

我问他，有这么多地，能叫你地主吗？他笑笑的，对这个称呼似乎很首肯。他说，以前的地主是有钱有势的人，今天的地主是能下苦会跌办的人。

作为柏杨村的“地主”之一，相对来说，52岁的钱崇辉年岁最大，他了解国家一路过来的土地政策，也最珍惜目前国家给予农民的各种惠利。在我看来，今天，钱崇辉这样的农民正在无意间做着一些承前启后的事情。

和年轻的洋芋大户比拼，钱崇辉有哪些本钱？他说他有多年出外营生的人脉、他肯动脑子，他每天看新闻了解国家大事，他还特别擅长边做事边积累经验。

但作为一个老农民，他依旧沿袭着传统的种植方法，为了尽可能减少成本，他和妻子还有三头骡子，起早贪黑强力劳作。每年他要亲自去外地采购洋芋种子。

一说起洋芋，他满脸是笑。他亲热地把洋芋叫“土面包”，逢年过节，给亲戚朋友送的礼物都是他亲手种的带着泥土的“土面包”。自打他把洋芋地扩种到了110多亩，他对洋芋的感情更深了。他说：“柏杨沟农民都是吃着土面包长大的，沟里的土壤气候特别适合种洋芋，柏杨沟的土地世世代代就是给洋芋留下的。”

钱崇辉对他的“土面包”充满希望。去年，洋芋有些跌价，但他靠四处的朋友，把洋芋全卖了，挣了5万多，今年地里的洋芋约莫能产25万斤。“25万斤洋芋是个啥概念？那就是说，今年又是个大翻身呀。”钱崇辉的眼睛仁儿都在笑。

在钱崇辉新盖的堂屋里，他的妻子沏来糖茶，端上两盘油饼。他把着他的小茶壶，一边说话一边一口一口意味深长地呷着。

“我现在还有个新想法，看到我家院门口的两个牛了吗？再种上两年洋芋，我要开始慢慢地养牛，在我家门口那块场上，盖上一溜儿牛棚。地里洋芋种着，门口牛哞哞地叫着，你说我的日子歹不歹？”（歹：很好很厉害）

“村里人也说我越来越歹了，我心想，等我到了60岁上才歹呢。‘联村联户，为民富民’，就是要让农民富呢。‘脱贫致富’就是脱了旧衣服，穿上新衣服。国家对农民的政策这么好，多好的机会呀。你看我们柏杨村这几年的变化，那么长的公路修到了大门口，娃娃们的教室盖得新崭崭的，光阴真是越过越好呀。”

每次听钱崇辉讲他的日子，我都能感觉到他满身的精气神来。他的妻子把房子收拾得一尘不染，她一边听我们说话，一边手里不断忙着零活儿。她说，对农人来说，下雨天就是星期天，好不容易才能碰到这么长的一个星期天呢。这天，雨一直淅淅沥沥，门帘儿给风一掀一掀，他家院门口的各色花儿给雨洗得亮晶晶的。

三

说好一早去看钱崇辉用骡子犁地，等赶过去，他们已经在地里干了一个多小时。一半已经犁开的地，散出潮潮的土腥味。钱崇辉说，昨天的雨下得好，今天犁地真是美得很。

钱崇辉说他使骡子在全村第一，我不是不信他的话，就是要看看他的骡子是怎么样“乖乖儿听话”的。

先前家家都有骡子。骡子吃苦耐劳，又不发驴脾气，在西北农村，很受欢迎。近些年，有骡子的人家越来越少了。不过，钱崇辉家的骡子增加到了三头，三头骡子都是他亲自从牲畜市场选的。个个毛色发亮，身体矫捷。三头骡子三班倒，轮流帮他犁地。骡子苦性好，但也不能没命地使唤，像人一样，骡子也需要疼爱。每天天还没亮，他家的第一件事是，先把骡子拉到山上，让它们香香地吃上一天里最新鲜的青草。骡子吃饱，才能为人卖命。等骡子、猪、牛都开吃了，他和妻子才抓紧开吃早饭。别人家起床时，他们已经和骡子在地里干了好多活儿了。

钱崇辉说：“多的人把骡子使成了肺心病，就是让骡子往死里吃吃饱了往死里苦。多的人不知道牲口的寒苦，牲口不说话，要靠人懂、靠人掌握。脾气越好的牲口越容易使出病。所以，要疼骡子，你疼骡子，骡子就乖，骡子聪明得很。”

说到犁地，钱崇辉的老话一套一套。“地耕七遍睡着吃呢”“犁得细、磨得光，磙子一打不走墒”。只有精耕细作，才有好收成。关于夏天的这次耕地，钱崇辉很有讲究。他说种洋芋是个技术活，洋芋苗子的深浅宽窄都是个艺术。夏天的这次犁地，很多人家都忽略了。但他不，妻子端着盆子在前面撒化肥，他在后面让骡子拉着犁铧在洋芋苗中间翻土，撒在地面上的化肥翻进了土，犁铧翻起的土又刚好拱在两旁的洋芋苗上。这样洋芋在土里长得特别好，而且化肥的药效也强。另外，土松了，将来挖洋芋的时候也格外松快。

那么骡子何以那么听话，模特儿一样走路一条线呢。钱崇辉说因为他懂骡子会使骡子。

山谷里，只几家农人。钱崇辉使唤骡子的声音发出悠长的回音，“驾驾驾驾”“嘚——嘚”“奥奥”“丢丢丢”，骡子停住、转身、开走。骡子脖子上的铃铛发出悦耳的脆响。间或有几句钱崇辉说给骡子的人话；“要是把苗子踩下，你看我把你咋收拾。”钱崇辉的青骡真是乖巧得很，他说：“驴骡有状元之才，它不听话，那个鞭子就是拿它的，它嘴里的嚼子也是拿它的。”

鞭子和嚼子，人类驯化家畜的武器，但哪个农人不心疼自己的牲畜呢?钱崇辉说，都心疼，但很多人不会心疼，因为他们不懂牲口。钱崇辉从不打牲口，他说，有时鞭子在空气里甩得啪啪响，就是个警醒而已。“嘚——嘚——”这个话就是夸奖犒赏骡子的，骡子犁地犁得好，钱崇辉就说“嘚——嘚——”，意思就是娃真乖，干得真好。

而实际上，钱崇辉跟着犁铧跑，骡子走多少路，他走多少路。那天他穿着洗净的白衬衫，他说他对日子很讲究，地里干活也要穿得整整齐齐。但日头大起来了，不一会儿，他大汗淋漓、衣服湿透了。他说：“这块儿地上午就犁完了，下午就转到别的地里去，一块儿一块儿来，还得犁十几天。”

## 四

那天傍晚，钱崇辉到我住处，提来一兜“土面包”。按照钱崇辉的生活规律，这会儿也正是他休闲串门的时候。只是外面开始落雨，天一下子就黑了，四周很寂静，偶尔传来山鸡的叫声，嘎——嘎——，满沟的回声，又大又脆。

和钱崇辉接触的这些日子，大致知道了他的生活规律。他说，日子没个程序，啥都乱套了，活也干不完了。

一般情况是，鸡刚一打鸣，大致5点左右，他就和妻子起床。第一件事是喂骡子喂猪喂牛。骡子拉到山上吃草，猪呀鸡呀牛呀吃他妻子给准备的饭食。做完这些活儿基本就五点半了。然后他两口子开始吃早饭，多少年了，钱崇辉说他家对早饭特别重视，这一顿吃得扎扎实实的，就能踏踏实实地干多半天活儿。喝几壶热茶，吃一个软馍，还要吃尖尖的一碗干拌长面（尖尖：满满的）。面肉菜都有，肚子里吃得热乎乎的。这时候，骡子也吃饱了，最迟 8 点左右他们和骡子到地里干活了，提上暖壶、馍，中午多的就在地里吃饭。再干到下午 5 点多，就收拾回家。黑饭吃过，每天还有个重要环节，就是看电视上的新闻，新闻看完，再转个邻居，最迟 10 点上炕睡觉，一天的日子就这么过了。

他说日子过得快得很呀，有时候恨不得把一天分成两天来使。

廊檐下的雨串成了线，钱崇辉说着话，不时望望窗外，插一句“这个雨可把我的地下好了”。说话间，他的手机响了，说是老伴儿叮嘱他别喝酒，没月亮，怕他摔着。他说，这个我懂，酒有三喝三不喝，我每天晚上确实要喝些酒，一天苦下来，乏得很，喝上些酒，解乏睡得好，也不多喝，喝到刚刚能香香地睡到早上 5 点为止。

我爱听他闲话，他呢，想起啥说啥，我问到啥他说啥。他讲到年轻人的出外打工，认为现在农村和土地的潜力这么大，国家给农民的政策这么好，年轻人出外打工就是赶时髦，他们看不见眼皮子底下的好机会，家门口的地上就长钱呢，可他们拉家带口要跑到那么远的地方辛苦赚钱。他讲到了他下一步的计划，除了慢慢开始养牛，他准备买个四轮子，另外，在洋芋的销路上要想些办法，现在，周边县区都有老板和他联系，等 10 月洋芋一熟，他还要把村里种洋芋多的人都拉上，直接给外地的老板供应。我问他什么样的生活算好生活，他说，吃饱穿暖不停地往前跌办，还给娃娃们打好基础，这就是好生活，比花儿还好的日子。

换一杯新茶，钱崇辉又讲到他明年准备再收几家的地种洋芋，讲怎么雇人下种子收地，讲怎么慢慢地开始发展机械化，讲呀讲呀，一直讲到他家院门前栽的树。他说，我就喜欢在门口栽树养花儿，我门前的花儿开得糊涂儿地好看，别人都说像公园。

不知不觉几个小时过去了，屋外黑漆漆的，雨滴滴答答，钱崇辉又望望窗外，说，真是个好年光啊。

（原载《文艺报》2016 年 5 月 6 日）

# 在沙漠失声痛哭 / 杨献平

最突兀和典型的是灯火，比任何夜晚都要灿烂。我站在结着霜花的窗前，撕开发黏的嘴唇，对自己说："还有这样繁华的孤独吗？"这话一出口，把自己吓了一跳。那年我十八岁。几个月前，穿上肥大的军装，一块石头一样晃荡向西，几天后又像一根羽毛落在巴丹吉林沙漠。在新兵连，从军姿到操枪，手、脚从红肿痒痛到渐渐如常，感觉漫长如铁。大年三十晚上，礼花从营区各个部位腾冲而起，在幽深的沙漠天空绽开。其他战友都围在大屏幕前看虚拟的锣鼓笙箫、歌舞升平与吉祥安泰。我借口上厕所，溜回十几个人联排躺在一起的大宿舍。

我确信那时候确实是一种"繁华的孤独"。一个少年，从偏僻乡村走出，就深陷到三千公里外的沙漠地带。此时此刻，父亲一定在贴着新对联的门扉上挂上灯笼，红色的光在寒冷刺骨的南太行乡村夜晚，把一家人贫贱的生活照得满目吉祥。母亲一定在一个人包饺子，包了素馅再包肉馅。弟弟大致放鞭炮，拿着燃烧的木棍，手尽管冻得好像十根并排燃烧的红蜡烛，但乐此不疲。还有爷爷、奶奶及其他村里人，他们也都如此，尽量用彩纸、灯泡和蜡烛把这个夜晚装点得异于寻常。

窗玻璃冰得咬手。我刮掉一层白色窗花，张着眼睛看了看喧闹的外面，再看看沙漠缀满星星的墨色天空。宿舍里，除了我衣服的划动和日光灯的咝咝声，安静得像是一个人的岛屿。我哭了，眼泪打在已经缀上领花肩章的军装前襟。我没有擦，而是看着那些黑色的斑点，只觉得一个人初在异乡的春节竟然是如此空洞，曾经的场景和氛围被置换，而且天经地义；曾经的场景虽然简陋，但其中堆满贫穷的温暖。我又想到：繁华的孤独只针对个体人，夜晚、灯光和烟火则不管这些，它们合谋将这个夜晚推倒我面前，并且毫无理由地将我笼罩，这就是掠夺与篡改。

这是我在巴丹吉林沙漠经历的第一个春节。过了那个年，我十九岁。第二天，和其他战友们一起吃了饺子，我就趴在床铺上给爹娘写信。大致写了十几页，但没有提“繁华的孤独”。只是说了自己在沙漠军营对他们的感念，还夸张了灯光和烟火的美妙性。当我把信件装好，放在连队统一收信木箱里的时候，我忽然觉得空空如也。回身，我对自己说，杨献平，你说了假话。烟火和灯光再好，也都是人布置的，它们再美丽，也进入不到人心里。“繁华的孤独”只可以分享给自己，说给父母，他们不会理解不说，还会说我故意玩文字游戏，让他们“看不懂”。

我所在的沙漠名叫巴丹吉林。1992年1月，火车擦着祁连山行驶，到酒泉下火车，又乘坐大巴车不知道还要去哪里时，我就看到了黝黑的戈壁，在稀疏的城镇和村庄外围坚硬无际。临近营区时候，下起了雪。米粒一样大小的雪粒把玻璃敲得叮当作响。我看到，黑色戈壁上敷了一层白色，好像一个粗壮的男人身上佩戴的一面镜子。我隐约知道，此后几年，我将在这里度过。一个人将以陌生身份，进入到一片比天空辽阔的大地；也以异乡者的姿态，在如此荒凉与空旷之所，开始消耗与迷惘、激越与无助为主题的青春旅程。

下分到连队当年，我又被分到一个技术室，跟着一名干部学习操作中央空调。几乎每周都要坐车去一次机场外围。那里是指挥控制中心所在。任务间隙，我站在楼顶上，放眼四望，发现我和这座军营被沙漠戈壁包围或者说围攻。北边黄沙次第堆积，浑圆如乳，有的则如连片的黄金营帐。近处戈壁一色铁青，纵横无忌，一匹马或者一台车无论怎么样奔跑，也毫无尽头；一个人狠心将自己放逐，也还会落足荒漠。当年冬天，风暴席卷整个沙漠，巴丹吉林似乎一头暴躁的狮子，不停抖动全身毛发。老同志告诫我说，不要在外面小解，还没撒完，就冰棍了。这好像是一个约定俗成的沙漠禁忌，就像在沙漠深处唯一能够返回原地的只有自己曾经的印迹一样。

春节前几天，我就想回家，正抓耳挠腮，有一个天大的好事落在我身上。室主任让我去把他几个亲戚送到郑州。我趁机说到郑州就到我家了，那时候也正是春节。室主任犹豫了一下说，可以吧，但要早点回来。我欣喜若狂。离别一年，南太行故乡就在我记忆里模糊了，原先可触可摸的岩石、枯草和尘土遥不可及、薄脆如纸。赶到家，年味已经以零星鞭炮的形式弥散开来。乡村如旧，平时寥落的灯光也沸腾起来，家家户户都把自家内外的黑夜置换成白昼。

大年三十晚上，母亲包饺子，我和弟弟放鞭炮，凌晨三点起来吃饭，再跟着父亲到长辈家磕头拜年。南太行这种风俗，显然混杂而古老，充满纲常气息与伦理氛围。可一旦到了大年初一，太阳升起，就宣告这一年的春节就又成了过去。几天后，我乘车西行。从邯郸、郑州，再西安、天水、陇西、兰州、武威、酒泉，再次进入巴丹吉林沙漠，我蓦然觉得了一种生硬。从那时候开始，我确信，对一片地域来说，一个人长时间在，它自觉接纳并用它特有的气味熏染你，你一旦离开，它便会迅速解套。事实上这也是一种放逐，是一片地域对于一个人不闻不问的坚决流放。

好在我还是单位在编人员，这是我与巴丹吉林沙漠唯一名正言顺的维系。春天在五月中旬来临，沙尘暴连续奔袭，杏花、梨花、桃花和沙枣花接连开放，痒人的蜜香铺天盖地招摇，这是沙漠唯一的嗅觉和视觉盛宴。花朵总是先行者，以献身结果的奇异方式，引出万千绿叶。好像一些个如我一般孤独的人，想要更多的他者贴身喧哗一样。夏天大抵是沙漠最美的季节，风尘不惊，沙尘安卧，众多的绿叶在人类的一年当中找到自己的存活与展露方式。秋天也是，新疆杨叶子由青而黄，黄得似乎这世界上任何事物都铮铮作响。临水的那些，还冒出血红的颜色来，令人想起在这里发生的诸多游牧民族的战争，以及在沙漠行走不知所踪的人。

冬天从十月下旬开始，沙尘暴再起，大多时候，捧着沙子往人身上扬。在沙漠，每一个人都是沙子食用者，不管你是否愿意，尽管会遮挡，但微小的事物总是以连续的方式实施它们的行动。不过，春节前几天，几场风暴以后，就是冷清的艳阳天了，太阳和它的光芒似乎虚设，不过是用来证实白昼存在。几年后的某个冬天，我由基层技术室调到了政治部机关，主要做电视新闻采写和编辑。身份也发生了变化。单位电视台一共七八个人，四个干部，两个战士。一到春节，大部分都请假回家了。我刚到新单位，自然要留下来值班。

春节开始了，零星的鞭炮声在不远处的家属住宅区炸响，小卖店和超市迎来了最佳进账期。买东买西的人聚在一起，尔后又提着沉甸甸的大塑料袋散落营区各处。考虑到值班人少，单位给发了一箱子方便面，还有几十根火腿肠。拿回宿舍，我长出一口气，想这个春节不会饥肠辘辘了。前些年有几次在沙漠过年，大年初一没处可去，到饭堂已经饭菜结冰，饿得连头发都竖了起来。有了那些方便面和火腿肠，就暂时不用为“民以食为天”“果腹”而忧虑了。食物的安慰是对生命最基本的关照。

大年三十晚上，我买了一些东西，挨家挨户看望了领导和老乡，回到所在单位，灯火如昼，大门和走廊光亮得令人心虚。打开电视机，春节连欢晚会正是开场锣鼓，沉寂空漠的单位瞬间喧闹起来。这还是一种个人的繁华。电视屏幕上衣袂飘飘、歌舞升平，声音在天空传导，进入耳朵。看小品、相声，忽然发笑。可是，一个人的笑竟然那么脆弱，没出口，就被更多的声音杀死了。那么多人在作姿作态，用技术和素养说逗人乐的话，发出悦耳之声。在一片祥和之中，我却觉得了一种冷漠和虚假。时间是没有春节等节日的，所有的节日都是人用来表达自我的情感，赋予某些时间以悲伤和快乐，暧昧与温情，实质上也是矫情的自我安慰与告诫。我还想到，此时此刻，也一定有很多人蜷缩着流水成冰的桥洞下、灯火灰暗的街角，甚至还有人就此了结了在此世的生命历程，在某些地方遭遇人生之大不幸。所幸的是，欢乐的人永远占据多数。人也需要更多的“假象”乃至“无意识的娱乐”来填充某一些时间和内心的酸与麻。

孤独在众人隆重的时候愈加深刻，甚至绝望。一个人在异乡，特别是沙漠，就像是一口倒扣大钟之下的一只蚂蚁，就像是想要从沙漠这边迁徙到那边的一只蜥蜴。更深重的是除了你自己外，一切都是物质，以及笼罩物质的空气及时间分解的事物的惨败粉末。时间久了，一个人也就是成了物质之一种。尽管“万物有灵”，可很多的物质是以沉默的方式面对一切的，人极容易受感染，久了，残存的那点灵性也随之消弭。好在我想睡了，关掉电视机，躺在床上。风和冷，带着它们尘土的儿女从窗缝里成群结队，在我身体上放肆抚摸，并且以一种杀戮的方式，将我往沉沉的睡眠与孤独深渊狠推。

对孤独的人来说，白昼是一种拯救。更多的同类来到堪称再生。第二天一早，领导来查看安全情况。同乡打来电话或者从各个单位到来。平素，我是懒得和同乡们闲坐胡编瞎扯淡的，认为那是一种自我戕伐。可大年初一早上，我的这种认识被世事逆转。见他们来到，我异乎寻常热情，拿出各种小吃，任他们吃，乱丢垃圾。并且买了酒，几个人就着小吃把自己弄得头脑发胀，晕乎乎不知所以。说起话来，也特别偏爱笑话和黄段子。从那时候开始，我以为，高尚使人痛苦，庸俗才是真正的快乐。可一旦黄昏降临，人相继散去之后，孤独卷土重来，在漫天炸开的礼花和鞭炮当中，一个人在沙漠的孤独如刀刻，深重而尖锐。

我二十四岁了，青春在沙漠做蛇蜕状，被风暴和干燥淘洗得薄如蝉翼，还有一些明亮的斑点。我知道那是明确的暗伤与刀疤。我想我需要一个人在身边，或者以一种若即若离的方式和我骨肉相连，最好是血浓于水。我母亲也觉得我该有对象了，奶奶说她想在她去世之前能够抱上重孙子。我都明白。可是有人不明白我。我爱了，只能张望。世俗在每个人面前都划下鸿沟。在我最落魄的时候，一个女子让我遇见。第一眼，我就知道，她肯定是一位好妻子！我追了。她也答应了。几年后，突破岳父母及其亲戚的种种说法，她和我结婚。婚后第一个春节，我和她在沙漠过。因为经济拮据，是岳父送来一些钱。俩人在单位的房子里过了一个相互拥抱取暖，用红酒往脸上涂抹喜色的方式，把前些年的“繁华的孤独”开除在外。再几年，我们有了儿子，母亲春节来，一进门，就摸孩子，说我们儿子脚好看，长得胖嘟嘟的，是我们家几代人里面最有福相的。再一年，我请岳父母来单位和我们一起过年。妻子和岳母包饺子，忙活饭菜。我和岳父喝酒，翁婿俩你一杯我一杯，一会就都晕了。

这是我在沙漠生活最喜欢的一个“节目”。和岳父在一起，感觉就像是父亲。他本分又善解我意。我说的每句话他都表示理解。这时候，我总是要流泪的。为了掩饰，就喊妻子再弄一个菜来。随着经济状况好转，我逐渐学会储藏好酒。把最好的留给自己和岳父春节时候喝。再些年，我和妻子一直坚持春节为岳父母家采购年货，弄一台车，吃的用的都弄回来，不要他们再去买。大年三十，先把他们接到单位。初一再回他们家。晚上继续喝酒，在沙漠外围，岳父母家里，我俨然主人，他们也放心，家里的一切事情都征询我意见，或者由我来拿主意、出面。妻子是西北人，距离巴丹吉林沙漠和我单位很近。每年春节，我就有了家。在岳父母家打电话给亲生爹娘。他们说，在那里好，有人照顾了，他们也安心。

人和人之间，基本的是信任。亲人尤其如此。人也需要相互取暖。有了家，巴丹吉林沙漠与我都显得与众不同。似乎那个庞大无比的僵死之物瞬间有了生机，枯燥也充满了某种喧哗。这肯定还是内心及可以慰藉的情感在起作用。是爱，那种在时间的沙漠慢慢深入灵魂的柔软之物，将一个人从孤独与空漠当中解救了出来。记得有一年春节前两天，来自西伯利亚的风似乎杀人钢刀，我忙完单位任务，即和妻子到市区去采购年货。送到岳父母家就要走。岳父说，晚上咱爷俩喝点，好长时间没喝了。神情坦诚，还有一些渴求。我过去抱了抱他，说：爸，我们明天下午就带孩子回来，我陪您喝。岳母嗔怪岳父说，谁都像你没事干啊，孩子还忙！

沙漠的春节一如往常，和岳父喝酒，儿子在闹。也装模作样给姥姥姥爷敬酒，祝福福寿康安。我开始笑，进而眼角有泪。抓起一杯酒灌下去，装作呛了的样子，到外面去把眼泪擦掉。几年后，儿子节节成长，一瞬间就到我胸口了。有一次，我带儿子去营区外围的假山上玩。看着被改造得面目全非的老营区，以前的电视台成了办公楼，和妻子住过的临时家属房也被一大片新住宅楼房替代。我对儿子说，以前爸爸在那地方上班，可现在没了；以前，我也和你妈妈在那个地方住过……儿子环视半天，又看看我。我潸然泪下，人在时间中总想在大地上做点事情，留下自己的痕迹。群体和个人都是如此。想起曾经的“繁华的孤独”，心里竟有点温暖和惋惜。我在心里对自己说，青春本来就是孤独的，繁华中的孤独更楚楚动人。那时候，我胡子还像春天的细草，现在一周不刮就草木葳蕤了，那时候我在迷惘荒野奔行，现在我已被生活和某种既定轨道捆在拉开的弓弦上。我只能说，在时间中，青春疼痛是每一个人必读课程，孤独火烧不尽。孤独是每一个人毕生用以自戕的刀子，也是生命乃至灵魂中最隐秘的疾病，持续无度，还无药可救。

每一个人的青春都可以长期抚摸，尤其是走过之后，青春会越发得毛茸茸，越发得淋漓尽致，成形成块。堆积在肉身和内心的某一个地方，那么沉甸甸，又烟云蒸腾；那么轻飘飘，又泥沙俱下。我的青春是在巴丹吉林沙漠展开并消耗掉的，就像风中不断磨损的沙子和鞋子，苗花与头发。特别是那些深切入骨的孤独，应当是青春的印章，也是一生不断线的路由器。几年后，当我离开巴丹吉林沙漠到成都的第一年，春节前，我独自一人，乘坐列车再次回到巴丹吉林沙漠边缘。站在曾经的营区外围，我忽然感到凄凉。十多年在沙漠的一切都不存在了，一个人在一个单位的痕迹很快被填充、抹平。我再次体验到，人太多的时候，人就不需要更多人了；一个人之后，是更多的人；谁觉得这个世界舍我其谁，谁就是人的敌人。一片地域也是如此，它是开放的，任由来去，不管怎样的事物，它都可以承受，也可以放逐。

春节时候，我和岳父喝了几场酒。他老了，我也马上中年了。我心里知道，翁婿俩在沙漠喝酒会越来越少，也会少得找不到。看着他脸上越来越深的皱纹，佝偻的腰，不刮就泛白的胡须，我无话可说，也不再掩饰流泪，而是沉沉地叫他一声“爸”。此时，我自己的父亲已经去世，在这个世界上，唯有他可以让我喊“爸”了。

再些天，我特意去了一趟巴丹吉林沙漠深处，在黄沙和戈壁交汇处停下车，一个人爬到一座沙丘顶上，张目四望，沙漠还是那么大，甚至比我在的时候更大。大得让我想纵身奔跑，想在沙丘上建造一座虚幻的宫殿。天空还是那么深邃，井口一样对着空旷之地，而且充满被探测和吞噬的欲望。我大喊几声，声音被风打回口腔。我沮丧，我想我越来越像一匹狼了，被沙漠放逐到繁华都市，一片沙漠却进入了我的肉身。它可以无视我，将我远离，而我却装有了它和它的一切外表和内里。避开同行的人，在一座高大沙丘背后，忽然想哭，我没有强行阻止，而是扯开嗓子，大哭起来。哭早已被时间解决的青春；哭一个人此生遭际；哭世界之大，个人却如此单薄；哭风为什么不带来只带走；哭生命深处总是会有那么多的无助、悲哀与疼痛；哭我的亲人微贱而心怀慈悲；哭沙漠对我一个人的打击和恩泽……然后擦掉眼泪，疯狂跑回车旁。回程路上，我忽然想到，在大地上痛哭的人是有福的，自觉皈依大地，就像肉身及其包藏的灵魂，此前和往后，你们和我。

（原载《星火》2016 年第 3 期）

# 小镇青年、酒及酒事 / 陈涛

因地处青藏高原的缘故，小镇的天气变化难测。七八月时，中午前后的炎炎烈日轻易就能灼伤皮肤，可早晚时分与空阔荫凉处却有一份恍如秋日的清爽，尤其是晨起后洗漱，扭开水龙头，流出的水中带着彻骨的凉。七八月时雨水很少，入了九月，一下子就多了，随时都可落下来。时常一场大雨过后，天空陡然放晴，温暖热烈的阳光晒得人睁不开眼，可好景不长，又是兜头一场。许多次，出门前天晴风静，途中雨突然而至，只好狼狈躲避或者快步返回。有次运气不错，黄昏时小雨初歇，出门沿河边散步，顺便点了一小碗牛肉馅的饺子，等我坐在这家有着几十年历史的清真小店把二十三个饺子吃过，再慢悠悠地走回住处后，窗外瞬间电闪雷鸣，大雨骤降。九月一过，雪就到来了，今儿个一场，过几天又是一场。有时是雨雪同落，也分不清究竟是哪个更多一些。但雨雪下归下，往往在中午太阳过后都留不下一丝痕迹，若非亲眼所见，实在难以置信。

与天气的多变一样，小镇时有停水断电的情况发生。印象中有次晚间夜雨突至，急忙起身关窗，还未转身，只觉灯管忽闪几下，接着彻底熄灭，整个房间、整个楼道瞬间一片黑漆。还有一次早晨起床后刚烧好一壶水，就发现电停了，接着发现水也停了，郁闷之余有些庆幸没有先洗漱，反倒省下了饮用的热水。小镇停电多是一整天，白天尚好，在屋内翻书，去楼下走路也就打发了，可待到晚上，顿觉长夜之漫漫，有时会约仨俩朋友去饭馆吃饭，镇上有发电机的饭馆也就那么几家，挑一家人少的点几盘菜坐至深夜再返回。更多时候则是点一根蜡烛，于暗夜里静静坐着，或闭目养神，或抄诗，或是想一些村里的人与事以及平日里接触到的年轻人。

在离开北京赴甘南小镇工作生活的半年中，我发现这里与全国许多地方一样，年轻人并不多，青壮男子则更少，只有等到重大节日的时候他们才会从周边的县城或者兰州等地打工归来。前几日去池沟村的李书记家，碰巧遇到一个刚从兰州打工回来的小伙子，二十出头，身穿厚厚的军绿色棉衣，国字脸上有着当地常见的高原红，正蹲在火炉前取暖。问他外出打工了多久，回复是两个多月，问打工的收入如何，他憨憨地笑着说一万多吧。正在倒水的李书记听到了，扭身对他说："咦！哪有那么少？怎么着也得两万多吧？"小伙子先是羞涩又连忙摆手说：没那么多，没那么多。

与村子比起来，在镇上见到的年轻人要多一些，常见的地方有两个，一个是河边的台球桌，另一个则是镇政府。七八月时，大批年轻人聚在台球桌前，从早到晚，甚至还有一些喇嘛参与其中。十月过后，天气转寒，年轻人只好去别处消遣，河边的六张台球桌就被封裹得严严实实，停业待来年了。倒是在镇政府工作的年轻人因为下村工作的减少，在办公楼进出的身影多了起来。近些年基层工作人员扩编，镇政府的工作人员大幅增加，现在约有120人左右，而1985年后出生的年轻人有一半以上，这其中我常见并能喊出名字的差不多有30人，小尤是我最早见到的几个年轻人之一。那是我刚到小镇的时候，他把我带到镇领导的办公室里，为我倒过水后在我对面的沙发坐着，高高瘦瘦的他双手交织放在腿间，眼镜片应是许久未擦了吧，一小撮头发斜刺出来，在一片油亮杂乱中格外醒目。总是要说些话的，我问几句，他答几句，除此无话。

与小尤的深入交谈是在两个月后。那天我在食堂吃过晚饭后已近七点，刚回房间又被喊去参加一场晚宴。小镇上聚会较少提前预约，饭前通知是常态，起初多有不适，既有计划被打乱的无奈，也含被慢待之感，后来了解习俗后就释然了。进门后发现镇领导基本都到齐了，他们大多刚从村里工作回来。小尤也在，安坐在房间不起眼的位置，才几天竟有好久不见的感觉。由于一个副镇长升迁去邻近乡镇，所以同事设宴欢送。大家举杯几次后气氛慢慢活络，可始终是一种有节制的热烈。席间，我数次观察对面的小尤，他弯腰坐在凳子上，心不在焉，众人大笑时才随着稍微一笑，偶尔起身为大家倒水，更多时间则是一支接一支地抽烟。在我印象里，小尤的烟吸得很凶，并且姿势很奇特，永远都是用嘴巴右侧叼着烟卷，并且烟卷向右上方翘起。宴会持续的时间不长，我回到房间时还不到十点钟。倒一杯水，刚靠在沙发上取书来读，听到有人敲门，开门一看是小尤。酒意未消的他手里拿着一沓材料，谦虚地说请我帮忙修改一下。材料不多也不复杂，很快也就看完了，我帮他做了适当调整后交还给他。他拿在手里，没有翻看，依旧坐在椅子上闷头吸烟。见他未有离开之意，就问他为何晚宴时一副情绪低落的样子。

“没有吧？在座的都是领导，我也不知道说什么好。”听到这个问题，小尤先是否认。

“你最近心情是不是有些不好？工作方面的？”我小心地问他。

“也还好吧。”小尤声音不大，表情却变得黯然。

最近关于小尤的传言隐约听闻一些，镇政府职位空缺，最有希望的小尤再次落选了。只是我一向不喜流言与八卦，有时竟会有本能的身体排斥，所以就没深入去探听。对一个人的判断，我倾向于自己的观察与感知，而非那些神神秘秘、似是而非的言语。可是总有许多人以为自己完全洞悉事件的真相，并借助自己的想象与推断，让那些自以为是与自鸣得意的论断散播开去。想想也是可笑，如果真有这么简单，世界岂不是早就臻于完美。这些传言若是善意自是好些，若夹杂着有意无意的恶意，则真是令人不屑了。我们面对一个人，如同面对一个真相，真相究竟是什么？随着年龄，我再也不敢妄下断语，洞悟这世道人心不是易事。

“其实也有一些吧。”小尤终究是承认了。

“前段时间酒后出车祸，也和这有关吧？”

“差不多吧。”小尤的头微微上扬，轻轻叹了一口气。

小尤今年30岁，工作七年，按说也该提职了，但次次希望最大可最后都不是他。领导也多次向他承诺过下一次就提拔，结果却是永远的下一次。就这样过了两三年。现在的他，虽然依旧年轻，却早已变成了年轻人中的老资格。

“这种事身不由己的，你还是要调整好心态。”我试着开导他。

“也不是。”小尤说得很慢。

“不是什么？”

“这些年来，我经常加班，来得最早，走得最晚，做得工作远远超过那些提职的人，与我一起工作的人都提职了，可我还是这样。如果他们比我强我也认了，但许多人在工作能力、学历上都不如我。”

“我们家还有一个弟弟，比我小两岁，我们俩感情很好。我上高一的时候他没了，那时他是初一。我那时全班成绩是前两名，可弟弟没了之后，我的成绩越来越差，下滑到三四十名，最终没有考上理想的大学，只好去读师专。上学的时候，本来情绪就不好，有一个少数民族同学总是惹我，后来有一次我实在没忍住，拿刀子捅了他，一连捅了七刀，当时心里就想着弄死他。后来，他没死，学校也准备开除我。那段时间也巧，正好赶上校长拿枪把书记打死了，好像是因为财务上的事情，我的事就被缓了一下。再后来我爸到学校去求领导，都给领导跪下了，我才没被开除，让我留校察看。”

一口气说完这些，小尤的眼睛通红，长长的烟灰，此时也终于掉在了地上。我轻轻地拍了拍他的肩膀，起身去给他倒水。

“所以我现在特别想出人头地，让父母亲戚脸上有光。我害怕他们失望，所以我都没敢把这次的车祸告诉他们，因为我弟弟当年就是因为车祸没的。”

小镇地处群山之间，较少平地，道路环境差，加上酒驾也多，所以事故频发。前段时间镇政府的干部接连发生三起交通事故，三个年轻人，一个追尾，一个撞人，所幸都不严重，最严重的就是小尤。他本来酒量不大，心情不好又喝多了酒，执意开车上路，结果撞到路边停放着的一辆大卡车上。小尤的那辆二手桑塔纳前脸整个撞烂掉了，幸亏气囊弹出才使得人无大碍，唯有胸膛与肋骨生疼。

“这次职务调整，你的希望如何？”

“好像是没什么希望吧。”小尤很平静。

“确定了？”

“好像是。”

“那就先别多想了。你有资历，有能力，人生有点挫折也没什么，把自己打开一些，别整天愁眉苦脸的，该是你的总归是你的，不是你的争抢也没有用，对吧？”面对小尤，我用这些我自己都无法信服的话语去开导他，而他也默契地配合着点头。

小镇酒风颇盛，规矩也多。与大多数场合相比而言，欢送晚宴特别斯文。宴会开始后，从书记开始，大家按照级别、资历依次起身向众人一一敬酒，次序是乱不得的。敬酒也有讲究，一般是敬酒者端一个酒碟，上面摆三个酒杯，斟满后请被敬者喝下，此时敬酒者是不喝酒的。记得初到时，有次与地方干部聚会，因为不清楚习俗所以不敢妄动，后来有一干部略有不满，调侃到："北京来的干部也要入乡随俗，架子不要那么大嘛。"我哪承受得起如此大的帽子，只好急忙起身挨个敬酒。像宴会式的那种各自矜持、秩序井然毕竟是少数，更多情况则偏粗野豪放。往往一桌人坐下之后，待常规的敬酒仪式走完，便开始进入通关的环节。通关的方式有两种，一种是划拳，一种是纸牌。酒桌之上会选出一个代表挨个与在座的人进行较量，若划拳论，一般以六杯为准，或划三拳，输一拳喝两杯，或划六拳，输一拳饮一杯；若纸牌论，则一般以三杯为准。一般情况下，我是坚决不做通关者的。其一在于我不会划拳，其二在于若无好酒量，想顺利通关是很难的。但有时被逼无奈，也会通过纸牌的方式去通关，好在牌运总是不差，所以大多时候也能勉强过关。当地有一种名为"梦幻拖拉机"的玩法，分别是庄家与在座众人手中先各发一张牌，再选一张公牌，然后每个人就可以根据这两张牌想象一张牌凑成三张牌，大小以豹子、同花顺、对牌等顺序论。通关环节是全场气氛最热烈也是众人最尽兴的时候，同样也是饮酒最多的时候，只见一瓶瓶青稞酒转眼就变成空瓶。

在小镇的生活，总有一些躲不掉的酒局。有的是推辞不过的应酬，有的则是不期而至的酌饮。多次深夜九、十点钟，有人敲我房门，问是哪位，也不说话。开门一看，几个微醺的朋友站在门口喊我与他们小坐片刻，起初不管怎样坚拒，结果都被软磨硬泡、拼命拖拽去喝酒。每每此时，均苦不堪言。其一苦在于我的酒量应付不来轮番的敬酒，其二苦在于无酒菜果腹，只是如饮茶般干喝。问他们空腹饮酒可有不适？答复说传统如此。

小武他们来找我饮酒的那个晚上就是一种不期而至的状况。那晚已经十点半了，我在电脑前忙着事情。有人敲门，开了门，小武他们笑嘻嘻地涌进来，往沙发上一坐，把两瓶酒拿出来。原来他们刚参加一个同事的喜宴回来，见整个大楼只有我的房间亮着灯，于是他们一合计就拿酒上来找我继续喝。我说我这里没什么下酒的菜，他们摆摆手说用不着，接着不知从哪里搬来一张小圆桌，以及几个塑料杯子。席间就谈到了一些当地饮酒的俗事。小虎说得有趣，说："我们刚上大学那会，宿舍有两个藏族同学，其中一个报到的时候带了一大桶青稞酒，有三十斤，估计是送人用的。有同学说没喝过青稞酒，想尝一尝，那个藏族同学就同意了，可没想到大家开喝之后，竟不知不觉就把那桶酒给喝光了。"

"你们真够能喝的！"我有些惊讶。

"嗨，每个人拿着饭缸，也没有饭菜，也不知怎么稀里糊涂就喝光了。"

"后来呢？"我问他。

"哈哈……"小虎还没回答就自己大笑不止。

"后来我们八个人基本上一个礼拜没下床，浑身乏力，根本下不了床，饭都是隔壁同学给带回来。"听到这我们几个都被逗乐了。

小虎讲完，小武接着讲，讲的是他与一帮村民喝大酒的故事。小武在我的左侧坐着，每每讲到兴高采烈处便手舞足蹈，而我也就清晰地看到了他右脸下面的疤痕。疤痕真长，从右耳延伸到下巴，痕迹已然变淡，但在他红黑色的脸庞上反倒是白得有些刺眼。小武讲完后我问他疤痕的事，他随口说是喝酒弄得。看我不解，他又解释说是有次喝多了酒，出了车祸。"这个地方缝了二十多针"，小武指着自己脸下的疤痕说，"唉！别的地方也有呢。"小武越说越懊悔，我却从这语气中听出了一种不以为然，以及暗自得意的味道。镇上一个四十多岁的朋友也是因为酒驾撞车伤到了腿，现在走路都要借助一根文明棍，有次他和我谈及伤腿，双手用力揉搓着左大腿，告诉我刚刚做过二次手术，因为第一次手术放置的钢板断掉了。我问他何时可以康复，他说快了快了。我看得到他眼神中的憧憬，更能感受到他内心的痛楚与无奈，而这些，我从小武的身上感知不到。或许这就是少年不识愁滋味吧。见小武在讲自己的伤疤，对面的小马按捺不住，他说小武那些只是小意思，不如他遭受的罪多。原来小马的伤也是车祸导致的，那次他们几个朋友开车从兰州回镇上，朋友开着小马的车，由于劳累，全车五个人竟然都睡着了，包括司机，结果他们的车在高速路上与前方车辆发生了追尾事故。随后的事情小马说他都不记得了，只是后来听说被路边的一帮村民送到了医院。事故先后拖了两年时间才算处理完毕，小马的桑塔纳车报废掉了，因为是车主，所以要赔偿被撞车辆的损失，问开车的朋友可曾承担一些，小马无奈地摇摇头，不停地叹气。

那晚的酒越喝越多，小武本来酒量不大，多饮几杯后思维愈发混乱，声音也越来越大，大家劝说不住，都准备要结束。可后来小武的情绪彻底失控，他一边用力拍着桌子，一边嘴里反复念叨着那么几句："我鞍前马后这么多年，可我爸做手术，领导竟然连问都没问过，不仅领导不问，全单位同事也没有去看我爸的。""现在我媳妇怀孕了，我以后要家庭第一，事业第二。"说到后来小武几乎是吼着说这些话的。小马他们拉他走，他坚决不走，最后被几个人强行架走，从院子里的声音判断小马他们费了很大力气才把小武送回去。等到了第二天的上午，小武跑来房间找我，我招呼他坐，而他像做错事的小学生一样。他两眼通红，略带倦容，穿戴却是上下一新，淡黄色的夹克毫无褶皱，皮鞋也是明亮无尘。他不停挠着头向我抱歉酒后失态，我则反复宽慰他，并让他把昨晚剩下的酒带走，而他却匆忙逃一般的走了。

在小镇上我还有许多的年轻朋友，他们的喜怒哀乐从言谈举止之间自然呈现，较少掩饰。与他们的交往快意直接，如同饮酒般一饮而尽，较少扭扭捏捏拖泥带水。我与他们一起欢笑，分享他们的快乐，也与他们一起迷惘，体味他们的忧愁，不经意间，发现自己对年轻人的许多坚固认知也在逐渐发生改变。二十多岁，原应是尚存梦想与理想的年纪，而我眼中的他们，一些人洒脱于生活，一些人通透于人情世故，一些人焦虑于职场的成长，这不同的表象深处均是他们内心深处所过早呈现出的世故与暮气，与他们相比，我反倒多了些幻想与幼稚。当我用悲伤的眼神看待他们的人生处境时，不知他们是否也在用同样的眼光看待着我。

瓶子里的苍蝇，是他们中的许多人对我讲过的比喻。在他们自己看来，他们就是瓶子中的苍蝇——前途一片光明，但却不知出路，起初听到时我会与他们一起大笑，可慢慢觉得不可笑，甚至有些可悲。可是环境的艰苦与生活的复杂，让他们早早陷入各自的困境与无奈之中？还是这是每个人的人生旅途中无解的永恒困境，只是他们过早沉溺其中？小镇散落于群山的缝隙之中，是否这地理的设置早就预示并注定了他们生存空间的促狭？他们在早早看清的人生之路面前，是悲是喜？若是喜，我为何一点都体会不到快乐，若是悲，又要把多少怪罪于生存空间的促狭？多少归结于个体安于现状的软弱？我真的是没有答案。

（原载《福建文学》2016 年第 3 期）

# 一次别离 / 向迅

那个让我至今记忆犹新的十三年前的上午，该是个阴天。不仅因为那是一个告别的上午，还因为母亲出门时，确确实实带了两把雨伞。一大早，父亲和母亲一道，步行七八里山路把我送到了镇街上。父亲背着我的行李走在前面。这幅画面，在我的记忆里倒是少见，极有可能是头一遭。

这是我到县城念书的第三个年头。第一年开学报到时，父亲远在千里之外的北京，是从未出过远门的母亲把从未出过远门的我送到了县城。连续两个春季学期，都是即将外出前的父亲独自送我。

我们三人，各怀心事，一路无话。许多年来，都是这个样子。父亲独自送我时也一个样，一路上说不了几句话。谁也不愿意开口打开沉默。我们对此都已习以为常。我以为这是父子之间多年来形成的某种默契。

这一天的镇街还很冷清，行人寥寥无几，许多店铺尚未开张营业，加上风雨欲来，便露出了几分萧条迹象。这都归功于镇子上春节的气氛还未散尽。用母亲的话说，都初八了，怎么好像还没有开市。

我们在略显空旷的街道上焦急而失落地行走着——到县城的车倒是不少，但都已载满了客，不是学生，就是打工客。司机见我们招呼，都只是在车窗里朝我们摆摆手。

父亲偶尔会小声地嘀咕一句：怎么半天都找不到一辆车呢？

母亲说，学生上学的日子就是这么忙。

我们从西街走到东街，又从东街走到西街，再返回去时，才在东街尽头的转盘处逮到一辆吉普车。

父亲向司机招了招手，那车便停到了我们面前。他把手中的行李放到了车上，旋即转到正驾驶的视窗，解开外套扣子，从里层衣服的口袋里掏出一叠钱提前支付车费。他给司机递过去一张红票子，司机对着光线仔细地察看了一番，给他找了一叠面值十元的零钞。

父亲接过那叠零钞，也不点数，就慌忙地往口袋里装，仿佛得了什么便宜似的。司机见此起了疑心，以为给父亲多找了，忙让父亲清点一下。父亲见此打趣道："几十块钱，未必你还数不清楚呀。"一边清点起那叠还未装进口袋的钞票来。司机目不转睛地盯着，父亲翻一张，他就跟着数一张，结果他少找父亲十块钱。

司机带着几分揶揄的口吻对父亲说："还好点一下嘛，不然吃亏的不是我。"

父亲也不辩解，只是哈哈一笑。

我知道，那是因为母亲站在他身旁的缘故。这个跟他生活了一辈子的女人，简直太了解他了。他经常因粗心大意或以为自己多得了一分钱便宜的心理而吃亏上当。母亲没少埋怨过他不识数。而他每次不仅不知道道歉，而且坚称自己是可以算得清楚几分钱的。没想到这一次，被母亲抓了个现行。

司机给父亲补上了钱，就启动了车。

我情不自禁地转过身隔着车窗望了他们一眼，却只是一刹那，我就狠心地把头收了回来，再也不曾回顾——一切来得是那么猝不及防！望着他们，鼻子忽的一酸，豆大的泪珠子就在眼眶里打起转来。我怕他们看见已年满十八岁的儿子的脆弱与窘迫，赶紧转过头来，紧盯着车窗外一晃而逝的萧条街景。其实我什么也没有看清。眼里弥漫着一团浓雾。

我一生都将记得那个画面：他们像两个陌生人一样并肩站在一起向我挥手告别。那被生活磨得如同松树皮的手，并没有大大方方地举起来，更像是贴在胸前，机械地摆动。他们的脸上挂着一副怅然若失的神情，好像接下来并不知道何去何从。母亲的嘴角似乎还在嚷嚷着什么，可我一个字也没有听见。

这个画面，只是无数个告别画面中的一个，但它最让我不忍。

画面里的父亲，时年四十七岁，再过两个多月，就四十八了。虽已近知天命之年，但他还是一个健步如飞的父亲，一个对未来生活踌躇满志的父亲。就在春节前夕，刚刚从外省回来不久的他带领全家人加班加点地砌好了一方水池，解决了将我们困扰了多年的吃水问题。他还计划在新的一年大干一番，以振兴家业。

可天不遂人愿，一个突然而至的事故将雄心勃勃的他放倒在乌鲁木齐的一处无人知晓的工地上，从此在那异地他乡度过了一年几近于下落不明的悲惨生活。等他再度出现在我的眼前时，其形象已与画面上的那个顶天立地的中年男子相去甚远。彼时的他，拄着两根拐杖，竟让我一时不敢相认。

虽然经过几番治疗，经过两年休养，最终扔掉了那一对拐杖，但那场事故还是在他身上留下了不可磨灭的印迹——因为手术的原因，他的右腿比左腿短了两寸，他的右脚踝被固定为一个直角，从此不能灵活转动，也就不能健步如飞了。更重要的是，他再也没有逃脱过那只受过伤的脚给他带来的痛苦。多年来，他一直靠止痛药来镇压身体内如刀绞般的隐痛。

时间一长，肉体之痛就演化为精神之痛了。那是最残酷的事情。那是命运对一个人的迫害。

每当看见被生活与命运迫害得走路时一瘸一拐不堪重负的父亲，我就想起了印在我脑海里的那个画面。我想起父亲扬起的手臂。我忽然意识到，当我们举起手来告别亲人时，其实也是在向那一刻的自己挥手告别。那一年的父亲，举起他粗糙如松树皮的右手，告别了过去的自己。

我怀念那个像站在一幅时代肖像画里的父亲。正是那个走起路来健步如飞的父亲，带着我认识了那条他送别过我的镇街。

父亲是一个相信命运的人。他经常在谈天中表达过同一观点：命运早已安排了一切。也就是在他带着我去会见算命先生的那些上午或那些下午，我知道了我们的生活，被难以捉摸的命运左右着。但是我永远无从知道，父亲一次次照顾算命先生的生意，是否看清了这一生如同马匹四处奔波的命运。

在我看来，无常的命运其实自我们出生之日起，就已暴露了行踪，只是我们的眼睛被琐碎的日常生活所遮蔽，被蒙上了一层灰。

记得过去家徒四壁之时，父亲一年又一年地急于知道好运何时才能到来，恨不得将那运气不好的年份从日历上一把撕掉，以提前迎来好运，可那算命先生只是一年又一年地安慰他：再过两年，运觉就要转了。再过两年……可不知过了多少个两年，那传说中的好运也不曾降临在父亲头上，反而安排了一场意外事故，让他落难他乡，几经生死。

不过，凭借他的天赋异禀，他很有可能一早就知道了自己这一生多灾多难。花五个铜板，只不过是为了寻个安慰。毕竟好运是个值得期待的事情。倘若没有了期待，那苦日子过得还有个什么劲?

父亲带我去寻找过一位黄姓算命先生。那先生把摊子支在离镇政府大门不远的一角屋檐下。说是摊子，其实也不过一条板凳。那是个长相酷似普京的中年男人，据说有些真功夫。随着时间的流逝，我已把他们会见时如打机锋般的话语抛到了九霄云外，但依然记得父亲在听说自己的命运时所表现出的不安神情。

可没过几年，我再也没有在镇街上看见那位先生的影子。后来才得知，他已驾鹤西去。不知道他在生前为自己算过一卦没有。虽然，据说干他们这一行的，从来不给自己算。那是大忌。但是他们忍受得住那种煎熬么?

镇街上还有两位算命先生，一位是个瘫子，一位是个瞎子。那位瘫子先生经年累月躺卧在一个搭有遮篷的活动轮椅上。大脸，络腮胡，蓬头，似乎还戴着一副深色眼镜。他常年出没在西街的人群中，像个孤独的隐士。说不清缘由，每每望见他，我都感到有些害怕，甚至绕道而行。

他是唯一一位后来又出现于新镇上的先生。我在街角见过他的身影，依然是那身行头，似乎也未见比先前衰老许多。只是现在见他一面已是不易，得看运气，价格也涨了，抽一签，得花十个铜板。听母亲说，夏天的时候，他就去隔壁的一个高山镇了，那里凉快。直到天气转凉之时，他才重回镇上。

那位瞎子先生大概是一位老前辈。我对他毫无记忆，也不知道他口碑如何，只记得人们在议论时一度怀疑过他身份的真实性，以为他只是乔装打扮为瞎子而已。他们的证据在于，他在数钱时一点也看不出是个瞎子。一个瞎子，怎么能认识钱呢?在给主顾找钱时，怎么会分毫不差呢?

父亲似乎说过，瞎子是这个世界上眼睛最亮的人，聋子是这个世界上耳朵最灵的人，哑巴是这个世界上舌头最敏感的人。

那家位于西街与东街结合部的露天理发店，也是父亲常带我去的地方。师傅眼光好，将店面选在一棵枝繁叶茂的大树下。夏天遮太阳，冬天挡风雪。两条街的人都能照顾到。

那个师傅常年留个板寸，只是他的行头不像他发福的身材那样烦冗，简单得很。差不多就是一把旧椅子，两条被理发者的屁股磨得精光的长凳，一把老式推剪，一块被洗黑了的围巾，一把刷子而已。

师傅生意好，每天忙不赢。等待理发的人，坐在长凳上胡乱谈着天，偶尔与从医院场坝前的那条马路上下来的熟人打个招呼。

我坐在凳子上，想起更早的时候，聪明过人的父亲不知从哪里偷学了理发的手艺——其实呢，他可能是在等待理发的时候，为了打发寂寞难挨的时间，便认真观摩了两回，然后想当然地认为理发这么个事，实在是太简单了，于是心血来潮，购置了一把老式推剪，并在我们的头上做起了实验，竟也无师自通，一时得意起来。后来名声传开了，连邻村的人都领着孩子来找他理发——我猜想，他们是懒得领着孩子往镇上跑，孩子么，也不知道乖丑——酬劳往往是一两包纸烟。

到了镇上念书后，我开始嫌弃他粗糙的手艺。总觉得他给我们设计的发型，过于土鳖，像个锅盔，羞于示人。好在没过两年，他就出门打工去了，再也无暇顾及我的头发，我这才开始享受到镇上理发的待遇。其实细想起来，那个露天理发店的师傅未必比父亲剪得好。

记得有一次，父亲理完发，在挂于树上的一面镜子里照了照，用手随意地摸了摸头发——那动作，就像他抚了一下地里的麦苗——结果只给师傅付了八毛钱，把人家气了个半死，以致于几年之后我到他那理发时，他还提起过这件事。

我也记得跟着父亲往返于牲口市场的日子。那个专门用来交易牲口的市场，位于那条从招待所门口直奔入江的深涧的下游。一条羊肠小道自那条从镇街通往河岸的马路上像一条绳索一甩而下，沿途勾了几个来回。政府在那深涧里的一块平地上修了几个简易围栏。农民以及牲口贩子将要出售的牲口拴在围栏里。

那也是个热闹地方，除了买主和卖主讨价还价的声音，还有猪叫马鸣牛哞。就差几声驴叫了。尤其是当生意谈成后，那些小猪仔发自肺腑的歇斯底里的尖叫声，真叫人心烦意乱。

父亲有时是去打听行情，有时是去买一头猪仔，有时也去贩卖自家喂的小猪仔。卖小猪仔是个苦差。天不亮就得起床给小猪仔准备吃食。等它们吃饱喝足了捉将起来装到尼龙口袋里。然后披星戴月地用扁担挑到市场上去卖，等待主顾。一路上，失去了自由的小猪仔都不安分，一个劲儿地挣扎，喊叫……

那真是百无聊赖的时光。有时候在那里候上半晌也无人问津，有时候因为价格谈不拢而作罢——绝不能将之贱卖掉。所以就会出现这种情况，在那深涧中忍饥挨饿苦等了一整天，直至太阳偏西，熬尽了最后一丝耐心，才失望地将那些饿得奄奄一息再无力哼哼唧唧的小家伙们沿原路挑回去。往返一趟，十几里山路呢。

我的一位表爷爷那时尚在位于东街尽头的兽医站工作。在牲口市场也见得着他忙碌的身影。他挎在肩上的黑皮包里放着印泥和印章。每当一笔生意谈成，他就负责往猪屁股上盖一个蓝色的类似于邮戳的印章。

可不要小瞧了那个蓝色的“圆巴巴”，它像身份证一样标明那只猪仔身世清白，是被政府编号入册了的，可以放心喂养，将来也可以放心食用。

有一年，我们家宰了一只羊，刚尝了一点鲜，父亲就决定将羊侉子卖掉。羊肉比猪肉要金贵得多。他自信满满地对母亲说，那些单位里的人就爱吃这个，保准儿一到街上就被人抢完了。仿佛这是他的经验之谈——实际上我们家以前从未卖过羊肉——他背上两只羊侉子，带着我和哥哥去了镇上。

路过那所中学时，他带着一下了将羊侉子卖个精光的好心情，兴冲冲地跑进教育站的院子里吆喝了几声，却无人理会。我们又跑到一个单位的院子吆喝，同样没有人打开窗子询问一下价格。空旷的院子里没有一点声音。

我们这才心有不甘地来到镇街上，却也没有当街摆开架势。他托了一位有门路的熟人帮忙联系主顾。

此人是个货郎，常年挑着货担，走村串户，兜售日常生活用品。由于他一脸络腮胡，下颚突出，眼睛细小，我们都叫他夜蚊子。童年时，但凡一听见他的吆喝声，我们就兴奋地喊叫道：夜蚊子来啦！夜蚊子来啦！然后一哄而散。然而等他把货担一放好，我们又从四面八方围上去，远远地打量他挂在货担上的新凉鞋，新衣裳……眼馋不已。

现在看来，此人无异于马尔克斯笔下周游世界以兜售新奇发明的吉普赛人，虽然他对马其顿冶金大师和阿姆斯特丹犹太人一无所知。

父亲没看错，他确实有些门道，出去转了一圈儿，两只羊侉子就被卖出去了。

想起来，这些事情大约都发生在我十五岁之前，因为自公元一九九八年春天开始，四十四岁的父亲开始了他在这个国家颠沛流离的生活，直到公元二〇一四年春天才宣告结束。而这一年，他已至花甲之年。

也就是从一九九八年春天开始，这条镇街开始充满了离愁别绪。父亲一次次背着简陋的行李从街上搭车离开，又一次次从外省风尘仆仆地归来。去的时候满面尘灰，归来之时仍然是满面尘灰，只是岁月催人老。

我永远记得一九九八年冬天我们在家苦苦等待父亲归来的往事。

那是一个无比漫长的冬天，再也没有比那更漫长的冬天了。一挨冬天的边儿，我们就开始讨论父亲何时归来的事了。那是一件大事。但到了寒冬腊月，大雪都下了好几场，眼看就要过年了，父亲既没有寄来一封家书，也不曾捎来一个口信。真是急坏了人！

在我们家院子，望得见蜿蜒在江北崇山峻岭间的白花花的马路，望得见马路上像甲壳虫一样蠕动的汽车。那时，不管白天还是月夜，每望见一辆班车模样的甲壳虫，我们都会像收到了一份突然而至的礼物似的冲家人兴奋地嚷道：父亲是否坐在那辆车里呢？他应该坐在那辆车里吧？他一定坐在那辆车里！

可没有一次猜中，没有一人猜中。

到了腊月二十边上，母亲实在熬不住了，终于决定在二十二这天去镇街上置办年货，不等父亲了！可到了街上，但凡看见从县城开过来的班车停靠在西街上，母亲就叮嘱我们仔细盯着从车门口跳下来的归客，随时准备把他喊到我们的身边来，好与我们一道回家。

我留意过母亲在人群里搜索父亲时的焦急眼神，最开始是希望，然后是失望，来了多少辆车，那眼神里的内容就经历了多少次转换，直至最后一辆班车开过来，最后一个旅客从车门口钻出来，闪烁在她眼里的希望之光才彻底熄灭。

有一次，我看见她差点就喊出了父亲的名字——父亲的名字被她咬在唇齿间，已吐出了第一个音节，第二个音节呼之欲出，却又急促地收住了，就像是一只准备挥动的手，忽然尴尬地僵在了空气中——原来，她在赶场的人群中望见了一个有些像父亲的背影。

多年后，我才明白母亲为什么把赶集的日子定在那一天。因为那一天恰好是她的生日。她一定料定了她的丈夫会在这一天赶回来。

果不其然，父亲在这一天如赴一个重要的约会一样，如践行一个千金诺言一样，赶了水路再赶旱路，不远千里地回来了。只不过，他坐的车没有在镇街上停靠，他比我们早回到家。害得我们白白等了一天。

然而，无论是我记忆中父亲和母亲向我挥手告别的场景，还是我们在人群里等待父亲归来的场景，都只是发生在镇街上的司空见惯的一幕。不知道有多少悲欢离合曾在这条坑坑洼洼的街道上上演。包括牲口市场的猪马牛羊，也无不经历着和人一样的阵痛。它们在那条深涧里与原主人分道扬镳，然后跟着新主人踏过熙熙攘攘吵吵闹闹的镇街，走向未知的命运。

这条镇街，就像是一个人来人往的车站。因为承载了太多的离别，才一年比一年沧桑，一年比一年破旧。

（原载《芒种》2016 年第 3 期）

# 转身 / 罗张琴

参加一个婚礼。同桌老沈正牵着女儿的手走红地毯。不长的一段路，他似乎走了很久。看着，让人想起沧海桑田。他将女儿的手交到新郎手中，紧紧一合，轻轻一拍，转身离开。

这个转身平静如秋水，却狠狠击中我的泪点。万千情绪，开始在心中滂沱。我想起父亲，及许多与他有关的转身。

父亲不到六岁，他的母亲就病殁了。继母容不下他，他被过继给了他的姑母。轻描淡写，父亲曾经跟我提起过那段经历。他说，他的父亲只把他送到姑母家门口，一转身就走了。他就此成了一个孤儿，寄人篱下。

我想父亲是恨那个转身的。他不止一次表达，将来自己若成家、有孩子，一定拼尽所有，不抛弃不离别。可人生无奈处，多半又是不得不离别的。

父亲是城里的工人，母亲是乡间的女子。婚之初，小家在农村，与父亲工作的城市隔着好长好长的一段距离。父亲是顶梁柱，心里始终藏着一个关于团圆的梦。他辗转奔波，为生计忙活，少有回家。大体每两个月才回一次。每次在家只三两天。

盼望父亲回家的日子最是磨人。我特别不愿意听别家父亲在村庄里大呼小叫自己孩子的乳名。“招弟，回家吃饭了”“观音生，跟爹爹进山么”“宝官，拿一把好恰（好吃的东西）去”……这些简短的叫唤总让我嫉妒得要死，正玩着哩，气急败坏就丢下小伙伴，一个人跑进屋里，失落起来，伤感起来。

父亲回家的三两天，简直成了我最为盛大的节日。我喜欢骑在父亲肩头，感受着温暖的阳光。我喜欢看影子被阳光明快拉长，随着光影浑然天成地叠加。我喜欢父亲牵着我的小手不停歇地撒欢跑。我喜欢父亲将我高抛在蓝天下。我尤其喜欢父亲一个劲地怂恿我，买糖、买瓜子、买绸子花、买笔、买小人书，再买个会滴溜溜转眼珠的布娃娃。

我分秒都要跟父亲粘在一起。吃饭时挨着他，睡觉时搂着他，进进出出恨不得将自己拴在他的裤腰上。父亲劈柴，我蹲在柴垛旁边，数斧子起落的次数。父亲挑水，我乐滋滋跟在后头，想象自己是水桶里蹦出来的一朵小水花。父亲在屋顶上检漏哩，我一动不动，仰着脖子在院子中央，看他。

阳光刺得眼睛有点生疼。父亲短暂的假期很快消解在酸酸的眼睛里。

与父亲离别的孩子是忧伤的。从家门到站台，三公里路，我像一只八爪鱼死死地吸附在父亲身上，一句话不说。父亲任由我抱着他，像一座有体温的山。

汽车鸣响喇叭，进站。父亲拍拍我的背，说，乖女，下来。我没有听话，头埋在他胸前，左右晃动，双手更为用力地抱紧他的身体。

喇叭，一声更比一声急促。父亲用了更大的劲，掰开我的手，将我整个塞到母亲怀里。转身，上车。

转身多么残忍。一座温暖的大山转瞬就被“生活”搬到了别处，我无处安放我的身心。头顶的时间和近旁的空气全部都被滚滚车轮抽走了，一点不剩，死一般宁静。我要父亲留在身边，父亲却只留给我一个渐行渐远的背影。

思念、相守、转身、分离……悲与欢，循环而至，滋味太浓，小小的我实在不知道要怎么办才好。我只会低头，不停擦拭喷薄而涌的泪。

一天天长大，我被不停的转身所伤，再不敢贪恋饱满的父爱。关于父亲的转或至，慢慢不再激烈，无波亦无澜。

而父亲，一定是觉察到了我的变化的，但他保持沉默，他在无数次的转身里，变得强大。

他从一个啥也不会的高中毕业生迅速成长为集电工、焊工、机修、冶炼等各种技术于一身的多面手。他以普通工人为起点，班组长、车间主任、副厂长、副董事长……最后，在城里，买房、建别墅、开公司。父亲用近乎玩命般的打拼，得偿所愿，短短十年，将长辈、母亲及我们姐弟仨从农村搬离，一个都不少地拢在了他宽广的羽翼之下。

多么遗憾，小时候的我，没能理解父爱的深沉，没能想明白转身的无奈，生生与父亲隔膜了许多年。我在岁月里弥补。老师、关工委干部、司法干部、工会干部、作家，我庆幸我人生的许多身份使我可以有机会跟无数孩子，尤其是留守孩子打交道。常年被父母转身丢下的孩子是极其特殊的群体，较之常人有更多的困惑，内心更没有安全感，也更容易偏颇地认知世界。我总愿意花大把的时间，一遍又一遍地跟他们聊我的父亲、父亲的转身，以宽解他们对父母转身进城的无望与恨。

若不是生活所迫，若不是想要给孩子更好的未来，哪个父母狠得下心与孩子分别？当曾经赖以活命的土地再也无法开出繁盛的生活之花的时候，他们只能期望进城，讨一份更好的生活。离别注定不可避免，转身都是因为爱，我向孩子们保证：以爱为名的转身，从来不是抛弃，它会让最亲最爱的人，在生命的运动里，从线性的两端慢慢转成一个循环往复的同心圆。圆，没有终点。或者说，圆，哪里都是起点。在圆里流转的爱，会更有力，更加绵延不绝。

就像今天，父爱如山，日月流照。老沈在女儿婚礼上的转身，父爱，何曾离开？

说说我的婚礼。我的婚礼在十几年前的一个金色秋天。日子是父亲定的。父亲说，秋天好，秋天是收获的季节。

父亲以盛大的欢喜迎接那个美好日子的到来。从来不喜逛街的他，出人意料地，腾出大把时间，一趟又一趟陪着母亲，帮我选购繁杂的嫁妆。金银首饰，锅碗瓢盆，彩电冰箱，被褥服装，甚至婚礼上的每个细节，比如结婚那天我头上要戴几朵玫瑰花，父亲都以无比的耐心，仔细问询并认真对付着。

为我准备婚礼的父亲，精力是充沛的。白天忙东忙西，跑上跑下，晚上居然都不想睡。父亲时常一个人在夜晚，掏出一个大盒子，取一些书信反复看。

那些书信，统统都是我在大学时期写给父亲的。那时的我十七八岁，就读一所师范类大学。学校离家不远，父亲抽空常来看我。从不空手，有时是三两包裹，有时是四五瓶罐，有时是几张或新或旧的钱。

对面坐着，我一般忍着不说，父亲也通常选择不问。这么些年，我们似乎都早已习惯了这种方式相处。所有关于我在学校的得与失、好与坏、进步与失落、成绩与沮丧，我选择通过书信的方式告诉父亲。父亲的回信也一直很及时，很认真，我能触摸到他藏在字里行间的深情。

坐一会儿，喝几口茶，父亲说，时候不早，该走了。我起身，却不送他，只埋头整理他给我带来的包裹与瓶瓶罐罐。转身是一根刺，我一直回避被锋利灼伤。父亲寂寂离开。

父亲又在书房看信。他向我招手，我走过去，陪他一起读一封信。信不长，只说了一件事：今天，学校食堂居然做了一道空心菜梗炒鱼干，菜里的小鱼干真香，好吃得不得了。只是，我吃得太过着急，一不小心，被鱼刺给伤着了。

父亲问我，现在还疼吗？我答非所问，说我到现在还记得那罐小鱼干。

那是一罐炸至酥脆嫩黄的小鱼干。每条小鱼的长度大小惊人地接近一致。小鱼没有头也没有尾，只有狭长又肉质饱满的鱼身。看得出是花了极其细致的功夫挑选、煎制并装瓶的，是花了极其细腻的心思一点点将鱼头鱼尾剔除干净的。

这罐小鱼干是收到上面那封信之后，父亲在第一时间给我带来的。父亲放下小鱼干，坐坐就走了。我抱着那罐小鱼干，半晌无语。也许这些年父亲的爱都在瓶瓶罐罐中潜伏，今天不知怎么就发酵了，捂都捂不住。酵母催得人鼻子发酸，喉咙发胀。我迅速冲出宿舍，向父亲狂奔。

我看到父亲的背影。萧索、寂然。路两旁，是高大的榕树。榕树用它浓密的阴影将父亲的背影严实包裹，曾经伟岸的身躯，显得那么单薄。父亲的背是佝偻着的。或许是因为他一直疼爱的女儿始终离他远远的，像一只受惊的小兔子。他向前靠近一步，兔子就拘谨而又警觉地后退一步。父亲始终保持倾身向前的姿势，却始终无法将小兔子搂在怀里。他感觉怀里空荡荡的，像被人强行撕下了血肉模糊的一块，他疼，佝偻着背。远处，传来一首伤感的歌，歌声弥漫街头巷尾寻常人家的气息。父亲的背影就快要隐遁消失了。

我泣不成声，我们狠狠拥抱，心再无芥蒂。父亲说，他一直感念那罐小鱼干。收了小鱼干的丫头，对"转身"释怀了，重新与他亲密无间。

我想哭，我又忍住了。我噘嘴，示意父亲不要再看信了，说他一看，就显得我特别幼稚，特别矫情，可笑到不行。父亲却摇头，还把家里那些相册找出来，胡乱摆一桌子，一本接一本地翻看，边看边笑，偶尔自言自语。开始我还会陪他一起看，后来，觉得老照片翻来覆去地看，终归无趣，便自顾回房睡了。书房的那盏灯一直亮着，灯下是父亲虔诚的身影。那段时间的父亲，不再沉默寡言，他几乎快要变成话痨。

父亲将许多本该是由我母亲来告诉我的道理及要做的事，全抢了去。比方说，父亲老问我会不会焦虑，害不害怕一个人走进一个全然陌生的大家庭。父亲向我传授相处之道，告诫我要善良、要宽容、要识大体、要周全别人，要在婆家站住脚。比方说，父亲记下了未来女婿的生辰，偷偷跑算命摊，帮我合八字，算命先生说婚姻是向好的，先苦后甜。父亲笑着，要我减肥，照顾他这把老骨头。说出嫁的女儿，这一路原是不得带走娘家半点土的，我若太沉，万一他气力不够，抱不动，脚沾着地可不好。

出嫁前一天，婆家依着习俗，差人将菜食果蔬和诸多要藏塞在新娘被中的礼物送到我家。少有进厨房的父亲，烧了一桌子热气腾腾的菜款待来人，还喝了不少酒。

酒至六七分，父亲话多起来，不停跟来人讲关于我的点滴故事。他一边数落我的顽劣、任性，一边又感叹我的聪慧、善良。客人走后，父亲蜷缩在沙发，沉沉地睡了一下午。我守在沙发旁边，有些神伤。

父亲醒来。天色已晚。他“霍”一声站起，说，乖女，走，爸爸伺候你洗头去。依我们老家的习俗，出嫁的女儿，得在前一天洗头、洗澡、穿全新的衣服，迎接即将到来的另一种生活。父亲的手轻柔地在我头顶揉搓，有斋戒祈福的仪式感。水汽迷漫，父亲脸上的微笑，渐渐模糊。

待我穿戴一新从浴室出来，父亲正在折叠新被子。父亲有些孩子气地告诉我，说他在被子里放了好多的红枣，好多的花生，好多的桂圆，好多的豆子和嘎嘎子（包着壳的白煮蛋），还加塞了几个厚厚的大红包。他说明天能抢到彩头的人一定老高兴了。他们一高兴肯定会多赞几声“早生贵子”的。

噼里啪啦，声声鞭炮响。迎亲的车队浩浩荡荡开到我家楼下。刚刚还在和叔伯说笑自如的父亲，将谈话戛然而止。他“腾”一下站起，从客厅跑到房间。我正和母亲小声地说着什么。父亲进来，只看一眼我和母亲，又急急地跑出去。跑到书房的窗户边，探身向下张望，嘟嘟囔囔：这么快，这么快，就来了……父亲折回客厅，翻箱倒柜，找东西。母亲走出房门，问找什么。父亲没回头答应她一声。

父亲是不抽烟的。父亲频繁给亲戚们发烟，自己也抽上了一支，边抽边使劲咳嗽，咳出眼泪来了。

大门敞开。迎亲的人带着一对欢鸣的鸡，捧着几刀鲜猪肉，提着两把嫩绿的韭菜、两把葱郁的葱和其它东西走进我家，赞喝着“鸡鸣而起，勤俭持家，夫妻恩爱，长长久久，一清二白，同甘共苦”等词，向父亲走来。可父亲连一句恭迎的话也没有，他转身向内，显得很不礼貌。

父亲走进房间，把手递向我，脸上的微笑怪怪的，比哭还难看。父亲牵着我，径直走向那个未来将被他称作女婿的年青人。我察觉到了父亲的凌乱，这份凌乱与父亲略微有些蹒跚的步履、略微有些哽咽的喉结、略微有些用力的掌心、略微有些抖动的双肩交织在一起，使得一向如山稳健的他看上去很是落寞，似乎一下就苍老了许多。

父亲把我的手放在我将要称之为先生的那个人手里。拳拳而握。有短暂的沉默。

父亲是在积蓄说话的力量吗？他长吸一口气，对着先生说：“今天，我把她交给你了。今后，请你一定好好待她。”目光转向我，语调已经很不稳了，但父亲坚持嘱咐：乖女，从今往后，你就是别家的媳妇了，再不能任性。要听话，要孝顺，要和和美美一辈子。

父亲飞快转身，我号啕大哭。

大娘舅将我抱出家门，送进婚车。父亲留在家里，连背影都不给我。我多么想告诉他，婚礼之前，我是着意减了几天肥的。尽管我早猜到，就算身轻如燕，今天的父亲也是没有足够的气力亲自将我抱上“轿子”。眼泪，有时会让一个男人，溃不成军。

大娘舅稳稳当当地关上车门，车门外的这个地方从此只是娘家了。

车队浩浩荡荡朝婆家的方向行驶，陇上，北街，直街，跃进路……再转过一道弯，娘家彻底看不见了。且停一停车，在看不见娘家门的地方，顺顺利利完成“驳火”的仪式。弟弟用娘家带来的火笼里的火，驳亮了我婆家火笼里的火种，同时他用一双新鞋将我脚下的鞋子换下。老公将一个大红包交到弟弟手上。弟弟不能再护送我了。弟弟挥挥手，赞一声“白头偕老”，转身，提着火笼和鞋子返家。多少是个安慰，鞋子提回娘家，我将来便还是能有个归处的。

我小心照顾驳亮的火种，揣着父亲婚礼前的嘱咐：乖女，香火，是挺重要的一件事，这一生，火都要仔细亮着，要好生帮婆家继好一脉香火。只是，我总忍不住悲伤，千辛万苦把女儿养大，难道只是为了延续别人家的香火？那个全心全意付出的父亲，未来该怎么办，谁来照顾？当一场热闹落幕，银铃般的笑声离开，父亲的心呐，多像是一幢被洗劫一空的小屋子。

锣鼓喧天，我被老公欢天喜地抱进家门。当老公抱着我迈过厅堂口的大火盆，众人齐赞“添福添丁”的那一刻，我又一次泪流满面。那一刻，我比任何时候都更爱我的父亲。

时光寂然，霜在花上。无数次转身，泪眼模糊的通常是孩子，需要坚强的永远是父母。人生如逆旅，孩子终将成为父母的远客。唯愿，在父母渐渐老去的光阴里，我们能时常转身，

多几次深情回望，惦记起回家的事。

（原载《红豆》2016年12期）

# 他们 / 王新华

## 时间

与牛生活近四十年。牛的一辈子，不过二十年。现在想想，我还没有看到过一头牛的从生到死。它们有的是半路来，有的是半路走，有的是半路来又半路走。这使我觉着，一头牛是看不到底的。

我算过，这个四十年，我们家一共招呼过九头牛。它们生出的牛犊子不算，我也算不上来。前一半时间，牛都是公家的。那一年，生产队把分散在家户的十几头牛集中起来，由一个劳力专门饲养。家里的牛交出去的时候，我才知道，牛不是我的。那时候，我上学都带过筐，放学的路上一边往家赶，一边给牛割草。回到家，筐也满了。

那几年，家里是没牛了。可是，生产队指定的那个饲养员，就是我父亲。那个隆冬的一天，父亲外出没能赶回来，娘对我说，你找个伴儿，睡牛屋里，夜里起来添两回草。那一夜，我跟小伙伴睡在一排子牛槽前的草窝里，半夜里，我忽然惊叫一声爬了起来，有一头老牸牛不堪身边公牛的骚扰，从牛槽上翻了过来，一蹄子踏在我身上。

我能回忆起来的第一头牛，是那头黑老牸牛。它像一个穿着一身黑棉布年迈的外婆（我没有见过外婆），留给我的是一个模糊的身影。有些细节，我只能靠后来的经验来复原。

那一年冬天，也许是开春了吧，早上，家里人把它往外牵，老黑牛却起不来了。找来几个人，有的拎尾巴，有的抬角，老黑牛一使劲，又站起来了。像往常一样，把它牵到门口晒了大半天太阳，牵回屋里，照样喝水吃草。第二天早上，还是起不来，又是抬起来，牵出去，傍晚牵回屋里，还是喝水吃草。第三天早上起来，老黑牛嘴摁着地，死了，嘴头上流了一点清水。我们的床就在它的旁边，夜里也没听到一点动静。

老黑牛是老死的。这个时候，它曳犁子种下的麦苗还匍匐在地上没有起身。说是老死的，老黑牛也不过是才上了点年纪，就像人退休的时候，还有不短的一段好日子。只是那个时候，生产队打的粮食，大半都交了公粮，社员的口粮都不够，哪还有牲口的那口料，一个冬天就那一把干草，一桶清水。桃花开，老牛歪。快要接着青草的时候，有的牛就支持不住，倒下了。

生产队啥也没说，派几个劳力过来，把老黑牛拉出去，剥了。我们家也分到一块肉。老黑牛的肚子豁开，里头还有一个长好了的小牛犊，狗那么大了。

## 密码

五谷丰登，六畜兴旺。这是千百年农人的祈求。

在村庄，六畜当中，狗没有买卖，牛没有价格。牛不是一堆皮肉。牛的买卖不像猪那样，捆起来论堆称。一头牛拴在那里，全凭眼看，你看它值多少钱，它就能值多少钱。

在赵庄，能出手买牛卖牛的，就那一两个人。牛一直都是一种高端存在，能为牛代言的人，在村民社会里，往往也拥有一份额外的话语权。

一头牛从嘴头到尾巴梢，都是内容。这是时间在乡村的堆积。

通牛的人，往牛跟前一站，一声不吭，范儿就出来了。一头昂头甩尾的牤犍，威风凛凛，别人都退避三舍，他可以一步上前，一把拎起牛鼻子，拉出舌头，让牛嘴打开，他要认口。认口就是看牙。牛有门齿臼齿。牛的门齿，下面是八颗，上面是几颗？你要是说不知道，已经错了。上面没有。这个不是问题，问题是牛从生到死，下面都保持八颗门齿，却分圆口、对牙、四牙、六牙、边牙、半口、放水，这是一头牛的年龄，显示着它还能扛几年活。接着他会解下绳子，让牛围着他走一圈儿，然后一声不响地又拴起来。牛走步的时候，旁边的人也都在看，却没有看点。他看的是这头牛能不能跟上步，跟它自己的步，就是后蹄是不是正好踏在前蹄的位置上。能踩到这个点上，一头牛曳套的时候才能脚板稳，步子快。牛的毛叶也要讲究，看它是杂花还是纯青，脊背上有没有“旋”，没有是滑脊，有也不能是一对，这样对主家都不利。牛的头顶有几根白毛，这不好，是孝白头，要是尾巴梢也白一点，就没事了，穿心白。尾巴不能光看，还要摸摸肉梢到不到腿弯，不到是高吊尾，这牛可能拿人，过了是扫帚尾，这牛可能脚步慢……

牛身上还有看不见的煞气，能避邪。这一点乡下人都相信，不管是一头大牤犍还是一头小牸牛。胆子再小的人，跟一头牛走夜路，就啥都不怕了。有时是白天，荒野的小路上，走着走着牛忽然站住了，头壁着，喘着粗气，要抵谁的样子。赶牛的人四下看看，啥都没有。一会儿，牛就渐渐平静，又走路了。牵牛的人明白，刚才牛是看到啥了。

牛的买卖都是在集上的牛行里。行里有几个牛行户（交易员），拎着鞭子，都是懂牛的农民，有的还是家传。买家相中哪头牛了，先找牛行户喊个价，价喊出来，买卖双方一般都不服，牛行户就使劲撮合。牛行户先摸他们的底，摸底不便说出来，就趴人家耳朵根上咕叽，或者在口袋里摸（手指头），摸了买家摸卖家，在买家跟前是这牛如何好，在卖家跟前又是这牛如何孬，看到差不多了，就推推搡搡地把你往账桌子上拉，行单一填，交易费就到手了。农户卖牛还是为了买。有的是嫌手里的牛没活，松了再买，有的是图扛套牸牛调牤牛，有的图下犊牤牛调牸牛。这样，就有一步到位直接对换的，叫“头对头”，两头牛总是有些不对等，这就还得牛行户说话，确定其中一方打出多少钱。牛行户还是跟他们单独谈，这样的生意，有时能做成双方都拔钱。不用说，这个钱谁也没得到。

牛不容易看，牛行里水又这么深。买牛卖牛的人家，都像是给儿女相亲，尽量多拉上几个亲戚朋友，一起长个眼。

父亲从小就给财主放牛，又招呼一辈子牛，对牛却一点见识都没有。80年代初生产队散伙的时候，我家跟人伙分了一头牸牛，不久就归到那一户了。我家拿这半拉牛钱又并上一口大猪，买了一头老犍，回到家，父亲就给它套上了，活还凑合，可明眼人一看牙口，都放水了，相当于年逾古稀，过冬都不保了，这个烫手货，赶紧又卖了。这一买一卖，一根毛没掉，钱却折了一截子。买好的，钱添不上了，就牵回一头牤牛，比那个小了一套，又单头，只是口年轻了一些。三夏大忙的时候，家里抢着耧黄豆，中午，天热得背气，这时，带着耧的犍牛突然一头栽倒在地里，出了一口长气，就断气了。这个时候，我正临近高考，哥哥来县城给我送钱，我跟他在校外的一条河边上坐了很久，这个事，他没说。

就是没事，赵庄人也是把这几个并不认得的字眼挂在嘴上：

犊：还没有上绳的小牛；

牸：母牛；

牤：公牛；

犍：阉割的公牛；

犋：能够拉动一张犁、一盘耙的牛，通常指两头，也可以是一头。

## 日子

牛是家里的一口人，一直都住在屋子里。或者说，我们一直是在“蹲牛棚”，只是这牛棚是真的。

一头牛也有着它自己的日子，自己的命。就像一个女人，要看嫁给了谁家。冬天，人和牛都不忙了，讲究一些的人家，早饭后先把牛牵出来，饮上一桶温水（牛是纯粹的素食者，肉汤水不要掺进去），牛喝了温水，有了精神，会抖一抖毛，主人拿来一把笤帚，把它全身来来回回地都扫一遍，光溜溜的。这样的人家，牛绳也是不长不短，不粗不细，没有结子。牛鼻圈是石榴枝或竹鞭子的，不像有的人，图结实，用粗铁条弯。铁东西烧肉，用长了牛鼻子会豁掉，豁鼻子牛只能像驴那样打个笼头套着，嘴头子硬，不好拉。

我经历过的九头牛，七头是牸牛。牸牛没有牤犍扛活，却能下犊子。一个犊子年底卖了，能抵好几亩庄稼。

牛的一场性爱，整个过程不超过五秒钟。它们以速度取代时间，牤牛的那一下子，让牸牛的身子猛地一弓，此后的一整天，它的腰都伸不直。

瞬间的享乐，牸牛却要用差不多两年的时间来支付。先是十月怀胎，这个时间跟女人完全一致。墒沟的牛犊，磨道的驴驹。要是赶活忙季，肚子再大也得干。有的时候，小牛犊的蹄爪都露出来了，掌犁子的才看到。卸了套，羊水就破了，哗啦一声流了一地，老牸牛回过头来喝了一点羊水，躺在地上，左右翻滚，最后一使劲，犊子就下来了。犊子下到地上，一动不动，像是死的，老牸牛舔破头上的薄膜，它才翘一下头，全身舔过一遍，小牛犊就颤巍巍地爬起来，摸奶头了。这时，胎衣还没有下来，在阴门上挂着，怕它还缩回去，老主人脱掉一只鞋子，系在上头，吊着。生了以后，就不能使唤它了，要等到满月。一老一小回到家里，女主人会烧上一锅面水，再甩上几个鸡蛋，端给老牸牛。她自己坐过月子，头一口也是这个。它的这一顿饭是在过年，除夕之夜，牛槽上贴着大红签子，“牛头兴旺”，主人一家围坐一席的时候，忘不了盛一碗干饭，几个白馍端给老牛。打一千，骂一万，三十晚上吃顿饭。

这以后，牸牛又要用十来个月拉扯牛犊。拉着犁子，老牸牛还要四下地看，看不到牛犊，就使劲地喊。牛犊养大了，是永久的分离。那两天，一家人也不好过，一夜到亮，老牸牛一声接一声地叫着，能把屋顶冲破。

一头牸牛能生出来，就是命好。买牛得买抓地虎，娶妻要娶大屁股，这是乡村的实用主义美学。“抓地虎”，就是那种个子不一定大，却四肢粗壮，屁股宽大的牛，这样的牛有耐力，是牸牛的话，年年能带犊。女人屁股大，也是有力气，能生娃，一个接一个。

不能生养，也成了一头牸牛的短处。除了个别身大力不亏的牤犍可以单牵，一般的牛都是配犋。也有一头牸牛，是自己拉，它一身栗黄，身板匀称，是牛中美人，就是带不上犊，主人就拿它当牤犍，让它单牵，自己曳。那年立冬了，这家的麦子还没有种完，那个早上，一地白霜，老牸牛拉着一盘耙，耙上站着主人，离半里远，就能听到它喘气，呼哧，呼哧，像是柴油机在启动，只是喷出的不是黑烟，是白色的热气。活太重了，牸牛最后落了一身的病。它卧在地上，子宫经常脱到外面，红彤彤的一堆，像一朵盛开的牡丹。

## 出声

一头大牤犍，能让一个三岁的小孩牵着走。这多少有点奇怪。

不管啥时候，牛卧到地上的那一刻，都会长长地叹出一口气，像是郁结已久。对此，赵庄人的解释是，这牛，以前也是天上的，玉皇派它下来的时候说，你去吧，到那里天天吃甘草，喝糖水。牛下来了，地上的人却让它天天吃干草，喝塘水。

一头牛是有想法的。拽了一天的套，一犋牛都盘乏了。掌鞭的在后面吆喝，鞭子甩在脊梁上，都没用，它们就那样了，这脚放稳了，才动那脚，一步一步地往前挪。到了犁横头，它们就一下子来了劲。横头，就是地头上犁不到的地方，前面是庄稼或者水塘，不能往前赶了，这要等整块地身犁完了，再横着犁几圈儿，这个时候，你不用吭声，不用支鞭子，它们会拖着你走，有时还能曳断绠子，掰坏犁子。掌鞭的把这叫"犟地头"。它们清楚，拐完这几圈子，就可以回家，喝一桶水，吃一筐草，歇一夜了。

傍晚收工，有个老汉赶着一犋牛走在夹坝子上（两边都是水的窄路），牛托着一盘耙。走着走着，牛站住了，给一鞭子，没用，再给一鞭子，牛又退了一步。老汉奇怪，挤到前面一看，路当中一个光屁股孩子，睡着了。

牛的心是软和的。可是，各地也都有牛拿人的事，有人还活活给抵死了。这里面的原因，全部被忽略，无非是畜生的"野性"。

我就被牛给抵过两回。

那一年的正月初几，还刮着冷风，地里除了几个来往拜年的，一个人看不到。我却牵着两头牛，带着一盘耙，给春地刹垡子了。这是新年里人跟牲口头一回出场，父亲也来了，他在地头放过一挂鞭炮，我就动手套牛，这时老犍牛一步上前，一头把我挑翻在地上。我摔蒙了。这可是自家的牲口，一头连角都没有的犍牛。它这一下子，把以前所有的鞭子都了结了。我认定，老犍牛的怒气肯定来自于时间：这大年下，是干活的时候吗？还一回就早了，我上初一的时候，那是秋末，生产队正在抢种麦子，那天中午，父亲端着饭碗，叫我把他使唤的一犋牛找回来，饭碗一丢他还得接着犁地。我在乌龙港头找到了那头黑牤牛，它正在棉地里吃老棉叶，跟父亲一样，拽了一上午套的黑牤牛，也是趁着这会儿吃点东西。看我来了，它一动不动，我伸手抓绳子，它一角把我撞倒在垄沟里，我爬起来就跑，跑了好远才停下来，撩起褂子一看，一边的肋巴坎上，一道血红的印子。

后来，黑牤牛又抵了一个人，队长的儿子老歪，这家伙回家拉来一把铁锹，朝黑牤牛的小腿就是一下子，一根指头粗的大筋断掉了，白花花的翻在外面。黑牤牛废了。它被拴在一个大石磙上，一天到晚好像也没人管，那天它渴急了，用三条腿硬拖着石磙到水塘里喝水。没多久，黑牤牛的那个蹄子就差不多烂掉了。生产队只能把它卖给一个外地杀牛的。那天，几个劳力过来了，在黑牤牛的身上拴了几条绳子，一起用力，黑牤牛颤巍巍地坚持了一会，嗵的一声栽在地上。

## 陷落

90 年代末期，中原的深秋，一片萧索。赵庄的天空，已经看不到南飞的大雁。“雁鹅雁鹅领头的，回家死你放牛的。”这是当年雁阵掠过头顶，放牛孩子的嚷叫，他们是想让雁鹅在乌龙港边停一会儿。

这个时候，外面的世界已经爆发了亚洲金融危机，我的一个在潮汕打工的朋友都被这股旋风吹回来了，我却还趴在这个小村庄。

那个季节，日头将要点地的时候，乌龙港头就会路过一群牛，老的小的，有的分明是娘俩，绳子都结在一起，由几个背着包袱的牛贩子赶着，脚步匆促，像是一支征夫。这个时候，在地里劳作的我就会跟身边的父亲说，或者自言自语，这个大犍，正扛活！这老牸牛，能单牵！这牤牛犊子，能做苗子牛（种牛）！现在，这些名字，已经不属于它们了，时光镌刻在它们身上的标志和印记，也已经被全部删除，它们只剩下那一堆血淋淋的肉了。它们将被绑着栅栏的大卡车带到城市。城市更需要它们。这些牛，有的昨天可能还在曳犁子，麦子种完了，这也许是主人家最后的一季麦子，主人要出去了。也可能是有人搞机耕服务了，家里的地拿钱让人家弄一下更省事。一头牛一年到头都要吃喝。

新的千年到来了。在资本的号召下，我也终于从村庄上开拔，在苏南塔吊林立的建筑工地上做了一名水电工。这一年我三十七岁，背着蛇皮袋子往外走的那一刻，我觉得，这个男人已经老了。

可是，这个家庭的耕牛事业，在历经挫折之后，正如日中天。家里的这头牸牛，年龄五岁，六牙，生育两胎，相当于女人三十，比老婆年轻。它夏天一身栗黄，冬天一身枣红，身材高大，四肢匀称。更根本的是，它活好，作为娘们儿，可以跟牤犍一样单牵，曳犁、拉车、带耧八大套样样都中。这样的牛没地方买，只能遇。那年夏天它娘得病死了，这个牸牛犊子就没卖，我们相遇了。

我跟妻子出来以后，家里还保留了一小块地，由父母拉着。这么一点儿地，已经裹不住一头大牛了。这个“公司”，应该考虑裁员了。村里的牛，也没有几头了。我却没有动过卖牛的念子。它跟年迈的父母，共同构筑着我的后方。

没想到，第二年冬天，老犍牛就卖掉了。父亲说，我不敢招呼它了。

父亲一直睡在牛屋里。那个夜晚，他半夜起来给牛添草，牛的旁边竟是一个大黑洞，往里头灌着冷风。贼人把砖墙掏开了。在这之前，村里一家的对把子牛（母子），就是这样被牵走的。父亲醒来得巧，再有一会儿，那个黑洞就能过去牛了。

老犍牛卖了两千三百块钱。这是我家历史上最大的单笔收入。不管整体结构如何，一头牛都被视为农户的一半家产。这笔钱父亲也不敢放在屋里，一分没留地存了银行。

1985 年冬，我家的那头犍牛犊子卖了五百三十块，那时猪肉一块钱一斤。腊月二十，父母用这个钱给我会了亲，那两天，我们在院子里搭了棚，支了锅，请来两个锅上（厨师），流水席开了几十桌。1992 年冬，那头牤牛犊子卖了六百四十块，我们找来一班子泥瓦匠，用半个多月，翻盖了三间大瓦房，工钱是三百六十块，这个钱还没用完。

父亲那笔钱存了半年，到了暑期，在家上学的女儿中考差了两分，要上学，这两分得买，三千块。父亲问我，我说，给她上。父亲把那笔钱一把取出来，又跟人家借了一手，一起交给了学校。

这一回，我真不知道这个钱买的是啥。

转眼之间，一头牛轻得像一张火纸了。这个时候我才意识到，那个村庄，我是回不去了。

（原载《黄河文学》2016 年第 4 期）

# 惜青丝 / 张大威

洗澡的时候，一低头，发现竟然有十几根长长的头发，在澡盆的水面上不祥地浮动。它们像黑色的划痕，划破了宁静，划破了幻觉——以为自己还青春年少的幻觉，这不能怨我，年华日渐老去的人，都有这种自欺欺人的幻觉。这十几根头发，一直属于我的头发，在一个静谧的早晨，没有任何征兆地逃离头皮，选择做流浪的游丝，弃我而去。“日边清梦断，镜里朱颜改。春去也，飞红万点愁如海。”秦观的词极衬眼前的景，青丝、飞红，异质同魂，讲的都是消损。不经意间，伤离别折断的琴弦，在温热的水面上，弹奏起一曲低回的让人心抖动的离歌。

人对于一件物品的毁坏，都会感到惋惜和不舍，人对于正常生长在自身东西的无端失去，更会感到恐惧和惊悸。除了因外伤、疾病人会失掉某个器官那种突变的形式外，以和平演变的形式悄悄地日复一日失去的东西就是脱发。脱发是一个无遮无拦，没有任何防卫能力的脑袋，任时间的长柄镰在头上肆意收割的缓慢的消逝运动。当黄黄的日影盘旋在人的头顶，也无须那些失眠的夜晚，忧郁的黄昏，烂事缠身的焦灼时刻，久病不愈的漫长时光，只是平淡的日子，没有褶皱没有波澜的呆呆的复印出来旧日子，时间便在你的头上伸出小手殷勤“割麦”，你脑袋的表现或者是发际线后退，或者是头顶心变亮，或者头发整齐划一地变得稀疏。岁月的黄金就此一点一滴流尽，你老了，你秃了，你的脑袋慢慢地变得植被荒凉四面透亮。

当我还是个小孩子时，常常惊讶于人怎么会这样老，这样秃（而且盲目乐观地相信自己定然不会这样老，这样秃），看看村子中的那些老女人，多数有个半秃的脑袋，又碎又短的白发，烂棉絮一样在头顶上滚来滚去。佝偻的腰，松塌塌的屁股，肉囊囊的一浪叠着一浪的肚皮，下垂的眼角（人老了，一律都是三角眼），下垂的嘴角，下垂的脸颊，向大地坟墓奔跑的速度势不可挡。年龄越大，离地越近，最后在黄泉中成为大地的一分子。由于岁月的艰辛，劳作的繁重，娱乐的缺乏——几近于无，愁苦一开始还是她们的表情，时隐时现的表情，像张面具，时而戴上，时而摘下。渐渐地，这表情便凝固了，坐实了，表情成了面貌，面具再也摘不下来了，它变成真脸了。所以在我的童年时代，晃动在我身边，我称之为“奶奶”“大娘”“大婶”“大姨”辈的人，面相多呈愁苦，衰朽。

她们在艳阳高照的日子里可不如是。我亲眼所见村中的少女少妇们，在阡陌上成群走过，她们一抬脚，便有了一种花发路香的俊俏与嫣然，她们的裤角旁落英缤纷，她们的腰间涡流圆润。坐下来是卧地的芍药，站起来是藤本的月季，而那满头的青丝则是风中飘动的杨柳，是云染水滃的幅幅水墨画。

“生命的美，千变万化，却终为灰烬。”是顾城的诗吧？那时世人不知有顾城，更不知有顾城手中的那把斧头。多年以后读到他的这首诗，感叹他唱出了生命的真正流变。而特朗斯特罗姆说的更为精准而冷悸，“在我们迷人的表情里，骷髅那王牌脸始终在等待。”特氏的诗，像手术刀，没有一星半点的甜蜜与浪漫，他只探求和呈现真相，连镜花水月的幻觉都不给。他给你一块北极冰，这冰透明、凛冽、洞鉴，却永远不会有种子的萌动与开裂，更无花朵的馨香与妖娆。真是觉得这人生，一转头就碎掉了。

老女人的路，少女少妇们的路，童年时我的路，其实是一条路，走着走着，我变成了少女少妇，走着走着，我变成了老女人，走着走着，我变成了灰，变成了土，变成了大自然的一分子。多么悲怆而不情愿的过程，又是多么自然而不可阻挡的过程。我的路也是你的路，是天下所有人的路。羲和在万里长空中挥动着他长长的鞭子，驱赶我们共赴夕阳，世上纵有千种万种不平等，老与死，这两件事基本上是平等的。说基本平等，因为在回归自然的路上，速度有快有慢。

擦干身体，跳出浴盆，我能带走的一切都带出来了。十几根长长的头发没有跟着跳出来。它们如失巢的鸟儿，辞条的叶子，离根的飞蓬，再也回不来了。它们已经离开我的头皮大约一个小时了，质感正在一点一点失去，光滑度也在下降，它们变得萎蔫、空洞、呆滞、干涩——浑身是水，还那么干涩。润泽是属于生命的特征。这十几根头发，将来还会有数不清的头发，会先我而亡。人的衰老是一点一滴积累而成的，十几根青丝的飘落告诉我秋风已不是远在天涯，秋风已吹至脚下，我的白发飘萧的衰弱影子正在墙那边的某个角落徘徊，偷窥我，偷窥我的同龄人，也偷窥一切人。

滋味千般，浓缩一字，便是“老”，“老”，这么重，这么衰，谈起来口中难免有一股锈味。绝大多数人都讳谈老。讳谈老，老便成了他者的目光，他者的境遇，他者的话题。一次我去理发店烫发，邻座一老妪也在烫发，我目测她的年龄，当在 75 岁到 80 岁之间。老妪是个讲究人，相当追求生活品质，注意保持自己的完美形象。一番洗剪吹之后，大功告成，老妪在大镜子前对自己的新发型进行了细致的审美评估后，大有愠色，她怒气冲冲地指责理发师傅说：“我这头你是怎么烫的？把我烫得像个老太太！”还有一位我极相熟的 70 岁的老翁，一个十七八岁的小女孩向他问路，叫了他一声“叔”，结果，这一声“叔”重创了他，他闷闷不乐数日，口中不断念念有词，“我怎么就成了‘叔’了？”“我怎么就成了‘叔’了？”他有幻觉，以为自己脸呈玉颜，发呈乌云，他多么希望小女孩甜甜蜜蜜叫他一声“哥”。这愿望没错，然而事实更没错。其实，小女孩叫他叔都是抬举他了，从各项指标看，他都应该是个“爷”了。

人，自我心理定位的那个年龄值，与社会目光、自然进程所定位的那个年龄值误差该有多么大呀！

我与二兰子是童年时的伙伴。有一年我回老家，在我家的老屋里与她相遇。是腊月，天在下雪，屋外梨花满地雪玲珑。我们俩在六七岁的时候，每逢雪朵缀上树枝，烂银铺满大地，便嬉笑着在一起打雪仗，堆雪人。重温友谊的最好方式是我们俩赶快跑到院子里，趴在地上，滚在一起，再打一次雪仗，再堆一个乃至多个雪人。我的眼睛已经在寻找我家储存的胡萝卜了。胡萝卜是一个雪人前世今生永恒的大鼻子。一个雪人被阳光吻成了云朵，飞到天上后，还会在澄碧的天穹中，伤感地回望他遗留在大地上，现已陷在黑泥里的红通通的大鼻子。这样，沿着时光的隧道往回跑，也许我们一头能撞上鲜嫩。可是，她没动，我也没动。我坐在南炕上，她坐在北炕上，中间隔着窄窄的一条屋地，而那场大雪已经整整下了四十年了，雪已经堆得太高了，像一座小山那么高了，我们谁都爬不上去了。

于是，两个徐娘半老的女人，一个坐在南炕，一个坐在北炕，用诡异的目光互相狐疑地衡量对方那张似曾相识的脸，似是而非的脸，落荒而逃的脸。我在想，坐在北炕上的女人那么老，她是谁？她为什么要冒充某个人，某个童年时光里，一起与我堆雪人的那个亲密的人（她也在如是想，只是把方位和人物调换了一下而已）。

大雪封路，寻找已无途径，我们便假装亲热地坐在那里，并悠然地荡着自己的双腿，在各自的内心里，将对方否定。其实，我们彼此互为镜像，她那张脸就是我这张脸。我这张脸也是她那张脸。不承认老，将老推给别人，老却粘在你自己身上纹丝不动。后来，二兰子逢人便说："三丫头可真是变老了！""三丫头可真是变老了！"这话让我甚感卑微，也甚感气恼，好像光阴只带走了三丫头，而偏偏落下了二兰子。

其实，光阴不偏不倚，它带来万物，也在带走万物。包括三丫头，也包括二兰子。

这次洗澡脱发并不是"老"出发的第一声哨音，但却是"秃"发出的第一声哨音。秃与老，一般地说，是老在先，秃在后。我想这脱发的第一声哨音响过之后，从此，我脱发的趋势必然不可遏止——能够遏止的趋势还叫趋势吗——枕头、地板、书桌、被单、厨房、厕所……我所经行之处，必然是触目惊心地留下我的"遗物"，原先以立正的姿势站立在我头上的青丝，我没让它们稍息，它们中的一些不坚定分子便稍息了。我没让它们解散，它们中的一些更不坚定分子便解散了，逃离了。它们飘落时静默无声，而我却有了一种"内心深处的哭"。在伤离别时，自己脑袋的远景也在眼前不断浮现，照这种速度掉下去，如果我活的时间足够长，总有一天，头发将掉无可掉。那时我的脑袋会成为什么？大号冰雹，葫芦瓜，电灯泡，在夜晚假扮光源的某个来历不明的大秃子？这一整排的"秃"将我压迫得近于窒息，绝望，颓丧，焦虑。无路感特别强烈——光秃的脑袋一直无路，从古至今都是无路的。

植发？现在这种广告特别多。每次坐地铁，不用选择，我的脸总会面对一幅老男人由秃头到头上乌云密布青丝丛生的植发广告。这事怪异，这幅广告可能富有针对性，某个我并不知晓的商业企图，正在紧锣密鼓地向我包抄过来。绿鬓鸦雏色时，我曾经腹诽过秃子们，现在秃子们要是看见我日渐稀疏的头皮，大约会有大仇已报的快感。嘲笑什么，也别嘲笑老，一动这种念头，就是邪念。你可以轻视老，但你不能嘲笑老、蔑视老。

我这种声音比较微弱，比较一厢情愿，比较没人听，是弱者在哀怜着什么，强求着什么。索尔·贝娄说："历史是残忍史，不是爱心史，不像那般软弱的人所想的那样。"老人所接收的目光，谈不上残忍，但也霜风飒飒，少有爱意。老，受人蔑视。你没感觉到吗？那说明你还不足够老。怎样反"蔑视"呢？我首先应该调整我的目光，把一生低眉顺眼（奴才相）的目光，抬高几寸，变成准俯视的目光，把一生柔弱的犬儒主义者目光，变成凌厉含有剑气的目光，这样在人群中试了几次，自觉酷炫，却没有任何反响。茫茫人海，嚣嚣红尘，人，各有各的苦，各有各的累，各有各的忙，谁会在意一个正在走向老年的矮小女人的目光呢？

没人在意，一粒尘埃。在强大的时间面前，老，显得是那么衰败无光，那么不可逆转，那么没有方向。

将澡盆收拾干净，把十几根长长的青丝塞入一个塑料袋中，左看右看，忽然觉得这十几根头发与我的距离，已经像隔着一条冥河那么长了。飘落的青丝业已成为往事，往事有时也许会像一只孤雁敲击秋风那样，来敲击我的记忆，可敲击出来的不会是清清的涟漪，多半会是乱云流水。掉就掉了吧，不是我无情，也不是青丝无情，是时光导演着这一切。依依惜别也还是要"别"。于是，穿上鞋子，拎着自己身上的早亡之物慢慢走下楼去，站在垃圾箱旁犹豫了半晌，忍着心痛，最后还是把十几根青丝扔入箱中。

一仰头，细细密密的春雨打在了脸上。落雨了，是今年的第一场春雨哩！回到楼上，搬把椅子，就坐在窗前听雨。

春雨声声入耳，却已不那么清脆，充满绿意的清脆，如娇小婴儿躺在襁褓中求乳的哭声，圆圆的，满满的。倒似一把生锈的古筝，涩涩的，滞滞的，声波的曲线有点七扭八歪。我何尝不知，古筝哪里就生锈了，它在时光深处的那场春雨中，泠然，锵然，仪态万方地在一个玉人的指下，唱着风流，唱着年华，唱着芳晨丽日与桃花灼灼。是我的心境长锈垢了，这锈垢就是“老”。低眉看那心境，昔日开满明媚的春花，却随着一根根青丝的凋落而生出一朵朵青苔。

春花有人来采，青苔萎谢尘埃。

一朵青苔就是一段经历，一个人经历的事情越多，反而会觉得红尘中与自己有关的事情越少。春风十里，都是旧日的繁华，那一串串往事，像腕上的一只只过重的镯子，戴着闪亮，不戴轻松，都悄悄地褪下吧！不是不爱这“镯子”，是爱不动了，不是不恨这“镯子”，是恨不动了。不是大彻大悟，六祖惠能说，人皆有佛性，我无宿慧，难到成佛之境，只是太疲惫了。

疲惫——呆坐——状态倒也貌似安详，无欲，无求。

是春雨，我倒听出了几分寂寂之意。不怨春雨，不怨红尘。不是春雨负我，不是红尘冷我，是时间让红尘渐冷，让春雨迟迟。

雨停了，天地俱静。于我，最甘美的便是一个“静”字，如果心境中的朵朵青苔，能化成千朵白莲出水，风调闲闲，风调淡淡，风调静静，便是醒着也美，睡去也美了。如果能够有一间斗室静静读书，有一张书桌静静写作。有一些下午静静喝茶，有一些亲朋静静思念。有一些春日静静看花，有一些秋日静静观云。有一些往事静静忘却，有一些伤口静静弥合。有一些讪谤静静抛开，有一些恩怨静静放下。有一天挥袖静静启程，化一缕轻烟静静回家。

此境至臻。

青丝，去留随它，好了，好了。

（原载《上海文学》2016 年第 8 期）

# 一天 / 傅菲

我正一边喝蜂蜜水一边看书，听到客厅里陀螺吱吱吱吱旋转的声音，我叫了一句："安安，喝水了吗？"我每天早起，第一件事是烧水，喝满大水杯的温水。边喝水边看书，或靠在床上，静静地想一会儿事情，我很享受这半个小时。早起不喝水，我一整天都很难受，身体会有极度干旱感。安安则玩陀螺，或看动画片。他满两周岁的时候，喜欢看《米奇妙妙屋》，每天看两集。我打开电脑，给他看。有一次，不知是受了什么委屈，哭得猫一样蜷缩起身子，我抱着他，哄他。他哽咽地呃呃呃，说，想看《米奇妙妙屋》。我说，好，看米奇可不能流眼泪，米奇多开心，每一天都是开心和美妙的。安安挣脱了我的手，自己去开机，把《米奇妙妙屋》打开。这是他第一次开电脑，自己找动画片看。我十分惊讶，他还不识字，也不识拼音，幼儿园才上了几个月。他肉乎乎的手指，在键盘上，一个格一个格地找。作为奖赏，我允许他多看一集。

今天是星期六，我领着安安去学习围棋。出门，我问安安，早餐吃什么呢？"小笼包子。"他说。我说，好的，去哪家吃。安安十岁了，学围棋也有半年了。有时在家里，我陪他下围棋，他赢了，说，老兄，真没用。我说，让你赢是逗你高兴。他说，没用还找理由，不过，这个理由很好。他输了，说，老兄一点风度也没有。拉着安安，穿过小区小菜场，到庆丰路打车。我对安安说，我先去白鸥园的家，再去棋院。庆丰路的市区起始点，在白鸥园。我在白鸥园住了十三年。上了车，我抱安安靠在我怀里。他晕车，每次坐车，哪怕只有几百米，于他而言，都是痛苦的折磨，他先开车窗，然后捂住鼻子，身子往车沙发软塌塌地靠着，一句话也不想说。白鸥园有很多三轮车，以前上学，他都坐三轮车，那些车夫对他很熟，知道他爱去哪儿玩，爱去哪个餐馆吃饭，几点钟放学。住凤凰大道之后，三轮车没了，上学放学只能打车。我可以想象，每一次出门或回家，这十几分的路途，他是多么的痛苦和难受。白鸥园的房子在六楼。一楼楼道口，那个矮胖胖的大姐正在卖烤火腿肠。我给了她一支烟。她说，不抽了，已经戒了半年多。我说怎么戒烟呢。她说，高血压几年了，不能抽了。我住白鸥园之前，她就在楼道口卖烤火腿肠了，一个煤气灶烤箱，烤板上整整齐齐地摆着插了竹签的火腿肠，和一罐番茄酱一罐辣酱。没生意时，她坐在塑料凳子上玩手机或抽烟。她矮胖，脸上有很多麻子。她二婚的男人中午送饭来，没送饭来的话，她就啃两个馒头。她好几次对我说，你要说说你老婆，用钱太厉害了。我笑笑。她又说，你小孩也用钱厉害，我挣的钱，不够你小孩去游乐园。我笑笑。她好几次，算她的收入给我听，一根火腿肠挣三毛钱，最好的日子，比如大的节假日，一条卖两百来根，平时才卖八十来根，天天坐在楼道口，早出晚归的。她是个乐观的人，说，能摇到廉租房就好了，什么都安心了。摇了好几年，摇到了一套五十多平方米的廉租房，又查出高血压。她又说，两个孩子长大了，一个在工地里学监理，一个在宾馆里做保安，有收入了，钱由他们自己存着，将来讨老婆的事情由他们自己管。她呵呵地说，手抱在自己的膝盖上。

说话的间隙，安安咚咚咚跑上楼去了。我把书房整理了十几分钟。书桌上，架子上，地上，都是书，每次去，都要整理一次，分类，排序，码一遍。房子因无人居住，到处都是灰尘，有一股霉味。我叫安安："我们走吧。"他还在房间里，手上拿着什么，低着头。他一个侧身，跑出门，咯咯咯下楼。我叫安安，安安。他也不应答我。每次出门，都是我走前面的，他尾随我，拉着我的手。我快速下去，拉着他，问："想妈妈了？""不是。"他眼睛红红的，用手揩着眼。我说，那是为什么。他说，我们回白鸥园住吧。他又说，我想回来住。我抱着他肩膀，说，我也想回来住，但暂时不会。安安说，这里很多玩具，我可以长时间玩玩具。我说，你现在也有很多玩具呀，前天爸爸整理你玩具，有三箱呢，爸爸都整理了半天。我说，勇敢一些，男孩子不能轻易流眼泪，以后，你还要去很远的地方，一个人去读书，一个人去生活，可能还要出国呢。他说，那我带你去吃小笼包子。

拐过八角塘菜场，到了相府路。棋院在相府路。相府路与步行街交接口有两排小吃摊。做小笼包子的，是一对夫妇，我认识。我说，你还在这里做呀，好几年了，看样子，你挣到钱了。夫妇是贵州人。男的嘿嘿地笑笑。女的说，是呀，安安还在手上抱的时候，你爱人就常来了。时间过得真快，一晃十年，都不觉得。

安安上了棋院，我去了新华书店。新华书店是我唯一常去的地方，不买书，转转也是快活的。在书架上，看到了自己的《南方的忧郁》，还有五本，上次来有九本。年前，书店进了八百本，零售了六百本，剩下这些了。我问引导员，《饥饿的身体》有卖吗？引导员二十出头，有些怯怯的，穿一件白色的围裙，说，有，我找找。在书架里，露出三本。我把书拿出来，摆放在显眼的平桌上，说，这样方便客人翻看。引导员看看我，把柜子内的《饥饿的身体》抱了十本出来，一起摆放。我买了蒋勋的《写给大家的西方美术史》。近些年，除了外国的诗集，我很少买纯文学类书籍，喜欢看杂七杂八的书，也差不多有十五年不看当下的小说了。每次从新华书店出来，我都觉得人十分的渺小，渺小到不如一个汉字大。满屋子的图书，有多少人写了一辈子，进不了书架，又有多少人，进了书架，又成了废纸卖掉，更多的人在书架上永远地消失。写好书的人，可能会有怪癖，可能狷狂，但不会轻薄，他知道，他的面前始终坐着伟大的灵魂。前些天，我和同学徐勇说，从十八岁开始写文字，证明了两件事，用十年时间证明自己写不来诗歌，用十年时间证明自己的散文只能如此了。写文字，不仅仅是发掘的过程，还是证明自己生命的过程，可能结果令自己十分沮丧，淘汰别人，还淘汰自己。写文字和生命是一样的，以减法的方式进行。明明知道自己的结果十分沮丧，但还是日夜不分地写，这是执拗和偏执，更是热爱。长期写作的人，都是偏执的人。热爱一个事物，是不会关心结果的，热爱的过程最美好。

十点去接安安，教室里还在下棋。走廊里，坐了两个女的，三十来岁。我坐在中间的空凳子上。右边的女人估计在刷微信，不时咯咯咯地轻笑。左边的女人在手机上，快速地阅读小说，我侧身看了看，大致的内容是讲婚外情的，女主人公在焦急地等待情人的到来。安安出来了，我摸摸他的头，问他："中午去吃牛排吗？"每个月，安安和骢骢都要去马克西姆吃牛排或羊排，有时一个星期一次，有时半个月一次。我没去吃过，我不太吃这些东西。安安说，回家吃饭吧，家里还有红萝卜。他喜欢吃红萝卜、萝卜丁、花菜、藕、口条，尤其喜欢面条。每次，我烧菜给他吃，问他味道怎么样，他都说，难吃死了。骢骢不一样，只要是肉食，新鲜烧的，都埋头苦干。

烧饭的时候，安安在玩陀螺。在所有的玩具中，他可能最爱陀螺了，从四岁开始，一直玩到现在，去公园，也把玩具箱带上，像个电工。我曾几次问他，长大了干什么，他说要去读上海音乐学院。最近一次问他，他说，去不了音乐学院就做工人。我说做工人好，工人制造的东西都是生活需要的东西。他就说，做工人就马上退休，可以玩了。他反问我："那你希望我做什么呢？"我希望你做外交官，任何时代，外交都是国家最重要的工作之一。"做外交工作，年薪有一亿吗？"他说。我说，哪有年薪一亿的国家公务员呢？没有的，再说，工作不能完全以年薪多少去作为主要选择，人需要钱，但也不能为了钱，人还有很多东西比钱重要。他哦了一声，继续玩陀螺。我又说，我希望的，和你想做的，是两回事，你选择你想做的又有意义的事情，就是最好的事情。

下午，安安学吉他。我把他送到琴房，我上街了。溢洲商厦圆角路口，一个六十多岁的老太太，看看我，说，刷刷皮鞋吧。我停下来，看看自己的鞋子，说，可以。我坐在椅子上，说，你别刷得太认真，我马上又要走路的。老太太头发有些斑白，穿藏青色棉袄，围了一件围裙。她说，脚当然是要走路的，鞋子干净，走路也清爽。我说，大姐，你哪里的人，口音是南乡的。嗯，是应家的，出来好几年了。那你老头子呢，他不和你一起出来刷皮鞋呀。老太太挤出皮鞋油，刷在鞋面上，说，老头子卖水果，拉一个三轮车，水果难卖，卖不出去的都烂在家里，这几天卖甘蔗了，铅山甘蔗。她叹气地说，儿子不争气，天天睡懒觉。我说，你儿子干什么的，成家了吧。她说，成家了，孙子读初中了，儿子开摩的，一天开不到三小时，哪挣得到钱呢。我说，你一天刷二十双鞋子，至少吧。"有二十双就好了，我是在餐馆洗碗的，下午有三个小时休息，我出来刷刷，一般的话，刷五六双，现在穿皮鞋的人少，布鞋球鞋多，上个星期，接连三天一双都没刷到。"她抬头看看我，说，"你是干什么的？"我说，我没事干，暂时无业。她又看看我，说："不像。"刷好了皮鞋，我去电影院转了转，没有想看的电影。正在放映的片子都是捉妖或穿越之类的，我觉得没意思。我去步行街，一家一家地看服装专卖店，想找一件大衣，也没看到如意的。我转到原单位，看看有没有信件。收了几份样刊，几张汇款单，和几本文友寄来的书。到邮政把钱取了出来，数数，还不少呢。这时候，接到电话，一个朋友打来的，说县里想请我去讲课。我说，我过几天要出远门，讲不了。我是要出远门，今年常出远门，一个人，远游几天，去偏远之地。我也确实不想讲课，十几年了，很少讲。对一大群写博文的人，讲写散文，不免觉得自己滑稽——就像对跳广场大妈舞的人，讲芭蕾一样。何况自己半瓶子油，也没什么可倒给别人的。

看看时间，四点了，老师来电话，说安安不上课了，想去他舅妈家玩。我说我马上到琴校。安安坐在沙发上流眼泪，说，不想上课了。我说，可以，上一节课五十块钱，我找一家餐馆，你去洗碗，把五十块钱挣回来，再去舅妈家。他不说话了。我说，学吉他是你自己有兴趣的，是你自己要求的，哪有做事半途而废的呢，半途而废的人什么事情也做不好。安安说，想和弟弟一起玩。我说，今天不去舅妈家，明天去，放学了直接去舅妈家。"下课了，那我去亿升电玩城玩。"他说。我说，可以。他又去上课了。我坐在沙发上，想起安安六岁那年暑假，我带他去贵州玩，在黄果树穿过瀑布时，他紧紧地拉着我的手，说："我害怕，我不看孙悟空水帘洞了。"瀑布湍泻的水声和黑咕隆咚的洞内光线，确实使人惊惧。我拉着他，说，不怕的，这几天你都很勇敢，最后勇敢十分钟。他自小就是贪玩的人，眼睛睁开就出门玩，玩得筋疲力尽才回家，到了半路上睡着了。在出口处，我去卫生间，交代他，跟着几个叔叔，别乱走。卫生间出来，不见他人，我叫安安，安安，也不见他应答。我找两三分钟，看见他坐在台阶上喝饮料。我把他抱起来，什么也没说。我心里涌起酸酸的浓液。抱到我手酸痛了，说，安安，给妈妈打一个电话。

吉他课结束了，我说，安安，吃了晚饭再去亿升玩，可以多玩一会儿。他说，可以，吃羊排。我说，好，叫骢骢一起来吃，你打电话。打了电话，安安说，骢骢不来，我们去食尚鲜吃，骨头肉烧得很好。我说可以，你带路。到了食尚鲜，我说，你吃什么自己去跟阿姨说。他点了四个菜，说，我要给妈妈打电话。

到了电玩城，晚六点。他去兑换游戏币。我说，只能玩十块钱。安安说，好，卡里还存有五十块钱游戏币。我坐在休息椅子上看书。我一篇小说没看完，他赢回一大把游戏币，说，我待会儿还要赢。我知道，这些游戏币最终进入游戏币箱子里，看看他开心的笑脸，我也笑了。他坐在游戏桌上，和四五个大人在打游戏。我也看不懂，继续看书。他边打边笑，声音大大的。游戏也嘟嘟嘟地发出很多欢快的声音。看完了一本杂志，他坐在我身边，我说，是不是没游戏币了。安安说，我可以叫阿姨给我几个再玩玩。他又去要游戏币了，一把。连续要了两次，要第三次，我看见他坐在售币员的柜台里，我走过去，说，安安还要打吗。他说不打了。他在和阿姨聊天，说学校里的事。我问售币员，安安在你这里至少玩了三万块钱。售币员说，哪有这么多，不过，他是金牌会员，这里的人都认识他。我说，他妈妈惯坏他了。我是第一次陪他来，怎么玩都不知道。我说，你这里还是少的，银泰游乐园在他七岁前，天天去。我对安安说，去接骢骢吧，她快下课了。

开灯，烧水，泡午时茶，洗脸。安安上床睡了。他一个人蜷缩在被子里，似乎很委屈。我说，给妈妈打电话，好不好。他坐起来，给他妈妈打电话，说了几句话，又开心起来。我说，要不要我陪你睡呢？不要了，自己睡。我去书房看书，看止庵的《惜别》。看了两页，听到安安叫我。我又去他床上，把他被子盖实。我躺下去，抱着他，没一会儿，他酣睡了。

我继续看书，却怎么也看不进去。窗外断断续续地打起雨滴，冷风入窗。冬天已经完全到来。一天完结，一年将尽。我估摸着，明天去乡下买一只羊来，犒劳这几张嘴巴。

（原载《广州文艺》2016 年第 2 期）

# 雪落 / 苏沧桑

杭州市某肿瘤医院住院部七楼 23 号病床——这是我的编号。

2 月 9 日，下雪了。雪，让天空与大地保持了某种古老的关系，每一年，它们都会相聚几次。

雪落下来时，一个并不年迈的身体刚刚离开我，就像窗外的细雪，很轻，很静，落到地上，就化了。我的床单上，还留有一种温度，比气温高，比体温低，但我觉得，比外面的雪更冷。还有一种气味，正在慢慢离开我。这是我十几年前来到这儿之后，已经异常熟悉的气味。

当这种气味弥漫的时候，我难以察觉，但据说，有一种能够闻到，那是一种气味的主人即将离世的味道。当这种气味浓烈到我都能闻出来时，便会有哭泣来临。

雪飞舞着。今天的雪，跟往常的不一样，像被一个主旋律和节奏牵引着。雪静静落下去，落下去，忽然被一阵风从下往上卷起来，雪花飞舞，勾勒出无形的风的样子，风是圆形的。一个休止符后，雪花在圆形的团体里解散，又慢慢往下落，落向陡峭的大地深处，它落下去时，不知道自己的脚尖会戳到哪里，是柔软的水，还是坚硬的地，是干净的，还是脏的。就像，这里的无数生命，落入深渊时，落入生命的尽头时，不知道落脚处最后在哪里。

今天，又一个人逝去，像雪一样化了。

傍晚时分，雪停了。当这个叫米娟的女人轻轻压在我身上的时候，我如同一棵树，所有的树叶轻轻颤动。她柔软的长发触到我，像一根根婴儿的手指。

然后，我闻到了一股指甲油的味道。

指甲油于我，是一种陌生的味道。躺在我身上的人们，无论男女老少，在确信自己的身体背叛自己去往未知时，没有人再有心情或有必要涂指甲油。在头发渐渐因化疗而脱落的日子里，美，从他们的身体，甚至心灵里逃遁了。

我闻到过这种气味，来自探望的女人们。指甲油没有干透的时候，会散发难闻的刺鼻味道，像那些工地里、事故中散发出的刺鼻的难闻的味道。像她没有来到这张病床前，几乎每天要去的地方的味道。

米娟是一个城市某行政单位的安全监督员，只要她所在的城区发生任何安全死亡事故，她都要第一时间赶赴现场。有时半夜三更，一个电话，她都会跳起来，风风火火一个人开车飞奔。

她忘记了第一次看到事故现场时的感觉。感觉太强烈了，于是，她的大脑在某一天有意识地选择性忘记。十年来，她经历过一百多次死亡事故。一个半夜电话，她就得连续工作三天，现场拍照，取证，做笔录，接待家属，谈判，咨询等等。三天不睡，是家常便饭。太困了，她一天喝六包铁皮枫斗精，忙不过来，直接将粉粒倒进嘴里。

一个老人每天寸步不离地跟着她，他唯一的儿子在工作场所被电死了，仿佛跟着唯一的希望一样跟着她，她上厕所，他就蹲在女厕所门口，仿佛她一消失，一切就找不到了。她跟他说，我一定按照政策尽我所能帮助你们争取到合情合理的最高赔偿。但他们不信。

一位外单位人员找她办事，她请她稍等，因为她在电脑前处理一起死亡事故的卷宗，很快就好。那位女士等急了，凑上来问，你在忙什么呀。她说，你不要看，马上就好。女士说，你不是在玩游戏吧，还不让我看。她说，我上班从不玩游戏，下班也不玩。女士半信半疑，趁她不注意，偷偷站到了她电脑前。电脑里，是她正在处理的工伤死亡事故照片，有直接被劈成两半的，有脑浆迸出的，有断手断腿的，惨不忍睹。女士当场晕了过去。

这些照片，基本都是她拍的，距离这些遗体，很近。不仅仅是眼睛看到的，还有鼻子闻到的，耳朵听到的，手感觉到的。

她其实很柔弱，很“臭美”，长发及腰，说句话都脸红。有一次，她在农博会展览执法，话都不敢说，但人们使劲挤啊挤，眼看搭的棚子要被挤塌，她跳上凳子，叉着腰大吼："你们要不要命了？！"

那一刻，她的潜力突然像泉水一样喷涌而出，并一发不可收拾。她说，去生产现场检查，碰到安全隐患，如果我不吼，如果我不泼辣，是要出人命的！

老公的工作能力足够养她，但她还是要当她的"奇葩"。别的女人看电视，爱看韩剧，看娱乐新闻，她只看当地电视台的新闻，看哪里火灾了，哪里出事故了。笔录做到凌晨，她照样一个人回家。老公说，现在把她随便扔哪儿，都放心。

过生日，她满心欢喜去做了个橙色的指甲油，饭吃到一半，电话来了，有事故。直奔现场。于是，民工们看到一个奇特的一幕：一个面目姣好的青年女子，挥舞着她橙色的双手，时不时叉开十指把头发往耳后一撸，又放下。她的嘴巴飞快地动着，她的眼睛里泛着泪花。她已经不是语重心长，而是声嘶力竭了。她说，你们是整改了好几次都没有整改到位的单位。我今天态度不好，我要是错了，你们可以去告我，没关系，我回家老公养着。但我就是要厉害，对你们，要特别厉害，我就是要说你们，就是因为你们不重视安全，才导致一个年轻的命就没了！

他们不知道，当她讲着讲过无数遍的道理时，她的眼前浮现了曾经无数次令她午夜梦醒的惨烈画面，那些消失了的年轻生命，那些悲痛欲绝的亲人们。她也不想大热天一家一家跑过去告诫他们，跟他们吵架，张牙舞爪的，她无非就是希望他们平平安安的，好好活着啊。

假如，人有赤橙黄绿青蓝紫各种性格，她是属于橙色的——心态极好。曾经，她跟一个朋友说：我觉得自己实在是太好太可爱了，恨不得再生一个自己。曾经，她跟母亲说，你看，我对你实在是太好了，觉得我可以上"感动中国"了。母亲笑着骂她，从来没见过你这样的孩子，你就是一小魔鬼。

十年，她和她的工作日夜生长在了一起。累，但快乐着。

命运在 2013 年改变。

她从来不生病的，终于累病了。7 月份体检出来，让她赶紧去复检，可一直忙，年底了才去，乳腺癌，幸好没有转移。手术，化疗。

她跟老公说，没事，做个小手术。你晚上照样去应酬好了。她独自一人和医生谈妥三个方案，第一，只取病灶，第二，切除部分组织，第三，全切除，包括淋巴。她跟老公说，假如严重到第三方案，那么，就让我独自去旅游，有尊严地死去。

门诊室里，还有两个老人，乡下来的，上次化疗后没钱了，就没来，不好了，又挨家挨户借个一百两百的，凑了钱又来了，可跟昂贵的治疗费差一大截。医生一直解释，一直摇头。他们跟医生说时，满脸堆笑，像犯了错。老太太问，医生，有希望吗？医生迟疑了一下，说，有。米娟看见老太太眼睛立刻红了。

米娟想，跟他们比，我这点难算得了什么。

但化疗，只有经历过的人，才知道什么叫痛不欲生。第一袋打进去，米娟没有感觉，第二袋打进去，米娟还是没有感觉，捏得紧紧的手指渐渐放松。米娟想，没事，并没那么可怕。第三袋打进去，一下子如翻江倒海，语言无法形容的难受，感觉立刻就会死去，不，死去比这个好受。

医生静静地说，这第三袋才是化疗的药，前面两袋都不是。

而这样的酷刑，一受，就是两个月。

此刻，我的皮肤上，无力地蜷着一根金黄色的长发，是从米娟的头上脱落的。一天一天，像她说的，直到变成光头哈哈。她光头了，依然笑。我为什么不笑？我的帅哥儿子和帅哥爸爸陪我，父母陪着我，我从来没有这么休闲过，没有这次病，我怎么可能认识到健康的重要？

儿子平时从来都叫她“姐姐”，她就是一个姐姐，年轻，“二”。当他从澳洲的学校赶回来站到病床前，他却叫了一声“妈妈”，然后，蜷缩在她脚边陪夜。

“就是你的工作耽误了你的病，你难道不恨你的工作吗，不恨自己太投入吗？”她的朋友嗔怪她，让她病好后别干了。

“又爱又恨吧。是这份工作让我耽误了看病的时间。但假如没有这份工作，我这次病了，心态没有这么好，也不会这么坚强。还有，你想想那些突发的死亡事故，真是太可怜了，没有任何准备的时间，就走完了一生。这次，我体会了一次生离死别，我更不想他们那样。”

病房里静悄悄的。主治医生说，还有三次化疗她就能康复了。米娟算了一下，夏天过后，就可以回去上班了。

很久没有如此安宁的日子，让她时时自己跟自己对话。她在 QQ 空间里写道：清简如水的日子，独处的时光，可以思考，可以遗忘，可以清扫心灵的尘垢，是灵魂修复的过程，生命的感悟就在这份静好中得到领悟，灵魂就在这份静谧中得以升华。窗外是红尘喧嚣，心中却是风轻云淡。但是，当一个人静下来，心里会有一种内疚在隐隐作痛，对于家人，我太不负责了。对自己，我同样没有负责，一个女人，没有了健康，哪里来的快乐和美丽?

她的内心依然纠结，但敌不过义无反顾。老公没有劝她，知道劝也没用。

雪下密集了，她将手机调成静音，在我身上躺下来。我感到一个柔软的身体轻轻落下，像雪，不，像一枚有温度的、带着梦想的羽毛。远处的房子，在密集的雪里，模糊成了碎片。

（原载《黄河文学》2016 年第 7 期）

# 千羊之皮 / 刘梅花

段爷是个皮匠。不，确切地说，他是个裁缝。或者，我也说不清，两样都是吧。

他家的院子真不小哩，一眼看上去都有些辽阔的意思。如今，村里这么大的院子那可没有。靠南墙是搭羊皮的木头架子，几口粗缸，木头绷床，一些老旧的粗使家什。还有一对木头驮桶，苫着塑料布。这些物件都破败了，看上去快要散架。东边是木头老房子，烟熏火燎的，连玻璃上也是一层黑灰。廊檐下几条粗笨的木头板凳，落着麻啦啦的鸽子粪。老屋的门槛都不低，一尺高是怎么都有的。门槛磨得乌黑发亮，段爷总是坐在门槛上，吃烟，出神，喝老茶。偶尔也坐在门槛上干活，给孙女补袜子，补靴子，或者拾掇农具。吃饭的时候也坐在门槛上，一碗挂面，一碟子山芋丝。他几乎没牙了，肉食绿菜都咬不动。

他还种着几块旱地，农忙时节就整天在庄稼地里忙，尚且能苦动，就得苦。除了种地，段爷一辈子的职业，大概是这样的：把生羊皮拿来，泡在加了硝盐的大粗缸里，等到熟好，捞出来，平铺在地皮子上，先把板子皮铲一顿，再捶一顿，敲散了板了皮的筋骨。最后，撒了草木灰，使劲儿挼。挼皮子全凭感觉，木讷笨拙的人挼出来的皮子硬，呆滞，不好。段爷挼出来的皮子软和，柔韧，轻轻一抖，树叶子一样坷垃坷垃响着。这才是好羊皮。这时候羊皮上的羊毛还粗糙，不够光亮，要再泡一遍。晾干后，慢慢修剪，剪过的羊毛微微卷曲，朝着一个方向水波一样滑顺闪光。最后一道工序，是扽皮子。挼好的皮子绷在木头床子上，慢慢扽，需要好几天，才能把皮子扽薄，把毛色拾掇亮堂。

粗看，也就这些程序。不过细细做起来，道道工序都极其复杂，稍微哪一点做得不好，皮子就会有瑕疵。

羊皮拾掇好了，才是开始。段爷有一把大剪子，磨得闪着光泽。羊皮上画了线条，大剪子拨开羊毛，咔嚓咔嚓裁剪羊皮。羊皮毕竟是羊皮，不是天生当衣料的，料不够宽大。段爷心里有数，哪儿裁剪前片，哪儿裁剪后片，哪儿裁剪袖子，嘴里念叨着，一剪子一剪子走。衣襟下短一截子，剪一块弥补上。后片窄了，再裁一绺儿弥补上。袖子都是碎块弥补起来的。

剪好了，皮子搁在一个柳条蔀篮里，放在廊下。段爷坐在门槛上，捏着缝皮子的大针，穿了细细的皮条子，针针线线缝皮子。段爷缝皮子极慢，两块皮子的毛色要比对好，针脚要细密，弥补衔接处不可粗疏……缝好的皮袍子，毛朝里，皮板朝外，暖和得很。短的叫皮褂子，刚好到膝盖处。长的叫皮袄，几乎遮住脚面。宽裕的人家，还要罩上面子，青布蓝布，穿起来像大氅一样漂亮。钱少的人家，就穿白板子的皮褂，也不难看。

这是段爷的手艺。除了做皮袄，别的皮活他并不做。所以他也算是裁缝，也算是皮匠。

日子似乎就是最近这几年不那么冷了。在我小时候，老家的天气实在是冷死人了。寒风那么粗粝，雪那么大，冻得白杨树一夜之间齐茬茬地就折掉了。出门的人，若是没有一件皮袍子，真正不行，走夜路能把人冻死。我爷爷有一件毛朝里的皮褂子，青布面子，细密白亮的羊毛。每逢他坐在炕头吃烟的时候，我揭起衣襟，像小猪一样拱进他的皮褂子里，然后脑袋从领口冒出来，被烟熏得张不开眼睛。

我爹是一件长皮袄，蓝布面子。不过，我爹的那件皮袄很旧了，毛色实在不好，抖开皮袄，那些羊毛看上去破烂稀疏，灰楚楚的颜色也教人觉得不够暖和。那件皮袄实在太大了，我把它当作一顶帐篷，搭在炕上，前襟留出帐篷口，钻出钻进。那些稀疏的毛很扎人，一定是几只老羊的皮，它们太老了，脾气也太倔了，羊毛像针一样，皮板硬得很，一点也不够柔软。我钻厌烦的时候，就会薅羊毛，从皮袄里一根一根拔扎人的羊毛。

尽管如此不够漂亮，爹还是很珍惜他的皮袄，冬天一出门就紧紧裹在身上，像裹了一座挡风寒的帐篷。他和他的帐篷四处游走，在风雪里劈开一条缝儿。后来，他和母亲的婚姻崩溃的时候，母亲带走了那件皮袄，她说，这是我娘家的，凭什么给他穿。后来我一直在想，那件皮袄怕是谁也穿不起来，我的舅舅们个子都不很高，想必驮不动那一身的皮子吧。

没有皮袄的那个冬天，爹冻极了。他的棉袄薄，无法抵御刺骨的风寒。他流着清鼻涕，打着喷嚏，脸冻得青黄。爹在寒夜里给人家去浇冬灌水，不去不行。那个沙漠边缘的小村庄里，我家是外来户。冻极了，他就点燃一垛柴禾，围着火堆转。爹说，若不是一堆火，一夜熬下来，真要冻死人呢，冻得关节咯噔咯噔响，脊背都硬掉了。

那时候，真是冷，干冷干冷。

爹说，等明年攒点钱，找老段做一件皮袄吧，这地冻天寒的，没件皮袄熬不过去。

老段就是段爷。那时候，他的手艺正是红火的时候，一天到晚在忙。做一件皮袄，大概需要一个月的时间。所以，他无论多忙，一年也做不了几件。有羊皮的人家，拿着皮子找他。我家连一张羊皮都没有，所以做皮袄这件事很费周折，钱总是攒不够。爹一有空儿，就去段爷家串门，帮着泡皮子，捞皮子，和段爷议论什么样的皮子最漂亮。他心里暗暗算计着价钱，觉得未来总会有一件毛色上等的皮袍子等他。

直到爹去世，也没穿上新皮袄。他的钱总是用在比皮袍子更重要的事情上。总觉得他冷，非常非常冷，裹着一身寒气离去。这是一个农民的命运。受苦一辈子，不一定穿上一件心爱的皮袄。

段爷每见了我，忍不住要说起我爹。段爷对老街坊牵念的缘由，大概也是许偌他要做皮袍子的，结果没做成，心里不踏实。不过，这几年他渐老，缝不动皮子了。而且，天气似乎慢慢变热，不再那么刻骨地冷了。需要皮袍子的人越来越少，段爷也就歇业不干了。

去年的时候，段爷又打算着缝一件皮袄，给他自己。我觉得奇怪，他那么老了，说不定都驮不动一身皮子。可是，段爷似乎并不觉得。他说，老胳膊老腿的，冬天总觉得冷。或者，他纯粹是心里冷，感觉而已。

他算计了一下，缝一件上好的皮袍子，还差三张羊皮。春天的时候，段爷捉来三只肥肥的小羊。好好喂养一年，到年底就能宰了。到时候羊肉卖了，羊皮添凑起来做皮袄。

不过，老家的山里已经禁牧了。作为石羊河的源头，山里那点草留着养水，不能喂羊哩。段爷的三只羊养在家里，喂的是饲料。天气好的时候，他的腰里吊着个料褡褡，装着些豆瓣，坐在门槛上。三只羊勾着脖子围着他，争抢着他攥在手心里的豆瓣。

当年放皮料的蔀篮还在门口放着，磨得发亮。几只苍蝇在门口乱飞。段爷的青布衫子很旧了，腰里系了一道浅灰布带，别着烟锅子，吊着旱烟袋。他光着脚，腿子伸得老长。羊的脑袋蹭着他，羊的嘴唇蹭着他，咩咩叫唤。他的山羊胡子是花白的，相当浓密，眉毛也是粗眉，像两把大刀。即便他老了，看上去也像个武夫，而不像皮匠或者是裁缝。段爷盯着羊看，那不是羊，是三张柔软的羊皮在蠕动。

厨房里，一口大锅正在咕咚咕咚煮着山芋。除了三只羊，段爷还喂了一头猪，过年要宰的。猪吃头大，一天吃两大锅煮熟的山芋，一勺麸皮。煮山芋费柴，麦草没劲道，木柴才行。

段爷去灶火里添柴的时候，三只羊也跟进去。木柴在灶膛里噼里啪啦炸裂开，火焰乱窜。段爷添进去一堆枯枝，烧火棍捅开火心，木柴不冒烟了，吐出红蓝的火焰，呼呼响着。

冬月天其实也没多少活儿，可是段爷在院子里拾掇，这儿忙一下，那儿忙一下，三只羊跟着，探头探脑地寻找料褡褡里的豆瓣。猪听见动静，也放出声音来哼哼唧唧。天空晴朗，太阳也不热，红红挂着。段爷有时候会立在南墙角，梳他的山羊胡子，很认真。

到了腊月，儿子媳妇打工回来，段爷说起自己想缝皮袍子的事情。儿子并不热心，只是应付几句，顺便说起打工的收入，一年苦下来，没剩几个钱，只顾得上明年的花销。媳妇相当淡漠，嘀咕说，都什么年代了，还想着缝皮袄。都老古董了哩。还不如卖了羊拿钱供丫头上学。

段爷不再言传。他俩过年才来几天，平日里孙丫头留给自己，爷孙俩相依度日。丫头读书的钱，做爹娘的不操心，倒是教爷爷操心，真是好大的脸，比脸盆还要大。

段爷仍旧坐在门槛上，一边吃烟，一边喂羊。羊都肥得很了，像三个草垛。孙女放假了，三个羊都有名字，大白，黑耳朵，花眼圈。她乱喊着羊的名字，骑着大白一阵猛跑，段爷忍不住大笑。他的牙齿都不见，笑起来走风漏气的。他吭吭咳嗽着，眼泪都咳嗽下来了。

段爷嘴里说，小祖宗，饶了羊吧。眼睛却一直看着大白，那一身白花花的羊毛，密密匝匝，多么漂亮的羊皮呀。

那一天，他的亲家母去世了。媳妇磨叽着不肯去奔丧，在屋里走来走去出不了门。儿子红着脸皮过来商量，要牵走大白。依着本地的风俗，女婿奔丧得牵一只肥羊，没有肥羊，进不了丈人家的门。段爷慢慢伸开手里攥着的豆瓣，把最后几粒喂给大白，嗓子里不痛快地说，羊宰了，羊皮一定拿回来，要缝皮袄的。儿媳妇这才牵羊出门，哭哭啼啼回娘家去了。

过了几日，段爷听见门口摩托声，儿子媳妇回来了，急忙迎到门口，问道，皮子拿回来了？儿媳垮着脸，什么也没说，跺跺脚上的尘土，进屋去了。儿子讪讪说，羊皮卖了，老岳父手头紧，添凑几个顾急。

段爷也黑了脸，没说话，垂着头出了门，到村口里吹吹风，两只羊跟着，尾巴一样。

翌日，段爷使唤儿子，叫他牵了黑耳朵去街上囫囵卖掉。黑耳朵瘦，病了几次，眼神楚楚的可怜，他不忍心宰杀，活卖了算了。倘若肉铺子里买了，过几天去把皮子买回来。

儿子早上牵了黑耳朵出门，傍晚仍旧牵回来了，太瘦，卖不上价格。再说羊价也跌了很多。段爷心疼黑耳朵，晚餐加了一瓢麸皮。他说，那样低的价钱是不行的，连饲料钱都不够。儿子拍拍羊头，也没吱声。

眼看腊月二十三到了，那头肥猪先宰了。儿媳妇割了肉，拾掇了血肠，猪头，拿到娘家里去了。段爷心里疼得吸了口气，但也没说话。人越老，就越不爱说话。儿子问，花眼圈很是肥了，是不是也宰了？段爷思谋了一阵子，说那就宰了吧。

羊皮剥下来，搭在墙头上。段爷眯着眼瞧，细密绵长的毛，厚实，不扎人，真是一张好羊皮。他掂了掂羊肉，三十斤有。段爷扛了羊肉，去肉铺子里卖掉了。若是媳妇回来，少不了要剁一条腿拿给娘家。段爷一年头疼脑热的，手里没个零花钱不行。儿子馋羊肉，说不出口，有些嗔怪的看了几眼，闷闷的，一天不说话。

瘦弱的黑耳朵还养着，清水麸皮，再添几把豆瓣。

过了年，段爷把羊皮泡在硝水缸里。一张一张凑吧，一下子弄不出来三张皮子。黑耳朵再喂两个月，可得一张好皮子，肯定会的。

儿子媳妇又要准备出门了，在家里打点行囊。段爷寻思着要添两只小羊，早饭后出门寻羊贩子去了。回来的迟了些，灯都亮堂了。进门下意识去看羊，羊却不见了，槽头空空的。问，羊哪儿去了？今天可都喂了豆瓣？

儿子眼神躲闪着，脸皮紫胀，讪讪地说，牵出去活卖了。我们没有出门的路费，一点钱也没有，手头紧得很。段爷有些愤恨，责备儿子道，你明明知道，我要缝皮袄的，哪怕宰了，把羊皮留下也好。儿子呐呐说，是啊，你要缝皮袍子的。然后，父子俩再也没说什么，各自忙各自的去了。

段爷给我絮叨这些事情的时候，已经到了四月天，他新买的羊羔子都满院子乱跑了。他仔细地给我唠叨那三只羊，还学儿媳妇黑脸的样子，学儿子讪讪的涨着脸皮的模样。末了又说，其实他俩不懂。你爹在世的时候，顶喜欢我的手艺，见一回夸一回，那个好人。

好手艺也得有知音，一定是这样的。段爷手持长剪刀，仔细修剪羊毛。地面上是他勾着头的影子，一晃一晃，细瘦寂静。许久，鼓起腮帮子吹掉手上的羊毛屑，眯着眼睛看一会儿皮子，像看着一件华服。他的眼神纹丝不动，愣怔怔的，定定儿呆着。段爷真的老了。他是个皮匠，一辈子手里缝过去的皮子，一千张也是有的。可是，千羊之皮手里过了，却还没有自己的一件皮袍子，这事儿真的说不过去。

段爷要赶在年老痴呆之前，攒足了力气给自己缝一件毛色华丽的长袍子，遮住脚面的那种，在雪地里咯吱咯吱体面地走上一回，教别人都惊叹一声，多么好的皮袍子！

（原载《金城》2016 年第 2 期）

# 心的城 / 沈俊峰

## 野鸭

走在河边，猛然发现水面上有一群小鸭子。这群小鸭子太小了，像小镇集市上卖的鸭雏，但它们的身体不是嫩黄，而是黑与青的杂糅。它们活活泼泼，浮在水面，逆流而上，寻找食物；一会儿潜入水里，一会儿浮上来，不停地点着小脑袋，或者嬉戏、追逐、打闹，一个个像患了多动症的顽皮孩子。

惊喜自天而降。这些小可爱儿，从哪里来的？以前怎么没有见过？我站在水边，傻傻地看。天寒地冻，风凛如刀，我竟忘了还要去做什么事！

这是一群野鸭子！

足有二十多只！

住在这里十多年了，从没见这条河的水清过，总是黑得发亮，像漂着一层油花，怎么就突然有了这些小野鸭呢？莫非生态趋向康健了？

这几年，我喜欢起了走路，只要有时间，每天的目标是疾走一万步。从双桥到管庄，从南岸转到北岸，绕河一周，来回四五公里。南岸，贴着河边，是一条不宽的水泥路，路两头有水泥墩挡住汽车，清静，成了人行大道。大道边，是一座山坡公园，树木花草，该绿的绿，该红的红。北岸的双会公园，有四季常绿的油松。油松让我想起家乡。走在林间，松脂的香味令人陶醉。对周围唯一心存的遗憾，是这条河的不清澈，水难看。自从有了野鸭子，这水在我眼里就清了许多，我在河边流连的时间比以往长了许多。

野物，总是让人心怀欣喜。河堤上，冒着严寒来河边的人多了起来。大人孩子，注视着小鸭子，指指点点，个个脸上露出只有春天才有的笑意。

这些小野鸭，百只左右，大约分五六个群。我想数清楚到底有多少只，边走边数，但每次都是徒劳。小野鸭们浮来浮去，错错落落地游动着，时有几只用稚嫩的翅膀贴着水面练习起飞，划出一道道好看的波纹来。看着它们，心中暖暖。这些小野鸭成活在一个物质丰富的时代，一定会像宠物一样，受到世人的珍爱！

想起某年的一个夏日，我去河湾洗澡，还没入水，撞见一只肥大的野鸭子。大肥鸭惊叫一声，振翅飞起，掠过天空，不知所踪。看到野鸭子，想起一盘红烧肉，我拔腿跑回家，欢欣鼓舞地告诉那位有猎枪的邻居。我领着他，悄悄赶到水湾。野鸭子果然飞了回来，但是，它很警觉，听到一点声响，便嘎的一声，又飞走了。它似乎知道，这个水湾周围，有两个胃里缺肉的家伙，正贪婪地举枪等着它。

那是个物资匮乏的年代。在我的印象里，《诗经》以来，野鸭子似乎一直被人们当作一个菜，摆脱不了佳肴的命运，缺少人文审美。然而今天，在高楼林立的都市里，在这冬日傍晚，看到这一群野鸭子，真像看到印象派莫奈的《印象·日出》，静谧，柔情，安恬。宽阔的河水泛着橘红的波光，让人恍然一种错觉，如果水边再有一些迎风摇曳的苇子，我这南方来的游子，一定会以为身在故乡了……

转眼立春。树绿了，草长了，小鸭子更活泼了。我想象着，小鸭子长大以后，会是个什么样子？这条河会是个什么样子？

步行去地铁站，见一壮汉拿着一把弹弓，吊儿郎当地，一边走，一边盯着河里的鸭子。果不其然，他停住脚步，双手举起，稍一瞄准，叭，石子射出去了。幸好，这大概是个不缺吃喝却缺脑子的家伙。高速飞旋的石子在离小鸭子很远的地方落水。小鸭子惊恐万状往对岸浅水处逃离。壮汉大概觉得心虚，扭头往岸上看一眼，正碰上我的怒目。他扭过头去，继续往前走。我的目光一直跟着他，希望能把他融化。很无奈，我不知道用什么力量才能阻止这种缺情少爱的行为？同样，我也不明白，一个血脂普遍偏高的年代，为什么还会有那么多毫无爱心、心性扭邪的人？还会有那么多口腹之欲远胜于精神愉悦的人？人性的许多微小空洞，我们无法填补。

不禁为小鸭子的命运担忧。

四月的一天，我从地铁站出来，回家，发现河里冷冷清清，小鸭子不见了。从双桥走到管庄，一只也没有看见。直到现在，也未见。它们是迁徙了？还是被迫地别离？抑或被人消灭？不得而知。生活中，会有许多惊喜；生活中，也会有许多失落……

## 本质

从城里去乡村，打个不确切的比喻，就像从牢里放了风。

远远地逃离钢筋水泥的世界，一头扑进乡村的怀抱。那是一个养心养眼的柔软多情的世界，雨过青山翠，水淹青青草，庄稼为辽阔的大地盖上无边的绿毯。流连荒草萋萋的土路，欣赏路边一条蚯蚓悠闲爬行，摘一颗青涩毛桃，尝尝熟的程度，盘算着再过多长时日就可以一饱口福。或者，轻抚那满畦的豆角、茄子、西红柿、辣椒、空心菜……夏日的阳光和雨水，让它们像健壮的小牛犊，活蹦乱跳，蓬蓬勃勃，向上而生。清爽纯净的空气里，到处能嗅到欣喜和快乐。于我，像是回到了可爱的家乡。那些自小在城里长大的孩子，也是快乐得像一只蚂蚱，不断地蹦来跳去，眼睛里写满了新鲜与好奇。遥想当年，我绞尽脑汁，流血流汗，才改变了面朝黄土背朝天的命运，最终离开了乡村。如今，却又和许多城里人一样，挖空心思，做梦都想回到乡村，过一种恬静安然的田园生活。

铅华落尽，我突然发现，回归乡村，牧歌田园，实在是自己难以改变的心性。

城市，像一个巨大的月光宝盒，为我们提供了丰厚无比的物质和便利，但那终归潜伏着一种文化的缺憾和虚空。这或许是一种生命的深层而朴素的体悟。比如，在棉被上洒上再高级的香水，也抵不过阳光下晾晒的清香；吃多么高级的罐头、饼干，穿多么高级的化纤衣物，也离不开米饭、馒头的本味，也没有布鞋、棉衫穿起来舒服；住再大的房子，也只是睡在一张床上；开天下最豪华的汽车，驾驶天下最高级的飞机，即使上厕所都有人抬着轿子慢悠悠地赶去，也得时不时地出门，去田野、树林、河边走走，呼吸一口新鲜空气，接触一点地气，否则，从里到外，浑身都透出不舒服。

金鼎玉食之后，我仍然钟情于那大锅煮的饭，柴火灶台炒的菜，金黄的土鸡蛋，有着虫眼的蔬菜，老豆腐，粗玉米，鲜淋淋的野菜……并非仅仅是恋旧和回味，那确实是一种健康方式的选择。土地养人啊，离了土地，菜少一味，粮少一香，人也会有几分的寡淡和落寞。从自然中走来，再到自然中去，我们的生命密码中，遗传着这块土地的基因，或者血管中，流淌着文化的血液。这，注定了我们生命的本质！

城市给了我诸多的好处，我并不惧怕城市的深邃、繁华和不可把握。城市像大海，我也能做一条小鱼，畅游自如。只是，我时常会想到，土地给予我生命哲学的最朴素的启示。

我现在憧憬乡村，并非再回到过去的那个“穷”。我贪恋的，只是乡村的那个“好”。优美的风景，优雅的生命状态，都与我的人生追求相匹配，自然、简单、朴素、安静……心灵不会被高科技产品绑架，神经不紧张，精神很放松，心跳与大地之籁亲近同频。还有，我不想被城市的污浊所污染。来到乡村，多少都有一点去污涤浊的想法。“质本洁来还洁去，强于污淖陷渠沟。”在林黛玉看来，花朵寄托了她高洁的灵魂，即使死去，也要清清白白，一尘不染。心灵之洁，不也是我的一种本质愿望吗？！

一个人，能有始有终地坚守本质，不忘初心，实乃智慧超人，毅力过人，难能可贵。但是，我也曾见过太多的人，他们过着过着，走着走着，心性就变了，或者说，把本质给忘了。或被世俗污染，或自我堕落。他们被名利蒙蔽，为其所累，甚者，累死、困死。终不能明白，那些贪了几辈子人都花不完钱的人，他们到底有着怎样真实的想法？一个贪官站在威严的法庭上，曾如此荒诞陈述：我贪污受贿来的那些钱，多年来一分也没有花，完好无损地为国家保存、看管，请看在我多年如此辛苦的份上，手下留情，从轻处罚……

多么荒诞无稽啊。一个人，忘了本质，丢了本质，参不透烟云红尘，是多么可怕！

也有人，过着过着，走着走着，发觉心邪了，路歪了，忽地警醒，立刻校正航向，回归本质，心底便盛开一朵灿烂的花。甭管花期早晚，都能虔敬向佛。或许，这也是人生的本质？

大道至简，知易行难。人活一世，草木一秋，其实简单至好。这种简单，与时代的飞速发展，与社会的辉煌进步并不矛盾，那是内心的简单，也是智慧的坚守。

## 朋友

整理书房，发现一只抽屉快被名片塞满了。忍不住自嘲，朋友真不少！将名片翻拣一遍，竟还有大“老虎”的遗留物。不禁哑然失笑，感慨人生无常。这些名片的主人，既熟悉又陌生，有几个是我真正的朋友呢？

真正的朋友，是可以说说知心话的，何时见到都会热热暖暖。这些“片主”，有的，仅是一面之缘，有的，是工作的联系。认识之后，我和他们，他们和我，可能有过联系，有过各种接触，但都是根据各自的需要。更多的名片，则成了僵尸，与主人再无一次新的交往。如今，时过境迁，不知道这些“片主”们还有几个认识我？许多人，我也回想不起他们是个什么模样，更不知道他们现在变成了什么模样！

好朋友是装在心里的，哪有变成名片躺在抽屉里的道理？我珍惜一路走来攒下的真正朋友，那些和我同甘共苦或于我有情、有义、有恩、有惠的人。在他们面前，我不设访，不掩饰，掏心掏肺。每次想起或相见，都会热流涌动，都是对心灵的一次温柔的按摩。

许多人是萍水相逢而有缘，在关键时刻曾给过我温暖，成为我生命中的贵人。这样的人，需要用心慢慢去交往，慢慢去感受，终会成为能说知心话的朋友。

我拣一些有用的名片留下，另一些，准备淘汰。眼前两堆名片，像两大阵垒，安安静静，躺在桌上。我的情绪莫名低落起来，留下这些名片的标准和理由是什么呢？不用深想，当然是能帮上自己，或者是以后对自己有用的人。想来汗颜，原来，我也是一个势利的人啊！

又一想，人吃五谷杂粮，谁不势利？国与国交往，以利益为最，人际交往，不也同理吗？在这个躁动喧嚣的利益社会里，我们戴着利益的有色眼镜，东奔西走，追求或钻营，不就是为了满足心欲、活得更好吗？没有别人的帮助，又谈何容易？

伸出一条利益的腿，旋转三百六十度，扫堂腿一般画一个圈，有用的朋友被画在圈内，小心呵护与经营，没有什么用处或用处不大的朋友，自然是将其画在圈外。人这一辈子，估计会画许多次这样的圈吧？从前，我对这种行为充满了鄙视与仇恨，现在，则多了一分理解与宽容。一个篱笆三个桩，一个好汉三个帮，个人实在轻微渺小，如一叶舢板，难以抗拒飓风和浪涛，需要抱团取暖。身在关系社会，没有“关系”，说是寸步难行恐怕也不为过吧？说句实话，我倒是期待着，什么时候，我们不用再讲究那些复杂的“关系”了，才算是清静与幸福！那要等到什么时候呢？

我以为，势利的人并不可怕，势利的小人才最可怕。坚守自己，不做势利小人，这是做人的底线。

只有极少数的人，如果也算作朋友的话，很难走入我的内心。不是我的心门关闭，是因为这些半途闯来的人，多无趣味，或，多有功利，戴着一副面具也未可知，让人觉得虚幻，不真实，甚至让人憎恶和恐惧。我喜欢简单，对那个人人皆知的升官发财的江湖游戏不太感兴趣，也不想让自己太累。对那些欲望与功利非常茂盛的人，我一向心存畏惧，敬而远之。

这一抽屉的名片，让我颇多感慨。那时候年轻，认为朋友也像钞票，越多越好，其实远非如此。交朋友也要有选择，引狼入室并非个别，为朋友所累也不在少数，被朋友精神绑架的，更是多多。

曾经，一位多年老友，将他的一个朋友介绍于我。没想到，新朋友像膏药似的，搭上话，算是粘上，撕不下来了。他的热情主动，他的甜言蜜语，他的出手大方，他的大义凛然，让你善良的心无法拒绝，更无法驳回老友的面子。有一段时间，我真的以为交到了一个很好的朋友，甚至还有相见恨晚之感。在一次次相帮之后，他突然销声匿迹了。很长时间里，见不到他，也听不到他的声音。我渐渐淡忘了他的存在。多年之后，一个偶然的机会，从别人嘴里得知，他上调了，换了岗位，新单位竟然离我的单位不远，近邻。我一时哑然，心寒，脑海中闪过扳手、螺丝刀、锤子等等。视朋友为工具，用过即扔，这样的人不多，也不少，偏偏让我结结实实地碰到了。从那以后，我告诫自己，要分清楚是真友还是伪友，再也不能被这样的人精神绑架了。要学会拒绝，不能总是为那些贪婪自私、无足轻重的人活着。不能迷失了自己。

真正的朋友，能给你正能量，像冬天的衣服，越穿越暖；那些伪的、假的呢，则像背着棉花淋雨，越背越重，会把人压垮。所以说，交友要有选择，也要有更新，不能让那些无关紧要的藤藤蔓蔓绊了自己的腿脚，你还要往前走呢！

（原载《检察日报》2016 年 6 至 7 月专栏文章，全文共 8 篇，本书节选 3 篇）

# 姑佛 / 乔忠延

坦白地说，我不是一个好孩子。何止不好，还顽皮到恶劣的地步。如果用乡村人们“三岁看大，七岁看老”理论预测，我必然是一匹害群之马。

然而，我坦率地告诉你，我不是个好孩子，却没有沦为害群之马，还是个心肠不错的成年人。在弱冠前后便已洗心革面，用悲悯情怀替代了为所欲为。毫不愧色地说，至今坏沾不了我的边，好离不开我的身。

这坏与好的转变，肯定需要一定的机缘。若是以佛教用语来说，需要佛来度化。确实有佛度化我，不过那佛不在寺庙，就在我的身边。我的大姑就是度化我的那尊佛。

将大姑比作佛，你可能会认为她聪明过人。因为大慈大悲的佛要度化众生，必然耳听六路，眼观八方，不聪明行吗？显然不行。要聪明，还要聪明过人。可是说来实在沮丧，我那大姑不仅不聪明，还痴呆。用时下的流行词说，是弱智。可就是这弱智的大姑度化了我，把我从泥沼里救拔出来，送上了人间正道。

## 剃度

上小学没多少日子，同学们送了我一个外号：骄傲。现在回味，这个外号送得恰如其分。一年级的课本对我来说太容易了，许多同学十分为难的生字，我早已收入囊中。那时候，村里开展扫盲运动，教给农民学文化，还发了《识字课本》。我们家有一本，时常妈妈去民校上课，我便跟随在屁股后面钻进教室。老师讲的那些生字，不知不觉进入我的记忆。到了我的课堂上，老师写一个是熟字，再写一个还是熟字。老师图省事，干脆就让我带领同学们读，带领同学们写。我简直成了个小老师，要是有条尾巴，真能翘到天上。再后来开始写作文，爸爸喜欢读书，家里到处都是，我随手拿起就能读。读来读去，脑子里装了不少东西，往作文本上一倒腾，篇篇老师都夸好。不是当堂讲读，就是课后传阅，这会儿莫说尾巴翘到天上，似乎自个儿猛然一跳，就能把星星摘到手里。

如此，哪能不骄傲。骄傲，就会狂妄。狂妄地看不起同学们，说这个是木头，那个是笨蛋，直言不讳地嘲笑、戏弄那些学习慢半拍的同学。不止戏弄同学，即使有缺陷的大人，竟然也敢嘲弄。村头满脸麻子，说话强横，人见人怕，我当然也怕。怕是当面怕，暗里不怕，还编出个顺口溜戏谑他：

碰见一个人，
长得还不错，
就是脸上有些小圪窝。
大的像海洋，
小的像簸箩，
最小最小的也像个烟袋锅。

说来很怪，别看我那些同学背课文脑子里滴水难进，可装这顺口溜机敏得很，张嘴就会。没几天，村胡同里只要有村头的背影，就会响起这戏谑地叫嚷声和得意地笑闹声。

我的才能发挥得淋漓尽致，我的劣迹在村里无所不至。

可是，我突然刹车了，哑口了，成天低垂着头很少吱声。

让我突然哑口的是一阵哭声，那是大姑的哭声。憨傻的大姑疯了，在家里待不住，四处乱跑，还要边跑边哭。跑着哭着，就到了我们学校。坐在课堂上，我听见了一阵哭声，哭得我心里揪得发疼。我替大姑难受，也为大姑羞怯。盼她哭一阵快走，不要待在校门口。偏偏她就是不走，待到下课，同学们指指点点，连声嚷叫。

大姑哭："我好苦呀——"

同学们嚷：苦就别活了，嘻嘻！

大姑哭："我好难活呀——"

同学们嚷：嘿嘿，难活就死去吧！

我先是羞怯，再是恼怒，冲着嚷叫的同学叫嚷：“你们倒死去！”

没人还口，却齐声大呼小叫，那声音尖利地能刺穿我的耳膜，炸碎我的脑壳。

我喊嚷，喊嚷得声嘶力竭，可在众多的声浪中我的声音微弱得像是蚊子在叫。我无法庇护大姑，只好上前扶起她，拽住她，拉拉扯扯把她往家里送。我姑侄俩缓慢地蠕动，后面的喊闹不绝于耳，竟有人追赶着叫嚷：“死去吧，咋还不死！”每一声都刺疼我的心，从心底流出的血模糊了我的双眼。

自那天起，我便陷入深深的自卑。大姑成为我的软肋，我在村巷，在学校，时不时就会听见背后传来：“我不活了”的哭声，那是冲着我的恶作剧，是对我骄傲盛气的嘲弄和反击。

在这反击里，我一败涂地，再也不敢趾高气扬，再也不敢取笑他人，龟缩着悄悄读书，悄悄学习。

大姑，剃度了我，适时剃度了我蓬豸的傲气。

## 戒度

大姑疯了没有多久，社会也疯了。大姑疯了，不过乱哭乱跑，无碍别人安居乐业；社会疯了，不只狂喊乱叫，还乱打乱闹，搅得众生无法安居乐业。自然这是过后的理智评判，深陷其中的人不仅毫无觉察，还狂热地认为这是革命创举。我就在这波澜里旋荡得头脑昏聩，难辨是非。本来因为爷爷逃窜到台湾，红卫兵把我拒之门外不说，还将我辱为狗崽子。我应该在革命的巨澜之外，向隅而泣。可是，没过多久我被招安了，这是缘于我笔下的文字能成为革命鼓劲的号角。

我成为总司令部的一员，用钢笔为革命摇旗呐喊。呐喊的词句多有剽窃之嫌，要么来自伟人语录诗词，要么来自鲁迅杂文华章。好在那时风行小报抄大报，大报抄“梁效”，没有著作权之说。冠冕堂皇地说，我是激扬文字。说不好听点，我是攻击对方，抓住一点不及其余，往死里贬低，当然还要炫耀我方无上正义。正义的标准就是捍卫无产阶级铁打的江山，明面上是打倒走资本主义道路的当权派，实际上是要把对立的那派打倒在地再踏上一只脚。起初我们是在嘴上、纸上攻讦，这是文斗。没多时文斗不过瘾了，弹弓开始流行；没多时弹弓不过瘾了，亮晃晃的戈矛代替了弹弓；没多时戈矛不过瘾了，枪炮就代替了戈矛。鏖战正激，鏖战正酣，我每日都要有最新文章问世，为前线的战友送上鏖战的精神枪弹。

可就在这关头，大姑走失了，我不得不赶回家去。好个大姑，早不走失，晚不走失，偏偏就在这革命的要紧关头来了个踪影全无。往日她不过在村巷里乱窜，窜一窜肚子饿了，就会回家。而这次早饭、午饭不见人影，天色乌黑不见回还。我到家时，奶奶急得团团转。爸爸是个小学校长，早被视为当权派被看管起来。奶奶见我，眼睛里的亮光胜过去寺庙给菩萨敬香。看她一眼，我止不住心头发颤，我知道找不见大姑，是不能返回革命前线了。革命不如救命。我不革命，有人革命。我不救命，没人去寻找一个反革命的疯癫女儿。因为爷爷败退台湾，父亲和大姑颇受牵连。我赶紧发挥我的强项，奋笔疾书，写了好几张寻人启事，然后边张贴边打听，跑遍了四乡八村。

跑是跑遍了，却杳无音讯。

已经五天了，奶奶流着泪说，死了，这女子死了。

死了，能死在哪儿？

奶奶说，河里，井里。

可能。我们村里井多，村外河多，那就捞。找来长长的竹竿，绑上弯弯的铁钩，捞！捞完了水井，没有，赶到河边去捞。从上游挨着往下捞，一个湾，一个湾，一直捞到滔滔的汾河。无法捞了，即使大姑栽在里面也无法捞到。看着波浪滚滚的河水，我无望地流泪，一个人悲愤地哭喊：

大姑啊，你到底在哪里！

不闻大姑回答声，只闻汾河流水呜溅溅，揪心啊！

那一天，乌云低沉，日头无光。我握着竹竿的双手酸软地松开，浑身疲累，跌倒在地。无望的泪水肆意涌流，也减不轻胸腔的憋闷。不知过了多时，忽然耳边有了簌簌响动，睁开眼身边站着一位放羊的老汉。他是听见哭喊声，怕我要寻短见跑过来的。问清缘由，他竟然告我，早上出门时回娘家的闺女说，有个披头散发的疯子在他们村里乱窜。啊，那不是我的大姑还能是谁？

我撒腿就跑，跑远了回望老汉一眼，忽然想起连声感谢的话也没有对他老人家说。跑啊跑，一气跑进村里；问啊问，拐弯抹角地打听。终于在一个麦场边上，看见了大姑摇晃的身影。急步上前，只见大姑枯黄的脸上污垢斑斑，披散的长发挂着柴草。我叫一声大姑。她停下脚步，回头看见了我，长哭一声，瘫在地上。我扶她，扶不起，肯定是饿坏了。已经五天了，谁会给她吃的？可我也饿，急匆匆赶来，没有带吃的东西。

只有讨吃了，不能迟疑。瞬间我把自己降到了最为卑贱的地步，敲响了离场院最近的一家木门。怎么讨要的，施舍那个玉米面窝头的大娘是何长相，我模糊着泪眼没有看清。只记得拿了个窝头，还端了一碗热水。大姑吃了半个，剩下的半个是我吃的。吃过了，我背起大姑一步一步往回走。

十多里路，走走歇歇，歇歇走走，走到家时，四野乌黑，屋里点起了灯。奶奶的身影映在窗纸上，在院里就听见她独说独念：

“毕了，这女子死定了，饿也饿死了。”

我赶紧叫一声奶奶，推门进去。奶奶一怔，搂住大姑喊一声“我那憨女子”，就泣不成声。大姑不哭，嘿嘿直笑，笑得我更是泪水直流……

大姑找回来，救命的事情告捷，我该重返革命前线了。可是，城里枪声不断，炮声隆隆，不时有死人的消息传来，我惶惑不安。是日夜里，一声巨响，震得房顶簌簌落土，从梦中惊醒，我心跳不止。天亮后传来消息，我们那个司令部的楼房被炸，好几个“战友”英年早逝。我再也打不起心劲进城，沦为了逍遥派。我的肢体没有化为尘灰，也没有因鏖战伤害他人，而成为另一种牺牲。

大姑，戒度了我，在武斗混战的危急关头戒度了我。

## 超度

社会的疯狂稍加收敛，尘埃还没有完全落定，我的身份发生了小小的改变。后来看，这个小小的改变将是我另一种生活的起点。我由最底层的平民跻身于权力部门，进入当时的人民公社。小小公社本来没啥值得挂齿，人们喜欢将县级最高官员说成七品芝麻官。受县级辖制的公社诚如当下的乡镇，只能称作九品沙粒官。何况我只是个九品官可以随意指拨的小听差。然而，怪异的时局给了权力特异的功能。刚刚还微如草芥，看村头的脸色行事，一跨入那个门槛转眼间身价看涨，村头竟然看我的脸色行事。我要看的脸色是头顶上的几个人，要看我脸色的是门槛之外的村里人。一个门槛很可能就是我生命的界线，要么我仍与门槛之外的百姓同病相怜，要么我指天画地，喝神斥鬼，成为权贵手里的一把杀手锏。所幸我没有，不仅当时没有，即便后来进入更高的权力层面，也仍如先前，保持着凡如草芥的心态和做派。思考其中的原因，还是大姑超度了我。

那一年，我走进公社，权力的蜜汁刚润到舌尖，大姑便走到了生命的终点。闻知，我匆匆来在她的炕沿，她紧闭双眼，气息微弱，已经没有一丝动弹的力气。奇怪的是，我一唤她居然睁开了眼，而且神志清醒，似乎从未痴呆。她目光不看我，直瞥窗台。窗台边木讷地坐着大姑的女儿我的表妹，她和大姑一样痴呆。我看出来了，大姑那是割舍不下自个的女儿。我赶紧说，往后我照顾妹妹。大姑像是要笑，费劲地咧咧嘴角，却没能露出笑容，闭住了强睁开的眼睛。

这一闭眼，大姑再也无法看到她生活过的这个世界。

大姑的丧事很简单，简单得堪称寒酸。随死随埋，省事省钱，闭目当天就抬到了坟地。棺木落坑，就要覆土，按照常规孝子应该放声大哭。大姑无儿子，要由女儿充当这角色。可是，表妹不哭，总管呵斥，她也不哭，反而，嘿嘿嬉笑。众人无奈，飞锹铲土，不一会就垒起坟堆，覆土的人拍打拍打衣服就要回返，突然表妹扑倒在坟头失声痛哭，哭得简直能把心肝五脏倒腾出来，哭得邻人止住脚步，一个个抹泪叹息。

那一刻，大姑的眼神在我的泪光里闪闪不息，闪得我自觉身心沉重，肩上多了一副担子，多了痴呆的表妹。我咬紧嘴唇默念，我有一口汤喝，就不能饿着她；我有一件衣服披，就不能冻着她。就这样，在缺吃少穿的岁月里，我们全家相携着表妹一天天长大，直至出嫁。出嫁后也时常前去，时常接济，表妹的日子还算过得去。

然而，好景不长，表妹夫去世了。秋雨霏霏，我走进了表妹的住房，立时心生愧疚。往日天晴，我无数次来往毫不留意。这天房屋的瓦缝里不住漏下雨水，墙壁上流的是，头顶上滴的是，滴滴答答敲击着接水的瓶瓶罐罐。

这简直就是现代版的茅屋为秋风所破歌！我立即感到了少有的痛心，痛心自己粗疏。让表妹蜗居于危房，与死神同眠。倘要是死神睁开眼，那后果不堪设想。办过丧事，我彻夜难眠，辗转自责，愧对大姑。大姑直瞥窗台的眼神，像是利刃裁割我的心。那咧咧嘴没有笑出来的笑容，则成了对我莫大的讽刺。这些年无数次赈灾，无数次捐款；无数次兴学，无数次捐款。甚而，家乡修路建桥，也解囊，也相助，难道就是为了把名字写在红纸上，刻在碑石上？没有去想沽名钓誉，却在践行沽名钓誉。突然醒悟，尽仁行善，绝不只是大难临头时的慨然义举，而应像春风化雨，日日时时，点点滴滴。是年，给表妹建房，成为我们家的头等大事。建房耗资耗力，我一人力所不及，就举全家之力，举亲族之力。秋色未尽，表妹迁入新居，我沉郁的歉疚才稍稍减轻。

时光匆匆，四十多年过去，大姑辞世前的眼神始终度化着我。那眼神中有仁善，有慈悲，有怜悯，无所不包。我感悟那眼神，诚如站在菩萨面前袒露自个儿的一切，用仁善、慈悲、怜悯的尺度丈量自己，规整自己。让我不因善小而不为，不因恶小而为之，以仁善回报仁善，以仁善化解怨愤。我在权力部门没有吆三喝四，恭谦地面对每一个人。哪怕是满脸尘色的村民，只要走进我的办公室，都会递上一杯水，让他平息喘吁，再说事体。

我由一个肆无忌惮的孩童，变为一个循仁蹈善、心系弱贫的成人，毫无疑问，是大姑一次又一次地度化了我。

大姑，就是我的佛，千真万确。

（原载《散文》2016 第 8 期）

# 背离是另一种抵达 / 杜永利

## 一

争执后，父亲的屋子月光通透。

我辗转反侧，脊骨被凉席上的沙子不停磨削。我知道这仅仅是很少的一部分，更多的沙子已经钻进父亲体内，长成他骨头的凸起。抽屉里的膏药暗藏止痛颗粒，它们已被放逐，对于一心挣钱的父亲来说，刮骨术更为直接。取出的珍珠质地密实，仿佛加了明确注解：脚手架上的父亲已不堪重负。

这些认错人的沙子不停尖叫，一遍遍加重我内心的悔恨。其实刚才我就后悔了。听到我的斥责，父亲颓丧地跌坐在地板上，往日的强势顷刻间瓦解。我没想到他会哭，他仰着脸，咧开嘴巴哭。他的两颗门牙不知道什么时候掉了，这种缺失像是无告的呼喊，我的强横就此陷落。他摇摇晃晃地走出去，坐在门口抽烟，母亲让我喊他进来，我却羞于开口。

我想他真的老了，时光替我夺下江山，却颠覆了整个世界的秩序。

## 二

之前父亲一直是强硬的，他是绝对权威的领导者。他握着瓦刀，在别人的工地不停垒砌，借此垒出一家人安身立命的砖房，以及我和弟弟迅速拔高的躯体。

那时候他年轻、脾气火爆，下工之后喝一瓶啤酒就能解乏，留下的力气用来同我母亲吵架。我和弟弟时常在摔锅砸碗的声响中溜出去，守在门口，等他睡了才敢溜进屋。我们因惧怕而疏远他，父爱成为成长之路的稀缺品。我在学校被污蔑偷钱，被老师搜身，被跟踪，委屈只能装在自己心里。他无意中得知后，也不管冤不冤枉，先操起擀面杖打一顿。又一次，我被同学整哭，含在嘴里玩的图钉不小心滑进肚里，事情被全村人知道，他首先想到的不是送我去医院，而是用皮带抽我，因为我丢人了。

他的暴躁是我童年的巨大阴影，而他对读书无用论的迷信，则使我和弟弟的求学道路充满坎坷。也许是太穷了，他不给我们缴书费，借来的旧书版本不符合，害得我们常常跟不上讲课节奏。读完小学，他不愿意让我继续读书，母亲和他大吵一架，他把酒杯摔碎，溅湿了我的通知书。母亲只好请亲戚们游说，他方才松口。

他时常说："上学有什么用？大街上擦皮鞋的都是大学生。"他的想法简单实际：读完初中回家挣钱，过几年娶媳妇，他就可以松口气了。在他潜移默化的影响下，我像泄气的皮球一样，没有学习的动力。中考如他所愿，我落榜了，本来父亲已经决定让我去打工，英语老师却在这时候到访，她替我在父亲那里争取到复读的机会。从此我开始发奋，每天偷点蜡烛，和负责安全工作的校长打游击，冬天还在教室熬通宵，终于考上了高中。而两年后弟弟同样落榜，他运气不好，没能等到游说的老师。父亲说："我不可能同时供你们俩读书，太累。"弟弟没有办法，只能听从安排，到小饭馆打杂去了。

弟弟的梦想是当画家和演员，可是有什么用呢？现在一切都结束了。出门前他把自己心爱的画册与颜料转手送人，只留几页画作在柜子顶层，目睹着时光的碎片对理想进行活埋。他在外面染了一头黄发，打了耳钉，以此填充青春期的空洞；他常常在后厨被教训，挨打之后灰溜溜离开，一分钱薪水也讨不回。他用人生第一桶金给父亲买了一条裤衩，还给我十块充当伙食费，我突然就哭起来，我们对不起他啊！他的前途被我们断送，他却傻兮兮地选择对我们好。

## 三

又过了几年，我们都到了快结婚的年龄，父亲开始利用一切空闲时间来添盖房子。他没有请工匠，仅仅依靠我母亲的协助。大夏天四十度的高温，别人都停工在家，他和我母亲却开车去装土；大冬天上冻，手都伸不开，他们却点上一盆锯末，忍着烟熏往墙上抹白灰……点点滴滴的时间被堆积起来，终于垒砌成了一整座崭新的庭院。到这里我们家就有两套房子了，我知道这是父亲给我留后路呢：读完书不还得回家种地？

他在我面前再也没提过读书无用论，却在背地里一再抱怨我母亲："是你让他读书的，我倒要看看他能有什么出息。"闻知此事，我不敢选择文科了，大家都说文科找工作太难；在填报志愿时，我在汉语言文学这一栏停留几十秒，然后果断选择了热门的冶金、机械、采矿。我违背了自己的理想，想以此增加自己获胜的筹码。其实结局已定，父亲在起点就赢了，他在潜意识里对我指手画脚，我选择的永远是屈服。

而弟弟却选择了背离。父亲让他去学习安装铝合金门窗的手艺，他三天打鱼、两天晒网，一心想着去大城市闯荡。终于有一天，他的理想被快乐男声的报名消息唤醒了。他在母亲协助下偷运出一包粮食，换来路费，去西安参加海选。那时候我已经读大学了，看到他在空间发表的动态，真替他高兴。顽强的弟弟，这么多年过去了，残忍的现实没有磨灭你高贵的理想，反而使它熠熠生辉。当初我们信誓旦旦地说，一个当作家写剧本，另一个当明星来演主角，而现在呢，我每天学着毫无趣味的力学与绘图，早把理想弄丢了，寻梦的路上只剩下你一个人。

现实真的很残酷，没有出过远门的弟弟在海选时被评委耻笑："你五音不全我就不说了，但作为中国人，你竟然连普通话的发音都不准……"弟弟愈挫愈勇，他用所剩无几的钱买了一张去成都的火车票。可悲的是海选依然没有通过。他没钱了，下一站要去哪里？走在成都的街头，他的眼里布满泪水。也许他想到了命运，想到了几年前如果中考成功，他在高中会不会选择当艺术生呢？也许他还恶狠狠地想到父亲，以及正在大学里养尊处优的我。想到两个"仇人"，他再一次拥有了力量。他把手机卖了30块钱，吃了一碗面，然后用最后的几块钱买刮刮乐。没错，他赢得了去往杭州的路费。

我不忍心再说下去了，你知道吗？结果和西安一模一样，我怀疑评委是同一个人，他和我弟弟上一辈子是冤家。什么叫山穷水尽？睡了这么多天大街，挨了这么多蚊子叮咬，忍受了一路的饥饿与冷嘲热讽，我的弟弟都没有半点动摇，可是这一次他却彻底动摇了。他用最后一块钱给我打电话："哥，我想回家……"我借了同学的钱给他打去。

我流了很多的泪，一直以来我都把他当成我活着的另一种方式，让他代替我去追逐梦想，可如今连他也动摇了。

## 四

母亲一直是父子矛盾的缓冲地带，她用柔弱来承受疼痛，竭力为儿子们争取成才的机会。她反对父亲的独裁，却没有多少话语权，父亲的一句醉话就能把她噎死："有人养活饿不死的，你让他读书，你去挣学费啊！"母亲没有力气，也没有做生意的头脑，故此只能听凭父亲抱怨，然后偷偷流泪。

忍受久了，她也需要关爱。她不能去年迈的外公外婆那里告状，因为女儿家庭的不睦会使他们后悔不跌；我和弟弟飞走了，电话里一听见父亲的恶行就反感，母亲只好闭口不说；她只能选择邻居，那些听众的同情被她误认为是真心实意。殊不知，那些长舌妇惯于看笑话，惯于添油加醋，父亲的名声因此坏掉了。

日子就这样磕磕绊绊地过着。盖完房子，父亲继续为结婚的彩礼奔波劳碌。而我放弃了考研，开始找工作，大城市、高薪是我对工作的期许，这其中满含着我对父亲那句谶语的恐惧。弟弟从杭州归来后，并没有放弃明星梦，他在朋友的鼓动下跑到了大连。

各自忙活，原以为日子可以这样过下去，却被一个电话打破了平静。

电话是从大连那边打过来的，陌生人说弟弟蹭了他的车，必须掏出五千元作为赔偿，要是不给就卸掉 只胳膊，末尾是弟弟带着哭腔的自责。父亲气冲冲地摔了电话，母亲却吓得瘫软在沙发上。过了一会又打来电话，问卸掉右胳膊还是左胳膊，母亲一下子就哭了，央求他们千万别动手。父亲说他这是掉进传销了，别理他就好了，一旦得手他们会变本加厉的。道理都懂，可是放在一个母亲身上，她怎敢押上儿子的胳膊去赌一把？

母亲偷偷汇去了五千块钱，父亲知道后把家里的碗全部摔碎了。五千元可不是小数目，他一个人搬砖抹灰得干上好几个月呢。眼看着大儿子就要毕业了，结婚的彩礼还没备齐，谁家女儿愿意跟随他？父亲越想越气，但是事已至此，除了喝酒解愁还能有什么办法呢？他喝了很多酒，把母亲数落了一晚上。别人都劝说父亲赶紧去救人，而父亲却说："打不通电话，世界那么大，我上哪找去？”他不再过问此事，依然累死累活地挣钱。而母亲却一遍一遍地拨打电话。我后来才知道这件事，父亲的冷漠让我直打哆嗦。

母亲受不了父亲的责备，只好去工地挣钱。她肠胃不好，为了不让工友说她“懒驴上磨屎尿多”，只好尽量少吃饭，因此时常挨饿。她太瘦小，即使非常卖力，仍然不能逃脱被嫌弃的命运。工头给她少开工资，工友给她脸色看，她都忍着。

我宁愿相信老天爷是善意的，他仅仅想借用疼痛来终结疼痛。那天架子倒了，母亲摔了下来，断掉两根肋骨。我从学校跑回家，问她为什么不住院，她只是沉默。我在工友那里问清了来龙去脉：包工头送她去医院，路上不断暗示，母亲领会了他的意思，在拍过片子之后居然顺从地回家了，而到了家里，父亲居然也选择了忍气吞声。我受不了，包工头怎么可以这样？为了自己少出钱，他居然忍心让我母亲受疼。我在电话里义愤填膺，母亲无力地走过来夺手机。我跑到院子里，母亲在屋里哭了。我听见她说：“得罪了他，我到哪里干活去？别人都不用我啊！”

原来如此，她想用自己的疼来保住工作机会！我慢慢挂了电话，几滴泪噼里啪啦滚下来。劝她瞒着工头去住院，她看了看父亲没说话。我知道了，那五千块还没挣回来呢。

此后的几个月，她用偏方来欺骗自己，偶尔买来排骨还不舍得吃，非要把肉留给我们。她很疼，手捂着右腹，躺不下去，整夜整夜地坐在沙发上。她的每一次喊疼都如刀片一样割着我的心，我想我总要自立的，到时候绝不会再让母亲受罪。

## 五

弟弟从传销窝点脱身了，他到了北京，靠跑龙套养活自己。他把自己上过的节目用截图发过来，画面中弟弟傻乐着，我却感到恓惶。他在电视里依然是观众，眼巴巴看着舞台上的主角，台上是某过气演员，他不甘心消失，花了钱请这档不知名娱乐节目炒作自己，而台下的都是五十块钱请来捧场的。我呢，我签到了一家车企，离家几个小时的车程，虽然不是大城市，但是工资还行。父亲到底输了，我没有沦落成擦鞋匠或者种地的。

我不知道父亲是从什么时候开始显出老态的，在我发现的时候，他的老已经由动词变成名词，冒号之后是染发剂遮掩不住的白发、被岁月犁头深耕过的额头、膏药下磨损的膝关节与腕关节……坚硬的性格也出现了松动，他开始喜欢找我说话了。我怀疑那几次刮骨，不仅刮去了沙子化成的骨刺，也刮去了他体内石头般的沉默。我不习惯他柔软的表达，依然离他远远的。他会在父亲节用一整天来等我的电话，事后让母亲传达他的失落。

当然他依然是家里的权威，我时常对他进行冒犯，比如在他逼我相亲的时候，在他骂我读书读傻的时候。他仍然和母亲吵架，我一劝解他就对我开骂。我不想回家，在大四最后一个寒假选择了去昆山打工。我必须挣一笔钱来还助学贷款，因为毕业之后就要开始计算利息了。

过完年，父亲在一次大吵之后离开了家，他恶狠狠地说不会再回来了，让我母亲一个人过。我们母子俩在电话里笑，说早该如此，分开了才清净。

其实我们都误会了他，他不是被母亲气走的。两个月后我在做毕业设计，母亲告诉我他回来了。我隔了很久才抽空回家，没想到他躺在床上，两眼无光。见我进来，他让母亲给我拿出福建带回的特产，有槟榔和橄榄，也有即将腐坏的枇杷。这是他在火车上买的，一直不舍得吃，纵使放坏了也要等我回来。说话之间才知道他去了龙岩，那里一天可以挣两百，可惜一直下雨，没有几天可以出工。他在那里感染上了肺结核，不过已经快好了。

父亲因为我的到来而十分愉快，但是没多久又陷入了愁闷。母亲说不是因为病，而是因为惹上了麻烦。

眼见着雨没有停住的意思，父亲只好和工友商量好了一起回去。离开时，只要到一小部分工资。老板让集体办一张卡，没有人肯拿出身份证，除了父亲。这一部分钱打进了父亲的卡，回家后将要平分。父亲没有想到这是一个骗局。

到家之后，父亲提议等工资全额到账后再分发，很多人不愿意，但是父亲一再坚持。期间有人向老板催要工资，老板说已经给过我父亲了，之后再也打不通电话。一伙人来到我家讨账，任凭父亲怎么辩解他们也不相信，还差点动起手来。他们的理由很充分:“难怪你一直不肯分钱，原来想独吞啊！”听到这里，我说可以去银行查账啊。母亲苦笑一声，查过了，他们非说也许用的是另一张卡，鬼才知道。

母亲压低了声音埋怨道："烧包，别人都不掏身份证，他逞什么能呀？"

后来父亲病好了，他打算把家里的粮食都粜了，我帮忙往车上扛粮食。父亲说："本来想借用他们的钱替你还贷款呢……"我的泪水不听话地落下去，染湿了一小片麻袋。

## 六

我毕业了，穿上蓝色工装，每天如蚂蚁一般蠕动在几千号工人的队伍里。每天过得很忙碌，但是下班之后却莫名其妙地涌起一阵空虚。有一天我突然想明白，这都不是我想要的，我打一开始就不应该荒废写作梦。后悔已经没有用，我只能从现在开始补救。

父亲那边也开始忙活，只要我回家，他就有说不完的话，主题永远都是泡妞攻略。他说："现在网络这么发达，你居然说机械行业碰不见女人！百合网不让你找？微信附近的人不让你约？世纪佳缘——"我打断他："大街上的女人也多，我能看见一个就追一个吗？"把他晾在那里走了。

我只关心写作，其他的都被我排斥在外。错失了太多青春好时光，我只能这样使劲。父亲不可能支持我，不是吗？他从来都是按照自己的步骤来对我们进行培养，我读大学以及弟弟出逃仅仅是两场意外而已。如今我自立了，再也不愿受他的影响。

弟弟混成了跑龙套代理，需要一笔钱来扩大事业。他找到我借几千块，我不敢借给他。事情过去半年多了，我始终不能原谅自己。我拥有许多理由，比如害怕他又一次进传销呀，比如我攒钱只是为了凑个整数等过年时报答母亲呀，等等，这些理由都是真实的，也是充分的，却无力弥补我和弟弟之间的罅隙。

他两手空空回家了，穿的是离开时的那身破旧的袄子，肠胃也饿坏了，回到自己家居然也会水土不服。我给他买了一身羽绒服，他勉强接受下来，却不愿意同我说话。有天母亲让他去理发，他说没有钱，母亲给他钱，他不接，还用尖刻的语调挖苦："千万别给我，我是无底洞。"这句话是父母一时的气话，弟弟确实也不小了，在别人眼里他符合不务正业者的所有特征。

我责备了几句，他离家出走了。羽绒服脱在床上，天蓝色的布面仿若童年时无忧的天空。一整晚我都睡不着，弟弟也是心重的人，我怕他想不开。其实兄弟反目的原因不在于借钱之事，母亲告诉我攀伟一直在挑拨是非。攀伟也没错，他只是说出了一个事实："你爹和你哥都欠你的，别傻了，自己要争取。"攀伟的弟弟在市里娶了媳妇，房子是父母买的，一碗水没端平，攀伟一直想把他们撵到老二家里。我读大学时宁愿贷款也不愿花父亲的钱，正是出于这方面考虑，而父亲却用粮食取消了我在弟弟面前硬气说话的资格。

第二天是除夕，弟弟回来了，我和父母都很高兴。弟弟搬梯子贴对联，父亲让我去给弟弟递糨糊。太阳升起来，照亮了父亲的笑脸。他一定体会到了家人团结的幸福，所以不久之后他给弟弟买来了电脑，并且告诉他："是你哥掏的钱。"弟弟的轻蔑响在鼻腔里。是的，我们想得太美了，以为这些小恩惠可以补救情感的债务。弟弟再也没碰过那件羽绒服，他也不和我同床了，自己搬进简陋的配房。这个年过得真不是滋味，如果时光倒流，我一定把上学的机会留给他。

## 七

父亲出钱让弟弟考驾照，他领情了；父亲托人给他说媒，他也积极响应。本来父亲的计划就要成功了，却被一场车祸搅了局。有时候生活充满了扯淡，让你难以接受，但是它非要那么真实且生硬地降临在你头顶，你除了接受还真是没有办法。

弟弟在去约会的路上撞了一个人，她再有十九天就要成婚了，而且有孕在身。弟弟把她扶起来，问清楚了没事才离开，谁料女子的公公生了歪心思，想借此捞一笔钱。很意外，父亲慷慨地掏出钱来，我甚至怀疑他有些庆幸，因为弟弟花的钱马上就要和我的学费持平了。

交清了钱，弟弟一头撞在门外的石磙上。一群人赶紧去拽他，幸亏没事。经此打击，他再也没心情待在家里。又一次他飞走了，到北京重操旧业。

父亲很生气，抱孙子的计划又落空了，他只能把注意力集中到我身上。背着我，他托媒人多次去说亲，女方都是我再熟悉不过的同学，她们对我知根知底，对我们家又怀有深浅不一的鄙视，故而不可能同意的，到头来落了许多没趣。我知道了此事，越发对相亲反感，有段时间竟不想接他的电话。

我没想到他如此不堪一击，竟然会就此沉沦下去。邻居告诉我："你爸每次去别人家随礼都喝得醉醺醺，回家后和你妈吵架，半夜大哭。"另一个邻居说："你爸在小卖铺抱怨你们没本事，别人家的儿子都满街跑了，你们居然连个对象也找不到。抱怨完掏出一沓钱说，不过了，给我来最好的酒！"

这些都没什么的，我不能容忍的是，他拿走母亲的钱去 KTV 挥霍。母亲的肋骨愈合之后，又去了工地，她不堪重负，足跟骨很快长出骨刺，每天瘸着腿干活，老板快烦死她了。如此辛苦换来的钱，父亲居然忍心拿去唱歌。

就在刚才，我和父亲进行了有史以来最严重的一次冲突，他跟我说："咱们这里也有歌厅啦！有个二十六的陪唱女，一会我们一起去，我跟你说啊——"

"别说了，是个女的就可以和我结婚吗？你想赶快松口气，你就是害怕自己累死，是吧！"

他跌坐在地板上，居然哭起来。

我妈让我去门口喊他，我不去。睡下后我十分后悔，其实父亲是非常老实的人，他去歌厅都是被工头拉去的，仅仅是唱歌罢了。他花母亲的钱只是为了还工友的情。就是在微微沉沦时，他想到的仍然是儿子的婚姻大事，这样的父亲，我竟然忍心伤害他……

我在床上想了很多往事，思前想后，觉得父亲只做错了一件事情，那就是爱错了方式。他用自己的方式给予我们一切，却没有收获预期的效果，爱灌溉出了恨，我们因爱而恨，或许也因恨而爱得更深沉、更不易察觉。这种爱就是棉被里的线，偶尔露出很小的一段，更多的却藏在棉花里，在千里冰封的季节率领棉花替我们默默抵御严寒。

我相信所有的背离只不过是换了一个方向去奔赴，而最终我们必然会抵达共同的目的地，原因是我们拴在同一根柱子上，绕来绕去终究逃不出四个同心圆。我相信父亲终究会抱上孙子，那些他倾尽大半生力气想要得到的，只不过是绕了一段远路，它们终归会奔赴到父亲的手掌心。我相信飞走的弟弟会荣归故里，到时候他想要做的是向我和父亲炫耀，然后我们抱在一起痛哭，把所有的亏欠与恨意统统交给泪水……

## 八

父亲见我守在他床上，便在沙发上躺下了。

我一夜都担心他不能原谅我，但是第二天他却喊我起床吃早饭。我起来时他已经去工地了，桌子上放着小笼包，那是村口卖的，他一直舍不得吃的小笼包。

（原载《作品》2016 年第 10 期上半月刊）

# 我的乡村我的风

/ 周伟

夏日炎炎，一个人闷在城里，心烦心躁。风倒是有，一丝丝地都是从喧嚣、繁杂和热浪中逃出来的，有气无力、懒洋洋的，不清爽、不生气。我走了出去，去了对面的洲上，洲上的树木静立，无精打采。我顺手从路边的树上摘下一片叶子，看看，整个叶面都焦黄了，我只得丢了。再摘一片，放近嘴边，嘴里呼呼吹气。叶子也许因了卷曲，嘶嘶啦啦地，吹不响亮。我又把叶子用手抚平，一下，一下，又一下，想必是叶子太卷曲、干枯，经不起用力抚，皱烂了，我只得丢弃。树叶落到地上，我很是失望和无助。

我记起小时候，在乡村，在山坡，在河堤，在田野，在菜园……我和小伙伴们一个个常爱摘一片阔大青绿的树叶放在嘴里，一起齐齐地喊风。大伙一个个很响亮地吹着哨音，起起落落，高高低低，既有节奏，又有韵味，唱歌一样，也蛮好玩。一吹一吹，风孩儿紧赶慢赶就赶来了，风孩儿就欢快地跳起了舞！每当我们吹动片片树叶时，呼呼呼，呼呼呼，万千树叶都竞相撒欢，风就旋起舞来，树也绿了，人也笑了，天也高远了。看看，那时，我们的乡村，我们的家乡，总有这样一幅美景：清风迎日出，青山拥云动；垂柳沐晓风，绿水映月明。

然而，现在无风，喊也喊不来。我也毫无心情，洲上到处都是歌舞厅、啤酒屋、休闲房，觥筹交错，笙歌不绝，不见一丝风，也无一点静……这不，鸟也飞了，草也蔫了，人都个个烦躁不安，晃动在眼前的、悬浮于半空中的快乐，是那样的不真实、无生趣。我走着走着，感到没劲、乏味，也显得急躁难耐，把手掌横在空中，不见风拂，摘一根狗尾草竖起来，纹丝不动。

我找寻着我的风，我找寻着我快乐的童年。

风，躲哪去了？风，都躲哪去了呢？！没有风，那还了得！没有风，哪能吹绿树？没有风，哪能吹开花朵？没有风，哪能吹动鸟的翅膀？我想象着风，那久违的风，还有我逝去的童年——山那边我的家，风都在树上跳着舞，风都是绿色的哩；风吹到脸上，一舔，甜丝丝的，凉沁沁的……

想着想着，漫步到洲头，心中一阵风过，眼前忽见天上飘飞的柳絮，结伴而来，漫天飞舞，袅袅婷婷，如星星点点雪花般，从天而降，铺满洲上弯弯曲曲细细长长幽幽的小径。一下，又不见了，只见滚落一地的风孩儿、风姑娘——有调皮的梳着一根小辫子，一甩一甩的，光脑壳上竖个小荸荠；有穿着红棉袄的几个笼着手，齐齐地抬头看天；有像将军似的威武地骑着高头木马，得得而过；有静立在风口中，独自优雅娴熟地拉着手风琴，呦呦作响，悠扬欢快；还有一拨儿，高高低低的扎在一堆，手牵着手，眼盯着眼，心都提到嗓子眼了，看风中荡着的秋千忽上忽下忽左忽右……

我记得，儿时的我最爱眺望后门口的风，那风儿常常在某一个傍晚如约而至，它总是最先来到我的眼前，忽地长高长大。一眨眼，父亲就屹立在我面前。父亲在三十多公里远的镇上粮库工作，粮库里就两个人，父亲常年忙上忙下的，很长时间才会回一趟家。父亲一阵风回到家，回到老屋和奶奶的跟前，担水、砍柴、锄地，洗衣、扫地、检修……里里外外地忙乱，风一阵，火一阵，恨不得把一冬一夏拉下的功夫全部忙完。

父亲回来的日子，奶奶是欢快的，母亲也是很舒畅的，我更是一跳八尺高，满村子里欢跑，高声大吼，说：爸爸回来了，爸爸回来了，爸爸带回好多好多好吃的东西，爸爸带回好多好多好玩的玩具……我的话一阵风似的在满村子里刮来刮去，而我更像一个风孩儿皮球般的在村子里乱滚。奶奶的笑，也像微醺的春风在村子里荡漾，奶奶逢人便竖着拇指述说起我父亲的孝顺和勤劳。

有一年夏天，总不见爸爸回来，后来知道爸爸的粮库有人调走了，只留下爸爸一个人过秤、算账、付款、收谷、晾晒、搬运、贮藏、量温度……那个夏天，无风，溽热难耐。在这个无风的夏天，我一次次去后门眺望，总是落空，总不死心。奶奶摇着大蒲扇，飞快地煽着风，虽没说到父亲，却有点唉声叹气，说：这个夏天，太恼火了，没半点风，热得人都糊涂了。

好多个夜晚，我梦见无声的世界里起风了，风孩儿撒落一地，我也身在其中，父亲出现在梦里，还是那样屹立在我面前，带了好多好多好吃的东西，带了好多好多好玩的玩具……然而，一阵风，又不见了，我急急地喊，终是扯不住风的衣角，跟不上父亲的脚步。

有一个傍晚，有人告诉我父亲回来了，我从放牛的山里一阵风似的风急火燎赶去后门通向鱼香子的弯弯曲曲的小路上。父亲，近了。近了，父亲！我风一般跑上前去，一路呼喊着“爸爸”，眼泪四流。来到跟前，一双手紧紧抱住父亲的双腿，摇个不停，嗔怪父亲：好久，好久了，老不回呢，老不回呢？许久许久后，这个高大的男人俯下身来抚摩着我小小的脑袋。我定睛一看，咦，咋不是我的父亲?！我羞红了脸，撒腿就跑，一阵风无影无踪。

有一天，我在课堂上跟着老师唱着那首《风儿找妈妈》：太阳回家了月亮回家了/风儿风儿还在刮它在找爸爸/问过小树问过小花/爸爸爸爸你在哪别把我丢下//太阳回家了月亮回家了/风儿风儿还在刮它在找爸爸//告诉小树告诉小花/捎给爸爸一句话风儿好想她/捎给爸爸一句话风儿好想她……唱着唱着，我带着难以抑制的哭腔，唱得自己泪流满面。老师和同学都齐刷刷地看着我，我还在唱个不停，后来有很多同学告诉我，我把“妈妈”都改成“爸爸”唱了，唱得好动情、好感人。

六岁那年，就在唐山大地震后不久，我们家乡那个小山村连续几日倾盆大雨，狂风猛刮。平静的水面上惊起一片哗然的响声，白晃晃的，鱼儿成群跳跃，有的跳离水面一尺多高。更有奇者，有的鱼尾朝上头朝下，倒立水面，竟螺旋一般飞快地打转。风一阵一阵地刮，一阵紧似一阵，一阵猛似一阵，把家家的木门翻开来又甩过去，噼啪作响。屋顶上高空的云朵，沉闷灰暗，愈来愈低。尤其在村庄的上空，风在呜呜地乱闯乱吼，令人心烦和畏惧。村子里的人都在风传：要发生地震了，要发生地震了！

在这样的时刻，风也乱了主见，到处乱跑。我早慌了神，四肢无力，不敢出声，扯着奶奶的衣角不离她的左右。奶奶把我拥在她那宽广的怀抱里，贴着她温暖的胸膛。奶奶是那样的安静和镇定，她跪在神龛前，还让我也跟着跪下，跪在观世音菩萨的塑像前，久久地跪着，双掌合十，举过头顶，头匍匐而下，嘴中唠唠叨叨：菩萨，救苦救难的观世音菩萨，快来搭救这方草民呀！您看孩子们多听话又上进，不能震他们，实在要震，把我这个老不死的震了……一连数日，每日清早奶奶都要带着我去跪拜，去讲情，去祈祷。也许是菩萨感动了的缘故，我们的小山村没有遭受地震的劫难，奶奶也没被震了。

后来，奶奶跟我说，心静风止，风停雨住，方见阳光。奶奶说，心是最大的天空。平心静气，心无所恃，才有所愿。要风得风，求雨落雨；种瓜得瓜，种豆得豆。一切皆有天象，心随缘，随遇而安，安能通神，安能通天。正如此，后来不管风雨再大，我终能一一趟了过去，抵达胜利的彼岸。我想，若是没有历经少时的狂风，没有奶奶教我的定力和心境，一切都不会那样风平浪静。

有道是，心静风能止，树高自然直。我长大了，也知道了很多做人做事的道理，但这一切都是风给我的感悟，风给我的印痕。风无邪，心无邪，思无邪。古诗这样说风：解落三秋叶，能开二月花；过江千尺浪，入竹万竿斜。说来说去，风在原野上，风在高空中，风更在每个人心底里。

在一年四季欢快而有生气的风中，我们悄悄地长高长大了。我们昂首挺胸，迈着整齐的步伐，走在大道上，走进知识的大门里。在四处灌风的教室里，我们的憧憬和梦想仿佛那风中飞舞的落花，萌动的青春，一任在风中摇曳。风中，我们的梦想在发芽；风雨中，我们勇敢前行。一路前行，再大的风雪也浇不灭我们心中的热情。

我还清晰地记得，冬天里，常有一个年轻的女孩，迎风而立，任凭单薄的衣服在风中飞扬，她把食指轻轻点在自己的嘴唇上。她站立雪中，手冻得通红，脸也红得像个红苹果，在雪地里跺着脚，她一眼又一眼地眺望着我的身影。每天都是如此，每天都那样准时。我喜欢她的眼神，我也害怕她的眼神，但我总是忘不掉她的眼神，在夜里也常常梦起。后来，在很长的日子里，我都在心里种下一个决定：我要给她买一件大红棉袄，火热热的那种。我认定，穿红棉袄的雪人，是我心中的美神。多年以后，中年的我还在梦里梦起，我想那时我的脸上一定洋溢着青春的青涩与甘甜。

我们成年后，总会喜欢幻想那些很多年前的事情，追寻那风动的年代和情怀。也许，正是因为现在这个年代的我们，感情愈来愈脆弱，思想愈发贫瘠，灵魂越发不安，很多的东西越来越陌生、越来越物质化。在年少青春的风里，我们有说有笑，有哭有闹，敢爱敢恨，敢闯敢拼……风无边，青春无边，思念无边。

有一天我读到鲍鲸鲸的小说《等风来》，又一次给了我强烈的震颤和感慨。小说的结尾有这样一段描述：当树叶摆动的幅度越来越大时，当树叶发出悦耳的摩擦声时，教练在我耳边轻轻地说："风来了，飞吧！"我点点头，深呼吸，身体笔直地迎着风冲了出去。我身后，王灿和李热血也大喊着冲了下来。当我们飞上天空后，风托着我们，随着气流，缓慢地，上下盘旋，真的就像鸟一样……

眼前一一出现的幻梦，风一般地出没，是那样的真切、生动和清晰，思思念念间，热热闹闹中，欢欢快快地，风风火火地，然后一阵风又不见了，我忙喊，终把自己喊回到现实中。我走在无比坚实的乡间，走进童年和青春的记忆里，一路追赶着风，追赶着我的青梦和情思，我在思想和生活的尘土上飞扬。这个夏天，回到老家，一任久违的轻风拂过我的脸颊，拂过路边的草木，万物俱静的时候风在吹拂，一切的生命又生动起来，飞扬起来。我也恢复了往日的模样，走在儿时的路上，走在生命的土地上，走进肥沃的田野深处，乡村的宽广、博大和深邃接纳了我。

在远方，风过晒谷坪，最是热闹和快乐。我们一个个风孩儿，把手中的风筝放飞，任凭飞得高远，自由地翱翔。我们放飞的不仅是风筝，还有我们心中好多好多的梦想，我们的梦想总是那样具体而又虚无缥缈。那时，我们好想去看看山外的世界，我们好想坐上我们的风筝去看看北京的天安门……大人们依旧总是那样忙碌、欢快而又踏实。在晒谷坪里，他们挥汗如雨，用木锨把谷物高高地扬起，迎风飘荡，落下来一粒粒饱满的谷子，圆鼓鼓的，沉甸甸的，像一颗颗金子，落地有声，令人振奋！

多年以后，我睡在安静的乡村，睡在空洞洞的老屋里。夜里的风雨，听得真切。侧耳一听，就知道，是风刮动了牛栏屋前悬挂的牛鞅，牛鞅打秋千似地一下一下很大弧度地跟着风跑。雨嘀嘀嗒嗒地一下一下地敲打在瓦檐上，然后，一溜，轻飘飘地落进屋后的菜土中。于是，明早你就可以把丝瓜种温柔地点进碎土里——夜里的风雨，总是那样及时地赶上季节。夜村的风雨，就是村人一生忙碌的注脚。

儿时的记忆，大多是风的记忆，美丽的记忆，快乐的记忆，尽管也有些许伤感。及长大，激情、梦想和爱恋让我扬起青春的风帆，山峰挡不住我，河流挡不住我，日月星辰为我奏曲，雷声隆隆为我鸣锣开道，因为我是风，我是青春的风——青春无敌，岁月无惧，清风无边。在每个来到的春天里，最早的喜讯，总是风捎带来的，一夜之间，风吹草动，吐绿绽翠，鲜花盛开，万物欣生。到了秋天，秋天的风就会带着一串串金铃铛而来，喜鹊也在高高的树枝上，整日整日喳喳地叫个不停，秋天的风送来我们大家的笑脸，秋天的风谱写了我们大家丰收的诗篇，秋天的风还慷慨而大气为大地披上一地灿灿的金黄。

我知道，在风的世界里，我的眼里没有空白，我的心里没有空白。在我的心里——风，有时是那样温柔体贴，有时出乎意料地坚韧强悍，总能在烦躁溽热时给我们抚慰，总能在我们低沉无助时给我们活力。风啊，你总能够在我们无边的心海里，轻轻勾起一池的活水，缓缓抚遍一山的绿叶，滋润我们一地干涸的稻田。在我们的眼里，风是我们生命的养料；在风的眼里，是乡民们用生命拂遍青山和大地。

没有风，大地上的山川、河流、树木、花朵……一切尽皆没了生气。无风的乡村，也就没有了欢快，没有了活力；无风的世界，是沉寂的，也是无望的。没有风，我找不到故乡，我迷失了自己。中年已至，忽然觉得，跟着风儿奔跑，随风成长，是我一生永不停歇的主题。很少写诗的我，有一夜风起的时候，我一挥而就，写下了如歌的诗行：春绿生 / 秋香到 / 谁传递了讯息 / 是风 // 树飘零 / 叶归根 / 谁承载了乡和愁 / 是风 // 荷含雨 / 梅凝雪 / 竹蕴节 / 风过水带笑 // 日影 / 旧伤 / 木躺椅 / 谁摇你到老 / 是风 // 月光 / 清梦 / 野花香 / 谁伴你入梦 / 是风 // 给风的语言 / 只给风 / 只有风会倾听 // 给风的爱 / 只给风 / 只有风才懂 // 一切如风

（选自《鸭绿江》2016 年第 4 期）

# 回家的路

/ 庞伟华

家，巢，是一个意思。人有家，蚂蚁有巢也是一个道理。

人与蚂蚁是都要回家和归巢的，因为人与蚂蚁都懂得家和巢的温暖及爱的意义。只是回家、归巢的旅途总是太艰辛，因为这段路程原本就是那么坎坷而遥远。但二者也有一点明显的差异，那就是人有节日，而蚁类只有节气。

## 一

明天就是甲午中秋，外闯市场的辽油双兴三产女工苏玲，今天早早就起来收拾好行囊，喜滋滋地坐上项目部的卡车启程回家。

想知道她回家的路途有多远么？——从大西北甘肃庆阳到大东北辽宁盘锦辽河油田迢迢 1600 余公里。

知道她离家的时间有多久么？——2004 年冬去庆阳和乌审旗创业，至今已经十载春秋 3650 天。

在外打工这么多年，赶上中秋回家还是第一次。这也是赶巧项目部有车回辽河油田基地运料，领导才特别关照她带车顺便和家人团圆的。

一晃离家又是七个多月，想到明晚皓月高悬的时候，自己终于能和老公、宝贝儿子和婆婆，围坐一起团聚赏月了，苏玲心里的幸福甜蜜像春潮一波波地盈满涌动。昨晚她兴奋得几乎一夜未眠，现在卡车已在宽阔的高速公路上哐啷哐啷狂奔，可她仍觉得慢腾腾的像乌龟爬，恨不能生出翅膀马上飞到他们身边去。

“回家的路数一数一生多少个寒暑 / 回家的路数一数一年三百六十五 / 回家吧幸福 / 幸福能抱一抱父母 / 说一说羞涩开口的倾诉 / 灯火就在不远阑珊

处 / 回家吧，孤独 / 孤独，还等待着安抚……”

收音机里刘德华这段《回家的路》，让她似乎听到儿子的呼唤，看见老公在向她招手，婆婆在对她微笑，她觉得这首歌此时此刻是那样契合她的心境，仿佛就是专门为她写给她唱的呢，不然怎么一字一句都拨在她的心弦上？心底掩藏已久的那些感慨和辛酸一下子被勾起来。

十年前毅然报名到大西北时的她才 26 岁，儿子也刚过一生日，一晃现在儿子已小学三年级。她狠下心把儿子扔给了婆婆带，几个月后回家，进屋后孩子不认识她，老公惊喜地唤“宝贝，快呀，妈妈回来了！”然而，儿子竟没事似的扭过身去，一脸漠然。她冲过去抱儿子，儿子竟嫌恶地挣脱。那一刻，她哭了，心好酸好疼。于是就天天陪孩子，可刚熟悉热乎一点了，十天假满她又走了！最让她受不了的就是每次分别时儿子都哀求她：“妈妈不走了行吗？妈妈晚走几天行不行？妈妈你再多待几天好不好？妈妈你跟领导请假可不可以？每一个问号都剜她的心！每一句哀求都揪她的肺！她只能硬下心肠扭头走掉，但无论走出多远她都能听得见背后儿子的哭唤声，看得见婆婆簌簌流下的热泪……

苏玲说她的家，其实是三家四口人的“联合体”——她爱人是四海为家的“老钻”，而大姑姐丈夫也在外出劳务，所以日里这个家就剩婆婆、大姑姐、侄女和她儿子留守。她说只有三家人齐心协力，日子才能过下去……

说起在庆阳、乌审旗前线打拼的艰辛，那里的环境是四季干旱风沙弥漫，空旷戈壁一片荒凉。两个项目组 20 几人她是唯一的女性，住宿就在租赁来的当地百姓低矮土房里，她不仅吃喝拉撒要随风就俗，干活比男爷们还要坚强泼辣。庆阳、乌审旗横跨甘肃内蒙古两省区，她要负责相距 400 多公里的两个项目部结算，路边搭上拉料车两头跑是经常的事，而且还必须是计划、成本、支出、保管的“全能”型会计。因此每年除了春节放假，平时她只能在年中回来探一次家，且期限不超十天。家对她这个常年在外的女人来说，真的只是一个概念，一个词语，一个空壳，她说自己是一个“不孝”的儿媳，不称职的妻子，不合格的母亲……

“你出去这么久了，就没想过回来么？”我有些疑惑。“我出去目的很简单：一是干我所学的财会专业；二是为了多挣钱，买房子。那时我工资才 700 元，出去每月补贴就600块”，她毫不隐晦。“现在我最大愿望就是赶快从大西北回来！但又不能回，也没法回来，那里环境太苦，十年的业务经验、复杂的人脉关系别人不好替代我！公司那么多人也都要靠项目吃饭呢……”说完她仰头长吁一口气，眼圈是红红的。此时我看见的是一张皮肤粗糙黝黑，额头眉宇过早爬上岁月沧桑，全无三十六七岁生命旺期女人光彩的脸！

## 二

卡车在一个服务区给油箱喝饱肚子之后，打着一串饱嗝继续向前风驰电掣。苏玲打定主意现在回家无论如何得瞒着老公，一定要给他一个瞠目的意外，给全家人一个大大的惊喜。

“每逢佳节倍思亲”，人的情感青苗总是在节日沃壤上拔节疯长，背井离乡人思念的神经总是此刻最脆弱。家想人，人想家，每个人此时和亲人都有说不完的思念，诉不完的衷肠。然而，所有人与家人此刻约会的通话都最简短；人们的情在节日里最浓郁，爱意在此时最真挚。可每个人的通话都很寡淡，所有人都在说着相似的违心假话。——你听吧，工友们和家人通话简直都是一个模版“妈呀，爸呀，老婆呀，老公呀，我们在这可好了，这比家里都好，别惦记，这么多人一起呢，想什么家呀？一点不想！我忙着呢，挂了啊！……”他们知道这种浓浓思念的情，既不能纵向传达给远方的家人，又不能横向传染给近前的同事，没有经过培训大家就形成了这样独特的默契。可聚餐一散，各自回到自己屋里，孤独忽如大山般重重压来，思念似潮水样泛滥漫溢，关起门眼泪立刻就唰唰地来了，强忍不住就蒙被子里号啕，怎一个“孤独”了得！

苏玲此时意念倒是想着一定瞒住呀，可内心那只淘气的小松鼠蹦蹦跳跳的，一分一秒也不肯停歇呀，到底还是耐不住窜上了树梢，给丈夫报了自己回家的信儿。然而，当她听到电话那端老公的话，忽觉一颗炸雷在头顶爆响，她差点震懵晕眩过去，怎么会是这样啊！？——老公单位长城钻井分公司领导派他去陕西榆林，给生产现场运送并调试定向水平井设备，而且此时，他已经随车行驶在远赴陕西榆林的途中了！

希望的玻璃瞬间被意外石子击碎，难道是命运在故意游戏她么？十年才盼来一次中秋团圆，这次竟然连丈夫的面都见不到了，苏玲只感到头顶的天空一下子被捅出个窟窿，极度尴尬失望委屈不公抱怨的洪水轰然决堤，情绪的波涛喧腾翻滚一泻千里，她懊恼悲切不禁痛哭失声……

骇得司机老刘莫名刹车，问清原委他哈哈大笑，“别哭别哭，按我说的做，保你们能在路上相遇见面！”……

苏玲先是惊愕，随即破涕为笑。遂按老刘密授马上电话通知老公，“从现在起咱们用短信、微信、电话随时互报行进里程……”

原来，苏玲从甘肃庆阳返回沿京藏高速是朝东北走，老公王宁从盘锦往陕西由京沈高速是向西南行，两车相向而行应该在京新高速上的某一处交汇相遇。

“刘哥，你可太伟大了呀！”苏玲的希望之火腾地重新燃烧起来。“先别忽悠，接下来就看你们自己的了！”老刘踩下油门……

两台相向而行的卡车，一边妻子，一边丈夫，现在他们犹如两条欢快畅游的鱼，沿着高速的河流向属于他们自己的水域游去。他们是在尝试追补一次现代版牛郎织女的缺憾。上苍啊，大慈悲的您一定会成全这对挚爱的痴情吧！那么，您将恩赐他们在旅途的哪一个“点”上相遇？那个“点”将是这对聚散离多小夫妻的团圆点！炽烈爱情的融和点！焦灼渴望的慰藉点！圣洁人性的交汇点！

果真能和老公在途中巧遇吗？苏玲的心情依然吊桶般高悬着。在苏玲眼里她老公是世上最优秀的男人，她说心里对老公是装着满满的爱，更有深深的欠，这些年只顾在外头打拼，确实欠他和孩子的太多了！可她老公却又总说是他亏欠老婆，他说作为一个大男人是自己没本事，没能亲手创造出优裕，不能给老婆孩子一个安逸富庶生活，才让老婆在那么远的地方吃那么多的苦，受那么多的累……这来自夫妻肺腑迸发出的心音，才正是真情神契的旋律，才是源自生命珍爱的怜惜。

“你们这样生活方式怎样赢得彼此的信任？”我问。“您知道我在那样环境下打拼，的确有猜测和闲话传到我老公耳朵里；也有人对我说你长年在外，老公一青壮男人咋能忍耐得了寂寞？对此，我告诉老公：爱我，支持我，就要信任我！只有信任，才有我们永远的爱，才有我们幸福的家！我们绝对信任。”苏玲坚定而自豪。

夸赞自己老公似乎意犹未尽，她说有个让她最惭愧又感动的故事讲给我。——我刚出去那阵很烦躁，一次回家因为一点小事和婆婆大吵起来。那天晚上睡觉前，老公突然端来一盆冒热气的水，说“老婆让我给你洗一次脚吧！”。我当时就懵了，忙问“老公你这是干什么？不是要折煞我！？”老公仰头深情看着我“没什么，老婆，求你一件事行吗？——白天你和咱妈吵架，我知道那事不怪你，可她是我妈，她这辈子不容易，从我九岁就守寡自己带着我们姐弟仨，这些年，又一直给我们带儿子，人老了，有时候就糊涂，对了错了的你就当让着老小孩了。你有什么火有多少委屈，都冲我发，老公都会补偿你！”……听着老公的话，苏玲泪如雨下……她说他和婆婆从此再没有闹过矛盾，从此把婆婆当成了自己的亲妈。……

三

“别愣神儿啊，进张家口了，地桩上公里数字盯紧点，错过去可就完了！”老刘及时提醒。“不会！决不会的！”苏玲说。

此时是午后四点三十分，两头庞然大物风尘仆仆几乎同时驶进河北张家口地界。

苏玲蓦然紧张起来，攥着电话的手在微微颤抖，她睁大双眼紧盯着屏幕，生怕漏掉一条一字讯息误事抱憾。

微信：“老公，我们马上就到下花园服务区！”

微信：“老婆，我们还有一公里就到下花园！”

电话：“老婆，我们的车已停在路边！”

电话：“老公，我们的车也停下了！”

她的心被一只锤敲得胸鼓咚咚山响，简直要脱口蹦出来。一天的紧张，一路的紧盯，一处处的互报，快要崩断的神经一下子松下来。她已下车人站在地面上，可双脚还感觉在半空忽悠忽悠地飘。苏玲看见了停在公路另一侧的车上跳下来一个人，啊！那是老公王宁！身着火红色工服的他正跷脚在路边朝她使劲招手！

两位有经验的司机都把带有“！”的警示标志牌，分别摆放在紧急停车带车尾远处。

然而，卡车只能各自停在自己前行的道路一侧。横亘在道路中间将六车道两边分开的是隔离带，尽管这隔离带宽只约有数十米。哦，不！此刻，它已是一条阻挡“牛郎织女”不可逾越的“天河”！（穿越隔离带安全违章，且确实有危险）

“老公！我们就站在原地别动，相互看一眼，这样说几句话就走吧，不要过来，危险——”然而，未等苏玲话音落下，只见那边的王宁瞅准车流过去空子，藏羚羊般已跳过隔栏飞奔到她跟前。两人几乎是同时扑向对方，张开手臂紧紧拥抱在一起，忘情热烈激吻！忘记了时空，忘记了情境，忘记了疲累，忘记了烦忧，忘记了世界的存在——

这一抱遥远的时空不再有距离

这一吻融化了十载风雨的寒冷孤寂

这一抱要补偿美好韶华失去的所有缺憾

这一吻告诉你爱能创造人间一切奇迹

这一抱诠释所有的丢掉的都不再可惜

……

此时此刻此情此景，这千里一吻，并非普通男女的浪漫。他们紧紧相拥，热吻了足足一分钟？宝贵无价的一分钟！令人窒息的一分钟1恍然隔世的一分钟！

夫妻二人缓缓松手，退步，转身，各自登上卡车，没有多余话语，也不敢阅读对方满是泪水的脸。

天色将晚，他们都知道前面回家的路还很漫长，他们都必须尽快赶路回家。因为，他们都明白妻子的车驶向辽宁盘锦是回家，老公的车子奔赴陕西榆林也是更远的回家。多少年来他们外闯市场艰苦创业，各自奔波劳碌打拼都是在奋力开辟回家的路。走出家的道路越长越远，回家的距离越短越近；付出的艰苦失去的东西越多，家里的日子就越香甜越殷实。

两台卡车背向轰隆轰隆继续前行，渐渐化为两个缩去的影子。

苏玲车子的收音机里，还在放刘德华春节晚会上的那首《回家的路》——

回家的路，数一数一生多少个寒暑

回家的路，数一数一年三百六十五
回家吧，幸福 / 幸福，能抱一抱父母
说一说，羞涩开口的倾诉
灯火就在不远阑珊处……

（原载《石油文学》2016 年第 1 期）

# 暗夜里的物质生活 / 林渊液

## 一

我是一个偏于保守的键客，浏览的激情是永远的，而贡献资讯需要心血来潮，因此，博客门前经常野草萋萋。而暗夜里，我喜欢淘宝，在物我对话中忘情，情不自已了，且把银子抛掷出去，把心爱的物儿感召回来。

浏览器打开之后，屏幕上顿时杂乱起来，有如繁星满天。但这些热闹与我无关，甚至可以这么说，我对这些凌乱而恶俗的东西，充满了嫌恶。这是一个网上 C2C 商城。这个首页的设计只是商业而务实的套路，毫无美感可言。但我离不开它，这个窗口就是纳尼亚王国的魔衣橱，我的暗夜之旅必将从这个窗口进入。从这时开始，冥思远了，倾轧远了，忧伤远了，孤独远了，破碎的幻境远了，雷电的闪光远了，锐利的鸣叫远了……

## 二

我在搜索栏里键下的第一个词是：紫。

不可预知的商品出来了，那是抽绳卫衣、超级润滑安全套、肚皮舞腰链、薰衣草手链、卡通条纹包、情趣内衣、水晶叶子、环保瑜伽垫、鱼嘴高跟鞋、钉珠皮草、许愿孔明灯……

我有些发晕。这堆信息臃肿而杂沓，各色人等混迹其中，像哪朝哪代一个失管的二等妓院。不管是对比联想还是关系联想，这都不是一个纯净的地方。作为写作者，想象力给我插上的翅膀有时候可以平稳飞翔，有时候成为我的负累。

我必须继续往前走。

我在分类栏里选择了又一个词：女装。

这个限定有了纯粹的女性角度，也开始让人想入非非。深的紫、浅的紫，或妖艳或朦胧或性感或高贵，都如花绽放。模特、灯光、衣裳的质地……视角的冲击带着极大的蛊惑，似乎每一件都美妙绝伦，似乎每一件都应该收归囊底。且慢——我这人其实非常挑剔。既然挑剔，就必须有自知之明。不要涤纶不要锦纶不要奥纶不要纱纶不要醋纤不要莱卡不要混纺，甚至，自然纤维料子的丝绸、缎子也不穿，活活的布衣主义者一个。我独爱的是棉贴着肌肤的感觉。那神采既飞扬又内敛，那体贴既遂心又自然，那智慧只溶解在温婉里，一切都恰到好处。棉是一个让人爱得心里微疼的女子，拥在怀里，爱棉的那个人和棉便可以一起舒心地入梦。不管是砂洗、烧花、水洗、绞皱还是竹节，棉的这些小女子花样我都接受。

搜索栏里我又键入了一个词：棉。

不对。

这个挑剔的人，裙子不长到双踝不穿哦。

我接着键入了最后一个词：长裙。

这是一个让人窒息的时刻。几十个紫色的纯棉长裙，像华容道上埋伏着的蜀军，刹那之间，刷刷刷地列队奔突出来。

我被降伏。这个世界的固有秩序被推翻。

那数以亿万计的信息，在往常的所有日子，不管我工作、读书、对儿子露出凶相，还是看电影、听戏、接听一个无聊电话，这些时候，它们通通都貌似与我毫无关联。可是，在我键入这一系列关键词，在我完成搜索行为之后，这个世界已经因为我个人的标准而进行了重组。那枘坐着静候着的信息们，竟然都朝着我的方向归附过来，带着仰望的姿势，我像一只狮在辽阔的稀树草原上君临天下。

在以往，我需要怎么样才能买到一条喜欢的裙子？

我唯一能够做的就是逛街。逛街是日常生活里的朴素逻辑，自发的、不成系统的。我用脚步和耐心和兴趣和欲望一起来逛街。每一间商铺我都像蜜蜂跳着的“8”字舞一样穿梭一遍，然后出来。一个夜晚不断地重复劳作，一个夜晚不断地启动希望，然后收获失望。是的，我正是如此。这也是我少年时候，心思直愣愣地敞向远方的一个缘故吧。我对身边的街道失去了信心，只觉得，更好的东西在远方，在某个我不知道的地方等待着遇见，而我普通的脚步根本不可能到达。

我几次三番举起了衣剪和针线，裁剪和修改衣裳。我对这个世界已经到了忍无可忍的地步。或许，这个世界对我的幼稚认知也已忍无可忍。我现在才明白，它虽然默不作声，但暗地里已经开始了降伏我的计划。我相信，此计划正是从这种叫作“搜索”的武器开始的。它有着铁的品格，匕首，或者剑，或者刀，把它熔铸而成的是这个世界上浩如烟海的信息量，以及簇拥和制造着这些信息的蚂蚁一样的人群。每一条信息，都是一颗谦卑的人心。成千上万的谦卑聚集在一起，便成了所向披靡的冲击力。

## 三

这个世界业已改变，在我还没有深入地思考好我与它的关系之前，且来消受我的搜索成果。

一连串的搜索词之后，终于还是需要我自己的眼光来核对个人的缘分。

有一条紫色的纯棉长裙子把我秒杀了。它的名字叫作狐狸的窗户。

狐狸的窗户裙体是深紫的镂空棉布，宽腰拼的是一片挺括的同色系麻布，黑地，粉紫、浅紫的牡丹花，前开襟，一排深紫的小纽扣。

大爱无边的一条裙子。大气，柔媚，神秘，灵性，淡淡的凝眉，深沉的爱……

狐狸的窗户是我起的名字，这个名字源自日本女作家安房直子的一个短篇幻想小说。一个猎人山上迷路，意外地发现一片蓝色桔梗花的花田。白色小狐狸变成一个印染店的店员，猎人不染衣物，店员说，那染手指头吧。染手指头是了不起的事情呢。店员把自己双手的拇指和食指伸出来，果真染得蓝蓝的。他把染蓝的四根手指头搭在一起，成为一个菱形的窗户。透过这个窗户，猎人看到了一只美丽白狐狸妈妈，轻轻地竖着尾巴。店员承认：这是我妈妈。每到秋天，小狐狸都特别想念自己的妈妈，他把很多的桔梗花堆在一起，染出这样的一个窗户，只为了多看妈妈几眼。猎人放下枪，请小狐狸把自己的手指也染成了窗户。透过这个窗户，他看到的是以前喜欢过的一个女孩子，还有妈妈、妹妹，以及他们遭火祸的那个家，当然，这一切现在都已不在。猎人把自己的枪留下，当作报酬。走了。他回到了自己的小屋，无意识地洗了手，这是很多人的习惯。结果，他的染色窗户没有了。他再也找不到桔梗花田，再也找不到小狐狸的印染店……

这是一条原创设计的裙子。与品牌无关。价格却高得惊人。我且买了。我知道，如果放弃，我会后悔。

从狐狸的窗户开始，我又进入了另一扇世界。

狐狸的窗户这条裙子，设计师叫鱼。鱼设计的衣裳，我们叫作鱼衣。

我喜欢上了鱼衣。就像喜欢上一个人一样。每天上网偷窥一会儿，有着一种隐秘的欢喜和惊疑，形同偷情。

我相信，一件好的衣裳是有着属于她的思想和语言的。我在鱼衣里寻找那些心灵投合的衣裙，阅读，也与设计师默默对谈。一开始或许只是一个单纯的消费者，只因为进入了产品制作者的精神腹地，消费的外层衣裳被剥解了。

鱼衣其实设计得很简单，但穿上了、穿久了就会知道那简单里还有蕴含。更何况，鱼衣的设计非常人性化，插兜、抽绳等等细节，几乎都没有让穿衣人为难过。而且，我知道，鱼对自己的创作非常挑剔，有些衣服，作为搭配服饰在鱼店里瞥见了，却久久不见单独登陆。忍不住去问鱼店，回说，鱼不满意。

有一条叫作“黑白道”的鱼裙。亚麻的白地，黑色立绒压花，图案是花团锦簇的，但黑白线条把富贵气冲淡了，只觉得每一笔都充满张力，整幅裙看起来几如一张线描画。黑白之道，黑与白正是在对峙中各自成熟、相互消长，中国传统哲学的味道也因此现出端倪。最堪称道的是裙裾滚着的一圈黑色亚麻小褶皱，不是明镶的，只压在裙下。第一眼看的时候，很平常。第二眼看的时候，依然很平常，却动了再看一眼的心思。这第三眼，却不只是看了，顺手就把裙裾的整个镶边翻过来，黑色的波浪顿时在眼前翻滚起来……这美，这哲味，只生长在穿衣人心里，只生长在那些懂得的人心里。

这数年，喜欢上了一个群体，那是图画书创作者。在那些优秀的经典的图画书里凸现的，是一个个理想主义者。像美国的罗伯特·麦克克洛茨基，

1942 年图画书《让路给小鸭子》获得凯迪克奖金奖时他还是一个小伙子，可他一生只创作过八本图画书。他说过一句话，大意是这样，所有的艺术和细节他都会做到极致，它们一直都在那里，只要是有人去看便会看到。

或许是看图画书看出来的毛病，一条好的裙子，我也是这样一遍又一遍去看的。裙子已在那里，看出多少那是穿衣人的修为。

鱼生活在离我们很遥远的城市，但她的网店天天都在眼前晃着。

我其实很少与鱼打照面，更少直面谈心。有一次，还因为鱼店管理疏虞，我的裙子腰围数次货不对板，性急之下，写下了很雷人的大篇留言怒其不争，把鱼惊动出水面来把事体摆平。但这丝毫不影响我对鱼店的感情。

读鱼店，那也是个人的修为。

哪一年的炎夏，逛鱼店发现了新货，其中的一件吊带背心是拼接的，名字叫作“活色生香”。上面小部分是真丝织锦缎，红地，杏色花、蓝色花开得满满的，还镶着金色的叶子。下面部分是黑色的亚麻。很典型的闷骚衣。两块布料都很厚，鱼在衣裳的说明里加了这么一句：春秋穿罩衣之内会有点睛之感。看到这句，心里一震。那正是鸟不敢飞，鱼不敢游的酷热暑天，居然有人在做春秋的衣裳。我不知道谁会来买。

我不必为鱼担心了。我先自定下了一件“活色生香”。那一天，支付宝里的余额已经用完，我冒着暑热去银行打款，然后，美美地等待那件一个季节之后才能上身的衣衫翩然来临。

## 四

我是什么时候开始爱上物质生活的？

《易经》里说：“形而上者谓之道，形而下者谓之器。”长时间以来，人们对于那有形的、可感知的、形而下的，一直是俯视的眼光。这个作为物质的“器”，是中性的，兼带些微的恶。可以这么说，物质一直被隔离于精神之外。它被认为可能削弱人的力量，可能引人堕落。那些精神境界高迈超拔的大师们，几乎不谈物质生活，他们生活在真空里。

小时候。我还记得小时候，我是无视物质生活的。我母亲说过一句话：这女孩是不爱雅衫的。

雅衫就是漂亮衣服，潮汕人把漂亮、美丽叫作“雅”。

这话为什么让人记住了许多年？

这话为什么在现在被记起？

这话是什么意思？

这句话有着长远的背景。自我懂事起，我父亲就开着一个诊所，他是远近闻名的针灸医生。那个时候，也就是20世纪八十年代初期，人与人之间的关系很单纯，父亲为患者看病，经常不收诊金。乡下的老伯提着一篮自产的鸡蛋，甚至笼着一只母鸡前来看病，那是常有的事情。城里的大叔或许送的是水果，反正家里的水果总也吃不完。轮到大妈们，便开始有人在我身上打主意：送雅衫吧，哪个女孩不爱美？！

我的新衫多起来，都是外人赠送的，都是时兴的款式，满大街满大街重着样儿。我只是正眼不瞅一下。身上穿着的依然是那件打着两个大补丁的阔筒裤。母亲且喜且忧地说出那句话：这女孩不爱雅衫。

现在看来，对于物质生活其实我有着本能的热爱，只是当年满大街的庸俗时尚和大人们，共同把其谋杀了。文化传统是反物质的，大人们的暗示性话语是有力量的，我只能噤声了先。

而有一颗种子，是一直都存在的，存在于土层之下。这颗种子，不单属于我，还属于千千万万的人。近代哲学的春风一吹，那颗种子就萌发了，物质、欲望、消费等等语词都成长为美丽花朵，这美丽还是良性的，正当的。财富成了这个时代的畸形图腾，物质主义风行。

我不自觉成长为一个物质主义者了吗？

必须坦言，我已习惯了寻求物质生活的暗夜。暗夜里的人，不管穿着多么厚重的衣装，那心灵都是洁净的毫无干扰的胴体。而我搜寻的，是前世散落的骨殖和环佩，也是我今生的情人和襟怀。屏幕之前，我周身散发出自己的气味和声息，状如长毛的猴，每一根毛发，都是我招引的手臂和磁线。衣们，饰们，就这样款款而来，蜂拥而来……暗夜的丝绒之上，它们闪着一圈圈的光华。

不止鱼衣了，除了鱼衣，我又喜欢上羽衣。不止衣裳了，我又喜欢上家居用品，绗缝的布垫、烤薯片器、心形煎蛋器，我还喜欢上各种土特产，江西交城的骏枣、桂林的金桂花干、蒙古草原的奶酪……我喜欢的物儿们，它们正行走在通往我的血液和性格的路上。而更多的，我不曾听说的、不曾谋面的，或者曾因羞赧而放弃的，也加入到投奔我的行列中来。我的未来显得浩浩荡荡。

我的物质热情开始遭到了朋友的质疑。他问我，物质力量可以解决所有人类问题吗?

这个提问真是很用力。我毫无还击之手。

人类问题太大，我只能退而考虑个人。我想，我所追求的，无非是为精神和物质充当传书递柬的使者，成全它们的爱情。或者可以这么比喻，精神是亚当，物质是用他的肋骨做成的妻子。每一个人，都必须有属于他的物质精神生活，当他寻找到了可以与其精神相匹配的物质生活，也就阴阳调和了。他对于这个世界的很多事理，也就从容。

朋友又问：你与小资有何区别?

或许本质上没有区别。但我觉得很多小资流光溢彩的话语里，尚缺乏思想的定桩，流水一冲，泥城沙堡便平坦了。物质依然只是一种奢华的附丽。

朋友笑了，他说：你的行为近乎冒险。

或许吧。

我给朋友讲一个故事。一次外出参加笔会，在电梯里，一个文友问我身上衣裙的牌子，那天穿的是羽衣。我沉默了一阵，大概当时我正在为自己的冒险踌躇。后来，羽儿的名字还是说出了。后来，她说她知道羽衣，还因为错失其一件香云纱披肩衫而悔青了肠子。后来的夜宴上，我们相邻而坐，餐衣饮饰，满桌的菜肴只当作逶迤的山水屏风……

这一场冒险，我首先必须确认自己对物质的喜爱。这很容易遭人诟病。在这份爱的基础上，我必须对物质生活和精神生活的爱情有足够的信心。这件事很多人依然不相信。然后，我还必须确保，我倾力喜欢的物质生活，它必须经得起纯精神的挑衅和考验。

我被这个文友所鼓励，心想，这个世界之上也许没有我们想象的那么糟，应该还有另外的一些鸟，与我一样进行着试飞？而很久以来，没有人告诉我们鸟是可以飞的。我们历尽千山万水才知道了自己的真相。

最后，朋友不作声了。

我又补充了一句，不论什么样的物质生活，它都不应该成为傲慢的资本。一旦它踏入了这个陷阱，那么，一个人的人生格局便狭窄了，萎靡了，他身上发出的是劣质塑料的光泽。

## 五

我再一次坐在屏幕之前。夜静了。

是谁在这场翻天覆地的改变中推波助澜？网络、暗夜，还是未知的什么。

就着暗夜的亮光，我的物质欲望又膨胀了。我这个不称职的键客，又制定了新的一组个人化标准，进行搜索。很快地，那些经过聚合、重组、排除之后的信息又像美丽的军队排列到我的眼前……

我一无付出，这与我的所获显得极不对称。

我既然已经历过漫长的心理历程。我既然有过摇摆、怀疑、否定、回返，蜿蜒曲折之后，我只能更深入地相信自己的内心和思考。

我已经坦然面对我暗夜里的物质生活了。

可是，我是一个厚道的人，面对网络极尽能事的厚待，我必须再一次反思。

我一直这样沉湎下去吗？当我完全投身网络的物质海洋时，我是不是会丧失逛街的乐趣？我的表情将会慢慢地失笑，我的脚趾头将会慢慢地僵硬，我的生活也将会慢慢地数字化——那是一串什么样的数字？我对自己的数字化样貌充满了好奇，不，是茫然。

高科技的剑锋一边披荆斩棘引我前行，一边，它指向我温暖的前胸。

暗夜里，我睁开的眼睛闪烁着星渺的光芒：这一次，我应该深入地相信谁？

（原载作家散文集《穿过小黑屋的那条韩江》）

# 像海鸥那样飞 / 韦晓明

"教育部出国人员外语培训中心的英语培训可以关注一下，看看是否有合适的时间参加一期——"我按了回车键，这些字符瞬即飞越崇山峻岭、江河湖泊，飞向两千公里外的北京，定格在北京一所著名大学某个房间或教室的另一台电脑屏幕上。

"啾啾"两声响起，电脑屏幕的任务栏上一格红灯闪烁，点开——"没有时间，九月份都还要上课。"

"不放暑假吗？"

约莫一分钟，又是两声"啾啾"，点开——"你就不要再操心我的学业了，我有自己的安排。"

玩 QQ，我是笨鸟，好不容易从键盘到屏幕安排好"好的"两个字，对话框里顷刻又刷来——"你是不是还要逼我去读个博后！"几乎同时，惯性让我按下回车键，"好的"两个字立马飞了出去，于是这"好的"就成了对对方后一句话的应答。此时想要收回来也已不可能了。

我怔在那里，哑然。

## 一、曾经狠逼儿子飞

我一向认为，人是需要承受点压力的。逼迫一个人做点事，这不特殊，也不重要，有时甚至还很有必要。重要的是这种逼迫是否过头了，被逼者能否承受得住。老鹰这样教雏鹰学飞，老鹰将雏鹰携向百丈悬崖之端，然后一翅膀将雏鹰扫下悬崖。雏鹰在垂直坠落的过程中拼命挣扎嘶叫，展翅扑腾。这拼命地挣扎展翅中雏鹰知道，它必须飞起来，飞不起来就必定粉身碎骨。这种逼迫才惊心动魄，这种逼迫叫作"置之死地而后生"。

动植物生存法则是一样的，只有逼其强大起来，才可以生存下去。雏鹰一生都要面对的热风冷雨、电闪雷鸣、豺狼虎豹、陷阱杀伐，我们的孩子难道就可以不面对？孩子的生存，我们血脉的强悍，需要我们对下一代施以适当的逼。儿子四岁那年，我带他到南宁看大世界，在白龙公园逛了一个下午出来，儿子喊累了，要我背。我说还是自己走走好，锻炼锻炼吧。儿子撅起小嘴赖在那不走。路边正好有捆两米多长的篾片，我扯了根扬起来唬他："不走就打。"过往游人纷纷侧目，这就叫"知我者谓我心忧，不知我者谓我做秀"了。

高二学校分文理科，我让儿子读文科，他语文、英语明显要优于物理、化学，再说，他读文科，我书架上的书就能继续有用。但儿子执拗于理科，他认为他物理最好。事实上，儿子多年来痴迷的都是他抠下零花钱订的《飞行器》《兵器知识》《船舶与舰艇》《计算机及其外部设备》之类的期刊，我书架上的书，他连翻一下的兴趣都没有。儿子动手能力强，花三百多元钱，就能自己捣鼓出商场里标价上千元的山地自行车。家里第一台电脑，也是儿子比照《自己动手装电脑》组装的，性能和速度远超一些品牌机。较劲一个星期，到了学校规定的最后期限，我没办法了，说那就随你吧，只是以后千万不要后悔。但每周，我仍要逼他抄古文，像《送东阳马生序》《黄生借书说》《庖丁解牛》这些我当年背过的，则至少要抄三遍。尽管已进理科班的儿子极不情愿，但我的絮叨他无法抗拒，最终老老实实地抄了一大本。大学才读一个学期，儿子突发奇想，说要休学再考文科，向节目主持人方向发展。我知道后哈哈大笑："你这岂不是开国际玩笑啊？当初要你读文你硬要读理，现在生米煮成熟饭你想退堂！你一个学地质勘探的怎么一忽儿心血来潮要上镜？"笑归笑，儿子的突发奇想我却不得不认真对待。儿子可从来不是说说就罢的主，他是说了就要做的。小学四年级，我们一家就住在窑埠古渡边上，担心他独自下河搞水，我没给他买游泳圈，于是他将家中还来不及清理掉的包装盒泡沫板抖搂出来，然后菜刀锤子一齐上，硬是捣鼓了艘救生艇，呼朋唤友扛下河边去。等我发觉，七月天里惊出一身冷汗。如今相隔几千里，我只能一天五六条短信轰他，我以我搞新闻数十年的体验陈述利弊，晓以利害，还从网上下载近百篇资料硬塞进他邮箱。这些估计他都看了，但不见回音。不见回音我就直接电话劝告、逼迫，他也只是听，不回话，听筒里偶尔传来一声叹息。我使出最后一招，让他给我他们班主任的电话号码。他这才出声："你要这个干吗？我们不叫班主任的，叫辅导员！"我说那也行。"你总不至于要辅导员找我谈话吧？"我说那讲不定。"兴师动众的，唉，算了，我不惹你了还不行吗？"

我们这代人，有很多的不如意，于是就将很多的希冀放到了子女身上，逼迫他们做我们想做而没有做到的，逼迫他们去实现我们没有实现也不可能实现了的梦想；坎坷的人生给我们带来诸多阴影，于是在梦想的让渡中，这些阴影也不可逆转地转移到了子女的心坎上，使得他们本应铺满春阳的少年时光，罩上了厚重的雾霾，使得他们本应展示青春风采的朗朗笑声，变成了无奈的沉重叹息。他们在不经意的失误带来的惶恐不安中，得到的不是谅解、宽慰和扶持，而是他们根本无法接受的"不争气"和"垮了的一代"这类斥责。我们这代人就是这样无理、霸蛮和愚蠢。比起逼子女练飞自己先坠崖底飞起来拿命示范的老鹰，我们的可怜不言而喻。

曾经很长一段时间，每天在印刷厂照排室跟夜班录入员校改版面，等着清样出来签完字夜已深沉，在大街的冷寂中狂飙单车回到家，家里只有客厅一盏灯燃着微弱的光等着我。我蹑手蹑脚开门进了儿子卧室，在他床边站定，借窗外透进的微光默默打量他的睡态。儿子侧着身睡，很安静，连一丝鼻息都听不到，却总要顽皮地把一只脚撑出被子外。我怜惜地摸摸这只脚，轻轻将它挪进被子里。我知道，除了我，没人能保护好他，我肩上的责任，沉重于山。我的这些举动，儿子是不知道的，他只知道他上学时我还没起床，于是他开门关门格外小心，但最后那细微的咔嚓声我总还是听得到。

有个星期天我起得算早，可阳台上的阳光比我还早。我扶着栏杆往下看，恰好推着单车去学校补课的儿子也抬头往家看，他看见我，眼睛眯成一条缝，笑了。阳光打在他脸上，柔柔的，荡漾着青春的纯净；两颗虎牙反射着太阳光辉，那笑容由是更加动人。他冲我挥挥手："拜拜！"偏腿上车，箭一般地飞走了。我没有笑，没有语言，也没有动作，只觉得阳光很晃眼。

我对儿子的逼，除了絮絮叨叨外，便是这无声的暗劲。

## 二、那个暑假儿子去打工

对儿子，我最不满的是他事事无所用心全凭兴趣而为，而且性子、动作都慢，与我的急性子比，完全就是两个极端。假期在家，每每凌晨一两点还泡在网上，白天则日上三竿才懒懒散散爬起来。我想治一治他这个毛病，却苦于无计可施，也狠不起心肠。

孰料大一暑假再回来，这毛病只持续一周，情况就有了变化。

吃晚饭时，儿子期期艾艾地说他准备去打工，已经找好了地方。我与妻子对视一眼，都觉得不可思议。我问打什么工啊。“这个你们不用管，反正我得自己去挣点学费。”儿子低头扒拉碗里的饭。“还学费呢，路费怕你都挣不了。这样吧，我请你打工，就一大早起床，搞家里卫生，清洁程度到我认可为止，每天十元，怎样？”儿子说他从来不看好家族企业。

翌日，儿子果然起了个大早。我一看床头的钟，哎哟，才六点半。他动作很轻，几时出门我竟不知道。

晚上将近七点儿子才回来，一脸疲惫不堪，匆匆吃了他妈妈给他留的饭菜，冲了凉就进房间睡觉，一连几天都如此。我跟妻子说，到底是打什么工，我总觉得这事有点不对劲，得好好问问。妻子感觉亦然。很快就到周末，妻子叫儿子晚上早点回来，今晚我们加点菜。

儿子真的六点钟到家，但依旧闷闷不语。我提议喝点啤酒。儿子说好。我是没备有啤酒的，赶紧下楼买。一瓶将要见底，儿子说他已经炒了前头那个老板，换了个口，新老板戴副眼镜，斯斯文文，看来比较实在，中午饭老板是和伙计一起在店里吃的，不像前面那位，说好供应午餐，却打发工仔到大东门那乌七八糟的饭摊吃三块五的所谓快餐；而且脾气还很爆，动不动就骂人。新老板卖布艺玩意，也在五星街那带，生意好，请了五个小工还忙不过来。老板承诺底薪每天十元，包中餐，另有销售提成。此时离儿子开学，也就只有三十天了。

儿子幽幽地诉说着，我和他妈妈都不插嘴。我们发现，儿子真的长大了。

此后每晚儿子回到家，总是就先进房间写写算算，还一张张清点着从兜里掏出来的那把花花绿绿和电蚊香片一样大小的硬纸牌。他妈妈说他是在盘点当天的销售业绩，那些花花绿绿的硬纸牌面值有大有小，是月底销售提成的兑换券。

一天，餐桌上儿子心情很好，他说老板要给他加薪，五人中只他获此殊荣。“前天店里来了对‘老美’，是我接待的。这回老板一脚进账八千多，老板说前所未有。见我能跟老外讲英语，老板更是惊讶。”看着儿子晒黑了的脸，我兴奋得连干了两杯。儿子又说，他没有告诉老板自己还读着书。我正色道：“你辞工一定要提前跟老板讲，好让他有准备招人接替。”儿子说这个他懂。

果然，儿子宣布即将结束打工时，老板还以为他嫌钱少：“再给你每天加五块，怎样？”此前老板还跟他切磋邀他入股合伙干的事呢，当老板知道他还要回学校时，差点惊跌眼镜。那时不像现在，柳州大学生假期打工的基本还没有。

三十天儿子赚了一千多块辛苦钱，离家时他买了条红河烟放在我书架上，对我他不说，却告诉了他妈妈。

儿子读的是工科，地质勘探专业。这个专业工作很辛苦，于是这个专业两个班八十多人几乎都是男生。但是要读好这个专业却颇不容易，因此从这个专业毕业出来，根本不愁就业。那年，我们一干人赴北京国家教育行政学院受训，每个周末，我从京南大兴出发，倒几次车赶往位于京北海淀的石油勘探开发研究院。儿子此时已签了驻在石勘院的一家石油勘探公司，搞地震波数据处理。这个大院，前身是中国石油大学，建筑布局严谨，夹杂在阴阴郁郁的古树中间，成群的喜鹊在楼廊、树柯间蹦来跳去，大院就成了热闹喧嚣中一个难得的清凉之所。这清凉之所里硕士博士身影幢幢，于是这清凉中包裹了浓郁得化不开的学术韵味。

父子同居一室，和从前一样没有多少话语。但此时的儿子，已不像在家时睡得那样恬静。我在熟睡中常常被他窸窸窣窣起床、开灯、翻书的声音吵醒过来。到凌晨三四点他总算睡了后，我又会听到他不清楚的梦呓和叹息。

“考研吧你！”天亮了我说。儿子无言。

“还记得那三篇古文么？”我问。

“记得！”

“那你怕什么？”

“我怕什么？”

这种对话很累。于是我说，我们去郭沫若故居看看吧！儿子在电脑上查了地图，说好吧！学工科的儿子在北京五年了，去个名人故居还要查地图，这样看来，他对自己还是有主张的，而且这种主张很对我脾胃。到积水潭，下车徒步，走过几条胡同，回头竟不见了他，只好站在路边等。几分钟后，儿子赶来：“嘿，这边有家老理发店，理次发才八块。好了，以后理发有地方了。”我这才属意地从头到脚打量他，那套读书时穿的衣服松松垮垮挂在单薄的身上，显得尤其搞笑。我说不看什么故居了，我带有钱，去给你买套西装。儿子死活不干。

我们再穷，给儿子买一两套好衣服还是办得到的。但儿子说不。

当年我逼他抄古文，或许害苦了他。

## 三、逼儿子考研

从北京回来后，给儿子发信依然是考研、考研、考研。在QQ上，我给他灌输：“青春短暂。过去了的不能重来，你务必在三十岁前，将该拿到手的学问学历都拿了！”此后不管传去的文字、句式有何种变化，这个意思大体不变。对此，儿子不置可否，有时干脆就直接闪开。到了年底，儿子突然说决定考研了。

我很兴奋，就好像他不是决定考，而是已经考上了。此后一遇到有关考研的资料、经验之谈，我就下载整理，然后一股脑发到儿子的邮箱里去。

但他给他妈妈的电话却依然是上班、出差、出差、上班，一忽儿河北唐山，一忽儿川西某地，近的自驾车，远的空中飞。有一阵，去得最多的是曹妃甸。此间他喜欢上了摄影，而且上手很快，传回来的那些景色都很美。传回来的曹妃甸风光，有一张海鸥飞翔的特写令我感动莫名。一大群海鸥在蓝天里展翅飞翔，朝霞映照在它们灰白色的羽翼上，光彩炫目，雪白的扇形尾翼，被染成鲜艳欲滴的金红色；海面上碧波荡漾，万顷金光涌向水天相接的远方……

就这样很诗意地去与一百五十多万人竞争，有可能获胜吗？我心有怅恨但不能说，怕坏儿子的情绪。网络告诉我，硕士研究生入学考试虽然只有四门卷，但题量大得吓人，不经努力拼搏刻苦钻研，光看完卷就让你缴械出门。单说英语，不仅题量大，题型还特古怪，非考级可比。新东方的老师这样调侃硕士研究生英语考试：这是世界上最难的考试，因为一个单词如果有十种意思的话，它只会考你从来不会留意的最后两个意思。面对这样的考试，如果没有一年半载的充分准备，就算考过了八级也要抓瞎。

果然，这一年工科国家线 A 区英语定死在三十六分，儿子以一分之差被拉了下来。虽然儿子不在家，但这个家那段时间阴云惨淡，雾霭重重。我说话更少，喝酒更多了；不喝酒一句话不说，喝了酒就没完没了地说。妻子被我惹恼了：你这样逼他有意义吗？为什么就要读研？只要身体好，干什么不行？他就是一辈子打工又有什么不好？

是啊，这个世界上干什么不行干什么不好呢？同样是开发资源，找石油的难道就一定比收破烂的高贵？为什么非得压制孩子去读书？这身边因读而致贫的例子还少么？这身边大学毕业即失业的例子还少么？三百六十行，行行出状元。你笑剃头佬贱，剃头佬笑你浮漂。这世间是人就平等，你不敬我，我又凭什么尊你？道理大家都懂，安慰别人谁都会。可子女没出息真的落到自己头上，我们有谁能开怀畅意？

我频频拨打儿子的电话，他不接。我气极，却又无可奈何。我在电脑上将那张海鸥飞翔的照片放大至满屏：儿子，你为什么不像海鸥那样高傲地飞？

## 四、儿子考取硕士生

终于在一个月后儿子给我发来短信：能给我八千元吗？算我借，以后一定还你。我想去北二外进修英语！积水潭胡同口儿子衣着松松垮垮的模样跳了回来，我心酸楚，立马回复：没有半点问题，十天后给你。

十天内我东挪西借，总算凑够了八千块。儿子辞了职，住进北二外学生宿舍。

国家计划内硕士研究生入学考试考四门课程，公共课的政治和外语满分为一百，两门专业课均为一百五十分，录取时全国分三区划总分和英语单科两条线，一区（A 区）最高，英语是个硬指标，三区无论哪区，只要英语少一分，总分哪怕第一也无望。除此之外，各校还有大量应届毕业推免生（学校推荐免入学考试），这部分约占招生计划总数的三分之一。每年一百五六十万考生，能上去的只有二十万人不到。我劝儿子考二区或者三区，儿子说那还不如不考。

儿子报考 A 区一所大学的海洋地质学专业，这一次，他决定全力以赴。

辞了职到学校里用功，就心无旁骛了，我因此也少了担忧。至于儿子用功程度如何，我们无从知晓。他考完后回家，他妈妈说这个崽瘦多了。我一看，是瘦了蛮多。

儿子说如果这次还考不上他就要去查分，分数不够就查卷。他信心满满。我说你不会只是自我感觉良好吧，去年你也是很有把握的。他妈妈骂我你怎么就这样讨厌？

等查询成绩我比儿子还着急，公告查分明明还得等一个礼拜，我却每晚都挤进儿子报考那所学校的网站，巴望突然可以提前查分。此间我还溜进该校考研论坛，分享论坛里考生的喜怒哀乐。论坛里揪心的考生很多，分析考卷答案、估测自己分数、预测国家线等等，无所不有。估分低了的，大喊“悲催”，哀叹“杯具了”。有人还做了模，分析历年来国家线变化情况，推导出这一年的录取线。事后证明这个分析非常准确。现在的孩子聪明透顶，岂会是“垮了的一代”？

可以查分的一刻到了，儿子、妻子、我齐齐站到书房里的电脑前，儿子输入姓名、考号、身份证号，说：“你来点吧！”我推妻子：“你来！”妻子推儿子：“还是你自己来！”儿子坐下，挪动鼠标，轻轻一点，总分三百九十，英语六十八分。比对去年，这个成绩无论英语还是总分，都绰绰有余了。我一把将儿子拉起来，紧紧抱住他：“儿子，好样的，祝贺你！”我轻轻拍打他背脊，说，“真的难为你了……”

将近两年啊，这几百个日日夜夜是怎样捱过来的，是怎样的欢乐和痛苦，是怎样的憧憬和绝望，是怎样的放了又捡起，非此中人，绝难想象。儿子知道他不是一人在战斗，他也因此而硬挺了过来。这之中，我的作用微不足道，儿子的老师、同学、朋友，乃至他原单位同事、领导，他们给他出主意、讲方法、解难题、找真题，这种关心和帮助才是直截了当极端给力的啊！儿子在考研论坛里向志愿辅导考生的硕士生师兄求教，尽管用的是网名，还是给我发现了。我发短信给他，说那个叫“老虎”的真是助人为乐。儿子回信：你怎么总是无处不在的哩？

这一年，全国 A 区工科学术型硕士研究生入学国家线英语、政治定在四十分，专业课定为六十分，总分为二百分。各校以一比一点二比例从高到低通知考生进入复试。也就是说，即使初试成绩很高，复试不合格同样被刷。我叮嘱儿子全身心进入复试准备，强化英语口语。儿子将五分钟的英语口语自我介绍中文稿拟稿任务交给我，我花了好半天写成发过去。他回信说你这个完全是汉语，英语是不能这样说的。

结果，在进入复试的考生中，儿子复试成绩还是名列前茅。但很快就有一事让我们纠结起来：国家重视培养专业硕士，专业硕士好就业，学校也动员初试考得好的考生报读专硕，儿子在专硕、学硕两者间颇难取舍，问我怎么办。我问两者间最大的区别在哪里，儿子说专硕不可以直博而学硕可以。那你就按原来报考的，读学术型硕士。我这下果断了。

是海鸥，就要在大海上飞。

## 五、儿子读了博士

一年的基础课专业课后，儿子真的开始飞了。新疆、青海、甘肃、四川……满天飞，考察、取样、做模拟实验……等到我们收到他从北疆邮来的特产时，他人已到了川西。我疑惑不解：海洋地质学怎么老在内陆转圈？儿子说，地质都是相通的，何况几亿万年前，这些地方也是大海，真到海里去取样或实验，成本高且不说，今天的条件也还不完备。

“你要写点东西啊，研究生不能没有论文吧！”我又逼他了。

几个月后，儿子说完成了一篇论文。我让他发过来，“看看能不能在文字上为你把把关！”论文发过来，我一看就傻了眼：这哪是我能对付得了的啊？那一个个专业术语、概念，对我简直就如天书。文字方面，简洁利索、明白畅晓，十足的论文范式，我一个字也动不了。“你这个是自己弄的吗？”看看，我这是怎样一种心态！儿子对此没有任何回应，他的不回应令我无地自容。

这篇论文投向几家核心刊物，不久，《桂林理工大学学报》就通知说要采用。

这一年，学校研究生院奖励儿子发表论文两千元，加上研究生津贴节余和导师发给的酬劳，儿子一下子有了一万多元进账。寒假回家，他不容商量地拿一台晶液大屏幕电视将我们用了十几年的乐华彩电打发到房间一个角落里去。

而他身上，还是那套松松垮垮洗得快溶了的衣服。

这一年，我更大的欣慰是，由于学位课程成绩都在优秀以上，经学校严格的审核、复试，儿子被批准进入博士生阶段培养。紧接着，根据“选拔一流学生、到国外一流的学科专业、师从一流导师”三个“一流”原则，经层层选拔，儿子被国家派往比利时攻读博士学位。

海鸥，迎着风浪展翅飞……

（原载《红豆》2016 年第 9 期）

# 世相琐议（三题）/ 王本道

## 年轮

曾经到过一些古村落，尤其喜欢那里年代久远的老式宅院，庭院深深，四处散放着发霉的气味，老屋的屋檐上杂草丛生，寂静得如同深山中的古寺。徜徉于空旷的天井之中，凝望房屋顶棚那一棵棵裸露于沧桑岁月中的木制栋梁，细数上面那些由一个个同心圆组成的年轮，常常让我沉浸在“念天地之悠悠”的情愫之中。

作为记录树木年龄的一种标志，年轮在历史考古、林业研究以及天文、气候、医学和环境等方面的科研价值无疑是尽有尽多的，对此我无缘探究，却存有一定的好奇。我曾仔细观察过树的年轮构成与走势：一圈圈的同心圆，从中心一直向外扩张，每一个同心圆又都不很规则，轮与轮的间距也不均衡，有宽有窄，而且每个圆的圆周都是弯弯曲曲的，有的是断开之后又重新接续上。经请教植物学专家谙知，树木的年轮除记录树木本身的年龄外，更能记录外部自然环境的变化，如森林大火、早期霜冻以及环境土质结构等等。掌握了这些，就会了解一棵树的身世，周边环境的变化，直至预示未来将会发生的事情。风调雨顺的年代，树的年轮是相对规则有序的，而干旱少雨，或是赶上极端气候，如不规则的雨雪霜冻、洪涝、雷劈抑或人为的破坏，年轮则显得细密而无序，甚至时断时续。一棵树成长的每一个时段的每一个细节，都会在年轮上有明显的印记。

千百年来，作为与树相依为命的人，一生的成长、际遇多像一棵树。告别了蒙昧的童年，便要投身社会去打拼，风霜雨雪，坎坷泥泞，你别无选择。为了那一年的一“轮”，即便身体孱弱、形只影单，也必须从容应对，以倔强之躯与命运抗争。年复一年地迎来太阳，送走晚霞，无论上苍赐予什么样的环境与际遇，都只有无怨无悔地去接受洗礼，努力地活下去，吮天地之精华，创造一个全新的自我。抗争是一种美丽，自然界的春夏秋冬，社会上的世态炎凉，让成长的路上布满玄机，变数良多，必须以坚韧的不变去应付万变，并为此付出代价，才可能站稳脚跟，立于不败之地。无数事实证明，生命中如果永远是持续悠扬的鼓乐升平，缺少变奏的曲线，倒极可能是十分危险的信号，不然怎么会有“生于忧患，死于安乐”的古训。健康的生命应该既有花团锦簇的芬芳，又有激流闪电的奏鸣，既有悠然惬意的休闲，又有雨打风吹的考验，这才是成长中真实的年轮曲线。

古树大多经历过百年或几百年直至千年的历史，却并不显得怎么粗壮，但却十分挺拔刚劲。许多古树的生存环境并不优越，有的长在悬崖之上，岩石的缝隙之中，千百年来，它们就是以这种独特的方式屹立于属于自己的土地上，只待春风吹来，便立刻舒展满树的枝丫，展示出自己的风景。我暗自思忖，这些古树，它们的年轮会是什么样子呢？一定是细密如网，曲折如织。由此，蓦然想到我十分景仰的许多老一辈作家、艺术家，它们中大多数都是在很年轻时便走进了艺术的殿堂，著作等身，成就斐然。但他们却终其一生历尽千难，有的人大半生蒙受不白之冤，直至身陷囹圄，还有的长期经受病痛的折磨，却能不屈不挠，坚忍顽强，在艰难困苦中跋涉，至今虽已高寿仍驰骋文坛。是坚定的理想，刚毅的躯干，激励着他们舒展着高尚的情怀，眷恋的情结，释放着对祖国人民的柔情，美丽着属于自己的一片土地。

凝望一棵树，每个人都应当怀想，自己若托生为一棵树会是什么样子。现代社会，物质生活的日渐充裕，急剧地改变着人们的生活尺度，许多人正在丢失许多基本的生命感觉，譬如饥饿感、痛苦感，以及相伴的精神守望。众多的人站在这座山望那座山，目标定得过高，欲望过强，稍有挫折便怨天尤人。生活的富足反倒让生命变得粗糙了；了却了衣食之忧，面对美味佳肴却时时倒胃口；处心积虑立马暴富，致使彻夜忧郁失眠……由于失去了苦难和痛苦的折磨，造成人的生命失重，精神失衡。经受苦难的意义，不单是对自身躯体的摔打磨炼，更关系一个人精神世界的发育成长。苦难是人生的导师，饥寒、困窘、病痛，所有的苦难都将转化为我们立足于这块土地上的能量和动力。“十年树木，百年树人”，其实树的寿命远比人长得多，每个人若都能把自己当作一棵树，那么理想、刚毅、坚韧、敬畏等生命的意志将会不断融入华夏大地，成为中华民族崛起途中的精神气质。

## 时尚

丰富多彩的物质和精神生活，使得城市的街头风情万种，万花筒般的变幻着色彩。我不是追逐时尚的人，但并不缺少捕捉时尚信息的机会。朋友聚会，阅读书刊，早晚在街头散步，总会及时发现某种时尚。电脑中出现的雷人语言，股票的涨落幅度，网购又覆盖了哪些新的商品，男女青年谈情说爱又注入多少新的筹码……这些时尚风景都能很快进入我的视野。当年有人对街上赫然袒露的肚脐，迎风飘摆的彩色长发，男女青年在大庭广众之下拥吻时投入的情感大摇其头，我却坦然淡定。其实这些随时出现在社会和街头的时尚，就如同我久居的这座小城里那条狭窄却流域很长的小河——螃蟹沟一样，在其流淌的各个时段和领域，总会有不同的景观出现。

时尚是什么？是高度发达的科学技术？是袒胸露背的时装？是故作姿态的扮酷？都不是。时尚只是人们生活中转瞬即至却又飘然而去的东西。它类似自然界中的雾、雨、电，没有人可以永远把握它，却可以随时受用。随意翻阅时下在全国发行量十分可观、装帧极为考究的那本《时尚》杂志，内中可以说包罗万象，纷繁庞杂：名车、名表、名模，各种家居用品，男人的腰带、皮鞋、衬衣，女人的化妆品、手提包、胸罩、裤头，直至男女保健方略等等，却唯独不介绍这些东西的文明渊源、价值取向和制作方法。正像一条涓涓溪流，人们只看到它从眼前流过及两岸的景观，并不知道它的源头和其流向。把时间往前追溯三十几年，改革开放之初，也曾有过许多类似的时尚。那时的年轻人大多穿着喇叭腿的长裤，闲暇时间手提型号不等的收录机，放着最高分贝的音量，摇头晃脑地在大街小巷穿行，也有的将收录机挂在自行车把上，在长街呼啸而过。而今，这样的街景若再出现在某个角落，众多的人都会不约而同地认为当事人是个疯子。即便是在“文革”那样“万马齐喑”的年代，也不是无时尚可谈。那时为数不少的人戴军帽，穿草绿色军装，且把袖口向上挽着露出里面的一截白衬衣。年轻的女孩子冬季则穿军大衣，里面系条红围巾。

自人类文明产生以来，古今中外凡有人群的地方，就会有时尚出现，只是由于东西方文化背景的差异，时尚所表现的形式与内容也迥然有异。如英国人的绅士风度，美国人的嬉皮士习气，当代一些发达国家渐次兴起的“慢生活”和低碳生活方式等。中国人或许在两千多年封建帝制禁锢之下，入世太深，拘谨太久，因此在不同历史时期，时尚更显表层化、表面化，更容易被颠覆，甚至可以翻手为云覆手为雨。就说美女的标准吧，几千年来总是见仁见智，春秋时期就有“楚王好细腰”、西施“素手含胸”之说，美女的身材应该是纤细的。到了唐代，“三千宠爱在一身”，杨玉环又被作为胖美人推崇。近代，西施、贵妃早已杳无踪影，瘦着美、肥着美都不过是一缕香风飘过，而我们的祖父、祖母那代人又固守着“莲癖”，即女人膝下的“三寸金莲”。三十几年前，我和几位知青朋友重返插队的乡下，亲耳听到一位年过耄耋的“摘帽地主”绘声绘色地说：“现在满世界的女人脚丫子大得像铁锹片，不男不女的，当年啊，那才叫莲步轻移呢……”

相对于过往的历史时期，当今这个缤纷多彩的大千世界，一切都在瞬息万变。一位朋友跟我说，城市就是个大的音乐厅，乐章、曲调、音符都在变化之中。时尚不停地流动着，试图永远把握跟随时尚的人，可能会疲于奔命。这样的人，他们的心灵永远不会宁静，不会有恬淡和陶醉，更不会有人与自然的交流。与时尚相对应的是传统，传统是历练，是成熟和深度，它像一棵历尽千载依然顶天立地的大树，根部虎踞龙盘，树冠庞然如盖，这才是我们民族的超凡和大器。相对于传统，那过眼云烟般的时尚算得什么呢?

正值人间四月天，春风十里，嫩柳舒黄。遥想武夷山巅那棵千年茶王，早该是“老树春深更著花”了吧。

## 留白

一位擅长丹青的朋友时常与我谈起中国水墨画中的留白艺术。留白者，画面上的空白是也，虽不着些微笔墨，却又是整幅画作中的重要组成部分，它不仅与具体物象息息相关，而且衬托主题，达到“无画处皆成妙境”的艺术效果。曾经有幸一睹宋代马远的《寒江独钓图》，仅寥寥几笔，勾勒出一叶扁舟和淡淡的水波，却表现出烟波浩渺的大江中垂钓者的逍遥自适。船篷上的蓑衣、草笠的细节，又给人以斜风细雨的联想，除此之外，几乎全是空白。整幅作品寒意浓浓，空疏寂静，萧条淡泊，诗意般地让人意趣无穷。

国画中的留白艺术，极易让人联想到人的一生之中，如何将有限的时间和精力科学合理地搭配运用，才能活出生命的质量。人的一生匆匆而短暂，充其量八、九十年的光景，除去为必要的衣食住行等生计耗去的时间，能做成的事情是极其有限的。所以对世间的事情，必须量体裁衣的有所选择、有所放弃，才可能活出属于自己的优雅与精彩来。事实上，一个人从出生到死亡，在悠长的人生画卷中，留白是客观规律使然，不管你情愿与否，都是要留下许多遗憾，从王侯将相到凡夫走卒，无一幸免。当年的武媚娘，曾倾倒众生，机关算尽，直至权倾天下，成为武则天。她终其一生骄奢淫逸，颐指气使，自以为功德圆满，结果到最后还是以李家媳妇的名分长眠于地下，一块无字碑留下无尽的空白与遗憾。

在当今这个极其功利的时代，众多的人熙来攘往，疲于奔命地追逐完美，终日里盘旋于脑际的是钱财、房子、车子、孩子、职称、职务，什么都不想落后，什么都不想放下，然而幸运者毕竟是极少数，大多数人还是心高命不济，老来望洋兴叹，悔之晚矣。试想当初在选择生活道路时就将眼光面向实际，去做自己喜欢做并且能做好的事情，再用适当的时间与精力，去享受生活，享受爱情，品味幸福，求得精神上的雅致，岂不是完美的人生。佛家有语“舍得舍得，没有舍哪有得”。肯于舍得放弃，才能获得更多，这便是“失之东隅，收之桑榆”的妙谛。日常生活中，还常见许多年轻的父母，为了不让孩子输在“起跑线上”，不惜花重金，找五花八门的早教班，培养孩子去学习书法、绘画、乐器，直至散打、瑜伽，无所不用其极，搞得孩子无所措手足，即便是星期天、节假日也不得消停。有的孩子甚至因此患上抑郁症、自闭症，与家长眈眈相向。其实一个人从孩提开始，就不可能面面俱到，需要在成长过程中，逐步找到自己的最佳位置，把自己的优势发挥得淋漓尽致。诺贝尔化学奖获得者奥托·瓦拉赫读中学时，父母曾为他选择过走文学之路，后来又让他改学油画，但事实证明，他在文学艺术方面属“不可造就之才”。面对这样的“笨拙”学生，绝大多数老师认为他已经成才无望，只有化学老师认为他做事一丝不苟，具备做好化学实验应有的品格，建议他试学化学。果然，瓦拉赫智慧的火花立刻被点着，一举登上全球化学科学的巅峰。

每个人都有自己独特的禀性和潜能，有自己独特的实现人生价值的切入点，只有扬长避短，不在乎别人如何评价自己，朝着自己优势的更高层面迈进，才会活出自己的人生情趣和价值。荷兰后印象派代表画家梵高，早年做过职员、商行经纪人、传教士，最后投身绘画，决心“在绘画中与自己苦斗”。为了自己喜爱的绘画，他甚至不惜舍弃家庭、爱情，衣食无着，一贫如洗，却在短暂的一生中为人类留下大量震撼心灵的艺术杰作。德国著名音乐家、作曲家、钢琴家贝多芬在长期患耳疾无法医治的情况下，开始创作《英雄交响曲》，在生命的最后十年，耳朵全聋，健康情况恶化，生活贫困，他对周遭的一切不闻不问，以惊人的毅力，完成了最后一部巨作《第九交响曲》（合唱）。

生命需要留白，世间的一切都是疏朗宽松的。水满则溢，月盈则亏，让自己的生活和心灵腾出些空隙，才会让惊喜“有机可乘”。花未全开月未圆，才是最美好的境界。

（原载《鸭绿江》2016 年第 12 期）

# 一世房奴 / 肖灿先

父母说，我出生的时候，家里只有两间破旧的矮屋。原是一栋祖上传下来的房子，年代久了，无力维修，不断垮塌，最后只剩下两间了。

起先，一家人或许还能勉强住下，奶奶住一间，父母带着我住一间，煮饭、炒菜在哪里就不清楚了。可随着我的年岁增长，加之妹妹又出生了，住房一下子紧张起来了。怎么办呢？父母的劳作只能勉强维持一家人的温饱，哪有能力盖房子？这事让奶奶娘家的侄子们着了急，他们既出钱又出力，帮助把两间破屋推倒了，利用老屋的旧材料，又买了一些新材料，就在原来的基脚上盖了厅堂和左边的三间房子，右边留着以后再说。房子虽然简陋狭窄，但一家人终于有了安身之所。那时我年幼无知，没有留下什么记忆。

时间推移到六十年代中期，家里的小孩增加到四个，住房又紧张起来了。于是父母考虑要把厅堂右边三间房建起来。农家建房不是有了钱后指手画脚，全靠自己劳作。请人做好了砖坯和瓦坯，又利用农闲时间砍了几万斤茅柴晒干，然后装窑、烧窑，烧出了漂亮的青砖青瓦。又在大山上买了杉树，砍了晒干，一根根背回来准备做建房的木料。经过几年的准备，父母终于请了泥水匠，自己做木工，利用秋收后的农闲时间正式动工建房。

其时我已十一二岁，正读小学高年级，每天早晚和假日时间为建房出力。父亲派给我两项任务，第一项任务是早上踩泥浆。每天天一亮，我就在大堆的红土中加上水，然后用双脚使劲踩，并不时用铁锹翻动。水少了，红泥还是红泥，浆没有出来，没黏性；水多了，变成了稀泥巴，无法使用。标准的泥浆应该是又稠又粘，粘在脚上不下来。我拼尽全身的力气，使劲把脚踩下去，又使劲提起来。如此反反复复，筋疲力尽，还生怕师傅说不合格。看看时间不早了，泥工师傅说可以了，我就赶紧洗脚吃饭，背了书包去上学。

第二项任务是下午放学回来浸砖头。父亲给我准备了两个旧的大酒盆，放了大约三分之二的水，让我把干燥的青砖放进去，浸透了水搬出来再放新的进去。据说用浸透水的砖头砌的墙才会牢固。窑里新烧的砖棱角分明，表面粗糙，我吃力地将砖头放进去又搬出来，盆里的水很快就吸干了，赶紧添水。十个手指头都磨破了，血渗了出来，用破布缠一下，忍着痛再干。假日里一天到晚浸砖头，痛得龇牙咧嘴，师傅们都夸我能吃苦，想到以后可以住新房子，觉得吃点苦也应该。

在这栋一边新一边旧的房子里住到二十岁，我背上简单的行囊外出求学，以后回县工作就住单位的房子，从单间到几间，娶妻生子，随遇而安。

时间进入九十年代，县城兴起了建房热潮，许多人都想方设法在县城买一块地皮建一栋房子。于是县城边郊，雨后春笋般涌现出一栋栋新民房，其中就有我亲戚的，我单位同事的。其时我家收入低，老家还要关照，根本无积蓄，因此只把建房看作有钱人的事，虽然不时为亲朋好友的乔迁之喜捧场，自己连羡慕都不敢。

可我的亲朋好友却不时游说，认为我也应该在县城建房，一是县城的地皮有限，时不可失，机不再来，不抓住机遇，以后想买都买不到；二是单位的房子条件差，而且不可能一直住着，将来退休总得有个归宿。他们愿意借钱还愿意出力。拳拳之心，让人感动。于是向他们借了钱，买了一块小小的地皮，请了几位泥工师傅，加上亲朋好友做小工，把房子的基脚打好了。

没有能力接着把房子建起来，我得把借款逐步还清。结果四五年过去了，比我家打基脚晚几年的都把房子建好了，都搬进去住了，我那块屋基上的杂草长得有人头高了，我还没有准备材料。有时去看看，新房的主人们问我何时跟他们做邻居，我只能摇摇头，表示遥遥无期。

不过事情开了头总得做下去，于是在还清了亲戚朋友的借款后，继续节衣缩食，今年买砖，明年买瓦，后年买木料，最后是钢筋，水泥，直到九十年代后期，才好不容易把房子建起来。过去连做梦都没有想在县城建房的人，如今居然也有了自己的三层小楼，尽管简陋，我已知足。于是在那一年腊月的一个黄道吉日，也来了一次乔迁之喜，请单位的小伙子们把坛坛罐罐搬了过去，只想从此安居乐业。

谁知好景不长，进入新世纪，在新房里享受不过三年多，传来了晴天霹雳般的消息：县政府要在这里开发一条新街道，九十多栋民房必须全部拆除！我家的房子也在其中！没有召集会议，没有征求意见，只有一纸通知，一个月内自行拆除，否则开推土机来摧毁！按房产局登记的面积，每平方米补偿两百余元，自己去银行取存折。我的三层小楼补偿不到五万元，地皮按原面积在指定的地点重新划给。补偿款远远低于造价，可以申诉吗？谁会理你？大家都做出了牺牲，凭什么你不能？

容不得生气，容不得犹豫，赶紧搬家，周围都拆房，你还能安睡？往哪里搬呢？单位见我走投无路，腾出了几间房子，于是，前面给我搬家的那群小伙子给我找来一辆车，又帮我把坛坛罐罐搬回单位。

建房的师傅好请，拆房的师傅难找，很累又没几个钱。几位曾经在我单位做过工的师傅同情我的遭遇，愿意替我拆房。八磅锤沉重地敲在屋面上，就像敲在脑袋上，有一种眩晕的感觉。环视四周，一场拆房大赛隆重举行，大都是才建三四年五六年的新房，房龄最长的也就十年左右。当初唯恐房屋不牢，钢筋要好，水泥要足，如今只恨当初没有建成豆腐渣工程。九十多栋房屋同时开拆，犹如正在进行一场激烈的战争，场面蔚为壮观。铁锤敲击水泥板的声音，墙体倒塌的声音，装运废料的汽车马达声，人们的喊叫声，混杂在一起，让人的耳朵整天嗡嗡响。工地上扬起的尘灰遮天蔽日，让人睁不开眼睛。

时值初夏，我和妻子汗流浃背，灰头土脸，蹲在屋前的路上，手拿旧菜刀，削去拆下来的砖头上的水泥砂浆。乡下人看准了这个机会，原来五六毛钱一块的砖头，如今只要二三毛。不完整的不要，水泥砂浆没削干净的不要。大家都想自己的砖头尽快卖掉，不然连堆放的地方都没有，能收回几个钱算几个，或许能卖到拆房师傅的工钱。

突然，一堵拆松了的隔墙摇摇欲坠，拆墙师傅赶紧一跳，人到了对面的楼面上，“轰——”墙体倒塌，砸断了两根木头。天啦！如果他反应不快，势必砸成肉饼，我那不足五万的补偿款全给他都无济于事呀！

经过师傅们近一个星期的紧张施工，房屋拆完了，有人要的砖瓦门窗都卖了，没人要的暂时存放在附近一家单位的院子里。付完了拆房师傅们的工钱，感谢他们的辛勤劳动。我和妻子又借来一辆板车，把从水泥板中敲打出来的弯弯曲曲的钢筋装上去，准备拉到废品收购站去。回头望望那堆高高的建筑垃圾，泪水在心里流。

补偿款给了，当然哪家得到的都低于造价；地皮给了，当然相对偏远，许多拆迁户又在新地方轰轰烈烈地建房，我佩服他们的决心。第一次建和拆让我伤透了心，实在不想再建了，可又禁不住新房的诱惑，补偿的那点钱不建房可能不久就消费光了，补偿地皮不建房也闲置在那里，既然家家户户都吃得了这个苦，我又为何不行？于是第二次建房又摆上了议事日程。钱不够，又向亲戚借钱。地皮嫌小，要求增加一点，当然要高价缴费。于是又买石头，买砖块，买钢筋，买水泥，请了泥工师傅，打基脚，砌砖墙，浇楼面，轰轰烈烈干了起来。好在此时建房不要一天到晚守着，师傅们负责到底，我们只要每天下了班去看看就行。如果材料没了，打好电话，让人第二天送过来。

从打基脚到正式建造再装修，将近两年的时间过去，新房子又建好了，面积比原来的大些，装修比过去稍好些，于是又选了一个腊月的黄道吉日，打了一挂长长的鞭炮，我的那些年轻的同事们不厌其烦，又帮助我把那些搬来搬去的家具从单位搬了过去。此时我已年过半百，只想以后不再发生变故，从此就在这屋子里过日子。

岂料人在江湖，身不由己，在这座房子里刚刚住了半年，意想不到的大事又发生了——工作单位下马了！我被安排到市里工作。接到调令的那一天，我依依不舍地走出这座房子，去市里的新单位报到，留下妻子一人守护。

其时新单位的房改已经结束，大家花三四万元就买到了一套一百平方米以上的住房。我去迟了，这个政策已经终止了。单位房管部门的负责人好不容易给我找了一套小房子，每月给单位交点租金，让我有了吃饭、住宿的地方。我也没有更高的要求，因为只有我一个人住，仍在县城上班的妻子有时会来看看我。

我原工作单位的同事多数到市里工作了，他们的新单位不能给他们安排住房，于是他们一边租房住，一边就迫不及待买房子，不过两年时间，几乎全部住进了新房。他们怂恿我也在市里买房，我说县里的房子刚做好，借款还没还清，哪有钱再买房？

这样过了七八年，我快要退休了，正打算站完最后一班岗，然后告老还乡。忽一日，一家房产公司到单位来开展团购宣传，广告铺天盖地，摆满了大会堂前面的空地，吸引了许多职工围着观看。这家公司准备在距我们单位不太远的河边上新建一个住宅小区，规模不小，环境不错，四周都是树木。交通也很便利，不仅上街方便，离汽车站、火车站也不远。因是团购，均价较市价便宜。公司的宣传很有诱惑力，看那规划图，简直是童话世界。职工们不管有房没房的，排着长队预付定金，有的还把亲戚朋友邀过来了。

看到这个阵势，原来不想买房的我也动了心，想想原单位的同事早就在市里买了房，有的准备买第二套了，现在单位的同事积极性也很高，好像只有我买不起，退休了还得回县城，感觉自己特别可怜。再说，各地的房价都在不断飙升，说不定这里也会如此，在虚荣心和投机心的共同作用下，我也打肿脸装胖子，交了预金。

谁知上了贼船鼻子就被牵着走，河边上还杂草丛生，开发商就通知大家将房款交到百分之七十，我只好倾其所有。事情还没了结，只过了半年，建房的土地刚刚推平，又通知交清剩余的百分之三十，而房子还在图纸上，两年后才能交房。此时，开发商很牛，不交余款可退出，但必须从已交钱款中扣除一定比例的违约金，这数字不小，果真如此，等于白白送给开发商一笔数目不菲的“礼金”，谁也不愿意。

可我在交完百分之七十后就身无分文了，怎么办呢？借钱？不好意思，你县城有房还要在市里买，应该自己有钱，没钱摆什么阔气？看来只有去银行贷款了。于是去找市里的住房公积金管理部门申请贷款，不料人家先看看你脸上的皱纹，再打开电脑看看储存的资料，然后说，你快退休了，不能贷款了，到时会给你一次性结算全部住房公积金。这我知道，以前扣款不多，结算时肯定没几个钱，买半个卫生间都不够。再说，那还得半年时间呀！

火烧眉毛救眼前，只好去找商业银行，利率明显高于公积金贷款，本金加利息，总共几十万，退休后五年内还清。顾不了那么多了，贷了再说吧。但愿老天爷保佑，身体健康，保证活到六十五岁，还清全部贷款，不给家人留下债务。这样，从贷款的第一个月起，每月月初，我都会收到银行的还贷短信，在规定的还款日当天 17：00 前确定存款足额。我就在收到短信后立即把上月退休金的大部分存到专门用于还贷的银行卡上，剩余的只够日常开支。

烟酒不沾，新衣不添，麻将不打，钓鱼不去，朋友相邀去旅游，更是不敢出门。

终于，房子建好了，钥匙给了，房产证办了。同时，个人信息也被人出卖了，每天都有两三个电话：

我是装修公司的，你的新房应该装修吧？

我是建材公司的，你装修新房不买材料？

我是家具城的，买了新房不添家具？

起先，我都耐心解释：没钱，以后有钱了再找你们。谁知这样的电话无休无止，没完没了，仿佛全市的人都在搞装修、卖建材、卖家具。一年以后，每当看到此类电话（一般是 157 打头）我就立即掐掉。

最让人不安的是，女儿在沿海一座城市成家买房，我都无力支援。看看周围的人，不仅自己有房子，还买好房子给子女，至少先把首付交了，有的还外加一辆小汽车。也不知人家哪里会有那么多的钱，而我只能让他们自己去借钱、贷款，面对生活中的一切。

如今，退休几年了，我仍然占着单位的公房，闲来无事，也到买房的小区去看看，绿树婆娑，花枝招展，新房排排，墙美窗亮，不少住户已乔迁新居，没住进去的也在叮叮当当装修房子。看看自己的毛坯房，不知何时才能装修，想想自己这一辈子，少年时为家里建房出力，中年自己建房，尔后拆房，又建房，老年再买房，一辈子都做房奴，总是囊中羞涩，两手空空，从来没有潇洒过……

（原载《百花洲》2016 年第 4 期）

# 隐痛的肉身 / 徐晓

她瘦小的身体蜷缩在床角，像一个发育不良的孩子。她瘦得只剩下一身干巴巴的骨头，仿佛只要一碰就会松散开来一样。她紧闭着双眼，脸上的皱纹聚集成一朵干枯的野菊花，嘴巴夸张地咧着，疼痛的呻吟声穿过她的肺腑、神经、咽喉、舌头和仅有的几颗牙齿抵达这个冰冷的世界，传到我们的耳朵里。她每天说的最多的就是："哎哟，疼哟……"那些疼痛没有固定的停靠地点，有时是手，有时是背，有时是肚子，有时是腿，有时是每一丝皮肉和骨骼……奶奶真的老了。人老了各种疾病各种疼痛就像消失多年的债主自己找上门来。我们眼睁睁地看着一把把的药片钻进奶奶的身体去进行其应有的化学反应结果却毫无效用。

一个人从出生到死亡，需要经历多少大风大浪的淘洗？需要多少次独自突围生命中那些不期而遇的困境？而对于一个已走到人生冬季的老人来说，她头顶上的风雪与尘沙早已被岁月侵蚀，镌刻在她的每一缕呼吸每一滴血液里。当我凝望着那日日夜夜与疼痛作斗争的奶奶的身体时，巨大的困惑和震撼向我涌来——生而为人，生而为女人，在她生命的尽头，在她的末日时分，她能给这个世界留下什么？她又能给自己挽留住什么呢？而疼痛对于一个女人漫长的一生又到底意味着什么？仅仅是构成作为女人那华丽饱满而又忧伤绝望的生命中的一部分吗？

而实际上，女人的一生，要承受太多的伤痛，与生俱来的，以及后天的。她们要忍受例假、分娩的疼痛与煎熬，要面对来自家庭与社会的压力，她们得到的永远比自身所需要的多得多，爱、疼痛和黑暗。

在我的左腿上藏着一道十几年的伤痕，它就像是长在我身体里的一个记号，每当看到它，我就会陷入对曾经一段模糊往事的追忆里。

年幼时某个夏日的午后，世界安静得只剩下聒噪的蝉鸣，为了打发无聊的炎热时光，我与邻居家的小朋友在家门口玩追迷藏游戏，成排的大树和草垛是我们天然的屏障。

就在我用红领巾蒙上双眼并边数数边转圈的时候，我的世界仿佛在那一刻发生了异样。我头顶上鲜红的天空在我右脚凌空的瞬间，变为灰色，紧接着又变为黑色，无底的黑暗。我的身体被坠入黑洞，坠入深渊，坠入一个未知的逼仄的狭小空间——终于，门前那个我曾多次靠近却不敢近前的土沟，把我结结实实地吞没。跟随我落地的，除了我幼小的身体，还有被我身体重力带下来的尘土、碎石，以及一些不知名的花花草草。面对冰凉阴暗的土沟，潮湿而陌生的气息，我来不及多想，来不及环顾一下周围，甚至来不及哭泣，我就朝着狭长的通道一溜烟跑了出来，跑到土沟上面，跑回家。带着一种说不出的恐惧与莫名的委屈，那个下午，我沉沉地睡去。

当我醒来，丝丝缕缕的疼痛袭来，我轻微地转动着身体，确认自己是在家中。天已经黑透了，我的身边静静地躺着一小堆野酸枣，那是父亲去山上劳作顺便采摘的。野酸枣的存在丝毫没有减弱我身上的疼痛感，我的胳膊、手、背、腿都不同程度地划伤了，那些伤痕一道道的，微微灼烧着我的神经，让我清醒地意识到，自己在痛着，活着。真真正正地活着。

对疼痛的感知让我有生以来第一次明确地确认了自己在世间的存在。那次跌落留给我的还有一道残存永生的伤疤。它在一年年地变淡，甚至不注意根本发现不了它的存在，但是，肉身受到的伤害，就像是小刀划在树上，即使旧的伤痕愈合了，但是，那抹浅浅的痕迹会永远地镌刻在树身。树犹如此，人何以堪？多年之后，我发现不仅仅是肉身，划在心上的伤痕，即使随着时间流逝最后愈合了，它再也不复原样了。

冥冥之中，我预感我的一生都将被突袭的疼痛光顾，这种生命的暗示在那段无知无畏的少年时光中成为一个隐喻，它时常令我在享受快乐时突然紧张起来，提醒我接下来该警惕一点，因为一切不可预知的突发性事件都有可能随时降临，如同，灵感于一个写作者。

青春期是伴随着潮湿的雨季到来的，对性的迷惑是所有少男少女都面临的问题。身体的变化不受个人思想意志的控制，每个人的内心都在蠢蠢欲动，不知道该要做什么，但是内心无端涌动的冲动常常令人陷入无边的苦恼。

在我还是一个懵懵懂懂的小女孩的时候，我的女友早已在爱河里翻滚得热火朝天。女友长得美，学习又好，特别招老师和男生的喜欢。当她有一天郑重其事地对我说“我谈恋爱了”的时候，我并没有感到特别的惊讶，对方是我们班的班长，阳光帅气，高大挺拔。在私底下，知情的人都说他们俩郎才女貌，在那个充满禁忌的年代，“早恋”这个词一般人轻易不敢去碰触，因此他们俩的大胆相爱在相当程度上给我们做了表率。直到有一天，这事被老班知道了——在我们的初中时代，都会有那么一个严厉、刻板的女班主任吧。事情的起因是他们俩在校园的某个隐蔽的小花园里亲吻，不巧被我们的一个任课老师看到了，任课老师便向她告了密——那也是个告密盛行的年代，不仅在学生与学生、学生与老师之间盛行，任何规则同样适应于成人之间。

老班用整整一节班会的时间点名道姓地冷嘲热讽了一顿，言辞之犀利，语气之狠毒，令班上所有的同学都抬不起头，人人都感到难堪和困惑——爱情，不是青春中最亮丽的一抹色彩吗？怎么在老班的嘴里就那么龌龊、肮脏了呢？我们心生惶惑，唯恐触碰了禁忌——爱情是毒瘤，早恋是罪恶的，趁早把暗恋的种子扼杀在萌芽之中，好好学习，天天向上。我们像背书一样将老师的教诲牢记于心，为了所谓的前途，我们活成了一群傀儡。

我的女友和她的男朋友并没有在老班的威逼下投降，反而来势愈来愈凶猛，有点跟老班作对的意思，男方最后被撤掉了班长的职务，他自嘲那是他为爱情付出的惨重代价。老班也丝毫不退让，三天两头请家长，一周几次在班里开批斗会，那段日子，是我们班同学最亢奋的一段时光，终于可以不用上老班的课了，虽然她的批斗会同样让我们饱经折磨，但是她骂归骂，骂的毕竟不是我们自己，看热闹并没有罪——看客心理的劣根性总是能占上风。我不知道女友和他的男朋友当时的心理状态是怎样的，反正我如坐针毡，心如刀绞，我感觉老班嘴里吐出的利刃都射向了我心里。她每说一句话，我对成人世界的向往就减少一分；她每说一个词，我对爱情的渴望就减退一分；她每说一个字，我对自我身体的恐惧就增加一分。

在小小校园里红极一时的热恋情侣最终还是被迫分了手。分手的原因是我女友怀孕了。她被她父母领回了家，打胎，休养，后来搬家，转学，再后来初中没念完就退了学，去外面的大城市里打工。从此，关于她的消息，再无其他。

女友走后，老班似乎变得更加嚣张起来，她起初主要是将矛头指向女生，现在她将道德的利剑又指向男生，最后也把那个男生逼得转了学。

这段风波之后，一些陌生的字眼涌上了我的大脑。诸如，怀孕，堕胎这些在日常生活中很少出现的词。同时我又想到了每个人的来路——人人都无法摆脱作为人的社会属性。我们不提及，并不代表事实不存在。而在那个年纪里，我对爱情的理解仅限于牵手拥抱，顶多像电影镜头里的情人在街头抱着热吻。我相信绝大多数青春期的孩子像我一样，心目中的爱情是个名词，而不是动词。而我的女友在她的爱情中到底经历了什么呢？我闭着眼睛，试探性地用手抚摸小腹，再向下，那个神秘的地方似乎产生了片刻的痉挛。因着这种奇妙的感觉，我为肉身的深不可测感到惊叹和羞耻。

自少年时期开始，在感情中女性似乎一直处于弱势的地位，男人掌控着一切，他们享受外界赐予他们的荣耀、权利、光明与仰望，而女人得到的多是恐惧、疼痛与伤害。这不公平的关系，注定让绝大多数女人成为爱情的牺牲品。

女性的成长，必然要伴随着险境，总会面临有意或无意的侵犯，总会遇到意想不到的麻烦。她们对世界的了解始于他人，然后才是自身，而对自身的了解，通常是来自于对生殖秘密的了解。初潮，往往是女孩揭开身体秘密的开端，而在那之前，我曾对自己正在成长发育的女性身体感到厌恶——瘦小的身躯，苍白的脸色，弱不禁风的背影。后来我才知道困扰我的并非是自我形象，而是我作为一个异乡人对异地的不适应。

那年我转学到一所新的学校读三年级，学期将近的时候，因为转学手续办得不全，而上级又要来学校检查，我作为非正式注册的学生被班主任送回了家。我身体僵直地坐在班主任的自行车后座上，一路上享受着来自同班同学们艳羡的目光，他们困惑我何以能够得到如此待遇，只有我心如明镜，虽然被遣送回家的滋味在年幼的我心中没有什么概念，但我的内心一定是感受到了一种侮辱性的尴尬。到了家门口，我在高大的自行车上不知道该怎样下来，犹豫之间，班主任的双手便伸了过来，他潦草地把我抱了下来。

来自金属的坚硬与我身体的柔软就是在那时发生了巧妙的对接与碰撞——尖锐的疼，锥心的疼，来自身体最柔软之处的疼。我几乎窒息，但是自小我便有着顽固的隐忍，从不肯在外人面前示弱，于是我忍着剧痛把班主任领到屋里，然后就去床上静静躺着，感受那从隐秘之处传来的隐痛。我的脑海里蹦出了“撕裂”这个词，我想那个地方一定像丝绸一样柔软，像鸡蛋一样脆弱，如今它该是怎样一副惨烈的图景，我不敢想象，更不敢看，我只有昏睡过去，让睡眠来掩盖疼痛的蔓延。

我不记得最后我是怎样恢复了的，也许根本就没有伤到要害，但只要一想到那种隐痛，我的后背便会沁出一层凉汗。那种痛不同于身体的任何部位遭受的创伤，生殖器官因其隐秘性更增加了个人感官的主观性，它让我在某个瞬间感到了一种不洁感，一种说不出口的困扰。同时令我确认了它是一个危险的存在——我在童年就已接受世界与我达成的协议，接受提前到来的疼痛，以及疼痛所带来的早熟。这个秘密无异乎潜伏于身体深处的一颗定时炸弹，让我在漫长的童年及少年时期仿佛行走在一个未知的谜中，我对它一知半解，却找不到解答它的出口。它让本就天性孤僻的我变得更加沉默。

十几岁的时候，我曾去医院陪护过我的表姐。她因割腕自杀而住进医院，当我看见她的时候，她的左手腕被纱布厚厚地包裹着，左手肿胀得像个馒头，她的脸色枯黄，头发凌乱，身体因为消瘦和失血过多而看起来更加地虚弱。我坐在床边给她剥香蕉、削苹果，表姐木然地吃着，仿佛吃东西的那个人并不是她自己。

期间听大人们断断续续的谈论中，我得知了表姐割腕的原因。再俗套不过的情节了——为了一个男人，已婚男人。表姐大学毕业后回到家乡的一所小学教书已快一年，这段时间家里人和同事都争先恐后地给她介绍对象，唯恐她嫁不出去，而表姐一个也没看上。谁也没想到姿色平平的表姐竟然和她学校的校长搅和在了一起。任性的表姐想要一纸婚姻，然而身居高位的校长怎么可能轻易离婚呢？那个男人来看过她一趟，当然名义上他是代表学校来慰问表姐的。他身材高大，有着中年男人微微发福的肚子，而那张脸也实在是太普通不过了——这样一个放在人堆里就认不出来的男人怎么会吸引了表姐呢？表姐完全不顾忌我们还在边上，就撅起了嘴巴，娇嗔地招呼校长，示意他过去亲她，那一刻我突然觉得外表普通的表姐心中其实有着别人不懂的小浪漫，或许每个女孩心中都有一个童话的梦吧。但是校长只是淡淡地说了几句客套话就走了。在那一瞬间我为表姐感到不值。

有时候表姐会忽然喊疼，她的伤口其实已经没有什么大碍，她只不过是以此来引起我们的注意。有时候她也会突然变得脾气很坏，把被子掀翻，把桌子上的水果推到地上，大声地嚷叫。这些，我们都默默容忍了。我们可能无法理解一个病人心中的狂躁到底是怎么样的，但是我们愿意原谅她，包容她，因为她是我们的亲人。

表姐喜欢趁病房里人少的时候给校长打电话，那个时候的表姐跟摔东西的表姐判若两人，她温柔、娴静、娇弱，声音比溪水还清澈，比月光还柔软，她总是喜欢问他："你爱我吗？你会娶我吗？我等你。"然后她会对着电话嗤嗤地笑，俨然一个热恋中的女子。我就有些不懂了，既然他们那么相爱，为何表姐要以死相逼？有一次只有我在边上陪护，表姐给校长打电话："我来例假了，你帮我买一包卫生巾送来吧……就是我之前一直用的牌子……哎呀，我妹妹小，不懂……快点来。"她当着我的面跟一个男人说关于女人的如此私密的事情，使我感到一阵难堪，当时我的脸一定红了。女孩长大后都会像表姐一样如此大方地对世界敞开吗？

我不知道表姐的幸福是不是她自己臆想出来的假象，她让我觉得爱情太过于遥远而不切实际。我开始思考表姐的身体，她那么年轻、青春，她正处在一个女人最好的年纪里，可是她的身体却遭受着一场看不见的战争。她手腕上流着血，将来还会落下疤，她的下体流着血，也许心里的某个地方也在流血。而那个男人，毫无疑问就是折磨表姐的罪魁祸首。她痛吗？我不知道，但我的心却在隐隐地痛着。我不敢想象假如我的未来也是这么混乱的话，我会不会淡定自若如表姐。

女人，太过柔弱的物种，当我们委屈，愤怒，失望，我们想要摧毁什么东西的时候，却发现我们除了自己的身体之外，一无所有。或许，每个人内心深处都潜藏着施加于自身的暴力倾向，我们唯有释放，才能平息下来。

多年之后，当我不再囿于少女单薄狭小的世界里顾影自怜，我所看见的一切生活图景都显得开阔起来。女性的成长仿若一棵历尽艰辛的树，她沐浴阳光雨露，也遭受风吹雨打，她会开花，会结出果实，也会苍老和走向衰亡。这是必然会降临的过程，我们无法抗拒命运的安排。

有一天我也有了我爱的人，他紧紧地拥我入怀，宽大的手掌轻轻摩挲着我的背，我感受到了来自身体内部从未有过的绽放。像一整个春天的繁花霎时绽放。那种美妙的感觉夹杂着丝丝缕缕的隐痛，我知道，童年时期覆盖在我身上的阴影注定伴随我终生。夜色微醺，而我行走在云端，人间再与我无关。那时我终于理解了我年少时期的女友和我那当年正值青春花季的表姐。

爱，是会让人陷入疯狂而不自知的。

我也知道，我还无法用我短暂的二十几年的时光去理解我那八十多岁的奶奶的一生，而我迟早会沿着她走过的路去追寻那片照耀我余生的光芒，然后踏入我自己的命途。我将像世间的任何一个女子一样，以这柔软而美丽的肉身顽强地对抗时间和尘俗的侵蚀，并在不断走向衰老的过程中，用爱、温暖和鲜血浇灌出只属于我自己的那朵璀璨的花朵。

（原载《作品》（上半月刊）2016 年 10 期）